영문학의 정치성과
비판적 상상력

영문학의 정치성과
비판적 상상력

2019년 9월 19일 초판 1쇄 인쇄
2019년 9월 27일 초판 1쇄 발행

지은이 김재오
펴낸이 윤철호
펴낸곳 ㈜사회평론아카데미
책임편집 정남영
편집 고하영·최세정
디자인 김진운
마케팅 최민규

등록번호 2013-000247(2013년 8월 23일)
전화 02-326-1182(영업) 02-2191-1128(편집)
팩스 02-326-1626
주소 03978 서울특별시 마포구 월드컵북로12길 17

ISBN 979-11-89946-30-2 93840

영문학의 정치성과
비판적 상상력

김재오 지음

사회평론아카데미

서문

이 책에는 고 김재오 교수가 자신의 전공 분야 너머의 다양한 관심사들에 대해 쓴 글들이 실려 있다. 이 글들이 전공 분야의 것이 아닌 만큼 논의 밀도의 희석화를 동반하지 않겠는가 하는 생각을 할 수 있을지 모른다. 그러나 그가 쓴 어떤 글에서든 발휘되고 따라서 그 글들을 서로 연결시키는 건강한 지적 핵심이 그에게는 존재한다. 이를 길게 논의할 수는 없지만, 이마누엘 칸트Immanuel Kant가 「'계몽이란 무엇인가?'라는 물음에 대한 답변」에서 제시했고 미셸 푸코Michel Foucault가 이어받아 1982~1983년 콜레주 드 프랑스 강의 등에서 설명한 바 있는, 이성의 사적 사용과 공적 사용의 구분으로 설명해볼 수는 있다. 이성의 사적 사용은 자신이 속한 조직이나 공동체에 충실하게 이성을 사용하는 것을 말한다. 이성의 공적 사용은 인류 전체를 향해 열려 있는 이성의 사용이다. 가령 푸코 자신이 예로 든 성직자의 경우 자신이 속한 종교조직의 교리에 충실한 것은 이성의 사적 사용이다. 그러나 바로 그 성직자가 이성을 공적으로 사용하는 경우에는 자신이 속한 조직의 교리를 비판할 수도 있다.

학문의 경우 어느 전공 분야이든 고유한 용어나 개념, 분석틀, 주제들, 논의의 역사가 있다. 이것들에 충실한 것이 이성의 사적 사용에 해당할 것이다. 그리고 이성의 사적 사용의 결과물의 수신인은 같은 전공 분야의 학자들이 될 것이며 따라서 이성의 사적 사용은 이들에게 충실한 것이 될 것이다. 그런데 수신인이 인류 전체라면 전공 분야의 전문성(깊이)이 소통(폭)에 장애가 될 수도 있다. 따라서 이성의 두 가지 사용을 적절히 배합하여 깊이와 폭을 최대한 구현하는 것이 바람직한데, 앞에서 말한, 김재오 교수가 보여주는 건강한 지적 핵심이 바로 이러한 배합의 중심에 자리하고 있는 것이다.

이성의 사용의 차이는 그 영역('도메인')이나 대상—낭만주의 시, 영문학 등—의 차이가 아니라 그것에 접근하는 태도의 차이이다. 가령 영국 낭만주의 전공자가 자신의 전공 영역에 속하는 작품들을 연구할 때에도 이성의 사적 사용과 함께 공적 사용이 이루어질 수 있다. 전문적 학자들의 경우 이성의 사적 사용을 피해갈 수는 없지만, 그것이 공적 사용과 병행될 뿐만 아니라 양자 사이에 모순이 없고 오히려 유기적 연관이 존재한다면 매우 바람직할 것이다. 김재오 교수에게는 바로 이 연관이 존재하며 이것이 앞에서 말한 그의 '건강한 지적 핵심'이다. 아직은 젊은 나이에 유명을 달리한 김 교수의 학문적 업적이 엄청날 리 없지만, 우리가 이 건강한 핵심을 칭찬하기를 주저할 필요는 없다. 이 핵심이 그의 전공 영역에서 어떻게 발휘되는지는 논문집 1권에서 확인할 수 있으며, 논문집 2권에서는 그가 전공 영역 너머의 주제들을 다룰 때 어떻게 발휘되는지를 볼 수 있다. 이제 이것을 몇 가지 측면으로 나누어 서문의 지면이 허용하는 만큼 살펴보기로 한다.

김재오 교수의 전공 분야는 영시, 그 가운데서도 영국 19세기 낭만주의 시이다. 그러나 그는 17세기 왕당파 시인인 존 데넘John Denham의 장시長詩를 다루기도 하고(「정치지형도 그리기로서의 『쿠퍼 언덕』」), 그와 동시대인인 존 밀턴John Milton의 장시를 다루기도 하며(「『투사 삼손』과 밀턴의 정치사상」) 더 거슬러 올라가 윌리엄 셰익스피어William Shakespeare의 드라마(시극) 『줄리어스 시저Julius Caesar』를 다루기도 한다(「브루투스와 영국 사회의 위기」). 또한 그의 연구는 낭만주의 이후의 소설로도 확대되고(「『연애하는 여인들』에 나타난 '성'과 '일'의 문제」) 영문학 작품의 연구를 넘어서 영문학의 제도화를 다루기도 한다(「'영문학'의 제도화와 매슈 아놀드의 사상—중심인가, 예외인가?」). 영문학 관련 연구 너머로는 정치사상(「인권의 정치와 민주주의의 재구성—토머스 페인의 『인간의 권리』」, 「네그리의 정치사상과 문학'의 쟁점들」), 문화론(「아놀드의 사상—민주주의, 비평, 그리고 교양」, 「통합의 원리로서의 '문학'—리비스와 문화적 전통의 연속성」), 지식론(「빅데이터 시대와 근대 지식관의 문제」)으로 그의 관심이 확대된다. 서평들도 영문학 연구와 관련된 것은 하나뿐이며(「'전통'의 힘과 창조성」), 나머지는 언어론(「'역사적 의미론'의 무의식」), 페미니즘(「페미니즘의 옷을 입은 '몸'」), 정치철학(「마르크스주의는 오래 지속된다」), 식민주의 및 탈식민주의 관련 역사(「아프리카는 어떻게 발명되었는가?」)이다.

이러한 관심의 확대는 앞에서 말한 건강한 지적 핵심의 발휘로 인해 단순한 양적 확대에 그치지도 않고 관심의 희석을 낳지도 않는다. 이것을 좀 더 상세히 말하기 위해서는 '관점'의 문제를 살펴볼 필요가 있다.

영문학 작품에는 영국인들의 '관점들'이 스며들어 있을 것이다. 복수複數라는 점이 중요하다. 어느 나라든 하나의 견해로 통일되는 일은 없는데, 영국처럼 정치적 갈등이 내내 요란했던 나라라면 다른 나라보다 덜할 이유가 결코 없을 것이기 때문이다. 그런데 영국의 제국주의 국가(식민종주국)로서의 위치 또는 이른바 '유럽중심주의'의 중심지로서의 위치는 자신의 문화를 다른 나라의 문화보다 우월하게 여기는 관점을 우세하게 만들기 쉽다. 그래서 영국인들은 다른 나라 사람들보다 더욱더 자국 중심의 사고를 떨치기 쉽지 않을 것이다. 한국과 같은 변방의 영문학자들은 영문학을 공부하는 가운데 은연중에 '문화선진국'인 영국(및 미국)과 자신을 동일시하기 쉽다. 다행히 한국의 경우 1980년대 무렵부터 '영문학 연구에서의 주체성'이라는 문제의식을 단련하기 시작했고, 전 세계적으로도 영문학 연구 내에서 탈식민주의, 오리엔탈리즘 등 영국(또는 유럽)의 중심성을 약화시키는 관점들이 등장했다.

김재오 교수는 이러한 탈영국중심주의에 기본적으로 동의한다. 이런 입장에서 그는 영문학 작품들에 거의 필연적으로 들어 있을 영국중심주의적 요소들, 혹은 「'영문학'의 제도화와 매슈 아놀드의 사상―중심인가, 예외인가?」의 용어를 빌리면 '문화민족주의'의 요소들을 지적하는 데 인색하지 않다. 그러나 김 교수는 여기서 그치지 않고 더 나아간다. '영국적'이면서 세계 전체로도 열려 있는 어떤 것을 찾고자 한 것이다. 그가 가령 매슈 아놀드Mathew Arnold에게서 국제주의를 짚어내어 부각시키는 것은 바로 이러한 맥락에서이다.

또한 워즈워스에 대한 평가에서 아놀드는 헨리 몰리Henry Morley
와 같은 주류 영문학자들이 영국 국민성의 표현으로 워즈워스의 시를
평가한 것을 충분히 의식하고 있었다(Reid 62). 이들이 워즈워스를 매
개로 문화민족주의를 고취하는 가운데 오히려 영국 문학의 지방성을
강화시키는 결과를 가져왔다면, 아놀드는 국제주의적 시각에서 워즈
워스를 비롯한 낭만주의 시인들을 '사심 없이' 평가했다.

(본서 152)

그렇다면 우리는 영문학 작품들을 다루는 경우 김재오 교수의
관심이 영국적인 것들(이성의 사적 사용) 가운데 국제적인 것(이성의
공적 사용) 혹은 국제적인 것에 열려 있는 것을 찾아내는 데 맞추어
져 있다고 말할 수 있을 것이다. 김재오 교수는 「브루투스와 영국
사회의 위기」에서 시저 시해 당시의 로마를 배경으로 한 작품에서
영국과의 연관성을 포착하려고 노력한다. 다시 말해 로마적인 것
에서 영국적인 것과의 연관을 찾아내려고 노력한 것이다. 김 교수
는 "브루투스의 내면 갈등"에 주목함으로써 로마와 당대 영국의 상
이성을 가로지르는 연관을 수립하고자 한다. 여기서 김재오 교수
는 어떤 정답을 제시하지는 않으며, 정답을 찾는 것이 목표도 아니
다. 다만 극(『줄리어스 시저』)이 당대 영국인들을 청중으로 하여 상
연된 만큼 그에 상응하는 연관을 탐구해보려는 것뿐이다. 이와 마
찬가지로 「『투사 삼손』과 밀턴의 정치사상」에서는 밀턴이 성경 속
의 이야기를 통해 어떻게 영국혁명을 비판적으로 성찰하고 그 극
복을 탐구하는지를 제시하고 있다. 이런 식으로 서로 다른 두 지역
이 연결되는 가운데 지역성을 넘어서는 무엇인가가 다듬어진다.

그것은 때로는 정치적 이념과 연관되고(「브루투스와 영국 사회의 위기」), 때로는 성령 및 자유의지와 연관된다(「『투사 삼손』과 밀턴의 정치사상」).

물론 김 교수의 관심이 두 지역을 연관시키는 데 국한되는 것은 아니다. 「정치지형도 그리기로서의 『쿠퍼 언덕』」에서는 보수적인 왕당파 시인이 자신의 보수적인 정치관을 펼치는 시를 분석하여 거기서 역설적으로 "이상적인 왕도와 왕권의 몰락"을 읽어낸다. 그럼으로써 『쿠퍼 언덕』이 시인 자신의 정치적 입장에 국한되지 않는 측면을 가진 것으로, 따라서 왕당파 입장과는 다른 입장을 가진 사람들에게도 열려 있는 것으로 제시된다.

「『연애하는 여인들』에 나타난 '성'과 '일'의 문제」의 경우에는 『연애하는 여인들』(1919)의 작가 D. H. 로런스Lawrence의 문제의식 자체가 탈영국중심주의적이고 심지어는 탈인간중심주의적이기 때문에 이 문제의식이 어떻게 구현되었는지를 상세히 추적하는 것 자체가 영국인 로런스의 문제의식을 영국인이 아닌 우리가(더 나아가 잠재적으로는 인류 전체가) 공유하는 것을 돕는다. 김재오 교수가 『연애하는 여인들』에서 부각시킨 것은 "창조적 동력으로서의 '차이'"와 "타자의 타자성"으로 압축될 수 있는데, 이는 철학 분야에서는 푸코, 질 들뢰즈Gilles Deleuze가 등장하여 철학 연구의 판도를 바꾸어놓은 1970년대 무렵에서야 주요하게 부각된 주제들이다.

문학작품이(다른 예술작품도 마찬가지이다) 철학 및 과학 분야의 저작들과 다른 점은 후자가 이미 도달된 사유 내용, 그리하여 일정한 형태를 갖춘 사유 내용을 제시하는 반면에 문학작품은 사유의 생성 과정 자체를 제시하는 데 있다. 좋은 문학작품일수록 생성적 성격이 강하며 따라서 세부에 대한 해석—이는 사람마다 다르다—이 필수적이다. 철학적 및 과학적 저작을 읽을 때에는 어느 시점에서 독자가 그 사유 내용을 웬만큼 이해하게 되면 나머지 독서는 그것을 더욱더 분명하게 하는 데 기여한다. 그러나 문학작품에서는 세부 어디에나 기존의 이해를 무력하게 만드는 복병과 함정이 놓여 있을 수 있다. 이런 의미에서 문학작품을 논의할 때에는 세부에 대한 꼼꼼한 읽기가 필수적이다. 꼼꼼한 읽기를 통한 분석이 글에 어느 정도 직접 제시되느냐는 저자의 필요에 따라 다르겠지만 사전 작업으로서는 필수적이라는 말이다. 김재오 교수는 기본적으로 이러한 꼼꼼한 읽기를 바탕으로 한 문학 논의를 하는 연구자이다. 일반 독자들은 이것이 가진 문학연구사적 의미를 충분히 이해하지 못할 수도 있다.

1980년대 이전에 영문학 연구는 나름대로 작품에 대한 자세한 읽기를 유지했지만, 그것이 인물비평이나 신비평의 한계에 갇혀 있어서 앞에서 말한 '생성되는 의미의 해석'과는 다른 유형의 것이었다(신비평에 대해서는 「통합의 원리로서의 '문학'—리비스와 문화적 전통의 연속성」 4절 참조). 1980년대 이후에 여러 비평 이론들이 밀려들어왔고, 이 이론들을 작품에 적용하는 문학 논의가 성행하기 시작했다. 사실 이 이론들의 선구자 격인 노스럽 프라이Northrop Frye의 '원형'비평이 과학적 비평을 목표로 했다는 데서 알 수 있듯이, 이 이론들을 작품에 적용하는 것, 즉 작품의 외부에 이미 존재하는 틀을 작품에 부과하는 것은 문학 논의 고유의 방식이라기 보다는 과학의 통상적 방식을 따른 것이 되기 십상이었다. 그렇다 면 문학이론의 효용은 없는 것인가 하는 물음이 나올 수 있는데, 여기에 대해서는 지면이 한정된 이 서문에서 자세히 논할 수 없으 니 '잘못 사용될 뿐, 세상에 효용이 없는 이론은 없다'고 해두는 데 그치기로 한다.

김재오 교수는 꼼꼼한 분석을 기반으로 작품을 다루는 태도를 가령 "일차적으로 작품 내적인 논리에 따라 브루투스의 실패를 따져보고"(「브루투스와 영국 사회의 위기」)와 같은 구절에서 직접 진술 하기도 한다. 그런데 김 교수는 이러한 접근방식을 작품만이 아니 라 논문집 2권의 글들에서 다루어진 다른 연구 대상들—정치, 문화, 역사—에 대해서도 채택한다. 이 가운데 우선 눈여겨볼 것은 문학에서 문화로의 관심의 확대이다. 한국에서 '문학에서 문화로' 라는 구호가 대표하는 움직임이 처음 등장했을 때 이는 확대보다 는 단절의 성격이 큰 것이었고 여기에는 나름대로 일리가 있었다. 문학연구에 들어 있는 문학중심주의(문학적 가치를 절대화하는 태도) 와의 단절을 의미하는 한에서는 그랬다.

그러나 영국 문학을 영국중심주의로 환원할 수 없듯이 문학연 구 역시 문학중심주의로 환원할 수 없다. 문학작품 혹은 예술작품 만이 아니라 만물이 기호이고 우리가 이 기호를 해석하되 그 기호 의 뒤 혹은 아래에서 작동하는 힘(활력)을 포착하는 데 주력한다면 문학연구와 문화연구 사이에 근본적인 차이를 설정할 필요가 없 다. 활력의 포착과 연관된 논의는 「빅데이터 시대와 근대 지식관의 문제」에서 로런스가 『묵시록Apocalypse』에서 말하는 '상징'을 다루는 대목에서 찾을 수 있다.

인간과 사물의 경이로운 만남에서 사물의 사물성이 신으로 드러난다. 이러한 신성은 사물 속에 존재하는 것도 아니고 사물을 벗어나 존재하는 것도 아니다. 인간과 사물의 관계에 따라 신성의 발현은 달라진다. 그것은 때로는 '차가움'이고 때로는 '뜨거움'이며 때로는 '메마름'이다. 따라서 이 같은 세계에서 '관념'으로서의 신은 존재하지 않는다. 그러한 관념은 인간이 고립감과 고독감에 빠졌을 때, 다시 말해 인간과 우주의 관계가 단절되었을 때 도입되었다는 것이다.

(본서 205)

여기서 신으로 드러난 "사물의 사물성"이 바로 활력이다. 그리고 "인간과 사물의 관계에 따라 신성의 발현은 달라"지듯이 기호로서의 만물에 대한 해석이 사람에 따라 달라지며, 이 다른 해석들 사이의 차이는 다름 아닌 "창조적 동력으로서의 '차이'"(「『연애하는 여인들』에 나타난 '성'과 '일'의 문제」)인 것이다.

김 교수는 근대과학의 본질이 마르틴 하이데거Martin Heidegger가 말한 '조사연구research'에 있다고 보는데, 애초에 이 '조사연구'의 영역을 여는 '사건'은 '고정된 근본 윤곽도'(「빅데이터 시대와 근대지식관의 문제」)를 사물에 투사하는 것이다. 이는 쉽게 말하자면 사물을 미리 정해진 방들에 할당하는 것이다(여기서 방들은 '대상 영역'이 된다). 앞에서 언급했듯이 기존의 비평 이론들 가운데에도 "고정된 근본 윤곽도"에 의존하는 것들이 존재하며, 이럴 경우 문학비평

은 과학을 닮게 되고 만물을 활력의 기호로 보는 태도와는 다른 것
이 된다. 각 과학 분야의 "고정된 근본 윤곽도"는 그 대상 영역을 설
정하므로 이 대상 영역에의 충실성, 즉 앞에서 말한 이성의 사적 사
용이 핵심이 되는 것이다. 이와 달리 만물을 활력의 기호로 보는 태
도는 우주 전체로 열려 있다는 점에서 이성의 공적 사용의 가장 탁
월한 형태라고 할 수 있다.

문화연구도 그것이 과학을 넘어서지 못하면 활력의 표현이라는
차원에 못 미치게 되며, 최선의 경우라고 해도 (프랑크푸르트학파처
럼) 문화가 권력(자본)에 종속되는 양태를 비판적으로 밝혀내는 데
그칠 것이다. 이러한 비판 작업이 의미가 없는 것은 아니지만 어떤
'판'의 존재(이성의 사적 사용)를 지적하는 것이 자동적으로 그 '판'
의 극복(이성의 공적 사용)이 되는 것은 아니라는 점이 중요하다.

김 교수가 「아놀드의 사상─민주주의, 비평, 그리고 교양」에서
논의한 '교양'('형성Bildung')은 바로 활력을 포착하는 능력(이는 그
자체가 활력의 한 양태이다)의 양성, 이성의 공적 사용 능력의 양성에
다름 아니다. 김 교수가 인용한, '교양' 개념에 대한 아놀드의 다음
과 같은 설명은 그가 말하는 '교양'의 핵심에 이성의 공적 사용이
잠재한다는 것을 시사해준다.

(…) 그러나 교양은 다른 방식으로 작용한다. 그것은 열등한 계급들
의 수준으로 내려가서 가르치려고 하지 않는다. 또한 그것은 이런저런
자신의 분파를 위해 기성의 판단들과 표어들로 그들의 마음을 사로잡
으려고 하지 않는다. 그것은 계급들을 없애고자 한다. 현재 세상에서

사유되고 알려진 최상의 것을 모든 곳에 유통되게 하고자 하는 것이다.

(Arnold Vol. VI 112-113)

이렇듯 김재오 교수의 문학론은 문화론인 동시에 교양론으로 이어지며, 이는 다시 정치 영역으로 확대된다. 논문집 2권에는 정치사상을 다룬 글이 네 편이나 된다. 「'네그리의 정치사상과 문학'의 쟁점들」에서는 "예술(문학)의 정치성"이라고 부르는 것을 논의하고, 「브루투스와 영국 사회의 위기」에서는 충돌하는 정치사상들이 그 맥락을 구성하는 작품을 다루며, 「『투사 삼손』과 밀턴의 정치사상」에서는 작자가 자신의 정치사상을 표현한 작품을 다룬다. 또한 「인권의 정치와 민주주의의 재구성—토머스 페인의 『인간의 권리』」는 제목에서 보듯이 아예 정치적 견해 자체를 논의하고 있다.

한때 한국 영문학계에 지배적이었던 문학관에서는 문학을 정치와 연결시키는 것이 일종의 금기였지만, 이 역시 시간이 가면서 사라져서 지금은 문학 논의에서 정치를 거론하는 것이 하나도 이상하지 않은 일이 되었다. 그리고 양자를 어떻게 연관시키는가가 관건이 되었다. 김재오 교수의 경우 정치에 대한 관심은 그의 문학론, 문화론, 교양론의 자연스러운 확대이다. 스피노자Spinoza의 경우 윤리(활력의 증가)의 문제가 곧 정치적 문제, 즉 바람직한 공동체의 근본 원리를 찾는 문제였듯이, 활력의 양성으로 이해된 교양의 문제 또한 정치적 문제이다. 정치와 문화가 분리된 것은 근대 이후에 국가와 자본이 이두체제로 지배하게 되면서 일어난 일이다. 그 이전까지 인류에게는 공동체가 존재하는 한에서 정치와 문화가 하나로 연결되어 있었다. 지금 인문학이 신자유주의에 의해 궁지에 몰린 상황에도 불구하고 해야 할 역사적 사명이 있다면 그 것은 정치와 문화의 내재적 연결성의 복원일지도 모른다. 이는 신 자유주의에 속수무책으로 이용되고 최선의 경우일지라도 이성의 사적 사용에 복무할 뿐인 대의민주주의와는 다른, 진정한 의미의 민주주의의 '재구성'일 것이다. 김재오 교수에게 대의제는 "오늘날 민주주의와 공화주의 원리 자체를 훼손할 지경에 이르렀"으며 "위 임된 권력이 국민의 권리를 찬탈하고 횡령할 가능성은 언제나 존 재하고 실제로 그런 경우가 많"은 제도인 것이다(「인권의 정치와 민 주주의의 재구성—토머스 페인의 『인간의 권리』」).

페미니즘, 식민주의(탈식민주의)와 관련된 지역 역사, 언어론, 정 치철학사상으로의 그의 관심의 확대도 비록 일회적일지라도 그의 건강한 지적 핵심이 발휘되는 사례들이기는 마찬가지이다. 그에게 더 많은 시간이 주어졌더라면 전공 분야에서의 지적 능력의 심화 와 함께 그에 상응하는 심도 있는 관심사의 확대도 계속되었을 것 이다. 안타깝게도 이제 이것은 남은 사람들의 몫이 되었다.

논문집 2권의 편집작업에는 영미문학연구회의 김명환 교수, 이 미영 교수, 원영선 교수, 성은애 교수, 박여선 교수, 김영희 교수, 권영희 교수, 박미경 교수가 바쁜 가운데도 시간을 내어 함께했다. 김재오 교수를 대신하여 모두에게 감사의 마음을 표한다.

고 김재오 교수 논문집 2권 책임편집자
정남영

약어목록

JC   Shakespeare, William. *Julius Caesar.* Ed. Marvin Spevack. Cambridge: Cambridge UP, 1988.

RM   Milton, John. *The Riverside Milton.* Ed. Roy Flannagan. Boston: Houghton Mifflin, 1998.

WL   Lawrence, D. H. *Women in Love.* Cambridge: Cambridge UP, 1989.

P   Lawrence, D. H. *Phoenix: Posthumous Papers of D. H. Lawrence.* New York: The Viking Press, 1972.

『다중』 마이클 하트·안토니오 네그리, 조정환 외 역.『다중』. 세종서적, 2008.

차례

1

브루투스와
영국 사회의 위기

1. 들어가며

『줄리어스 시저Julius Caesar』가 문제적인 작품이라는 점은 여러 평론가들이 지적한 사항이다. 이 작품에 '문제극'이라는 별칭을 붙인 어니스트 스칸저Ernest Schanzer에 따르면 이 작품의 주요 인물이 누구인지의 여부, 윌리엄 셰익스피어William Shakespeare가 시해라는 사건을 비난받아야 할 행위로 보기를 원했는지의 여부 등을 두고 평론가들 사이에서도 논란이 거듭되었다고 한다(Schanzer 1963, 10). 등장인물에만 초점을 맞추어도 시저와 브루투스Brutus의 성격을 두고 논란이 끊이질 않는다(Hartsock 56). 작품 자체에 대한 이런 문제제기를 역사적인 관점에서 접근한 비평들은 영국 귀족정치의 위기를 반영한 작품이라는 원론적인 견해를 피력한 글부터 폭군살해 논쟁tyrannicide debate이라는 특정한 역사적 문맥에 시저의 시해를 관련시키는 논의까지 다양하다. 하지만 이 논의들의 공통점은 이 작품의 '정치적 의미'를 밝히는 것이 작품 이해의 핵심이라고 보는 것이다. 본고에서는 이 작품이 영국 귀족정치의 위기라는 역사적 국면을 반영했다는 견해를 받아들이면서 이것이 특히 브루투스의 재현과 어떤 관련성이 있는지를 검토하고자 한다.

이 작품의 제목과는 달리 브루투스에게 햄릿에 비견될 만큼 주인공으로서의 독자적인 성격이 부여된 터라 브루투스의 재현을 빼놓고는 이 작품의 의미를 온전히 이해하기가 힘들어진다. 물론 브루투스와 햄릿이 서로 다른 방식으로 이상주의자의 면모를 띤다거나 이 두 인물이 공적인 필요와 사적인 필요 사이에서 갈등한다는 식으로 공통점을 따지면(Bassnett 142-143) 평면적인 비교 이상이 되기는 힘들겠지만, 이러한 주장은 브루투스의 극 중 중요성을 새삼 실감하게 한다. 따라서 역사적·정치적 읽기를 표방할 때에도 브루투스의 성격과 내면 갈등의 양상을 제대로 자리매김하지 않으면 작품의 극적 맥락을 벗어나는 논의로 귀결되기 쉽다. 예컨대 웨인 레브혼Wayne Rebhorn은 영국 귀족정치의 위기를 다룬 작품으로 『줄리어스 시저』를 읽는다는 점에서 본고에 많은 시사점을 던져주지만, 브루투스와 다른 인물들 간의 차이를 간과하는 경향이 있다. 그는 로렌스 스톤Lawrence Stone의 연구와 『줄리어스 시저』를 병치시키면서 논의를 전개하는데, 그 주된 논지는 다음과 같다.

이 작품이 영국 귀족정치의 위기를 반영하고 있되 스톤이 경제와 사회사의 입장에서 이 문제를 다룬다면 셰익스피어는 도덕적 관점에서 귀족계급이 '모방적 경쟁관계emulation'—레브혼은 르네상스적 맥락에서 'emulation'이라는 말이 자신의 모범이 되는 인물과의 동일시(모방)와 경쟁심(투쟁)을 동시에 의미한다고 지적한다—와 분파주의factionalism 때문에 자멸하는 과정을 보여준다는 것이다. 즉, 귀족계급이 무사로 규정된 봉건제후에서 절대왕정의 조신courtier으로 바뀜에 따라 궁정생활에 필요한 자금을 조달하는 과정에서 한편으로는 자신의 지대를 상승시켜 토지 경작민들과 유리되고 다른 한편으로는 왕의 재정 지원에 의지하면서 권위와 영향력을 잃게 된 상황을 셰익스피어가 '모방적 경쟁관계'에서 유발된 귀족들의 자기파멸 과정으로 그리고 있다는 것이다(Rebhorn 75-111). 레브혼은 이러한 '모방적 경쟁관계'가 작품에서 어떻게 작동하고 드러나는지 보여주고 있지만, 이런 논법의 성격상 브루투스와 시저의 차이보다는 공통점을 찾는 데 주력한다는 인상을 준다. 요컨대 로마 귀족사회의 전반적인 정치문화에서 볼 때 브루투스와 시저 사이에 큰 차이가 없다는 주장이다.

그러나 이 작품의 실질적인 주인공이 브루투스라고 할 만큼 그의 고결한 성품이나 내면 갈등의 재현을 시저의 그것과 동일 차원에서 비교할 수 없다는 점은 분명하다. 이는 무엇보다도 브루투스를 역모에 끌어들인 카시우스Cassius가 방백을 통해서 그의 성품을 칭송하거나, 교활한 정치적 술수를 구사하는 안토니우스Antonius마저도 다른 반란세력들과 구별되는 브루투스의 남다른 점을 알아본다는 사실에서 확인된다. 시저의 경우 그를 흠모하는 아르테미도루스Artemidorus가 "덕이 있는 자조차 경쟁심이란 독니에서 벗어나지 못하는구나"(*JC* 2.3.10-11)라고 하면서 쪽지를 건네주지만 그가 이를 무시해버리는 장면에서 볼 수 있듯이 '덕성'보다는 '경쟁심'이 강조되는 편이다. 브루투스를 제외한 역모세력의 경쟁심과 시저의 경쟁심이 동전의 양면이고 이들 전체와 브루투스의 차이가 부각되는 것이다.

그런데 이런 차이를 전제하면서 브루투스를 비극적 인물의 차원으로 끌어올리되 자기기만이나 비극적 환멸 같은 성격적 측면만을 강조해서는(Schanzer 1955, 1) 브루투스를 온전히 이해한다고 할 수 없다. 스칸저는 레브혼과는 다른 의미에서 이 작품을 정치적 문제보다는 윤리적 문제moral issue를 다룬 작품으로 이해하지만, 이 작품에서 윤리적 문제는 바로 정치적 문제이기도 하다. 물론 이 두 문제의 결합 양상은 극적 맥락에 따라 다양하게 나타나지만, 케임브리지 판 편집자가 주장하듯이 이 작품에서 두드러지는 사적 영역과 공적 영역의 '호환 가능성reversibility'은 이 둘을 따로 떼서 논의하는 것을 불가능하게 한다. 즉, 사적인 장면과 공적인 장면이 동시에 존재한다거나 사적인 자아와 공적인 자아의 갈등이 나타난다는 차원을 넘어서, 공적인 장면들이 공적인 관심사뿐만 아니라 사적인 관심사로도 발전하거나 사적인 장면들이 그 의도나 결과에 있어서 동시에 공적인 장면들이 되는 것이다(Spevack 17). 특히 본고의 논지와 관련하여 강조할 사항은 브루투스의 내면 갈등이 그 자체로 정치적 시해의 결정과 관련을 맺고 있고 이 갈등을 축으로 작품을 읽어나가다 보면 그 핵심에 브루투스가 고민한 공화정 이념의 성격이 드러난다는 점이다. 따라서 브루투스의 재현을 중심으로 작품을 읽으면 현실정치를 바라보는 셰익스피어의 관점과 정치관 자체를 더 넓은 문맥에서 엿볼 수 있으리라고 본다.

그러나 브루투스의 재현을 중심으로 이 작품을 읽어나간다고 할 때 이 작품과 당대 역사의 관련성과는 또 다른 근본적인 문제가 떠오른다. 우선 작품 속 로마의 역사 전개 방향과 영국의 역사 전개 방향이 다르다. 다시 말해 로마의 정치체제는 공화정에서 제정으로 바뀌어가는데 영국은 그 반대 방향으로 정치체제가 바뀐다는 것이다. 또한 시저가 영국 절대군주의 모습과 유사하다고 할지라도 그는 엄연히 공화정하의 집정관이라는 점에서 영국에서처럼 왕권의 절대성이나 왕권과 의회의 대립과 갈등이 확연히 드러나지는 않는다. 이와 관련하여 브루투스의 반란은 확고하게 정립된 왕정체제에 대한 반발이라기보다는 한 사람에게 권력이 집중되는 상황을 미연에 방지하기 위해 공화정 이념을 그 명분으로 내건다는 점에서 영국혁명의 성격과 구별된다고 할 수 있다. 더욱이 시저 시해라는 사건이 결국에는 로마 공화정의 붕괴를 촉진시키고 제정으로 가는 길을 열어주었다는 사실은 브루투스가 시대의 대세를 잘못 읽은 시대착오자가 아닌가 하는 의구심과 함께 브루투스를 재현한 셰익스피어의 의도가 무엇인가 하는 의문을 남긴다. 물론 로마적 가치들이 어떻게 작품 속에서 활용되고 강조되는지를 밝혀냄으로써 셰익스피어 작품들의 갈등 양상을 좀 더 분명히 이해할 수 있다는 주장도 있지만(Thomas 1-39) 이러한 주장은 오히려 작품에 재현된 로마와 실제 영국의 차이를 흐려놓을 수 있다. 이러한 모든 점을 고려한다면 이 작품을 영국 사회와 곧바로 연결시키기에는 무리가 있다. 이러한 이유로 필자는 일차적으로 작품 내적인 논리에 따라 브루투스의 실패를 따져보고 작품 밖의 영국 사회와 연결하여 그 실패의 의미를 살펴보고자 한다.

2. 시저 시해를 낳은 당대의 정치적 대결 구도

브루투스가 어떤 인물로 그려졌는지를 살펴보기 전에 작품 전반에 감도는 시대적 분위기를 점검하는 것이 필요할 것 같다. 이는 브루투스가 내세우는 공화정 이념의 현실적인 정합성을 따지는 데도 중요하지만 시저 시해라는 사건이 일어나게 된 궁극적인 이유를 살피는 데도 긴요하기 때문이다. 다시 말해서 브루투스를 위시한 공화정 세력과 시저를 중심으로 하는 제정파 간의 대결 국면이 형성된 역사적 상황을 살펴보아야 한다는 것이다. 이를 통해 우리는 브루투스가 왜 실패하는가, 그리고 그의 구조적 한계는 무엇인가를 분명히 알 수 있을 것이며, 나아가 그의 역사적 의의를 영국 사회와 연결시켜 생각해볼 수 있을 것이다.

우리는 시대의 분위기를 가장 잘 요약한 내용을 키케로Cicero의 말에서 찾을 수 있다. 키케로가 반란에 가담하지 않고 사태를 냉담하게 관찰한다는 점에서 그의 말은 다른 어떤 이의 말보다 객관적으로 들린다.

실로 시대의 분위기가 심상치 않구려.

허나 사람들은 자기식대로 일들을 추론하거든.

그 일들의 원래 목적과는 딴판으로 말이오.

(JC 1.3.33-35)

이 대목은 카스카Casca가 자연의 동요와 로마에서 생긴 이상한 전조들을 키케로에게 말하고 나서 사람들이 이에 대해 "그 까닭은 이렇지, 당연하고말고"(JC 1.3.30)라고 말하는 상황에 대해 우려를 표명하자 키케로가 거기에 응답하는 부분이다. "자기식대로in their fashion"의 'fashion'이라는 단어가 이 작품에 자주 등장하는데, 이는 각각의 맥락에 따라 다른 의미를 갖지만 기본적으로는 '어떤 대상을 변형시켜 만들다'라는 의미의 자장 안에 있다. 위 인용문이 의미하는 바도 바로 그렇다. 키케로는 사람들이 사물 혹은 일의 원래의 "목적"과는 동떨어진 채 "자기식대로" 이를 해석하고 구성하거나 추측하는 상황을 우려한 것이다. 즉, 어떤 현상에 대한 해석이 단일한 해석적 코드에 얽매이지 않고 다양하게 나타날 수 있다는 사실을 보여주는 동시에 기존의 해석체계가 더 이상 통용되지 않는 상황을 반증한다. 아전인수의 상황이 보편적인 현상인 셈이다. 예컨대 이런 상황은 카시우스가 카스카를 역모에 끌어들이려고 할 때는 자연의 동요와 로마에서 생긴 이상한 전조들을 하늘이 내린 공포와 경고의 수단으로 해석하다가 다시 그런 자연의 괴변들과 시저의 폭정을 유비하고 마침내 카스카를 설득한 후에는 하늘의 모양새를 역모와 연결시키는 대목에서 확인되는 바이다.

바로 그런 점에서 'fashion'의 어원이 'facere'로 'faction'의 어원과 동일하다는 점(『옥스퍼드 영어사전OED』참조)에 주목하지 않을 수 없다. 즉, 이 단어는 '자기편으로 끌어들이다'라는 의미도 지니게 되는 것이다. 이러한 점은 브루투스가 리가리우스Ligarius의 시저에 대한 반감과 자신에 대한 호의에 기초하여 "내가 그를 우리 편으로 만들겠소I will fashion him"(*JC* 2.1.220)라고 말하는 대목에서 분명히 드러난다. 요컨대 'fashion'이라는 말은 해석의 차원에서뿐만 아니라 현실정치의 영역에 이르기까지 그 의미의 파장이 확장되는 것이다. 앞에서 언급한바 카시우스가 카스카를 역모에 끌어들이는 대목이 '자기식대로의 해석'과 '분당 짓기'가 맞물려 있음을 보여주는 적절한 예이다. 따라서 정치적 명분이 무엇이든지, 다시 말해 공화정의 고수이든지 왕위 옹립이든지 상관없이 정치적 이해관계에 따라 정치세력들 간의 이합집산이 일어날 공산은 그만큼 커진다고 할 수 있다.

이런 맥락에서 카시우스가 시저를 폭군으로 몰아가면서 시해의 정당성이 신의 뜻에 있음을 강변하는 것은 르네상스 시대의 '폭군 살해 논쟁'의 이데올로기적 근거들 자체가 작품 내의 맥락으로 흡수되는 과정을 보여주는 동시에 그 근거들이 위협받고 있다는 사실을 보여준다. 폭군을 살해할 수 있는 근거는 왕에게 권리를 부여한 '신의 뜻'과 '민중의 의지'에 있는데(Miola 284-285), 실제 작품에서 전자는 시해세력에 의해 전유되고 후자는 시저가 왕관을 연극적으로 거부하는 장면이나 안토니우스의 장례식 연설 장면에서처럼 이해관계에 따라 정치적 상황에 좌지우지된다. 여기에서 강조해야 할 점은 맹세 장면에서 브루투스가 시저를 신에게 바치는 제물로 삼자고 하는 것이 카시우스처럼 정치적 술수에서 나온 수사와는 본질적으로 다른 성격을 지닌다는 것이다. 작품 전체에서 브루투스가 반란을 도모하는 것은 '시저의 정신'을 없애고자 하는 바람에서 비롯되었다는 점에서 '신의 뜻'이 시해에 대한 정당화의 수단으로 쓰였다는 로버트 마이올라Robert Miola의 해석(Miola 285)은 일면적이라고 할 수 있다. 강조해야 할 또 하나의 사항은 브루투스가 시저의 육체를 난도질하지 말자고 하면서 민중에게 "살인자들"이 아닌 "숙청자들purgers"로 보여야 한다고 반란세력에게 주지시킨다는 사실이다. 브루투스는 시해라는 사건을 '시저의 정신'을 없애면서 (마이올라의 표현을 빌리면) '신의 뜻'과 '민중의 의지'를 결합시키는 하나의 의식ritual으로 보는 것이다. 로마 민중의 왜곡된 의지가 '시저의 정신'과 결합되어 시저가 왕이 되는 상황을 브루투스가 누구보다 우려한 것은 이런 사정 때문이다. 그렇다면 이 작품에서 로마 민중은 어떻게 재현되는가?

로마 민중의 성격을 살펴보기 전에 염두에 두어야 할 점은 이들이 단독으로 작품에 등장하지는 않는다는 것이다. 민중 간의 대화나 그들의 생활을 엿볼 수 있는 장면이 등장하지 않고 귀족들에 의해 보고되는 대목이나 행사에 참여하는 장면을 통해 민중이 재현된다는 것이다. 이렇게 보면 민중에 대해 어떠한 판단을 내릴지, 즉 그들이 영웅 숭배에 들뜬 우중愚衆인지 시저의 치하에서 벗어나 자유와 평화를 누리는 것을 갈망하는 피억압자들인지 판단하기가 쉽지 않다. 그리고 실제로 로마 민중이 바라는 정치체제가 공화정인지도 의문이다. 시저를 시해한 브루투스를 찬양하다가 안토니우스의 연설에 감동되어 오히려 그를 역모자로 몰아붙이는 데서 알 수 있듯이 그들이 바라는 바가 정치체제와 큰 상관이 없어 보이기 때문이다. 이런 점에서 작품 서두에 등장하는 호민관들과 평민들의 대화에는 주의 깊은 독법이 요구된다. 호민관들이 판단하는 대로 로마 평민들을 "비천한 금속"쯤으로 생각한다면 우리는 이제까지 존속해온 공화정 체제가 로마 민중과 유리되고 있다는 점을 간과할 수 있기 때문이다.

호민관들과 평민들의 대화에서 눈에 띄는 점은 그들 간의 반목과 갈등이다.

> 매럴러스: 그래 직업이 뭐냔 말이냐? 똑바로 대답해.
> 구두 수선공: 양심에 거리낌 없는 직업입죠. 사실 못 쓰게 된 구두 바닥을 수선하는 사람입니다요.
> 플라비어스: 고얀 놈, 직업이 뭐냐니까? 이 버르장머리 없는 놈아, 직업이 뭐냐고 묻지 않느냐?
> 구두 수선공: 참, 제발 성질내지 마세요. 하지만 나리가 고장 나시면 제가 고쳐드립죠.

> (*JC* 1.1.12-17)

호민관들의 평민들에 대한 태도는 고압적이다. 구두 수선공이 '나리sir'라는 경칭을 쓸 만큼 호민관들은 평민들에게 군림하는 세력으로 비쳐진다. 또한 "나리가 고장 나시면 제가 고쳐드립죠"라는 대목에서 드러나듯이 평민들 또한 호민관들에게 불만이 상당하다.

브루투스가 그나마 민중의 '눈'을 상당히 의식하는 데 비해 호민관들은 아예 이들을 무시하는 것이다. 브루투스를 제외하면 반란세력 역시 평민들에 대한 태도가 호민관들과 대동소이하다고 할 수 있다. 예컨대 카스카가 이들을 "어중이떠중이tag-rag people"로 칭하는 데서 알 수 있듯이, 그저 자신들의 정치적 목적을 위해 이용할 수 있는 우중 정도로 파악하는 것이다. 마크 헌터Mark Hunter의 지적대로 반란세력은 "해방Liberty", "자유Freedom", 그리고 "시민권Enfranchisement" 등을 정치적 캐치프레이즈로 내걸고 있지만, 그들이 자신들의 세력 이외의 다른 사람들에게 실질적인 관심을 기울이고 있다는 조짐은 전혀 보이지 않는다(Hunter 200). 이들이 민중과 반목하는 시점에서 공화정 이념을 내세우며 시저의 시해를 도모하는 것은 그 이념 자체의 공허함을 보여줄 뿐이다. 이런 사정을 너무나 잘 알고 있는 카시우스가 브루투스를 반란에 끌어들이는 것은 그의 '가치'가 반란세력의 '절대적인 필요성'이 되기 때문이다. 즉, 카스카의 말대로 "그분은 모든 민중의 마음속에 고귀하게 자리 잡고 있고,/그분의 얼굴은 마치 가장 값진 연금술처럼/우리[반란세력]가 하면 죄악처럼 보일 일을/가치 있는 일과 미덕으로 바꾸어놓는"(*JC* 1.3.157-160)다는 것이다. 카스카의 말이 브루투스와 민중의 관계에 대한 부분적인 진실에 지나지 않는다는 점은 작품 말미에 드러나지만, 적어도 반란세력 중에서 브루투스만큼 민중의 지지를 이끌어낼 수 있는 인물은 없다. 바꾸어 말하면 브루투스라는 상징적 인물이 없다면 민중의 지지를 이끌어낼 수 없을 정도로 공화정 세력과 민중 간의 괴리가 심화된 셈이다.

이들과는 대조적으로 연극적이기는 하지만 왕관을 세 번씩이나 거부하는 시저나 군중을 친구라고 하면서 정신적 유대감을 자극하는 안토니우스는 민중의 정서가 어디에 있는지를 정확히 꿰뚫어보면서 민중을 자신의 편으로 끌어들이는 데 성공하고 있다. 공화정 체제가 더 이상 민중의 사랑을 얻기에는 역부족인 상황과 이를 이용해 시저가 민중의 지지를 끌어내서 왕위에 오르게 되는 상황이 맞물리는 것이다. 이런 상황에서 공화정 옹호파들이 자신들의 정치적 실권을 빼앗기지 않기 위해 시저의 시해를 도모하는 것은 우연이 아니다. 이러한 사태를 누구보다도 절실히 인식하는 이는 물론 브루투스이다. 실제로 카시우스가 브루투스를 반란에 가담시키기 위해 시저에 대한 험담과 시저의 권력독점에 대한 비판을 장황하게 말하기도 전에 브루투스의 내면 갈등은 시작된다. 카시우스가 브루투스에게 표정이 좋지 않다고 하자 브루투스는 "나 자신과 싸우고 있다"(JC 1.2.46)고 말하는데, 카시우스가 바로 이런 내면을 비추어주는 "거울"임을 자처하고 나선 것이다. 물론 이 거울에 비친 상은 왕이 된 시저의 모습일 터인데, 상 자체는 브루투스와 카시우스에게 동일하지만 상이 만들어지는 과정에 대한 판단에 있어서 두 사람은 커다란 차별성을 보인다. 카시우스는 왕의 자격이 없는 시저가 권력과 영예를 독점하면서 왕이 되는 것에 '경쟁심 emulation'을 품고 있는 반면, 브루투스는 시저가 자의로 왕이 될 것을 우려하고 있기보다는 "민중이 시저를/자신들의 왕으로 선택하게 될까봐 두려워하기"(JC 1.2.78-79) 때문이다.

이러한 차이 때문에 반란을 실질적으로 주도하고 있는 카시우스는 시저를 제거하는 데 있어서 브루투스의 경우와 달리 내적 갈등이 없다. 그는 누구보다도 시저의 개인적 약점을 잘 알고 있을 뿐만 아니라 브루투스와는 달리 시저에게 총애를 받지 못하고 오히려 경계의 대상이기 때문이다. 이러한 시저와의 앙숙관계가 카시우스가 서둘러 시해를 실행하는 내적 추동력이다. 그러나 무엇보다도 그는 로마의 정치현실을 꿰뚫어보고 거기에 현실적인 대응력을 발휘할 수 있는 인물이기 때문에 반란을 일으키는 데 중추적인 역할을 할 수 있는 것이다. 이를테면 그는 자연의 동요를 시저의 폭정과 유비시킴으로써 반란의 보편적(우주적) 근거를 마련하고 브루투스의 조상이 얼마나 왕정을 혐오했는지를 말하면서 그에게 공분을 일으키는 한편, 실제로 시저가 폭군이 아닌데도 로마인들이 "양떼"나 "사슴"처럼 굴기 때문에 폭군이 될 수밖에 없다는 수사적 언변을 통해 카스카를 반란에 가담시킨다. 시저를 시해하기 위한 명분을 얻기 위해 갖가지 정치적 술수를 동원하는 것이다. 결국 카시우스는 정치적 실권을 되찾겠다는 현실적인 이유 때문에 시저의 시해를 계획한 셈이다. 카시우스가 시저를 실제보다 나쁘게 묘사하는 것은 이런 이유에서이다.

3. 브루투스의 갈등

하지만 브루투스의 경우에는 사정이 다르다. 그는 시저를 죽이려는 결정을 쉽게 내리지 못한다. 시저가 자신을 사랑하고 그 또한 시저에 대한 존경심을 가지고 있기 때문이다. 하지만 앞에서 언급했듯이 민중이 시저를 왕으로 옹립했을 때 지금까지 신봉하고 있던 자신의 정치적 이상이 무너지기 때문에 그는 시저를 제거할 수밖에 없는 상황에 봉착하게 된다. 따라서 이러한 상황은 그에게 내면 갈등을 유발하지 않을 수 없다. 시저를 제거할 명분을 찾기 위해 고민하는 그의 독백은 이러한 갈등의 양상을 여실히 보여준다.

그를 죽임으로써 해낼 수밖에 없어.
나로서는 그를 걷어차야 할 개인적인 이유는 없지.
하지만 대중은 달라. 그에게 왕관을 씌우고 싶어 하잖아.
그게 그의 본성을 어떻게 변화시킬지가 문제야. (…)
양심과 권력이 분리될 때 권위의 남용이
일어나는 법이거든. 허나 시저에 대해 솔직히 말하자면
나는 그의 이성이 감정에 휩쓸리는 것을 본 적이 없어.
하지만 흔한 경험에 비추어보자면,
겸손이란 젊은 야망이 밟고 올라가는 사다리야.
위로 오르는 자는 얼굴을 사다리로 향하지만,
그가 일단 제일 꼭대기 단에 올라 구름 속을 보게 되면,
자기가 밟고 올라왔던 사다리 아래쪽의 단들을 멸시하는 법이거든.
시저도 그럴지 몰라. 그러니 그렇게 되지 않도록 미리 조처를 취해
야지.
다만 그의 현재 모습에선 시빗거리를 찾아낼 수 없으니
이렇게라도 그 이유를 마련해야지. 즉, 현재의 그가 자라나면
이러저러한 극단적인 짓을 할 수 있다는 것이지.

(*JC* 2.1.10-31)

이 대목을 두고 레브혼은 많은 비평가들이 그러하듯이 시저의 인물됨과 미래의 행동에 대한 브루투스의 평가가 불분명하고 자기 기만적이라고 지적하면서 동시에 그러한 평가는 앞서 말한 '모방적 경쟁관계'로 이루어진 로마 귀족사회에 대한 이해와 그런 사회에 속한 인물에 대한 논리적 인식에서 비롯된다고 주장한다. 다시 말해 로마 귀족사회의 정치문화에 익숙한 브루투스의 입장에서 나온 평가이기에 나름의 현실성을 지닌다는 것이다(Rebhorn 88-89). 이러한 주장은 브루투스와 시저의 동일성을 부각시키기에는 그럴 듯하게 들리지만 브루투스의 내면 갈등이 어디에서 유래하는지는 밝혀주지 못할뿐더러 오히려 이러한 문제제기 자체를 가로막고 있다고 할 수 있다. 만약 브루투스의 말이 카시우스 등의 반란세력에 하는 말이었다면 레브혼의 주장은 어느 정도 설득력이 있겠지만, 이 대목은 독백의 형태를 띤다는 점에서 우선은 브루투스의 내면 갈등이 그만큼 첨예함을 예시한다. 다른 한편 J. I. M. 스튜어트Stewart는 브루투스가 반란에 가담하는 이유가 충분히 설명되지 않는다면서 그것이 '금욕주의적 가면stoic mask' 뒤에서 작동하고 있는 브루투스의 '모호한 감정'에 기인한다고 주장한다(Stewart 51). 그러나 이 주장 역시 브루투스의 내면 갈등 양상을 작품의 극적 논리에 따라 이해하지 않고 그의 고결한 성품을 전제로 그가 역모에 가담할 절대적인 이유가 없음을 강조하는 터라 '모호한 감정'이 어떤 의미를 지니는지 충분히 해명하지 못한다.

이 대목에서 브루투스의 내면 갈등의 두 축은 시저 시해에 대한 개인적인 명분과 공적인 명분 간의 괴리와 현재의 시저 상과 미래의 시저 상 사이의 괴리이다. 그러나 따지고 보면 시해의 공적인 명분을 찾기 위해 시저의 부정적인 미래상이 자꾸만 브루투스의 뇌리에 떠오르는 것처럼 보인다. 가령 앞의 인용문에서 브루투스는 시저가 왕이 될 수도 있지만 이것이 그의 본성을 변화시킬 수있으며 왕위를 가진 시저가 양심을 저버리게 되면 그 권력을 남용할 수 있다는 우려를 표명한다. 그러나 이러한 미래의 우려가 잠시불식되는 것은 브루투스 자신도 시저가 감정에 좌우되는 것을 보지 못했다는 점 때문이다. 따라서 브루투스는 개인적인 경험을 통해 이제까지의 시저에 대한 자신의 판단을 뒤집을 만한 근거를 마련하지 못하고, "흔한 경험"에 의해 시저가 미래의 폭군이 될 수 있음을 가정하고 이를 미연에 방지하기 위해 그를 죽여야 한다는 결론에 도달하게 되는 셈이다.

실제로 데시우스Decius의 아첨에 놀아나거나 메텔루스 침버 Metellus Cimber가 시민권 복권을 탄원할 때 드러나는 시저의 행태는 브루투스가 우려하는 미래의 시저 상으로 나타난다. 시저는 작품에서 이렇게 양면적으로 나타나는데, 브루투스에게 문제가 되는 점은 이 가운데 긍정적인 면이 부각된다는 것이다. 이것은 명예나 정직함을 중시하는 브루투스의 견인주의적 거울에 반사된 상이기에 현실적이지 못할 수도 있다. 그러나 바로 그렇기 때문에 브루투스의 내면 갈등은 더욱더 증폭된다. 공화정 이념이라는 대의를 지키는 것과 시저를 죽여야 하는 필연성 사이를 매개할 만한 근거, 이를테면 시저의 약점, 폭군으로서의 모습 등이 미래를 가정하지 않고서는 브루투스의 시야에 안 들어온다는 것이다. 물론 이 독백

이 끝난 다음에 카시우스가 조작한 편지는 시저를 죽이겠다는 결심을 굳히는 데 도움을 준다고 할 수 있다. 그러나 시저의 시해를 결정하고서도 브루투스는 여전히 양심의 가책을 느낀다.

> 카시우스가 처음 시저의 시해를 도모하도록 나를 부추긴 이래
> 나는 잠을 잘 수 없었지.
> 그 충동질이 시작된 후 가공할 일을 실행에 옮겨야 할 때까지,
> 그 사이의 시간은 마치 환상이나 악몽과도 같았어.
> 정신과 육체의 기관들이 모의를 하고,
> 인간의 상태는 마치 작은 왕국처럼
> 내란의 상황에 빠지게 되었어.
>
> (*JC* 2.1.63-69)

이 대목은 시저를 시해하려는 정치적 반란이 브루투스의 내부의 반란과 유비되고 있음을 보여준다. 브루투스의 견인주의적 성격의 일면인 '일관성constancy'은 시저라는 인물을 죽여야 한다는 사실 때문에 와해될 지경에 이른다. 시저에 대한 그의 충성심은 거의 무의식까지 침투해서 그의 견인주의적 성향과 궤를 같이하는 것이기에 시저 시해는 브루투스에게 내부의 반란이 아닐 수 없다. 맹세 장면에서 브루투스가 역정을 내면서 시저를 폭군처럼 묘사하는 것은 이러한 내부의 반란을 잠재우려는 충동에서인 것처럼 보인다. 그러나 이 내부의 반란이 쉽게 수그러들지 않는다는 것은 브루투스가 자신의 "고귀한 아내"인 포르티아Portia에게조차도 "마음의 비밀들"이나 "슬픈 이마에 새겨진 모든 글자들"(*JC* 2.2.3)을 말

할 수 없다는 사실에서 단적으로 확인된다.

브루투스가 정치적 반란을 일으키기는 하지만 결국 내부의 반란을 잠재울 수 없었다는 것은 시저를 죽여야 하는 개인적인 이유가 없기도 했지만 그 공적인 명분의 근거가 그만큼 취약했음을 의미한다. 이 내부의 반란을 진압하는 데는 브루투스가 내세운 공화정 고수와 시저 시해라는 거사 사이의 논리적 연결고리로 각성된 민중의 지지 같은 것이 필요한데, 그것이 현재로서는 부재하다. 브루투스는 그 거사의 공적인 의미를 확신할 길이 없고 오히려 시저와의 개인적 친분관계 때문에 더욱 괴로워한다. 따라서 이런 불확실성이 시해 행위 자체에 대한 죄의식으로 돌변하게 되는 것은 우연이 아니다. 예컨대 브루투스는 내부의 반란 운운하는 독백 후에 반란세력이 도착하자 시저 시해를 "역모conspiracy"로 생각하면서 그 "무시무시한 얼굴"을 숨길 궁리를 하는바, 이는 브루투스의 잠재울 수 없는 내부의 반란이 내면과 외양의 분리로 나타나고 있음을 보여준다.

브루투스와는 달리 시저는 이러한 분리를 의지적으로 관철시켜서 사적인 자아와 공적인 자아 사이의 간극을 연극적으로 자신을 재현해낼 수 있는 공간으로 만들어낸다. 이런 자기재현이 가능한 것은 시저가 무대 위의 배우로서 일종의 관객들인 민중의 욕망을 비춰주는 '거울'이 되기 때문이다. 이 작품 전체에 걸쳐서 '거울 이미지'가 다양하게 변주되는 것도 이와 무관치 않을 것이다. 반면 민중의 정치적·경제적 욕망을 담아내기에는 브루투스의 견인주의적 '거울'은 역부족일 수밖에 없다. 그가 시해를 실행한 다음 민중을 상대로 한 연설이 다분히 수사적인 성격을 띠게 되는 것도 이런 이유에서이다. 브루투스는 "여러분은 시저가 살고 여러분 모두 노예로 죽길 원하십니까? 아니면 시저가 죽고 여러분 모두는 자유인으로 살길 원하십니까?"(*JC* 3.2.20-21)라고 말하면서 시저의 죽음과 민중의 자유로운 삶을 직접적으로 연결시킨다. 시저의 시해에 대한 공적인 명분을 민중에게 주지시키는 동시에 그 명분에 대한 동의를 구하는 것이다.

L. C. 나이츠Knights는 브루투스가 추상적인 '공공선common good'이 복잡한 현실에 대한 정당한 관심 없이 성취될 수 있다고 생각하는 이상주의자라고 주장한다(Knights 51). 하지만 사실 그의 현실인식은 정확한 편이었으되 민중의 각성이 부족하기 때문에 그가 이상주의자로 비쳐진다는 점도 동시에 부각된다. 즉, 브루투스의 성격과는 별개로 극적 맥락으로 보면 그의 공화정 이상의 공허함은 그가 시저 시해의 공적 명분의 근거인 민중의 지지를 확신할 수 없다는 지점에서 생겨난다. 이미 공화정 정치체제와 자신들의 이해 사이의 커다란 간극을 발견한 로마 민중에게는 브루투스의 연설이 공허하게 들릴 공산이 커진 것이다.

이러한 현실을 냉정하게 인식하고 있는 이는 시저보다도 더욱 연극적인 행태를 보여주는 안토니우스이다. 작품 전체에서 방탕하고 기회주의적인 인물로 등장하는 안토니우스는 브루투스와는 대조적인 성품의 소유자이지만 그런 성격에 걸맞게 현실 변화의 움직임에 매우 민감하게 반응하는 인물이기도 하다. 이 작품의 마지막 두 장이 다음과 같은 안토니우스의 예언이 확고하게 실현되는 것으로 그려지는 것(Palmer 46)도 이런 사정에서이다.

> 인간의 사지에 저주가 내리고
> 골육상쟁과 격렬한 내란이 이탈리아 전역을 휩쓸 것이다.
> 유혈과 파괴가 다반사이고, 끔찍한 일이 너무 흔한 나머지
> 어미들은 자신들의 아이들이 전쟁의 손아귀에
> 찢겨 죽는 것을 보고도 미소 지을 뿐이며,
> 모든 연민은 습관화된 잔악한 행위에 질식될 것이다.
> 그리고 복수심에 으르렁대는 시저의 유령은
> 지옥에서 갓 나온 아테Ate를 동반하여,
> 군주의 목소리로 전 국토에 걸쳐 "파괴하라!"고 외치면서
> 전쟁의 개들을 풀어놓을 것이다.

(JC 3.1.263-273)

　물론 안토니우스의 '예언'은 미래의 자신의 행위를 정당화하는 성격을 띤다. 그가 옥타비우스Octavius와 함께 시저의 복수에 나서거나 원로원 대신들을 몰살시키는 대목에서 볼 수 있듯이 실은 미래에 자신의 행위로 나타날 일을 일반화시켜서 당연한 현실처럼 말하는 것이다. 그러나 앞의 인용문에서 주목할 점은 "잔악한 행위"에 무감각해질 정도로 민심이 흉흉해졌다는 사실이다. 로마의 현실이 실제로 그런지는 작품 내에서는 확인할 수 없다. 또한 이 극이 로마를 배경으로 하고 있지만 근본적으로 영국 사회를 무대에 올리는 측면이 강하다는 점에서 안토니우스의 '예언'은 의회 권력과 왕권의 대립이 내전으로 발전하게 되는 영국의 정치 상황에

대한 예언으로 볼 수도 있다. 즉, 이 대목은 이 작품이 출간된 해인 1599년의 영국의 상황과 무관하지 않은바 영국민이 자신들의 경험에 질서를 부여할 수 있는 가장 기본적인 범주가 불안정하고 믿을 수 없게 됨에 따라 그 범주 자체가 자의적인 정치적 조작에 취약하게 된 상황(Burckhardt 6)을 반영한다고 볼 여지가 있는 것이다. 그런 맥락에서 시저가 왕이 되지 않은 채 죽었다가 '군주'의 목소리로 '파괴'를 외치며 복수와 전쟁과 죽음을 몰고 온다는 점에서 그의 '유령'의 출몰은 절대왕정체제에 신음하는 영국민의 공포를 현현한다고도 볼 수 있다. 또한 바로 그러한 공포와 짝을 이루는 비정한 무감각을 체질화한 민중—여기서는 사지가 찢겨나가는 아이를 보고도 웃을 뿐인 어미들로 그려진다—을 대상으로 하는 공화정 혁명은 실패로 귀결될 공산이 크다는 점이 강조된 듯하다.

이렇게 보면 브루투스에게 정치적 반란을 도모하게 한 원인이면서 동시에 그에게 정신적 반란을 경험하게 한 궁극적 원인인 '시저의 정신'이 안토니우스에 의해 정치적으로 이용되고 유령의 형태로 브루투스 앞에 직접 출몰한다는 점에서 그가 일으킨 정치적 반란이 실패로 돌아가는 것은 당연한 수순처럼 보인다. 이러한 결과는 조작된 시저의 유서에 따라 곧바로 브루투스를 반역자로 몰아붙일 때처럼 로마 민중이 이미 공적인 명분보다는 사적인 이해관계에 따라 움직이고 있는 상황에서 예견된 것이었다. 그렇다면 '시저의 정신'에만 매달리거나 견인주의적 자세를 끝까지 고수하는 브루투스를, 예컨대 시저의 수족쯤으로 알고 안토니우스를 처단하지 않은 데서 드러난 것처럼 현실정치를 모르는 이상주의자로만 바라볼 것인가? 그러나 그렇게만 보면 셰익스피어가 브루투스라는 인물을 왜 이 작품의 실질적 주인공으로 삼았는지 해명하지 못한다. 이 문제는 이 작품을 당대의 영국 현실과 연결시켜주는 중요한 매개이기 때문에 이 문제를 해명하는 일은 영국의 정치적 지형도에서 브루투스가 차지하는 의미를 살펴보는 작업이 될 것이다. 셰익스피어가 로마 공화정의 붕괴를 영국 역사의 전개 방향을 진단하는 제재로 삼은 이유가 무엇인가 하는 문제를 풀 수 있는 열쇠를 가진 인물이 바로 브루투스인 것이다.

4. 나가며: 브루투스의 반란과 영국 사회

브루투스와 그의 정치적 반란(혁명)의 실패가 영국 사회에서 갖는 의미를 살펴보기 전에 로런스 스톤의 견해를 참조해보자. 물론 그의 견해가 정당한지는 판단하기 어렵지만 어느 정도 길잡이가 될 수는 있기 때문이다. 스톤에 따르면 영국혁명은 계급투쟁의 성격을 띠지 않는다. 그 이유는 하층민들이 혁명에 수동적이었을 뿐만 아니라 계급 내적 분화 현상이 두드러졌기 때문이다. 오히려 스톤은 영국의 정치적 위기의 원인이 사회·경제적 변화에 있지만 일차적으로 지적해야 할 위기는 바로 체제 내의 위기, 즉 정치 엘리트들 간의 권력투쟁에서 비롯된 것이라고 주장한다(Stone 54-55). 스톤의 견해에 따라 이 작품을 반추하고 음미해보면, 작품 전반부에 드러난 공화정 고수파(혹은 왕정 반대파)와 왕위 옹립파 간의 대결 국면은 당대 정치 엘리트들 간의 권력투쟁을 연상시키는 면이 있다. 이렇게 볼 때 시저에게 권력이 집중되는 과정에서 소외된 정치 세력들이 공화정의 이념하에 정치적 반란을 꾀하는 모습에서 다가오는 영국혁명의 전조를 보는 것은 어려운 일이 아니다. 그러나 스톤의 견해를 들이대더라도 브루투스가 영국 역사의 전개에서 어떤 의미를 지니는지는 명확하지 않다. 왜냐하면 브루투스는 시저의 총신으로 정치권력에서 소외된 것도 아니고 권력을 차지하겠다는 야심도 없기 때문이다. 그렇다면 브루투스는 왜 그토록 공화정 이념과 시저 사이에서 갈등하는 모습으로 그려진 것일까?

우선 생각할 수 있는 점은 시저의 시해를 둘러싸고 일어나는 브루투스의 내면 갈등을 통해 셰익스피어가 군주제 자체에 대한 견해를 표명했다는 것이다. 즉, 시저의 미래 모습에 대한 브루투스의 우려에서 강조되는바 군주제는 왕의 권력남용을 불러일으켜 결국 그 통치 기반마저 무너뜨릴 수 있다는 점이 군주제에 대한 셰익스피어 나름의 진단이라는 것이다. 또한 브루투스의 긍정적인 판단을 통해 드러나는 시저와 작품에서 실제 폭군의 면모로 부각되는 시저의 양면적인 모습은 말하자면 군주제에 대한 셰익스피어의 양가적인 반응이라고 할 수 있다. 이런 작품 자체의 양가적인 양상은 셰익스피어가 군주제를 옹호했다는 E. M. W. 틸리야드Tillyard의 주장을 반박하는 근래의 주장들에 힘을 실어준다. 다시 말해 셰익스피어의 극에는 엘리자베스Elizabeth 세계관으로는 포괄할 수 없는 다양한 목소리가 존재하고 이것이 두 가지 상반된 가치판단을 포함하는 '양가성' 내지 '상보성'의 형태로 나타난다는 것이다(김영아 22). 군주제에 대한 셰익스피어의 이러한 반응은 군주제하의 영국

민중의 경험을 작품에 반영하는 과정에서 생긴 것으로 풀이할 수 있는데, 로마 민중이 영국 민중보다 못하게 그려진 것도 이런 맥락에서 이해할 수 있다. 즉, 셰익스피어는 우중화되어가는 민중과 독재자가 되어가는 시저가 동전의 양면이라는 점을 부각시킴으로써 민중의 각성을 은연중에 요구했다는 것이다. 하지만 문제가 이렇게 간단한 것만은 아니다. 셰익스피어는 공화정을 실패로 그리고 있는데, 이는 어쩌면 각성된 민중 의식을 무화시켜버릴 수 있기 때문이다.

그렇다면 셰익스피어는 왜 공화정을 실패로 그렸는가? 아마도 이는 셰익스피어가 현실정치를 부정적으로 바라보았기 때문이라고 판단된다. 공화정 혁명이 지나칠 경우, 이름이 같다는 이유만으로 처형되는 시인 치나Cina의 경우에서 알 수 있듯이 무분별한 폭력이 자행될 수 있고 국가의 혼란을 가속화시킬 수 있다는 점을 보여준다는 것이다. 현실정치에 대한 셰익스피어의 생각이 이렇다면 브루투스가 이상주의자로 그려진 것은 놀라운 일이 아니다. 그리고 브루투스가 이상주의자로 그려졌다고 해서 현실적 유용성이 없는 것도 아니다. 브루투스가 명예를 중시하고 고결하게 그려짐으로써 그가 당대의 영국 민중에게는 왕정에 대항할 수 있는 정치적 구심점 혹은 정신적 지주로 비칠 수도 있을 것이다. 즉, 명분보다 실질적 이해가 중요하게 부각되는 시대에도 여전히 정치적 혁명의 배후에는, 카시우스가 브루투스의 가치와 필요성을 인정하듯이, 민중의 열망을 묶어낼 수 있는 정치철학이 있어야 한다는 것이다. 정치적 혁명은 이념만 가지고는 불가능하지만 뚜렷한 이념이 없이는 이룩될 수 없는 것(Hill 5-6)이기도 하기 때문이다. 따라서 브루투스는 시저의 유령과 함께 사라져야 할 운명에 처해 있다기보다는 시저의 유령을 내쫓기 위해 무대 밖의 관중들에게 나타나는—리가리우스가 브루투스의 칭호로 사용하듯이—'엑소시스트'라고 말할 수 있을 것이다.

2

『투사 삼손』과
밀턴의 정치사상

1. 『투사 삼손』, 어떻게 읽을 것인가

본고의 목적은 존 밀턴John Milton의 『투사 삼손Samson Agonistes』
이 영국혁명이 혁명세력 내의 분열과 이해 다툼으로 인해 결국 왕
정복고에 이르게 된 역사 국면에 대한 밀턴의 첨예한 대응이자 그
런 역사 국면을 타개하기 위한 새로운 정치(혁명)사상의 모색이라
는 점을 밝히는 데 있다. 그러나 이 작품이 영국의 상황을 성경에
빗대어 비극으로 담아내고 있기 때문에 작품과 혁명기의 영국을
바로 연결시키는 것은 무리일 것이다. 또한 작품의 역사적 맥락과
는 별개로 작품을 읽는 독법에 따라 서로 다른 맥락을 상정하는 것
이 가능해지기도 한다. 존 길로리John Guillory에 따르면 이 작품에

대한 독법은 크게 세 가지로 대별된다. 즉, 삼손의 이야기를 공화정의 실패와 군주제의 회귀에 대한 일정한 반응으로 읽는 정치적 읽기, 삼손의 삶을 밀턴의 삶과 동일시하는 전기적 읽기, 그리고 '선민'으로서의 프로테스탄트의 갱생을 그리는 것으로 보는 신학적 읽기이다(Guillory 230). 예컨대 이 작품을 왕정복고기에 논란이 되었던 찰스 1세Charles I의 처형에 대한 재해석과 전유의 맥락에서 서로 밀접한 관련이 있는 우상파괴와 우상숭배의 위협들을 다룬 극으로 보는 관점(Knoppers 43)이나 삼손을 '우상파괴주의자'로서 천상의 분노를 신의 적들에게 쏟아내는 투쟁적인 행동가로 보는 독법(Loewenstein 127)은 서로 다른 맥락 설정이 작품 해석에 미친 영향의 결과라고 할 수 있다.

그러나 이 작품의 집필 연도에 따른 논란(Guillory 203; Lewalski 1061) 때문에 이 작품이 영국 역사의 어떤 국면을 주제화하고 있는지를 정확히 설명하기란 어려운 일이다. 또한 밀턴에게서 정치적 읽기, 신학적 읽기, 그리고 전기적 읽기가 엄밀하게 구분될 수 있을지도 미지수이다. 진정한 프로테스탄트의 전형으로서 밀턴은 영국혁명을 신의 뜻이 역사에 실현된 사건으로 보았던 만큼 세 가지 읽기 중에 하나를 선택하는 것이 작품 해석에 일정한 왜곡을 가져올 수 있는 것이다. 그런 점에서 이 작품에 삼손의 자유의지와 신의 뜻을 연결시켜줄 인과적 내러티브가 존재하지 않는다는 사실을 눈여겨볼 필요가 있다. 그러한 인과적 내러티브의 부재는 곧 밀턴의 입장에서 왕정복고 후 밀턴의 신학적 논리가 현실정치와 괴리를 보이고 있다는 증표라고 할 만하다. 그러나 바로 그러한 괴리가 밀턴이 새로운 정치사상을 구상할 수 있는 사유의 공간이 될 수 있는바, 작품 전체를 관통하고 있는 주제가 밀턴이 주창하는 급진적 정치사상의 개진이라는 성격을 띠는 것은 우연이 아니다. 따라서 작품을 해석함에 있어 특정한 시기를 못 박을 필요는 없으며 특정한 독법으로 작품 해석을 강박하는 것을 피해야 한다고 본다. 그렇지만 특정한 시기를 설정하지 않는다는 것이 곧 밀턴의 정치사상 개진으로만 이 작품을 읽어야 한다는 말은 아니다. 오히려 밀턴의 정치사상이 노정되는 배경에 자리 잡고 있는 역사적 현실을 작품 해석에 끌어들임으로써 그의 정치사상이 시대와 맺고 있는 역동적인 관계를 따져보는 일이 중요할 것이다. 따라서 우리는 혁명기의 영국 상황을 살펴보고 이 시기에 밀턴의 정치사상이 어떻게 드러나는지 천착한 다음에 작품 해석을 해야 할 것이다.

2. 영국혁명과 밀턴의 정치사상

크리스토퍼 힐Christopher Hill이 혁명기의 영국을 분석하면서 강조한 점은 혁명세력 내의 분화 과정이다. 의회에서 조직한 군대—신모델군The New Model Army —와 작위를 가진 모든 귀족과 의회 구성원의 권리를 박탈한 법령—사퇴령Self-Denying Ordinance —을 두고 의회는 '장로파'와 '독립파'라는 두 개의 세력으로 분화되었다. 전자가 보수적이라면 후자는 급진적이다. 그러나 얼마 안 가서 이 급진파에서도 '수평파'가 나타나 자신들의 권리를 요구하는 등 출신과 계급이 다른 각각의 세력들이 들고일어나 혁명에서 자신들의 몫을 보상받기 위해 헤게모니 쟁탈전을 벌이게 되었다. '장로파'가 중심이 된 의회 보수파는 왕과 평민 사이에 끼어서 혁명이 귀족계급 전체의 공멸을 가져오지 않을까 하는 두려움을 느꼈기 때문에 보수적인 노선을 취하게 되었고, '수평파'가 중심이 된 급진파는 혁명을 귀족들에 대한 자신들의 요구를 관철시킬 수 있는 기회로 삼았던 것이다. 이렇게 혁명세력 내의 분화는 올리버 크롬웰Oliver Cromwell이 호국경護國卿이 되었던 때에도 계속되었는데, 따라서 크롬웰은 이러한 혼란스런 정치 상황을 수습하느라 국내 개혁에서는 큰 진전을 보지 못했다(Hill 1980, 95-117). 여기서 혁명세력 내의 분화에 초점을 맞춘 이유는 밀턴이 혁명세력에 대해 생각하는 바가 이와 크게 다르지 않았다고 판단되기 때문이다. 밀턴의 다른 산문을 통해서도 이러한 점은 충분히 증명되겠지만, 『실낙원Paradise Lost』에서 미카엘Michael이 아담과 이브에게 미래의 비전을 보여주면서 한 말에서도 이 점이 명백히 드러난다.

> (…) 그리하여 열정이 식은 채
> 그 이후로 그들의 신들이 허락한 향락을 일삼으며
> 어떻게 안심입명하여 세속적이거나 방탕하게
> 살지에 힘쓸 것이다. 지상에는 절제를 시험할 것이
> 충분히 많을 것이기 때문이다.
> 그렇게 모두 타락하고 부패하여
> 정의와 절제, 진리와 믿음은 잊힐 것이다.
>
> (*RM* 11.801-807)

미카엘이 보여준 미래의 장면이지만, 이 대목을 신의 뜻을 배반한 혁명세력에 대한 비판으로 읽어도 무방할 것이다. 그들은 "열정이 식은 채" "어떻게 안심입명"할 것인가에 골몰한다. 따라서 모든 사람들이 타락하여 정의와 절제를 저버리고 진리와 믿음을 잊어버릴 것이라고 말한다. 이 작품이 왕정복고 후에 신의 도리가 정당함을 밝히고자 쓴 작품이라는 점을 상기해본다면, 밀턴이 혁명세력이 안심입명하는 태도에 곱지 않은 눈길을 보낸 것은 당연하다고 할 수 있다. 혁명세력에 대한 밀턴의 이러한 태도를 이해하기 위해서는 혁명세력과 밀턴의 차이를 점검할 필요가 있다. 즉, 밀턴의 비판이 정당함을 밝히는 데 있어 영국혁명을 통해서 달성하려고 했던 밀턴의 이상이 어떤 성격을 지닌 것인지가 관건이 되는 것이다.

밀턴의 핵심적인 정치사상을 전면적으로 논의하는 것은 이 글의 범위를 벗어나는 일이므로, 논자는 힐의 주장을 따라가면서 이를 간단하게 살펴보고자 한다. 밀턴이 보는 혁명의 목적이 힐이 인용한 대로 "노예 상태로부터의 모든 인간 삶의 해방"에 있다면(Milton 1957, 92), 이를 가로막는 첫 번째 장애는 밀턴이 보기에는 '성직자 제도episcopacy'이다. 그것은 밀턴이 보기에 왕의 전제정치를 보호해주는 장치이기 때문이다. 밀턴이 국교회state church의 고위성직자제도를 폐지하자고 주장하는 것도 이런 맥락에서이다. 밀턴은 『교회이치론The Reason of Church Government』에서 다음과 같이 말한다.

독재적인 관습이 종교에서는 천성적인 폭군을 낳고 정부에서는 폭정의 대리인이자 하수인을 낳게 되는 고위성직자제도는 마치 또 다른 미다스 왕처럼 이 치명적인 재능을 타고난 것처럼 보인다. 그 제도가 교회조직이나 정치조직에서 만지거나 가까이하려고 하는 무엇이든지 황금으로 변하게 하는 것이 아니라 (…) 노예제의 찌꺼기로 변하게 하는 것이다.

(Merritt Y. Hughes 685-686)

밀턴이 보기에 성직자제도는 종교에서 독재를 낳을 뿐만 아니라 정치체제가 독재화되는 데 도구로 기능한다. 그것은 곧 인간을 노예 상태로 몰아가는 데 일조하는 것이다. 여기에서 밀턴이 우려하는 것은 왕정과 국교회의 공생관계인데, 이를 철폐하지 않고서는 혁명은 항상 미완성으로 남게 된다는 것이다. 이 문건이 나온 시점이 혁명의 발발기인 1642년이라는 점을 고려해보면, 밀턴의 정치 이념의 맹아는 바로 종교적 자유와 정치적 자유가 하나라는 생각에서 싹텄다고 할 수 있다. 따라서 밀턴에게 왕정의 폐지와 성직자제도의 폐지는 동전의 양면처럼 밀접하게 연결된 것이다. 그러나 의회파의 개혁은 1643년의 사전검열법의 제정에서 알 수 있듯이 밀턴의 의도대로 진행되지 않았다. 『아레오파지티카Areopagitica』에서 밀턴이 사전검열법의 철폐를 주장한 것도 개혁에 박차를 가하기 위해서였다. 밀턴은 사전검열법이 개혁의 일환으로 실행된 것이지만 그것이 찰스 1세 체제를 본받고 있다는 점에서 근본적인 개혁이라고는 생각하지 않았던 셈이다. 그렇다면 밀턴이 생각하기에 개혁은 어떻게 이루어질 수 있는가? 한편으로 정치와 종교의 개혁을 주장하면서도 다른 한편으로 의회의 개혁을 못마땅하게 생각하는 밀턴이 주장하는 개혁은 무엇을 의미하는가? 밀턴의 주장처럼 사전검열법이 폐지되어(물론 밀턴은 사후검열에 대해서는 찬성하는 편이다) 무수한 사상이 난립한다면 오히려 이러한 상황이 개혁에 장애물이 되지는 않을까?

힐에 따르면 분파를 억압하는 것이 오히려 분파를 확산시키는 원동력이 되었기 때문에 밀턴은 종교의 다양성이 아나키anarchy에의 경도로 나타난다는 고전적인 사유를 포기하는 대신 선택으로서의 자유를 강조하게 되었다(Hill 1977, 153). 『아레오파지티카』에서 주장하는바 '악을 통해 선을 아는' 적극적 사유(이성)를 통해 인간은 선을 선택하고 마침내 진리에 이른다는 생각이다. 선택으로서의 자유의 개념이 밀턴으로 하여금 이론적으로 장 칼뱅Jean Calvin에서 야코뷔스 아르미니위스Jacobus Arminius에게로 관심을 돌리게 했으며, 동시에 실제 현실에서는 신흥 장로파에 대한 반감이 장로파로부터 멀어지게 했던 것이다(Hill 1977, 154). 밀턴은 자유의지를 강조하는 쪽으로 그의 종교(정치) 이론을 발전시켜나갔다. 장로파는 그 구체제 성격(여러모로 성직자제도를 근간으로 하는 영국 국교회와 닮아 있다)으로 인해서 진정한 정치적 개혁을 이루어낼 수 없다는 쪽으로 정세 판단을 전개한 셈이다. 밀턴에게 자유란 진리 추구의 전제조건이며 진리는 이러한 자유를 진정한 자유로 견인하는 내적 추동력이었던 것이다.

그러나 이것이 실제로 현실정치에서 어떻게 실현될지는 의문시될 수밖에 없는데, 힐은 이러한 딜레마를 해결하기 위한 노력의 산물이 『기독교 교리De Doctrina』에 나타난다고 주장한다. 이 글의 서문에 드러난 밀턴의 사상은 진리는 서서히 나타나고 계시는 점진적이라는 것이며 이것은 올리버 크롬웰이 취한 태도, 이를테면 행동에 앞서 섭리와 계시를 기다리는 자세와 밀접히 연결된다는 것이다. 요컨대 진리는 그것이 일단 알려지면 행동을 낳는다(Hill 1977, 154). 그러나 밀턴은 1657년에서부터 시작된 헌정체제의 개혁을 둘러싸고 크롬웰과 의견을 달리했는데, 크롬웰이 국교회를 유지해야 한다고 했을 때 그는 이를 반대하게 된다(Hill 1977, 192). 이런 이유로 밀턴은 크롬웰에게 교회로부터 모든 권력을 퇴거시키라고 요구하기에 이른다(Hill 1977, 194). 따라서 그는 1660년 시점에서 혁명세력이 점점 보수화되어 그의 주장 중의 핵심인 국교회의 철폐가 완전히 이루어지지 않고 오히려 장로파가 중심이 되어 교회 정부를 세우고자 하는 사태를 맹렬히 공격한다. 밀턴은 이들이 군대를 해산시키고 왕정을 부활하려 한다고 생각한 것이다. 그는 이러한 흐름에 대항하여 1660년에 전제정치로의 회귀를 막기위해 혁명의 대의the Good Old Cause의 지지자들을 규합하려고 애썼다(Hill 1977, 212). 그런 의미에서 1660년 이후 밀턴이 크롬웰을 악마와 공모한 유령으로 그린 것(Knoppers 53)은 영국혁명의 개혁 과정 자체에 대한 그의 비판이 투영된 결과라고 할 수 있다. 이렇게 보면 신의 종복들이 영국혁명이라는 영광스러운 기회를 이용하는 데 실패했다는 사실에 직면하여 어떻게 자신의 공화정 이념을 재정초할 것인가가 밀턴의 당면 관심사가 되었을 거라는 점은 명백하다고 할 수 있다.

이런 전제에서 본고에서는 밀턴의 새로운 정치사상이 『투사 삼손』에서 구체적으로 어떻게 드러나는지를 살펴볼 터인데, 먼저 데릴라Dalila와 하라파Harapha가 이 작품에서 가지는 의미를 따져보겠다. 이 두 인물의 묘사가 다소 희극적일지라도(아니 희극이기 때문에) 이들의 태도와 수사에서 드러나듯이 밀턴이 영국혁명을 객관적으로 반추할 수 있는 매개가 된다고 판단되기 때문이다. 이를 토대로 본고에서는 혁명에서 소외된 국민이나 혁명 이념의 신자들이라고 판단되는 코러스의 성격을 분석하는 한편 삼손과 이들의 대화, 그리고 아버지 마노아Manoah와 삼손의 대화를 왕정복고 전후라는 역사적 배경을 통해 이해함으로써 밀턴이 품고 있던 공화정 이념의 실체에 접근하고자 한다. 마지막으로 삼손이 다곤Dagon 신의 축제에 나간다는 결정을 내리는 대목에서 구현된 밀턴의 새로운 정치사상의 의미를 따져보고자 한다.

3. 영국혁명에 대한 밀턴의 비판적 성찰과 삼손 1

데릴라의 화려한 외양이 작품 내에서 다곤 신의 장면과 긴밀히 연결된다(Loewenstein 134)는 점에서, 그리고 그녀의 이미지가 『계시록』에서 악의 결정체로 등장하는 바빌론 창녀와 연결된다(Lewalski 1058-1059)는 점에서 그녀의 공적인 성격은 분명해 보인다. 그러나 그러한 성격을 이스라엘을 구할 운명인 남성 영웅의 정신을 거세하려고 하는 하나의 동인agency으로 파악하는 견해(Brown 203)는 이 작품을 영국혁명과 관련해서 읽으려는 우리의 논의에 큰 도움을 주지 못한다. 그런 점에서 데릴라를 혁명가들에게 동조하는 척하면서 그들을 배반한 장로파로 볼 수 있다는 주장(Hill 1977, 443)이 눈길을 끈다. 실제로 삼손은 데릴라가 "가장된 종교"와 "위선"으로 자신에게 다가와 그녀의 "신을 기쁘게 하기 위해" 자신을 유혹하여 비밀을 발설하도록 한 다음 곤경에 몰아넣은 행태에 분개한다. 그런데 이러한 알레고리적 해석과 더불어 주목해야 할 점은 그녀가 구사하는 수사이다. 이는 혁명기의 정치 상황을 보여주는 중요한 증거로 판단되기 때문이다.

> 마침내, 가장 현명한 사람들의
> 입에서 그렇게 회자되었던 저 근거 있는 금언,
> 곧 사적인 견해들은 공익을 따라야 한다는 것이
> 근엄한 권위로 나를 완전히 사로잡아
> 압도하게 되었답니다.
>
> (RM 865-869)

이 대목은 다소 복잡하게 해석될 수 있는데, 우선은 '공익'이라는 공화정의 대의가 정치적 상투어로 쓰여서 어떤 세력에 의해서나 전유되었다는 점이 눈길을 끈다. 이는 앞에서 논의한바, 장로파, 독립파, 수평파 등 각각의 세력들이 저마다 공익을 대변하고 나섰다고 주장하는 바로 그런 상황에 대한 밀턴의 비판적 발언으로 들린다. 이 말이 위선자로 등장한 데릴라의 입을 통해 나온다는 점에서 그녀가 말한 이 "근거 있는 금언"의 "근엄한 권위"는 그녀가 말하는 바로 그 순간에 사라진다. 데릴라의 배반으로 표상된, 혁명 이념에 대한 배반이 그 혁명 이념에 의해 정당화되는 상황에 이른 것이다. 다곤 신을 모시는 필리스티아인(블레셋인)들이 왕정을 지지하는 국민이라면, 이들은 "사적인 견해들은 공익을 따라야 한다"는 명분을 내세워서 그들의 행위를 정당화하고자 한 셈이다. 삼손이 말하듯이 데릴라는 사실 공익이나 애국심 때문이 아니라 '황금' 때문에 자신을 팔아넘겼다. 따라서 밀턴의 비판의 대상은 장로파를 비롯한 혁명세력의 배반행위뿐만 아니라 그들이 그 배반행위를 정당화하는 방식까지 포함한 것이라고 할 수 있다. 데릴라를 두고 밀턴의 전기적 이력과 결부시켜 해석할 수도 있지만, 삼손이 아내에게 배반당한다는 사실을 성경에서 밀턴이 따온 이유는 아마도 밀턴의 장로파에 대한 배신감이 그만큼 심하다는 것을 말하기 위해서일 것이리라. 그렇다면 삼손은 왜 데릴라를 아내로 맞아들였는가?

조앤 베넷Joan Bennett은 삼손과 데릴라의 결혼을 삼손이 개인의 자유와 사익을 지키는 데 실패함으로써 결국 자신의 공익마저도 옹호할 수 없게 된 계기로 파악한다(Bennett 158). 따라서 삼손에게 이 결혼은 그 자신과 그의 명분을 배반한 '사적인 죄'가 된다는 것이다(Bennett 159). 그러나 앞에서 말했듯이 데릴라의 이미지 자체가 공적인 성격을 띤다는 점에서 삼손이 데릴라와 결혼할 명분을 밝히는 대목에 영국혁명 초기의 밀턴의 정치이념과 정세 판단이 스며들었을 가능성을 상정해볼 수 있다. 밀턴이 견지했던 혁명 초기의 낙관적 전망은 영국이 "진리와 번영의 미덕이라는 영광스러운 길에 들어서면서 후에 틀림없이 위대하고 명예로운"(*RM*

1020) 나라가 될 것이라는 『아레오파지티카』의 한 대목에서도 드러난다. 이러한 낙관적 전망은 삼손이 이교도 여성과의 결혼을 설명하는 부분에서 읽어낼 수 있는데, 여기에서 삼손은 자신의 행동이 신의 뜻에 따른 것임을 명백히 한다.

> 내가 팀나Timna에서 보았던 첫 여자는
> 부모님의 마음에는 들지 않았지만
> 내 마음에는 들어서 난 이교도의 딸과 결혼하려고 했소.
> 그들은 나의 의도가 신의 의도임을 알지 못했지.
> 나는 내면의 충동으로부터 그것을 알았고,
> 그래서 이스라엘의 해방이라는,
> 신이 나에게 부여한 일을 시작할
> 기회로 생각하고 결혼을 서둘렀소.
> 그 여자가 믿지 못할 여자로 판명나자,
> 그다음으로 내가 아내로 맞이한 여자는
> (아 그러지 말았어야 했는데! 너무 늦은 어리석은 바람일 뿐!)
> 그 허울 좋은 괴물, 나의 철저한 덫
> 소렉 계곡의 데릴라요.
> 나는 앞서의 행위, 그리고 똑같은 목적에서
> 그것을 정당한 것이라 생각했던 거지요.
>
> (RM 219-231)

코러스가 삼손에게 배우자로 이교도를 선택한 이유를 묻자, 삼손은 그것이 신이 자신에게 이스라엘의 구원의 기회를 제공하기 위해

"내면의 충동"을 통해 내려진 계시라고 답한다. 자신의 행위는 신의 뜻을 실현하는 것이므로 정당하다는 것이다. 이교도와의 결혼은 이스라엘을 구원하고자 하는 "내면의 충동"의 현현인 셈이다. 삼손은 자신의 자유의지를 신의 뜻과 연결함으로써 자신의 행동이 옳았음을 밝히고 있다. 이는 우리가 앞서 살폈던 밀턴의 종교 성향과 무관하지 않은데, 그것은 예정설과 선민의식을 강조하는 칼뱅주의와 자유의지를 강조하는 아르미니아니즘arminianism의 결합에서 나온 산물이라고 할 수 있다. 또한 신의 계시를 기다렸다가 행동으로 옮기는 태도는 앞에서 힐을 인용하여 지적했던 크롬웰의 태도와 닮아 있다. 그런데 삼손이 데릴라와의 결혼을 뼈아프게 후회하고 있는 것으로 보아 이 결혼은 혁명기에 가졌던 밀턴의 낙관적 전망이 어두워진 계기라고 할 수 있다. 이를 영국혁명기의 문맥에서 보면, 스코틀랜드에서 발원한 장로파와 그들의 군대가 영국혁명에 도움이 될 것이라고 판단하는 한편 이를 신의 뜻으로 받아들였던 밀턴이 그들의 배반과 더불어 이 뜻의 실현이 좌절됨에 따라 혁명기에 가졌던 낙관적 전망을 반성적 비판으로 바라보는 것으로 이해할 수 있을 것이다(물론 나중에 논의하겠지만, 밀턴은 이 좌절을 신의 뜻이 잘못된 것으로 해석하지 않는다. 그리고 그렇기 때문에 삼손은 잘못이 데릴라에게보다는 자신에게 더 많다고 말한다).

혁명 초기의 낙관적 전망에 대한 밀턴의 비판적 성찰은 그 수사적 어투에서 왕정복고 이후의 상황이라고 짐작되는 하라파와 삼손의 대화를 통해 적극적으로 탐색된다고 볼 수 있다. 혁명에 대한 봉건적 관념을 가지고 있는 하라파는 밀턴과 그의 대의를 비웃었던 왕정복고 이후의 왕당파라고 볼 수 있고, '동맹파괴자'에 대한 언급은 군대가 찰스 1세를 처형함으로써 '신성한 동맹the Solemn League'을 어긴 것에 대한 장로파와 스코틀랜드인의 비난과 관련된다(Hill 1977, 435-436)고 볼 수 있기 때문이다. 또한 왕정복고 이후에 밀턴에 대한 동시대인들의 공격이 거세졌다(Knoppers 54)는 사실을 염두에 둘 때, 삼손에 대한 하라파의 비난과 이에 대한 삼손의 대응은 밀턴의 공화정 이념이 나아가야 할 바를 보여주는 장면으로 이해할 수 있다. 하라파가 가장 심하게 비난하는 것은 신에게 선택받았다는 징표이자 선물인 그의 힘과 그것의 원천인 머리카락이다.

> 그대는 가장 위대한 영웅들이 전장에서 지니고 다니는
> 빛나는 무기들을 감히 비웃지 말지어다.
> 그 장식과 안전장치에는 마력을 불어넣어
> 너를 강하게 무장시켰던 주술과
> 검은 마법과 어떤 마술사의 기술도 없다.
> 너는 그 마력을 힘이라고는 깃들 수 없는 너의 머리를 통해
> 태어날 때 하늘로부터 너에게 주어진 것이라고 꾸며댔다.
> 그 모든 머리카락은 성난 멧돼지나 호저의
> 등줄기를 따라 곤두선 뻣뻣한 털과도 같은데 말이다.
>
> (*RM* 1130-1139)

하라파는 선민의 징표인 힘을 "마술사의 기술"이라고 비난하면서 자신의 무장에는 이러한 "검은 마법"이 없다고 주장한다. 이러

한 수사적 언변이 왕정복고기의 일반적 분위기를 전달하는 것이라면, 이 대목은 밀턴에게 신의 섭리를 행동으로 옮기는 과업이었던 영국혁명이 왕당파들에 의해 혹세무민의 마법이라고 비난받는 상황을 대변하는 것이라고 할 수 있다. 하라파는 이렇게 삼손을 조롱하면서 삼손에게 맞대결을 신청하지만, 삼손은 여기에 대응하지 않고 자신에게 내려진 신의 소명을 차근차근 설명해나간다. 이렇게 삼손의 목소리가 차분해진 이유는 코러스와 마노아를 만나 자신의 믿음을 재확인했기 때문이다. 이는 영국혁명의 원래 대의에 대한 믿음이 공고해졌다는 것을 의미한다. 물론 하라파와의 대면에서 밀턴은 우상파괴자로서의 삼손의 분노를 강조하는데, 이러한 점이 작품 후반의 갑작스런 파괴와 관련된다(Loewenstein 135-136)는 점은 분명하다. 그러나 이런 우상파괴의 행위가 삼손의 내적 성숙에 따른 자연스런 결과임이 극적 구조 속에 치밀하게 준비되어 있음을 간과해서는 안 될 것이다.

4. 영국혁명에 대한 밀턴의 비판적 성찰과 삼손 2

그런 점에서 삼손이 코러스 및 마노아와 대면하는 장면을 주의 깊게 살펴볼 필요가 있다. 여기에서 삼손의 하라파에 대한 성숙한 대응과 다곤 신전에 나갈 때의 삼손의 결단이 결코 갑작스러운 것이 아님이 드러나기 때문이다. 코러스는 한편으로는 영국혁명에서 소외된 영국 민중을 대변하는 성격을 띤다. 그들이 "여전히 이스라엘은 모든 이스라엘 자손들과 함께 노예 상태에 있다Israel still serves with all his sons"(*RM* 240)는 것을 강조하기 때문이다. 귀족정치로의 회귀로 끝난 영국혁명은 일반 민중에게는 여전히 노예 상태의 연속이었던 셈이다. 또한 예전에 삼손이 어떤 인물이었는지 알 뿐만 아니라 "신의 도리가 정당하다Just are the ways of God"(*RM* 293)는 것을 여전히 믿고 있는 사람들인 것으로 보아, 이들은 밀턴이 왕정복고가 임박한 시점에서 규합하려고 애썼던 영국혁명의 원래 대의를 지지하는 입장을 가진 사람들이라고 할 수 있다. 그러나 극은 코러스의 절망과 불평 자체를 추인하기보다는 거스른다(Knoppers 57)는 점에서 이들이 삼손에게 주는 '충고와 위안'은 매우 무기력한 것이 된다. 오히려 그들의 질문에 대한 삼손의 답을 통해 밀턴이 혁명의 실패 원인을 근본적으로 되돌아보는 측면이 부각된다. 즉, 코러스가 이스라엘은 여전히 노예 상태에 있다고 하자 삼손은 이스라엘의 위정자들이 자신의 "위대한 행위great acts"를 인정하지 않았고 이 말없는 행위를 "주목할 만한 가치가 있는 것으로 여기지 않았다"고 말한다(*RM* 241-250). 여기서 밀턴의 비판의 초점은 아마도 당시 군정을 반대한 돈 많은 귀족 의회, 그리고 이들과 연합해서 왕정복고를 촉진시켰던 몽크Monck 장군 일파에 있는 것 같다(Hill 1980, 117-118). 또한 이 위정자들에 크롬웰을 포함시킨다면 앞에서 지적했던, 국가교회의 존폐를 둘러싸고 벌어진 밀턴과 크롬웰 사이의 갈등이 흐릿하게나마 느껴지기도 한다. 왕정복고는 다음과 같은 삼손의 말에서 나타나듯이 밀턴에게는 노예제로의 복귀를 의미한다.

그러나 자유보다 속박을 사랑하는 것,

불굴의 자유보다도 안락한 속박을 사랑하는 것,

그리고 신이 자신의 특별한 호의로 그들의 해방자로

들어 올려진 자를 경멸하거나 시기하거나 의심하는 것,

이보다 더 자주 일어나는 일이 무엇이겠는가?

타락하고 자신들의 악덕으로 노예 상태에 이르게 된

국민 사이에서 말이다.

(RM 269-275)

   밀턴이 보기에 왕정으로의 회귀를 찬성하는 영국인들은 "자유"
보다는 "속박"을 사랑하며 분투하여 자유를 쟁취하는 것이 아니라
편안하게 속박을 즐기는 사람들이다. 이는 선민에게 신이 부여한
혁명의 대의를 저버리는 것이나 다름없다. 여기에는 삼손도 포함
된다고 할 수 있는데, 그 또한 데릴라의 "우레와 같은 말에 정복되
어 (…) 침묵의 성채를 여자에게 내줌"(RM 235-236)으로써 신의 계
율을 어겨서 이 구원의 기회를 잃어버리고 말았기 때문이다. 밀턴
은 영국혁명기의 영국인과 삼손의 유약함을 병치시키고자 한 것이
다. 삼손은 한편으로 대의명분의 상징이자 다른 한편으로는 그 혁
명의 대의를 좌절시킨 영국인의 유약함을 대표하는 인물인 셈이다.
따라서 삼손의 자책은 밀턴이 영국인의 유약함을 비판하고자 한 데
서 나온 것이라고 할 수 있다. 그러나 그가 대의명분의 상징이라는
점에서 마노아와의 대면에는 세심한 독법이 요구된다. 그렇지 않을
경우 이 대목을 이스라엘인들에 대한 삼손의 분노와 자신의 비참한
상황에 대한 절망감의 토로로 읽어내기 십상인 까닭이다.

물론 마노아와의 대면에서 펼쳐지는 삼손의 고백에는 영국혁명에 대한 밀턴의 깊은 좌절감이 배어 있는 것이 사실이다. 그 실패는 "신에게는 불명예와 비방을 가져다주었고, 우상숭배자들과 무신론자들의 입을 열어놓았다"(RM 451-453). 우상숭배자들은 앞에서 인용한 『교회이치론』에서의 국교회 성직자들을 의미할 터이고, 무신론자들은 왕정복고 이후 국교회의 부활과 왕정복고를 도모하는 데 일조했던 장로파를 가리킨다고 볼 수 있다. 그러나 이러한 절망 상태에서도 삼손은 신과 다곤 사이의 싸움에서 신이 이길 것임을 강조하는데, 이는 밀턴이 왕정복고라는 현실 앞에서도 여전히 혁명의 대의를 믿어 의심치 않는다는 증거로 볼 수 있다. 이를테면 신이 분연히 일어나 다곤을 굴복시킬 것이고, 이 승리는 다곤의 모든 "전리품들"을 박탈시키고 "그의 숭배자들을 혼돈으로 실색케"(RM 470) 하리라는 것이다. 이러한 전망이 전제될 때 몸값을 치러서 삼손을 구출하겠다는 마노아의 말은 단순히 아버지가 아들을 위로하는 차원을 넘어서 왕정복고 이후에 새로운 혁명에 대해 구상하는 밀턴의 고민으로 이해할 수 있다.

> 그러니 어떤 수단이 제공되든 그것을 거부하지 말아라.
> 모르긴 몰라도 그것은 너의 나라와 그분의 신성한 집으로
> 너를 귀환시키기 위해 신이 우리 앞에 준비한 것이니 말이다.
> 거기에서 신의 더 큰 분노를 막기 위해 기도와 맹세를 새롭게 하면서
> 너는 그분께 봉헌할 수 있을 것이다.
>
> (RM 516-520)

마노아는 삼손에게 하늘이 내린 수단을 거부하지 말기를 당부한다. 그것은 삼손이 자신의 고국과 천국으로 되돌아갈 수 있는 기회라는 것이다. 그리고 기도와 맹세를 새롭게 함으로써 신의 분노를 막으라는 것이다. 이때의 기도와 맹세는 왕정복고 이후에도 여전히 영국인의 해방을 위해 고민하면서 혁명의 대의를 재확인하려는 밀턴의 다짐으로 볼 수 있다. 삼손이 "저의 생명력은 꺼져가고 희망은 바닥났습니다"(RM 595-596)라고 절망할 때 마노아가 그러한 생각들은 '공상'이 '우울한 감정'과 섞여져서 만들어내는 것이니 믿지 말라고 당부하는 것도 이런 맥락으로 이해할 수 있다. 또한 삼손은 고통이 육체에 국한되지 않고 "마음속 가장 깊은 곳까지 내밀한 통로를 발견한다"(RM 610-611)고 말하는바, 이는 아마 왕정복고 이후의 좌절감을 극복하고 새로운 혁명의 씨앗을 발견하려는 밀턴의 정신적 고뇌의 심대함을 보여준다고 할 수 있다. 이를 통해 밀턴은 "내부에서 하늘로부터 오는 어떤 위안의 원천, 힘을 회복시키고 쇠잔한 기운을 떠받치는 내밀한 활력소를 느끼고자"(RM 662-665) 한 것이다. 이런 자기갱생과 깨달음을 통해 믿음을 확인하는 과정을 거쳤기 때문에 삼손의 우상파괴 순간은 가장 격렬한 비전의 순간이 된다(Loewenstein 147).

코러스는 하라파의 퇴장 이후에 삼손에게 인내의 힘을 강조하면서 필리스티아인의 축제에 마음이 내키지 않으면 나가지 말라고 하지만, 삼손은 "어떤 중요한 대의"(RM 1379)를 위해 신이 다곤의 신전에 나가게 했다고 설명한다. 이때의 삼손은 『복낙원Paradise Regained』에서 그려진 예수의 모습과는 다르다고 할 수 있는데, 그것은 밀턴이 인내를 통해 다다른 '내적인 낙원'에 만족하지 않고 지상의 낙원을 건설하기 위해 왕정과 계속 싸워야 할 필요성을 느꼈기 때문일 것이다. 이는 '악을 통해 선을 아는' 전투적 기독교인으로서의 밀턴의 모습이고, 진정한 자유의지는 바로 신의 뜻을 실현시키는 것임을, 아니 신의 뜻이 바로 인간의 자유의지로 나타남을 역설하는 혁명가로서의 밀턴의 모습인 것이다. 영국을 속박으로부터 해방시키기 위한 싸움은 진리의 전제조건인 자유를 위한 투쟁이며 바로 이 투쟁이 자유의지를 신의 뜻과 연결하는 과업인 셈이다. 그런 의미에서 신전을 부수어버리는 행위보다는 삼손이 자신의 위험한 행위의 정확한 의미와 궁극적인 신의 뜻을 분명히 알지 못한 채 다곤 신의 축제에 나가려고 결심하는 장면에 이야기의 강조점이 두어진 것(Fish 579)은 당연하다면 당연하다.

> 선량한 용기를 가져라. 나는 내부에서
> 내 생각을 움직여 비범한 어떤 일을 하게 하는
> 어떤 격렬한 동요를 느낀다.
> 나는 이 전령과 함께 갈 것이다.
> 확실히 우리의 율법을 손상시키거나
> 나의 나실인Nazarite 맹세를 더럽힐 어떤 것도 없다.
> 혹시 마음속에 어떤 예감이 있다면,
> 이날은 어떤 위대한 행위 때문에 내 삶에서
> 특별한 날이 되거나, 아니면 마지막 날이 될 것이다.
>
> (RM 1381-1389)

삼손은 자신의 내부에서 일어나는 것이 무엇인지 모른다. 원문의 "some", "something", "aught" 등의 단어는 이 정황을 잘 보여준다. 그리고 삼손은 자신의 행동이 "율법"에 불명예를 가져다주지 않을 것이고 "맹세"를 더럽히지는 않을 것이라고 말한다. 삼손은 믿음을 행동으로 옮기는 데 대한 확신이 서 있는 것이다. 마음의 움직임, 실존 결단, 행동에 이르는 과정은 마치 신의 뜻이 밀턴의 언어를 통해 삼손에게 육화되는 과정인 것처럼 보인다. 따라서 삼손의 "무시무시한 운명(필연성)"(*RM* 1669)은 밀턴이 보기에 알 수 없는 힘에 의한 자유의지의 패배가 아니라 신의 섭리로서의 운명인 셈이다. 삼손의 죽음을 보고하는 사신의 말에서 강조되는바 그것은 '피할 수 없는' 신의 뜻이다. '불사조'처럼 자신의 재에서 재생하여 신의 뜻에 의해 선택된 자로서 인간의 자유를 위해 끝없이 투쟁하는 삼손의 모습이 바로 밀턴의 정치(혁명)사상의 핵심에 놓여 있는 것이다. 삼손의 결심에 신의 뜻에 대한 믿음하에 자신의 과거를 반성하고 자신의 생각을 아직 오지 않은 미래의 "비범한 어떤 것"(*RM* 1382)에 적극 기투하려는 의지가 동반된다는 점에서 삼손의 마지막 행위는 정신의 혁명과 정치적 혁명이 하나가 되는 장면으로 읽어낼 수 있다.

이렇게 볼 때 이 작품의 우상파괴적 폭력이 스스로 구속되어 있는 이스라엘인들을 자유롭게 하지 못하고 오히려 순교에 대한 새로운 숭배를 만들어내는 데 전유된다는 견해(Knoppers 61)는 이 작품을 통해 삼손과 같은 결단을 영국인들에게 요구하는 극의 의도를 간과한 것이라고 할 수 있다. 가령 삼손이 신전에 나가려는 이유를 코러스가 도저히 이해하지 못하듯이 신의 뜻과 자유의지를 매개하는 인과적 내러티브가 이 극 속에는 존재하지 않는다. 그렇기 때문에 코러스나 이 극을 보는 영국인들이 삼손의 의식 심층에서 일어나는 변화를 깊이 이해하고 삼손의 결단에 공감하지 않는 이상 삼손의 행위는 모호하게 남아 있기 마련이다. 따라서 이런저런 방식으로 전유될 가능성은 항상 존재한다. 밀턴이 삼손의 말과 행동이 미래로 열려 있음을 강조하는 것은 이 극을 보는 영국인들에게 마노아처럼 삼손을 '기념비'로 만들지 말고 항상 '현재화'하라는 뜻인 것이다.

5. 맺는말: 밀턴에서 블레이크로

물론 밀턴이 살아 있을 때 영국에서 혁명이 일어나지는 않았다. 그러나 삼손에 체화된 밀턴의 정치사상은 영국혁명만큼이나 역사적인 사건이었던 프랑스혁명을 목격하고 이를 열렬히 환영했던 낭만주의 시인들에게서 부활함을 목격할 수 있다. 대표적인 경우가 밀턴을 비판적으로 계승하려고 했던 윌리엄 블레이크William Blake이다.

블레이크는 당대의 대표적 우상파괴주의자인 토머스 페인Thomas Paine의 행동을 예수의 행동과 비교하면서 페인이 제도종교와 싸웠으며 예수가 유대인과 싸울 수 있었던 원천이 '성령'이었음을 주장한다. 또한 블레이크는 페인의 행동을 '원기 왕성한 재능'에 자신을 내맡김으로써 미덕과 정직의 확실성과 진실성을 보여준 전형적인 사례로 생각했는데, 이렇게 되면 성령과 재능은 거의 동의어처럼 쓰이고 이를 매개하는 것이 바로 '영감'이 된다(Erdman 613-614). 블레이크는 밀턴보다 자유의지를 더 강조한 셈이지만, 블레이크가 당대의 제도종교에 의해 신의 뜻이 빈번하게 왜곡되고 전용되는 사태를 누구보다 절감했다는 사실과 밀턴의 선민의식을 자기중심성selfhood의 발로라고 비판했다는 점을 고려하면 이는 당연한 결과라고 할 수 있다. 그러나 블레이크와 밀턴이 진정한 자유의지를 종교적·시적 충동이 실천적 행위와 결합된 것으로 본다는 점에서 삼손의 이념적·정서적 고투는 블레이크적 삼손이라고 할 수 있는 로스Los의 그것과 매우 유사한 성격을 띤다. 따라서 밀턴이 삼손을 통해 제기하려고 했던 문제는 특정한 역사 국면의 문제만이 아니라 인간의 인식과 실천에 대한 본질적인 물음이라는 것을 알 수 있다. 이것이 코러스의 마지막 정리 발언에도 불구하고 독자들의 "마음의 평정"(*RM* 1761)을 흔들어놓는 이유이다.

3

정치지형도 그리기로서의
『쿠퍼 언덕』

1. 현실정치와 문학

영국의 정치지형도에서 엘리자베스 여왕이 차지하는 의미는 각별하다고 할 수 있다. 무엇보다도 엘리자베스 여왕은 헨리 8세Henry VIII와 메리Mary 여왕 시대의 정치적 혼란을 수습하고 강력한 국가주의 정책으로 정치세력과 민중의 열망을 하나로 묶는 데 일정한 성공을 거두었다는 점에서 이후의 왕들에게 하나의 모범이 되기에 충분했다. 틸리야드가 상정하듯이 '엘리자베스조 세계상Eliza-bethan World Picture'의 특징은 구질서의 귀족적 형식을 깨뜨리지 않고 수많은 새로움을 수용했다는 것이다(Tillyard 8). 그러나 엘리자베스 치세의 안정기에도 영국 사회는 사회 전반에 걸쳐 점증적으로 변화를 경험하게 되는데, 그것은 젠트리gentry의 성장에 따른 사회적 유동성의 증가로 요약할 수 있을 것이다(Anderson 128).

스톤의 지적에 따르면 젠트리로 대표되는 지주계급의 성장으로 인해 왕실은 수입의 원천을 이들에게 의존해야 했고 이들의 정치적 영향력에 걸맞은 작위와 관직의 수여를 남발하게 되었다. 원래 젠트리 계층은 지방귀족을 견제하기 위해 왕이 키운 세력이었지만, 제임스 1세James I와 찰스 1세 치세에 걸쳐서 자신들의 세력을 확장하여 왕권에 맞서게 된 것이다. 이들이 하원을 중심으로 일정한 정치세력으로 자리 잡게 되면서 왕권이 의회세력을 견제할 수 없게 되었고 전통적인 신분질서가 와해되면서 지배세력 내의 내적 분화 현상이 뚜렷해졌다. 이러한 현상은 찰스 1세에 와서 정점에 달했던바 전쟁 비용의 충당을 위한 조세권 발동을 두고 벌어진 왕과 의회의 갈등은 내란으로 이어졌다(Stone 72-76).

이러한 일련의 상황이 엘리자베스 사후에 벌어진 일이라면, 왕당파의 입장에서는 왕권을 재정의하는 일이 불가피할 수밖에 없었을 것이다. 가령 제임스 1세 때 등장한 왕권신수설은 군주와 신민 subject 간의 계약에서 신만이 판관이 될 수 있음을 역설함으로써(James I 28) 왕권에 대한 의회의 도전 자체를 봉쇄하려고 했다. 그러나 이러한 강력한 왕권의 선포 자체가 이미 왕권의 위기를 반영한 표현이라고 할 수 있다. 그것은 실효적인 지배권으로서 왕권을 정의한 것이 아니라 의회세력을 견제하기 위한 새로운 이데올로기가 필요해짐에 따라 동원된 것이나 다름없다고 할 수 있다. 의회세력 또한 이러한 왕권신수설에 맞서 신과 교회의 이름으로 저항권을 주장함으로써(Skinner 340-344) 왕권과 의회의 대립은 정치적 차원뿐만 아니라 도덕적·해석적 차원으로 확대되었다.

그렇다면 이러한 정치적 현실이 왕당파 시인들의 시에서는 어떤 식으로 드러나는가? 다시 말해 그들의 시 속에서 현실정치의 지형도는 어떻게 그려지는가? 이에 대해 대답하는 것은 현실정치를 당대의 문화적 맥락에서 이해하는 것일 터이다. 특히 영국혁명기의 문헌들에서 과거에 대한 재구성 욕망이 전례 없이 강했다는 점을 고려할 때, 문학작품이 사건들의 이해와 사회적·정치적 세계에 대한 지적·상상적인 참여를 위한 서사틀을 형성하고 제공함으로써 역사의 실제적인 생산에 참여하는(Thomas Healy et al. 2-3) 과정을 따져보는 일은 긴요하다고 할 수 있다.

본고에서는 이런 문제의식에서 왕당파 시인으로 분류되는 존 데넘John Denham의 『쿠퍼 언덕Coopers Hill』을 정치지형도 그리기라는 관점에서 접근하여 개작 과정에서 생겨난 의미의 차이에 주목함으로써 데넘의 정치의식이 현실정치와 맺고 있는 역동적인 관계를 추적하고자 한다. 이 시에서 다루는 정치적 연대기가 존John왕 시기부터 찰스 2세Charles II 시기에 걸쳐 있고 왕권과 의회의 대립이라는 영국 역사의 전개 과정을 왕당파의 입장에서 폭넓게 개관하고 있다는 점에서 본고에서의 작업은 문학작품이 현실정치에 개입하는 방식뿐만 아니라 현실정치의 변화가 문학작품의 개작에 영향을 끼치는 양상을 살펴보는 일이 될 것이다.

2. 자연풍경과 왕도 1

『쿠퍼 언덕』은 출판 시기와 판본을 달리하는 총 13개의 예본exem-plars이 존재할 만큼 텍스트 자체에 대한 논란이 많았던 작품이다. 이런 예본들에 나타난 뚜렷한 차이를 중심으로 텍스트를 크게 둘로 나누면 영국혁명이 발발한 1642년에 출간된 예본("A" Text)과 왕정복고 이후인 1668년에 출간된 예본("B" Text)으로 대별된다.[1] 이렇게 양분된 텍스트가 수행하고 있는 풍경 묘사의 차이가 텍스트가 생산된 시대의 차이를 가늠하는 시금석이 된다는 점에서 이 시는 정치현실을 자연풍경을 매개로 혹은 자연에 빗대어서 묘사하는 '전원시Georgics'의 전통과 맞닿아 있다(O Hehir 12-13). 얼 와서먼Earl Wasserman의 지적대로 이 시에 그려진 풍경들은 '정치적 개념'이 시적으로 형상화되는 데 의미 있는 구조를 제공한다(Wasserman 48). 다시 말해 이 시에 그려진 풍경은 물리적 장소이면서 데넘이 왕당파로서 자신의 정치적 이상을 표방할 수 있는 매개체가 되는 것이다. 따라서 화자는 자연풍경을 공평하게 관찰하는 사람처럼 보이지만 실제로 풍경은 화자의 생각에서 여과 과정을 거쳐 제시된다. 이 시에 제시된 풍경들은 시인의 정치적 입장으로부

---

1 텍스트에 대한 논란에 관해서는 브렌던 오헤어Brendan O Hehir의 *Expans'd Hiero-glyphicks: A Study of Sir John Denham's "Coopers Hill" with a Critical Edition of the Poem*(1969)의 편집자 서문을 참조하라. 본고에서의 인용은 이 책에 근거하고 이 책에 따라 1642년 판본을 "A" Text, 1668년 판본을 "B" Text라고 표기하기로 한다. 이 텍스트들 각각에 몇 개의 판본이 존재하지만 판본들 사이의 차이는 텍스트 A와 B의 차이에 비하면 미미하다.

터 도출된 "주제적 장면"(Wasserman 49)인 것이다.

두 텍스트의 초반부에서 화자는 시인이 풍경을 만들어내지 풍경이 시인을 만들어내지는 않는다고 말한다. 또한 이는 궁정이 왕을 만들어내는 것이 아니라 왕이 궁정을 만들어낸다는 점과 유비됨으로써 시인과 왕이 풍경과 궁정의 주체가 된다는 논리로 발전한다. 시인의 풍경 만들기와 왕의 궁정 만들기를 병치시킴으로써 왕당파 시인으로서의 입지를 세우는 것이다. 그런 입지에서 시인은 풍경들을 묘사하고 그 풍경들과 관련된 각기 다른 왕을 거명하면서 정치지형도를 그려간다. 세인트 폴St. Paul 성당을 묘사하는 다음 장면을 보자.

> 이제 그대는 칼 내지 시간 내지 불, 또는
>
> 그것들보다 더 격렬한 열광이 그대의 몰락을 도모하더라도
>
> 최고의 시인이 그대를 노래하고 있는 동안
>
> 최고의 왕에 의해 파괴로부터 지켜져 안전하게 서 있을 것이다.
>
> 도시는 그의 근엄한 조망하에 놓여
>
> 언덕 아래에 안개처럼 솟아 있도다.
>
> 그 형세와 부富, 상업과 군중은
>
> 여기 멀리서 볼 때 단지 더 어두운 구름처럼 보일 뿐.
>
> 사물을 올바르게 판단하는 이에게는 실제로,
>
> 겉으로 보이는 대로일 따름이다.
>
> ("B" Text 21-30)

이 대목에서 두드러지는 점은 이 성당을 파괴로부터 지켜낸 찰

스 1세임이 분명한 "최고의 왕"과 이를 노래하는 "최고의 시인"이 병치된다는 것이다. 이로써 "그의 근엄한 조망"은 도시를 다스리는 왕이 백성을 바라보는 시선이자 이를 시로 형상화하는 시인의 태도이며 이 둘을 매개하는 세인트 폴 언덕의 지세 그 자체가 된다. 이러한 지형의 비유적 운동을 통해 시인은 이 언덕과 대조되는 도시의 풍경을 "상업과 군중"으로 묘사한다. 이 그림은 의회파 세력을 넌지시 암시하는데, 바로 이 세력들이 "열광"이라는 말과 결부되면서 성당을 파괴하는 자들로 규정되는 것이다. "안개"와 "구름"은 이들의 무지몽매를 단적으로 보여준다. "사물을 올바르게 판단하는" 시인과 열광에 들뜬 청교도 세력의 차이가 분명해지는 것이다.

청교도 세력에 대한 비판은 혁명이 일어났던 1642년 판에서 더욱 노골적으로 드러난다. 1668년 판에서 도시의 삶에 대한 짧고 일반적이며 추상화된 진술에 그쳤다면, 1642년 판에서는 구체적인 상황을 예시하여 직접적인 비판을 가한다. 시인은 도시를 연기로 가득한 곳으로 묘사하면서 여기에 살고 있는 사람들을 헛된 욕망에 들뜬 이들로 파악한다. 1668년 판에서는 아예 삭제되어버린 다음과 같은 구절을 통해 청교도혁명 당시의 구체적 정황을 예시한다. 따라서 풍경을 통해 조화로운 세계를 그려내려는 시인의 희망은 현실정치의 어두운 그림자에 의해 빛이 바랜다(Norbrook 78).

어떤 이들은 음모를 꾸미고 어떤 이들은 그 음모를 망치며
다른 이들은 음모를 꾸미기도 하고 망치기도 하는구나.
그들의 희망을 배반하고 안전해지는 것을 두려워하며

악행을 저지르는 일만 지속하는구나.

빛에 눈멀고 안락에 물려

혼란에서 평화를 찾고, 지옥에서 천국을 찾는구나.

("A" Text 41-46)

이 대목은 확실히 런던 군중에 의한 찰스 1세의 추방과 긴밀히 연결된다(Turner 58-59). 강렬한 대조를 통해 청교도 세력의 무질서와 자가당착을 강조한 셈이다. 데넘은 왕당파 시인으로서 의회파를 좀 더 격렬하게 공격해야 할 필요성 때문에 이러한 수사를 구사한 것으로 볼 수 있다. 의회파에 대한 비판이 거셀수록 이들로부터 세인트 폴 성당을 지켜낸 찰스 1세의 미덕이 부각되는 셈이다. 이는 면밀히 계산된 것이라고 할 수 있는데, 이 대목 다음에 등장하는 윈저Windsor 성은 찰스 1세의 출생과 '풍수지리적으로' 연결시키기 위한 사전포석의 성격을 띤다. 특히 1642년 판에서는 다소 장황하고 과장되게 찰스 1세를 칭송하는바, 이는 의회세력의 부덕성과 차별되는 찰스 1세의 미덕을 강조하기 위해서이다.

나는 그 영웅적인 얼굴에서 가장 생생한

그림에서보다도 잘 표현된 성자를 본다.

이승에서 그를 유명하게 한 저 꿋꿋함을 보고

저승에서 그를 성자를 만들 저 천상의 경건함을 본다.

그는 속인의 부류를 떠날 때

저 신성한 부류의 일원이 될 수 있을 터이다.

("A" Text 135-140)

1668년 판에서는 시인 자신이 찰스 1세를 보았다고 경험직으로 진술하지는 않는다. 아마도 이는 찰스 2세를 의식해서 찰스 1세의 비중을 상대적으로 줄이려는 의도로 해석할 수 있다. 이와 관련하여 인용문 다음에 이어지는 대목 또한 두 판본 사이에 차이가 있다는 점을 주목할 만하다. 1642년 판에서는 "나의 경이로움을 여기에 묶어둘 수 있었으나 우리의 눈은, / 우리의 까다로운 입맛이 그러하듯 다양한 것을 즐긴다Here could I fix my wonder, but our eyes, / Nice as our tastes, affect varieties"("A" Text 141-142)라고 말하는 반면, 1668년 판에서는 "내 헤매는 눈길이 내 고정된 생각들을 저버린다my fixt thoughts my wandering eye betrays"("B" Text 112)라고 말한다. 즉, 후자에서 시인은 찰스 1세에 대한 '고정된' 생각으로부터 탈피하고자 하는 의지를 은연중에 보여준다. 따라서 전체적으로 1668년 판에서는 찰스 1세에 대한 직접적인 칭송의 강도가 약해진다. 의회세력과 왕을 도덕성 면에서 변별적으로 구별하려는 의도가 강한 1642년 판에서 왕과 의회파의 양극화 양상이 더욱 부각된 것이다.

그런데 이 시의 목적이 본질적으로 풍경과 왕도kingship를 하나로 묶어서 그려내는 데 있다는 점을 고려한다면, 이 시가 특정한 정치적 문맥을 떠나서도 통용되는 보편성을 담지하고 있는 것이 사실이다. 다시 말해 데넘은 개작 과정을 거치면서 특정한 정치적 맥락을 포함시키거나 배제하지만 이 시의 기본 구도가 유지되는 데는 이상적인 왕도를 제시하고자 하는 시인의 의도가 작용하고 있다. 두 판본에 거의 동일하게 등장하는 세인트 앤 언덕St. Annes

Hill에 이웃한 교회 예배당 장면의 묘사가 그 예이다. 여기에서 시인은 헨리 8세의 치세를 설명함으로써 찰스 1세의 덕성을 왕도의 관점에서 재규정하려고 한다. 찰스 1세의 미덕을 그 반대세력과의 차이를 통해서만 드러낸다면 왕과 의회파 간의 양극화 양상만을 보여줄 수 있기 때문에 왕도라는 동일한 범주에서 두 왕을 비교함으로써 찰스 1세의 미덕을 공고히 하고자 한 것이다. 또한 데넘이 신하로서 느끼고 있던 왕에 대한 불만과 폭정 일반에 대한 비판의 대상으로 헨리 8세를 내세운 것이라고 할 수 있다. 따라서 종교정책에서 드러나는 두 왕의 차이는 그 자체로 찰스 1세의 미덕을 칭송하는 근거가 되는 한편 올바른 왕도가 무엇인가에 대한 '반면교사' 역할을 한다. 세인트 폴 성당과 교회 예배당의 현재 상태가 두 왕의 차이를 극명하게 보여주는 셈이다. 찰스 1세는 세인트 폴 성당을 파괴로부터 막아 진정한 종교의 보호자가 되었던 반면 헨리 8세는 겉으로는 신앙의 보호자인 것처럼 행세했지만 예배당을 파괴함으로써 종교를 수도원 독방에 가두어버렸기 때문이다. 그러나 시인의 의도가 올바른 왕도를 찾는 데 있는 만큼 찰스 1세를 일방적으로 칭송하지는 않는다.

> 그때 종교는 나태한 수도원 골방 속에
> 돌덩이처럼 움직이지 않은 채
> 공허하고 무의미한 명상이나 하며 머무르게 되었다.
> 그러나 우리의 종교는 황새처럼
> 너무나 왕성하게 많은 것을 집어삼킨다.

한대와 열대 지역 사이

온대 지역은 볼 수 없단 말인가?

("B" Text 135-140)

　이 대목에서 시인이 찾고자 하는 바는 두 왕 시대의 양극단을 지양할 수 있는 종교정책이다. 즉, 가톨릭을 탄압했던 헨리 8세 시대의 "한대 지역"과 청교도들의 극단적인 '열광'으로 가득 찼던 찰스 1세 시대의 "열대 지역"이 지양된 형태로 만나는 "온대 지역"을 찾고자 하는 것이다. 시인은 이를 통해 헨리 8세의 종교정책을 비판하면서 청교도 극단주의를 동시에 비판하고 있다. 그러나 게걸스럽게 이것저것 먹어대는 황새의 비유에서 알 수 있듯이 비판의 방점은 청교도 극단주의에 놓여 있다. 따라서 종교의 극단화에서 헨리 8세와는 달리 찰스 1세에게 일정 정도 면책이 주어짐으로써 두 왕의 차이가 부각되는 것이다. 이 시가 찰스 1세를 칭송하기 위해 쓰인 시라는 점을 감안할 때 이는 당연한 결과라고 할 수 있다.

　다른 한편 이 시가 찰스 2세까지를 의식해서 쓰였다는 사실을 고려해보면, 시인은 헨리 8세를 폭군으로, 찰스 1세를 청교도 극단주의의 희생자로 묘사함으로써 후대의 왕 혹은 집권자에게 양자를 지양한 왕도를 제시하고 있다고 할 수 있다(이 시가 크롬웰 시대에도 개작되었다는 사실이 이를 잘 보여준다). 결국 시인은 구체적인 풍경 제시를 통해 현실정치를 전경화하면서 이상적인 왕도에 대한 탐색을 동시에 수행하고 있는 셈이다.

3. 자연풍경과 왕도 2

이상적인 왕도에 대한 탐색이 본격적으로 이루어지는 것은 템스 강이라는 지형을 통해서이다. 이 시의 초반부에서부터 강물은 모든 갈등이 해결되는 곳으로 그려져 있다. 그것은 상업과 군중으로 이루어진 도시의 번잡한 삶과는 대조적인 삶의 방식인 "탈속적인 감미로운 만족의 행복Oh happiness of sweete retir'd content!"("A" Text 47; "B" Text 37)의 표상으로 이미 자리 잡은 터이다. 시인이 도시의 삶을 청교도 세력이 대표하는 것처럼 그린다는 점에서 이와는 대조적인 템스강의 정치적 함의는 분명하다고 할 수 있다. 페레즈 자고린Perez Zagorin의 지적대로 제임스 1세와 찰스 1세 때 '궁정Court' 세력과 대조되는 '시골Country' 세력은 비록 왕권과 대립하기는 했지만 정부를 변경하려고 하지 않았고 영국 헌법에 대한 새로운 대안의 필요성도 느끼지 않았던 보수적인 세력이었다(Zagorin 82-83). 이런 점에서 그런 '시골' 이미지를 템스강에 덧씌우는 방식은 청교도혁명에 대한 우회적인 비판으로 유효하다.

흥미로운 점은 템스강이 단순히 그러한 보수적인 삶의 방식을 옹호하기 위해서만 등장하지는 않는다는 사실이다. 템스 계곡의 채마밭에 대한 묘사는 템스강의 상업적 중요성까지 고려하고 있는데, 동일한 성격으로 묘사된 다른 시들에서 이는 식민주의와 연결되기 때문이다(Turner 133-134). 그런 점에서 템스강은 영국 왕들의 덕성을 드러내는 장소이자 영국의 민족주의적 열망을 담아내는 그릇으로 사용된다. 여기에서 영국 내의 갈등을 용해하면서 이를 제국주의적 영토 개척으로 확장시키려는 시인의 의도를 엿볼 수 있다. 요컨대 템스강에 대한 이러한 묘사를 통해 시인은 엘리자베스 여왕 시대의 치세를 본받으라고 후세 왕들에게 권면하는 셈이다. 이전의 지형들이 구체적인 정치적 맥락을 전경화함으로써 과거와 현재의 왕도를 자리매김하는 것이라면, 템스강은 미래의 왕도가 따라야 할 이상적인 거울을 제시하는 것이라고 할 수 있다. 또한 바로 그 거울에 비추어 그러한 자리매김 작업이 가능한 것이다. 따라서 이전의 지형들이 왕들의 도덕성을 반영하는 방식으로 등장했다면, 템스강은 왕들이 따라야 할 도덕적 규준점으로 제시된다.

물론 템스강의 묘사에서도 두 판본의 차이가 발견된다. 1642년 판에서 두드러졌던 현실정치에 대한 암시가 1668년 판에서 감소된 것은 이상적인 왕도를 제시하고자 하는 시인의 의도에 부합하는 방식으로 작품이 개작되었기 때문이라고 할 수 있다.

> 그것[템스강]의 덜 때 묻은 진짜 재화를 찾으려거든
> 바닥을 찾지 말고 물가를 살펴보라.
> 강은 그 위에 다정하게 광대한 날개를 펼쳐
> 새봄을 위해 많은 것들을 부화하고 있다.
> 그때 템스강은 아이를 몸으로 덮어 질식시키는 어머니처럼
> 너무나 우매하게 머무름으로써 파괴하지 않는다.
> 또한 희떠운 왕처럼 갑작스럽고 격렬한 물결로
> 자신이 주었던 재화를 빼앗지 않는다.
> 또한 예기치 않은 범람으로 풀 베는 사람의 희망을 망치거나

농부의 수고를 조롱하지 않는다.

강의 줄기찬 베풂은 신의 그것처럼 흐른다.

먼저 그렇게 하는 것을 사랑하고, 그다음에 그가 베푼 선행을 사랑한다.

("B" Text 167-178)

주목할 점은 템스강이 부정적인 이미지의 어머니와 왕을 넘어서 영원한 생명을 가진 신으로 확장된다는 점이다. 이는 인용된 대목 이전에 등장하는바 바다로 향하는 강물의 흐름이 "영원을 만나게 되는 인간의 삶mortal life to meet Eternity"("B" Text 164)에 비유된 것과 동일한 궤도에 있다. 굳이 여기서 '왕권신수설'을 떠올릴 필요는 없겠지만 왕당파 시인으로서 데넘이 상정하는 군주상은 신의 부름을 받아 백성을 보살피고 그들이 원하는 것을 아낌없이 주는, 그야말로 신의 대리인으로서의 왕에 가깝다고 할 수 있다. 이어지는 대목에서 강물이 흘러 바다를 거쳐 인도까지 닿은 것으로 그려지는 것으로 보아 영국 왕이 세계를 다스리는 왕이 된다는 점을 은연중에 강조하는바, 이는 영국의 제국주의적 야심을 표현한 것으로 보인다.

영국 역사에서 이러한 군주상에 필적할 만한 이는 엘리자베스 여왕이었다. 그렇다면 내란이 발발할 시점에 왕의 자리에 있었던 찰스 1세에게 이러한 군주상은 어떤 의미가 있을까? 시인의 의도는 신민들에게 재화를 줄 만한 여력이 없었고 오히려 이들에게 손을 벌려야 했던 찰스 1세의 곤경을 타개하기 위해 제국주의적 식민지 경영을 유도하는 데 있다고 할 수 있다. 이는 국내문제를 국가주의적 열정으로 용해하여 제국주의적 야망으로 탈바꿈시키는 전략이다. 따라서 이러한 군주상은 찰스 1세에게 국한되지 않고 이후의 집권자들에게도 의미 있게 다가올 것임은 분명하다고 할 수 있다. 특히 1642년 판에는 인용된 대목 다음에 템스 강물을 떠나가는 연인에 비유하는 부분이 등장하지만 1668년 판에는 이 대목이 삭제됨으로써 영국의 제국주의적 야망이 더욱 부각되는 효과를 낳는다. 1642년 판에서는 연인을 두고 떠나는 것을 아쉬워하면서 강물이 거슬러 올라간다고 묘사함으로써 이 강물이 바다로 흘러 다른 대륙에 닿을 것이라는 점이 부정되고 있기 때문이다.

4. 왕과 시인

이러한 군주상에 대한 찬미는 템스강을 매개로 이상적인 시인상에 대한 모색으로 이어진다. 시인은 강물의 흐름을 시 쓰기의 모범으로 삼고자 하는데, 이는 시인이 풍경을 만든다는 시 도입부의 진술과 대조적이다.

> 아, 내가 그대처럼 흘러서, 그대의 물결을
> 내 위대한 모범으로 만들 수 있다면, 그것은 내 주제이기도 하니!
> 깊지만 맑고, 부드러우나 느리지는 않으며
> 맹렬하지도 넘치지도 않고 힘차게.
>
> ("B" Text 189-192)

여기서 템스 강물이 이상적인 군주상뿐만 아니라 이상적인 시인상에 비유됨으로써 시인의 시적 포즈를 그대로 재현한다고 할 수 있다. 따라서 왕은 템스강을 왕도와 연결한 바로 이 시를 거울 삼아 정치를 해야 한다는 결론에 도달한다. 자연을 변형시켜서 더 나은 자연으로 만든다는 필립 시드니Philip Sydney 이래의 시인상과 데넘은 이렇게 해서 하나의 강물로 흘러간다. 자연이 "거대한 극단들huge extreams"을 결합해서 '경이로움'과 '즐거움'을 이끌어 내듯이, 데넘은 양극단으로 흐르는 정치 상황을 자연에 빗대어 이상적인 현실로 탈바꿈시키고자 한 것이다.

그러나 이후에 제시된 상황에서는 템스강 물결의 고요함이 아니라 '숲의 난폭함'에 초점이 맞추어진다. 이는 내전이라는 직접적인 정치적 상황이 시인의 전경에 펼쳐지고 있다는 반증이다. 이 상황은 폭풍우가 몰아치는 와중에 맑은 템스 강물을 얼굴을 찡그리며 바라보는 나르키소스의 곤경으로 나타나는데, 이는 템스강을 노래하다가 내전을 언급해야 하는 시인의 정신적 풍경이기도 하다. 그러나 내전의 상황을 매개할 수 있는 풍경을 발견할 수 없기 때문에, 혹은 현실이 풍경을 압도하기 때문에 시인은 알레고리를 통해 이를 제시한다. 알레고리의 특성상 현실과 직접 대면하지 않고 의회파들은 의회파대로 비판하고 왕은 왕대로 칭송할 수 있기 때문이다.

수사슴이 개떼들에게 쫓기다 개떼에 의해 죽지 않고 왕에게 죽었다는 것으로 끝나는 이 이야기는 수사슴의 고귀한 죽음을 강조한다. 이 왕은 1642년 판에서 찰스 1세로 명시되기 때문에 죽음

을 맞이하는 수사슴을 스트래포드 백작the Earl of Strafford의 몰락
과 처형에 대한 설명으로 읽는 것(Wasserman 72-76)이 가능하다.
그러나 존 월리스John Wallace가 주장하듯이, 만약 그렇다면 데넘
의 왕당파로서의 입지가 모호해진다. 즉, 데넘이 스트래포드 백작
의 주장과 행동에 공감하는 왕당파라면 당연히 그러한 죽음을 인
정하지 않았으리라는 것이다(Wallace 517). 하지만 수사슴을 자의
적 권력과 폭정의 의인화라고 읽는 월리스의 독법(Wallace 519) 역
시 문제가 있다. 왜냐하면 수사슴의 피에 혈안이 된 개떼들과는 달
리 수사슴은 수동적인 고귀한 희생자로 묘사되었기 때문이다. 특
히 1653년까지 거대하고 무시무시한 처형에 대한 암시는 늘 찰스
1세의 운명과 연루되어 상기되었다는 점(O Hehir 247)에서 수사슴
의 죽음을 찰스 1세의 죽음과 연관시킬 수도 있다. 그러나 1642년
판에는 수사슴을 죽이는 왕을 찰스 1세로 명기하고 있기 때문에
수사슴을 찰스 1세의 죽음이라고 보면 자가당착에 빠지게 된다.
그렇다면 이를 어떻게 해석해야 할까?

죽음과 죽이는 행위를 나누어서 생각하면 이 이야기는 찰스 1세
에게 끝까지 왕다운 풍모를 지키라는 간언의 말이자 신민들을 향
한 경고가 된다. 즉, 왕의 폐위는 왕에 의해서만 이루어진다는 점
을 강조함으로써 왕이 개떼들로 표상된 신민들과는 차원이 다른
고귀함과 위엄을 지니고 있음을 강조하면서 신민들에 의한 왕의
폐위가 부당함을 지적한 셈이다.

이러한 점은 1668년 판에서 찰스 1세라는 말이 삭제되고 그냥
왕이라고만 언급된다는 사실에 의해 뒷받침된다. 즉, 텍스트의 특

정한 내용이 일반적인 관점에서 다시 쓰이는 것이다. 그 결과 역사적 맥락 자체가 희미해지면서 개떼와 수사슴의 이야기는 고귀한 죽음과 이를 베푸는 왕의 위엄이 결국 동전의 양면이라는 일반적인 관점으로 수렴된다. 따라서 비판의 초점은 피에 굶주려 참살을 자행하려고 애쓰는 개떼들로 향하게 되는바, 바로 이 개떼들이야말로 시인이 비판하고자 하는 신민상을 구체화하고 있는 것이다.

존왕 시대 이후 왕과 신민들 간의 관계를 시인이 개관하는 것은 바로 이러한 신민상의 문제를 천착하기 위해서이다. 알레고리 속에 숨어 있던 현실의 암울한 그림자에 대한 본격적인 탐색인 셈이다. 특히 1642년 판에서는 혁명기의 분위기를 반영하듯이 왕이 권위를 되찾아 신민들에게 복종하는 법을 가르쳐서 정치적 혼란을 마무리해야 함을 역설하는 것으로 끝맺음되지만, 1668년 판에서는 이러한 훈계가 무의미해진 시점이라 이 대목이 삭제되었다. 따라서 왕과 신민들 간의 갈등이 몰고 온 사회적 혼란에 대한 일반적 진술로 끝을 맺는다. 그 골자는 왕이 많이 주면 줄수록 신민들은 더 많은 것을 요구하고 이에 따라 왕은 자신의 권력이 위태로워짐을 깨닫고 신민들을 억압하지만 신민들은 이 억압에 더욱 담대하게 맞서기 때문에 억압과 저항의 악순환 속에서 왕과 신민이 양극단으로 치우치게 되었다는 것이다. 이러한 일반적 진술 속에서도 시인은 시대의 큰 흐름을 반영하지 않을 수 없었는데, 이상적인 왕도의 표상으로서의 템스강이 두 판본 모두에서 다음과 같이 변모되어 나타나는 것이 그 증거이다.

고요한 강이 갑작스러운 비와 녹은 눈으로

불어나 이웃한 평원으로 넘쳐흐를 때,

농부들은 높게 쌓아 올린 제방으로 그들의 탐욕스러운 희망들을

지켜내어 버텨나갈 수 있다.

그러나 그들이 만과 댐으로 억지로 물꼬를 내서

새롭고 협소한 물길을 만들어낸다면

그때 강물은 더 이상 자신의 제방에 머무르지 않고

처음에는 급류가 되었다가 다음에는 홍수로 부풀어 오르는 법.

억제할수록 맹렬하고 거세게 흘러넘쳐

경계를 모르고 물가를 만들어낸다.

("B" Text 349-358)

이 부분이 크롬웰의 통치방식을 암시한다는 견해(O Hehir 253)도 있으나 동일한 대목이 1642년 판에도 등장한다는 점에서 역사적으로 특정하게 맥락화할 필요는 없을 것이다. 앞의 템스강 묘사와 비교해볼 때 농부의 "희망" 앞에 붙은 "탐욕스러운"이라는 말에 왕이 주는 것 이상을 요구하는 신민들에 대한 데넘의 비판적 관점이 투영되었음을 알 수 있다. 따라서 이들이 인위적으로 강물의 흐름을 새롭게 만들어내는 것이 혼란의 원인으로 제시된다. 강물이 불어나 홍수를 몰고 오는 것이 폭압적인 전제정치를 상기시킨다면, 그 원인은 바로 일종의 '자연권natural right'인 왕의 통치권을 혁명을 통해 전복하려는 "대중 통치popular sway"의 인위성에 있는 것이다. 즉, 신민들이 자연의 이치를 거스름으로써 왕 역시 이를 거스를 수밖에 없다는 논리이다. 왕이 폭군이 되는 것은 백성의 책

임이 되는 것이다.

여기서 중요한 것은 신민세력과 왕의 조화를 이루어낼 '제방'이 어떻게 만들어지느냐이다. 토머스 힐리Thomas Healy는 이 제방이 농부(신민)들에 의해 만들어진다고 하지만(Healy 180), 실제 인용문에서 보듯이 제방의 소유 주체는 '강'임이 명시되어 있다("자신의 제방his banks"). 하지만 강이 스스로 제방을 쌓는다는 것은 불가능하다는 점에서 이 제방이 어떻게 만들어지느냐는 여전히 불투명하게 남아 있다. 이런 이유로 농부들이 자신들의 희망을 지켜내는 '제방'은 그 축조의 주체가 불분명한 수동태 형태를 띠고 있다. 찰스 1세 때 내전이 발발하게 된 직접적인 원인이 의회를 무시한 국왕의 법 집행에 있었다는 점을 고려하면 실제 역사에서는 강이 자신의 제방을 스스로 무너뜨려 새로운 '물꼬'를 만든 셈인데, 왕당파 시인으로서 데넘은 그 책임을 신민들에게 돌려 현실을 왜곡하고 있는 것이다. 템스강을 묘사할 때는 강물이 적극적인 역할을 하는 것으로 그렸으나 이 대목에서는 상황 변화에 반응하는 것으로 그려서 수세에 몰린 왕권의 입지가 분명해지지만 그만큼 대홍수에 대한 왕의 책임이 면제되는 것이다.

그러나 강물을 불어나게 하는 근본 원인인 갑작스러운 기후변화("갑작스러운 비와 녹은 눈")는 영국 역사에 커다란 변화가 왔음을 암시한다. 시인은 이를 자연에 의탁해 우연적인 것으로 치부하지만 영국 역사의 저류에 흐르는 미묘한 변화의 움직임을 포착한 것이라고 할 수 있다. 바로 그렇기 때문에 이 대목에서 강물은 단순히 왕의 표상으로만 제시되기보다는 영국의 정치지형 자체에 근본적인 변화를 몰고 올 새로운 힘으로 부각된다. 데넘은 이 힘을 이용할 주체로 여전히 왕을 상정하고 있기 때문에 인용문의 마지막 대목이 암시하듯이 이 힘을 왕의 것으로 간주하고 있다. 하지만 작가의 의도에도 불구하고 1668년 판에서 두드러지듯이 왕과 신민 간의 갈등이 해결되리라는 전망을 제시하지 못한다는 점에서 이 시가 왕권의 불안한 입지를 보여주는 것으로 끝맺음되는 것은 분명하다. 더불어 시인은 이 결론부에서 당대적 사건의 의미를 분석할 만한 확신이 없다는 것을 스스로 드러내 보이고 있다(Healy 185). 그렇다면 이 마지막 대목은 이상적인 왕도의 표상으로 템스강을 묘사했던 부분을 아이러니컬하게 바라보게 하는 관점을 제공한다고 할 수 있다. 이상화된 템스강의 모습은 마지막 대목에 비추어보면 공허하기 짝이 없는 것이다.

  템스강에 대한 이러한 상반된 묘사를 아이러니컬한 관점에서 바라보지 않고 이 둘을 상대적으로 자유로운 입장에서 보면 각각 다른 의미를 지니게 된다. 전자의 경우 찰스 1세를 칭송하고 모범적인 왕도를 제시함으로써 그에게(혹은 그 이후의 왕들과 집권자들에게) 이러한 모범을 따르라고 간언하는 데 초점이 있다. 후자의 경우 이러한 왕도를 실현하기 어려운 현실을 보여주고 그 책임의 상당 부분을 신민으로 돌리는 데 강조점이 있다. 따라서 이 시는 희생자로서의 왕의 모습을 부각시켜서 신민들에 대한 억압적인 통치를 호도하는 측면이 있다. 이러한 방식에는 왕당파 시인으로서 데넘이 취하는 시적 포즈가 반영되어 있다. 그러나 왕을 희생자로 묘사한다는 것은 역으로 왕권의 약화와 의회세력의 성장에 대한 불안감이 이 시에 내재해 있다는 것을 의미한다. 즉, 현실을 왜곡하여 정치지형도를 그려나가는 시 형식 자체가 왕권의 불안한 입지를 반영하는 것이다.

5. 맺는말

지금까지 『쿠퍼 언덕』을 영국의 정치지형도와 관련해서 논의했다. 데넘은 이 시에서 한편으로는 자연의 비유를 통해 왕의 도덕성을 보여주고 다른 한편으로는 자연의 모습에서 왕들이 따라야 할 모범적인 왕도를 찾았다. 그러나 시의 후반부로 갈수록 지형이 줄어드는 데 비례하여 현실정치의 모습이 부각되고 시는 암울한 전망으로 끝나게 된다. 이는 왕권이 점점 약화되는 영국 역사의 대세가 이 시에 영향을 준 것이라고 할 수 있고, 이를 시 속에 담지 않을 수 없었던 시인의 정신적 풍경을 보여주는 것이라고 할 수 있다. 그 결과 이 시에 그려진 정치지형도는 비유적 성격이 줄어들면서 점점 현실성을 띠게 된다. 이 점을 하나의 미덕으로 본다면 데넘은 풍경을 정치적 세계의 붕괴에 부합하는 방식을 통해 투박한 알레고리나 전원적 풍경이 아닌 전체적인 미학체계로 제시하고 있다(Turner 61)고 평가할 수 있다.

하지만 더욱 중요한 점은 작품의 마지막 대목에 그려진 것처럼 역사의 도도한 흐름이 미학적 봉쇄를 뚫고 작품에 역개입했다는 것이다. 풍경을 덧씌워 그렸던 정치지형도가 풍경이 사라지면서 그 모습을 구체적으로 서서히 나타낸 셈이다. 이는 당면한 역사적 현실이 풍경을 밀쳐내고 시 속에 자리 잡은 것이라고 할 수 있다. 그렇게 본다면 이 시의 구조는 의회세력에 밀려날 왕의 처지를 그대로 반영하고 있다고 할 수 있다.

4

인권의 정치와
민주주의의 재구성
― 토머스 페인의『인간의 권리』

1. 들어가며

'인권' 문제는 근대 이후 정치사회적 쟁점으로 꾸준히 부각되어왔
지만 요즘만큼 그 시의성이 높아진 적은 없는 것 같다. 국제정치의
현장과 우리 사회 도처에서 그야말로 '인간의 권리'가 무참히 짓밟
히는 사건들이 빈번하게 발생하고 있다. 최근 가자지구Gaza Strip
에 대한 이스라엘의 무차별적 공격으로 다수의 민간인이 살상되
었고 심지어 유엔 학교까지 폭격을 당했다. 이스라엘은 유엔인권
이사회Human Rights Council의 강력한 규탄 결의를 가볍게 무시하
고 홀로코스트의 원한을 팔레스타인에 대한 종족 근절genocide로
앙갚음하겠다는 듯 무자비한 공격을 멈추지 않고 있다. 특히 어린

아이들을 지상군의 방패막이로 사용하는 이스라엘군의 잔인한 전술에다 폭격을 한가로이 즐기는 이스라엘인들의 무정한 반응까지 접한 많은 사람들은 충격에 휩싸였다. 이 같은 잔인하고 무정한 행태에 어떤 가학적인 쾌감마저 깃든 게 아닐까 하는 생각이 들 정도이다. 하지만 서구 열강이 항용 들먹이는 '인도주의적 개입'이라는 명목의 군사적 개입도 없었다. 오바마Obama 정부는 도를 넘어선 이스라엘의 민간인 학살에 대해 유감을 표명했지만 뒤로는 군사적 지원을 아끼지 않는 이중적 태도를 보였다. 압도적으로 많은 수의 희생자가 팔레스타인 사람들이기 때문에 미국이 '인도주의적 개입'을 시도할 경우 그 목표는 이스라엘의 군사적 공격을 무력화시키는 데로 모아질 것이다. 하지만 이스라엘과의 외교적 마찰을 무릅쓰면서까지 미국이 개입할 가능성은 거의 없어 보인다. 이 같은 미국의 태도는 이제까지 미국이 주도한 '인도주의적 개입' 자체의 허구성을 보여준다고 할 수 있다. 사실 '인도주의적 개입'이 성공적인 결과로 이어졌던 경우도 별로 많지 않다. 이라크와 리비아만 하더라도 혼란과 내전, 그리고 새로운 무장세력의 등장 등으로 개입 이전보다 상황이 악화되었다는 것이 일반적인 관측이다.

우리 사회로 눈을 돌려서 최근에 일어난 '세월호 참사' 문제를 살펴보자. 이 유례없는 비극적인 사고에서 우리 사회의 인권 상황이 그대로 드러났다. 국가권력 및 그것에 기생하는 세력에 의한 인권 침해 사례가 사고현장에서뿐만 아니라 구조와 수습 과정, 그리고 진상조사 과정에서 시시각각으로 보고되었다. 허술한 선박 관리와 감독, 구조 과정에서 보여준 무책임함과 무능함 등으로 무고

한 목숨들이 희생되었을 뿐만 아니라 철저한 진상조사를 위해 수사권과 기소권을 보장하라는 유족들의 요구는 사법체계의 근간을 흔들 수 있다는 이유로 거부되었다. 일각에서는 이러한 거부 이유가 근거가 없으며 진상조사위원회에 수사권과 기소권을 부여해도 헌법상 문제가 되지 않음을 분명히 했다. 원칙적으로 국가는 국민의 생명을 보호하고 안전을 도모해야 하는 기본적인 의무가 있고, 국가의 이러한 의무는 국민의 입장에서 보면 '권리'에 다름 아니다. 또한 국가권력은 주권자인 국민이 위임한 권력이다. 따라서 행정권이든 입법권이든 정책 수립과 입법 과정에서 우선적으로 고려해야 할 것은 '국민의 뜻'이다. 문제는 대의제 민주주의 체제가 '국민의 뜻'을 충분히 반영할 수 없다는 데 있다. 각자의 이해관계와 정치적 성향에 따라 사태를 바라보는 관점이 판이한 이른바 다원주의 사회에서 하나의 결집된 요구를 만들어내기가 어려워진 상황이다 보니 선거 결과나 여론조사가 '민심'의 척도인 것처럼 호도되고 있는 실정이다. 하지만 세월호 참사는 그야말로 '예외적인' 상황이고 상당수의 국민이 희생자들의 참변을 안타까워하고 유족들의 고통에 공감하는 한편 무능한 정부에 공분하고 철저한 진상조사의 필요성을 인정하는 만큼 유족들의 요구를 들어주지 않을 이유가 없다. 그런데도 정부와 여당은 세월호 참사의 '예외성'에 주목하기보다는 수사권과 기소권 보장의 '예외성'을 빌미로 유족들의 요구를 거부하고 있고, 야당은 별다른 대책이나 협상 전략 없이 우왕좌왕하는 무능한 모습을 보이고 있다. '세월호특별법'의 제정 과정에서 '국민의 뜻'과 의회권력의 대변representation 사이의 괴리가 첨예하게 드러난 것이다.

이스라엘의 가자지구 공격과 세월호 참사를 통해서 확인한 것은 인권 개념을 민주주의에 대한 성찰과 결부시켜 재사유해야 할 필요성이다. 그런 취지에서 본고에서는 토머스 페인의 『인간의 권리Rights of Man』를 중심으로 인권과 민주주의 문제를 살펴보고자 한다. 페인에 대한 당대의 열렬한 호응과 선풍적인 인기에 비해 최근의 인권 논의들이 페인을 거의 주목하지 않는다는 점도 『인간의 권리』를 재조명하는 또 다른 이유이다. 최근 인권에 대한 비판적 논의들에 에드먼드 버크Edmund Burke를 일정 정도 전유하여 보편인권론의 추상성과 공허함을 들춰내는 경향이 있는데, 바로 그런 버크의 논리를 공박했던 것이 페인의 『인간의 권리』이다. 따라서 버크를 경유하여 자유주의 인권의 추상성을 비판하는 데로 직행할 것이 아니라 페인의 입장을 따라가면서 인권의 정치성을 재사유할 수 있는 길을 찾을 필요가 있다. 본고에서는 우선 최근의 인권 논의들에서 제기된 쟁점들을 살펴본 다음에 그것과 결부시켜 페인의 인권론이 가진 의의를 따져보고자 한다.

2. 보편인권론의 쟁점

보편인권의 허구성에 대한 비판이든 그 정치성의 재구성이든 거의 모든 논의의 시발점은 한나 아렌트Hanna Arendt의 통찰이다. 아렌트는 인권이 기본적으로 국민국가의 틀을 전제로 보장된다는 점에서 시민권이나 국적을 박탈당한 난민의 존재는 보편인권의 허구성과 위선을 보여주는 증거가 되었다고 주장한다(아렌트 491-493). 그야말로 '인간'이라는 것 말고는 법적 테두리 내에서 자신의 존재를 증명할 만한 수단을 갖지 않은 난민은 보편적 인권의 담지자가 되는 바로 그 순간 인권을 박탈당하는 역설적인 존재가 되는 셈이다(지젝 399). 최근 국내에서도 늘어나는 불법체류자들이 겪고 있는 고통을 염두에 두면 아렌트의 주장은 상당한 설득력을 지닌다. 자국민이 아니라는 이유로 기본권뿐만 아니라 노동법과 사회보장제도에서 배제되기 일쑤인 데다 이러한 불리한 처지 때문에 임금체불과 열악한 노동조건에 대한 항의조차 봉쇄되는 일이 흔하다. 전지구적 자본주의화가 진행되고 노동력의 국제적 이동이 활발하게 일어나는 시점에 인권은 여전히 국민국가의 틀을 매개로 하기 때문에 자본에 의한 노동력 착취가 용이해지고 있다. 물론 자국인이라고 할지라도 기본권과 법적 권리를 박탈당하는 경우가 많고, 그렇기 때문에 아렌트의 통찰을 미셸 푸코Michel Foucault의 '생명정치biopolitics'와 연관시켜 주권의 본래적인 구조가 '예외'의 형태로 법질서에 포함되는 '헐벗은 생명bare life'의 생산에 놓여 있다는 조르조 아감벤Giorgio Agamben의 주장(아감벤 55-81; 황정아 2009, 111)이 실감나는 것이다. 아감벤이 말하는 주권의 본래적인 구조는 인권정치의 아포리아를 보여주는 동시에 인권정치를 재구성하려는 이들의 비판의 표적이 되는 만큼 좀 더 자세히 살펴보는 것이 좋겠다.

아감벤에 따르면 근대 민주주의의 성립 과정에서 개인들이 중앙권력과의 투쟁을 통해 이루어낸 자유와 권리의 쟁취는 역설적으로 개인들의 생명을 국가질서 속으로 편입시키는 결과로 이어졌다. 「대헌장」뿐만 아니라 「인신보호령」 등에 기입된 정치의 새로운 주체는 '인간'이 아니라 '신체'였는데, 그것은 가치 있는 삶인 비오스bios가 아니라 조에zoe, 즉 주권적 추방령에 의해 포획된 생명으로 익명의 '헐벗은 생명'이었다. 근대 민주주의는 신체에 대한 보살핌의 형태를 취하지만 궁극적으로 신체를 법의 효력이 발휘되는 공간으로 만듦으로써 결과적으로 '신체를 소유하려는 법의 욕망'에 부응하고 만다는 것이다. 예컨대 체포와 구금의 사유를 명시하여 법정에 송치해야 한다는 인신보호 영장은 애초에는 피고의 법정 출두를 확보하기 위한 절차였으나 관리들이 피고의 신체를 체포하여 구금하는 것을 정당화시켜주는 근거가 되기도 한다(아감벤 237-246). 체포와 구금의 사유를 명시하기만 하면 주권권력은 신체를 공동체로부터 격리시켜 법정에 세울 수 있는 것이다. 아감벤은 이 같은 주권의 근원적인 구조가 국민국가의 체계 속에서 작동하고 있는 인권 개념에도 그대로 적용된다고 본다.

아감벤은 난민에 대한 아렌트의 통찰을 이어받아 인권이 특정 국가의 시민들에게 귀속된 권리의 형태를 취하지 못하는 즉시 현실성 자체가 의심된다고 지적한다. 프랑스 국민의회National Assembly가 선포한 「인간과 시민의 권리선언」을 검토해보면, 출생이라는 단순한 사실이 권리의 원천이자 담지자로 등장하고 출생이 정치공동체 자체의 핵심부에 기입됨으로써 권리의 실질적 주체가 국민(시민)이 되는 결과를 초래한다. 따라서 시민의 의미와 자격이 프랑스혁명 이후에 결정적인 정치적 중요성을 띠게 되었다는 것이다(아감벤 250-253). 사실 이 선언문에서 인권과 시민권의 등식은 상당히 모호하게 처리되어 있고 이에 대한 의견이 분분하지만,[1] 인권이 국민국가의 틀 속에서 시민권으로 해소되면서 상당한 위축을 겪었다는 데는 의견을 같이하는 편이다.[2] 아감벤은 근대 국민국가 질서의 불안정성이 인간과 시민, 출생과 국적 간의 연속성을 깨뜨림으로써 근대 주권의 근원적인 허구성을 백일하에 드러냈다고 주장한다. 1차 세계대전 이후에 국민국가 내에서 벌어진 자국 인구의 상당 부분에 대한 대규모 국적 박탈과 귀화 철회 등의 조치는 진정한 생명과 정치적 가치라곤 전혀 없는 생명, 즉 '헐벗은 생명'을 서로 분리한 후 후자를 '배제'를 통해 국가질서에 포함시키고자 하는 생명정치 고유의 작동방식이라는 것이다(아감벤 255-258).

이렇게 언뜻 보기에 서로 적대적인 것처럼 보이는 주권권력과 '헐벗은 생명'이 서로가 서로를 구성하는 밀접한 상관관계를 갖는다면 이러한 구조로부터 벗어나 새로운 정치의 공간을 여는 것은 불가능한가? 자크 랑시에르Jacques Ranciére는 아감벤의 논리가 누구도 주권자의 추방령을 피할 수 없고 누구나 '헐벗은 생명'이 될 수 있는 일종의 '존재론적 함정'으로 귀결됨을 지적한다. 그

---

1 「인간과 시민의 권리선언」에 담긴 '인권'과 '시민권'의 "모호한 등식" 문제에 관한 다양한 이론적 입장에 대해서는 황정아(2011, 65-85)를 참조하라.

2 에티엔 발리바르Étienne Balibar는 「인간과 시민의 권리선언」이 사회와 정치적 질서 이전의 '인간 본성'을 상정하지 않는다고 전제하면서 이 선언에서 인권은 시민들이 정치 공동체에서 자신의 정치적 권리를 보편적으로 주장할 수 있는 권리로 규정되기 때문에 시민권과 등치된다고 지적한다. 하지만 이 같은 시민권이 역사를 통해 원만하게 실현되지 않고 시민권 구성 자체에 갖가지 '차이'가 도입됨으로써 권리의 '불평등'을 야기했다고 본다 (Balibar 43-59).

리고 이 같은 주권의 아포리아는 정치적인 삶을 사적이고 비정치적인 삶으로부터 분리하려는 아렌트의 이분법에서 예견되었다고 본다. 즉, 순수한 정치의 영역을 보존하려는 의지 자체가 국가권력과 개인적 삶의 적대적 '보충complementarity' 속에서 정치를 실종시키는 한편 정치와 권력이 등치되도록 했다는 것이다. 랑시에르는 이 실종된 '정치'를 새롭게 가동시키는 방식으로 보편인권론 문제에 접근한다. 그가 강조하는 점은 인권의 주체라는 문제가 실제로는 선언의 형태로 기입된 권리를 현실에서 확인하고 입증하려는 사람들의 주체화 과정과 관련된 사안이고 이러한 과정이 '불일치'로써 민주주의를 구현한다는 것이다(Ranciére 299-307).

랑시에르의 입장을 이어받아 슬라보예 지젝Slavoj Žižek은 인권을 정치투쟁의 영역과 무관한 비역사적인 본질주의로 설정하거나 시민의 정치화라는 역사 과정에서 생겨난 사물화된 물신으로 일축해서는 안 된다고 주장한다. 인권은 결국 특정한 정체성의 담지자인 정치행위자가 "자신과 근원적 불일치를 주장할 권리"이자 열외자로서 자신이 사회 자체의 보편성의 주체라고 상정할 권리라는 것이다(지젝 404).

랑시에르와 지젝의 입장이 페인의 인권론과 어디서 만나는지 구체적으로 따지는 것은 본고의 범위를 벗어나는 일이다. 분명한 점은 점진적인 개혁을 주장하지만 결국에는 기득권을 옹호하는 데로 기울어지는 버크의 주장을 반박하면서 펼치는 페인의 논리에는 권리에서 배제된 사람들의 주체화와 기존 체제와의 불일치, 그리고 사회 전체의 혁신 등 새로운 정치공간을 열려고 하는 의지가 담겨 있다는 사실이다. 본고에서도 이 같은 페인의 노력에 초점을 맞추고자 한다.

3. '인간의 권리': 상속권, 자연권, 시민권

버크의 정치적 입장에 대한 평가는 시대마다 달랐지만, 대체로 1688년 명예혁명에 의해 구축된 사회질서를 기반으로 점진적 개혁을 추진해야 한다는 입장을 취한 보수적 휘그파라고 본다(Conniff 301-302). 이런 입장에서 버크는 프랑스혁명이 추상적이고 사변적인 이념을 현실정치에 적용함으로써 기존의 사회질서를 파괴할 정도로 과격해질 것이고 그 여파가 영국까지 미칠 것을 우려했다. 명예혁명 때 일부 세력들이 주장한 과격한 혁명 이념들이 프랑스로 수출되고 이 영국산 혁명 이념들이 프랑스혁명을 계기로 더욱 급진적이 되어 다시 영국으로 수입되는 사태를 염려했던 것이다. 버크가 이런 이념들 중 특히 문제로 삼은 것은 '통치자를 뽑을 수 있는 권리', '비행을 저지른 통치자를 폐위시킬 수 있는 권리', '국민 스스로 정부를 구성할 수 있는 권리' 등으로 나타나는 주권재민의 원리이다. 버크는 이런 주장들에 맞서 「권리장전」이 이러한 권리를 보장하지 않았을 뿐만 아니라 명예혁명 이후에도 왕위세습의 전통이 지켜지고 있음을 주지시킨다. 왕권신수설을 주장했던 이들을 '구舊광신도들'이라고 일축하는 한편 보통선거를 주장하는 이들을 '신新광신도들'라고 비판하는 버크의 입장에서 왕은 정치적 실권은 없지만 국가질서와 통합의 상징이다. 왕위는 상속의 권리를 대표하는 셈이고 이로부터 다른 권리들도 상속을 통해 유지될 근거가 생겨난다. 버크는 의회와 관련해서도 일부에서 제기한 '불충분한 대변(대의)'의 문제에 대해 현재의 제도가 국민의 대의를 목적에 맞게 충분히 반영하고 있다고 강조한다. 버크가 이렇게 기존의 질서를 강력히 옹호하는 것은 프랑스혁명에서 주장된 '인간의 권리'라는 사변적인 권리가 확실한 상속을 통해 내려온 '영국인의 권리'를 뒤죽박죽으로 만들어 국가적 혼란을 가중시킬 거라고 생각했기 때문이다.[3]

하지만 '영국인의 권리'를 주장하는 것이 실제로는 기득권 옹호임이 명백하고, 바로 그 점 때문에 페인은 '인간의 권리'라는 이름으로 버크의 주장에 반박했다. 버크는 인간의 도덕적 본성이 매우 복잡하고 미묘하다는 점을 들어 추상적 이론에 근거를 둔 급진적 개혁이 무수한 보이지 않는 위험을 동반한다고 역설했지만, 페인은 여기에서 기득권과 계급적 이해를 지켜내려는 숨은 동기를 읽어낸 것이다.[4] 페인은 프랑스혁명을 뒷받침했던 사상들을 '사변적인 이론'이라고 비판한 버크에 맞서서 상속의 권리 주장이 폐습으로 굳어진 '원리'에서 발원하며 이 같은 기존의 '원리'와 '인간의 권리'는 양립할 수 없음을 분명히 한다. 새로운 원리의 도입은 현실에 통용되는 지배담론을 벗어날 필요가 있기 때문에 사변적이고

3 버크의 입장은 Burke 1968, 99-150 내용을 정리한 것이다.
4 E.P.톰슨Thompson은 페인의 주장과 생각이 당대의 맥락에서 새로운 것이 아니지만 수세기 동안 내려온 금기를 깨고 공개적으로 영국의 지배세력을 비판하고 피지배자의 권리를 '인간의 권리'로 새롭게 정초함으로써 영국 노동운동의 기반을 닦았다고 평가한다(Thompson 1963, 96-102).

추상적인 성격을 띠는 것이 당연하다면 당연하다. 사변성과 추상성은 인권의 기원과 근거를 탐색하기 위한 방법적 모색의 일환이며 대항적 담론을 형성하는 데 필수적인 사유의 형식이다. 가령 프랑스혁명이 군주에 대항한 온화하고 합법적인 반란이었다는 점을 강조하는 버크의 주장에 맞서 페인은 프랑스혁명이 군주라고 하는 '사람'에 대한 반란이 아니라 군주정이라고 하는 '원리'에 대한 반란이었음을 강조한다. 버크가 군주에 대항할 수 있는 근거를 군주의 폭정에 두는 반면, 페인은 전제주의가 자리 잡을 때는 왕이라는 인격으로만 자리 잡는 것이 아니라 사회 전반에 걸쳐 하나의 습속으로 내재화됨을 주장한 것이다. 그러니까 군주정의 '원리' 자체가 문제라는 입장이다. "모든 곳에 그 나름의 바스티유가 있고, 모든 바스티유에는 폭군이 있다."(Paine 12) 따라서 세습적인 전제정치 하에서 일어난 군주의 폭정은 그 '원리'를 폐기하지 않고는 언제든 후계자에 의해 부활할 가능성이 있다고 본다. 페인이 명예혁명을 불완전한 혁명으로 보고 전제정과의 연속선상에서 파악하는 것도 이 때문이다. 버크가 옹호하는, 명예혁명을 통해 자리 잡은 사회질서에도 여전히 '바스티유'가 잔존하고 있다고 본 것이다. 이 같은 입장에서 페인은 명예혁명 때 영국 의회가 통치자를 뽑을 수 있는 권리를 포기하고 폐기했으며 후손까지 이 결정이 유효함을 선언함으로써 후손의 권리까지 부당하게 박탈시켰음을 주장한다. 제임스 1세가 휘두른 권력만큼이나 자의적이고 비합리적인 판단에 기초한 전제적인 결정이라는 것이다. 모든 세대는 동등한 권리를 가지며 따라서 자기 세대의 요구사항을 주장하고 관철시킬 권리가 있기 때문이다. 각 세대가 가지는 평등한 권리에 대한 주장은 모든 인간이 태어남과 동시에 인간으로서 권리를 갖는다는 보편인권의 원리에 입각한 것이고, 이 원리는 상속권으로서의 인권을 반박하기 위한 효과적인 논거가 된다.

이런 관점에서 페인은 인권의 기원을 창조주에 의해 태어난 최초의 순간으로 소급해 들어간다. 소속이나 지위나 계급 등의 특정 정체성을 구성하는 요소들을 매개하지 않고 인간이 오로지 '인간'으로서만 존재했던 순간에 인간은 하나의 지위로서 모두 평등한 자연권을 가지고 태어났다는 가정이다. 후손 역시 '생식'이 아니라 조물주의 '창조'에 의해서 탄생하므로 평등한 자연권을 갖는다. 생식의 논리가 조상과 연계되고 따라서 조상이 누리던 권리가 후손에게 상속된다는 주장에 힘을 실어주는 반면, 생식을 창조가 실현되는 한 방식으로 보는 관점은 인간이 시대와 장소를 불문하고 탄생과 동시에 평등한 권리를 갖는다는 보편인권론을 뒷받침한다.

보편인권을 비판하는 이들은 버크의 논리를 전유하면서 인권의 보편성이 시민(국민)의 특수성으로 해소됨을 지적하는데, 페인 역시 이러한 경로를 따라 논리를 전개하고 있는 것이 사실이다. 버크의 주장을 반박하면서 그의 프레임에 갇힌 것으로 생각할 수 있으나, 페인이 미국혁명과 프랑스혁명을 거치면서 제기된 국민국가의 형성과 시민권의 정립이라는 현실적인 문제를 외면하기는 힘들었을 것이다.[5] 하지만 페인이 자연권과 시민권의 상호 함축적 관계를

5 프랑스혁명 직후에는 프랑스에 거주하는 외국인들의 귀화를 허용하는 법령이 채택되고 외국의 급진적 지식인들에게 명예시민의 지위가 부여되는 등 호혜적인 조치가 취해졌다.

중심으로 시민권의 '원리'를 다시금 재론하는 데는 '버크의 경로'를 따르는 시민권의 형성 방향이 시민권의 근거인 자연권 자체를 망각하고 지워버리는 경향이 있음을 인식했기 때문이다. 따라서 지적 권리나 정신적 권리와 같은 자연권은 시민권의 형태로 양도할 수 있는 권리가 아님을 분명히 하는데, 이런 페인의 입장은 자연권을 허구 또는 난센스로 일축하는 공리주의적 입장과 대립하는 관점으로 19세기 정치사상사에서 전환점이 되었다고도 볼 수 있다(Clayes 91-92). 페인에 따르면 개인이 자신에게 주어진 완전한 권리를 행사할 수 있는 힘이 충분하지 않아서 그 권리를 공동의 소유에 맡길 때 비로소 성립되는 권리가 시민권이다. 여기에서 핵심은 시민권이 개인의 권리를 완전하게 보장해주지 않고 주로 공동의 목적을 달성하는 데 행사되지만 시민권의 행사가 완전한 자연권, 이를테면 지적 권리나 정신적 권리 등을 침해해서는 안 된다는 것이다.

이런 대목에서 시민권이 자연권과 갈등을 일으키고 자연권을 침해할 수 있다는 페인의 우려를 읽어낼 수 있는데, 「인간과 시민의 권리선언」을 고찰할 때 이 점이 잘 드러난다. 페인은 이 선언의 다른 조항에 대해서는 별다른 토를 달지 않지만 10조—"법에 의해 확립된 공공질서를 어지럽히지 않는 이상 그 누구도 자신의 의견을, 비록 그것이 종교적 견해에 관한 것일지라도 표명하는 것을 방

그러다가 공포정치와 나폴레옹 전쟁이 이어지면서 외국인들은 프랑스에서 추방되거나 정치적 권리를 박탈당한다. 즉, 국가에의 소속이 시민권 획득의 조건이 된 것이다(Douzinas 104-105).

해받지 않아야 한다"(Paine 90)—가 권리 보장의 측면에서 불만족스럽다고 밝힌다. 이 권리는 사상의 자유를 규정한 권리라고 할 수 있는데, "공공질서를 어지럽히지 않는 이상"이라는 단서가 페인에게는 문제가 된 것처럼 보인다.

앞서 언급했지만 페인은 인간이 사회의 일원이 된 뒤에도 사회에 양도하지 않고 완전하게 소유하는 자연권으로 지적 권리나 정신적 권리를 들었고 종교도 그런 권리 중 하나임을 명시했다. 10조가 이런 권리를 충분히 보장하지 못한다고 본 이유는 '공공질서 유지'라는 명목을 달게 되면 이러한 완전한 자연권이 결국 안전과 보호의 권리를 보장하는 성격을 지닌 시민권에 의해 제약을 받게 된다고 판단했기 때문이다. 종교에서의 신과 인간의 계약을 인간과 인간의 계약에 종속시킨다는 것이다. 페인이 이 대목에 주석을 길게 달아 신과 인간의 계약의 주 내용인 종교적 헌신을 시민권을 위임받아 행사하는 정부가 간섭해서는 안 된다고 강조하는 것도 이 때문이다. 페인의 종교관을 논외로 치면 국가권력에 의해 행해지는 종교재판이나 사상 탄압이 대체로 공공질서 유지를 명분으로 삼았던 점을 고려할 때 페인의 문제제기와 불만은 충분히 납득할 만하다. 시민권의 논리는 국가권력이 개입할 여지를 열어놓는 셈이며 극단적으로는 국가권력이 시민권을 대체하는 현상이 나타날 수 있는 것이다. 페인은 자의적인 법 집행이나 부당한 세금 징수와 같은 세습적 군주제 국가의 폐해에 대한 비판적 인식을 통해 배제를 통한 포함이라는 아감벤식 주권의 본래적인 구조가 시민권의 구성 자체에 기입될 가능성을 예견했다고 할 수 있다.

4. 국가의 기원과 조건

국민국가라는 틀 내에서 인권이 시민권으로 해소되는 경향에 맞서 '양도할 수 없는 자연권'이나 '자연권에 기초한 시민권'을 주장한 페인의 입장이 특히 당대의 공리주의적 분위기에서는 대담한 발상임에 틀림없다. 이 경우 페인의 주장이 얼마나 현실적인 설명력이 있느냐는 중요하지 않다. 페인의 의도는 기득권과 특권을 옹호하는 당대 국가권력의 문제점을 드러내고 권리에서 배제된 사람들이 자신의 권리를 주장할 수 있는 인식의 틀을 마련하는 데 있었기 때문이다. 당연하게 받아들여지는 개념들이 '상식'에 어긋나는 '편견'에 지나지 않는다는 생각에서 버크의 상속권 주장을 반박하기 위해 인간의 탄생 순간으로 거슬러 올라갔던 것이다. 마찬가지로 페인은 수많은 '적폐'를 낳았지만 그 존재 이유에 대해 아무런 이의를 제기하지 않는 국가를 비판하기 위해 그 기원으로 돌아간다. 프랑스혁명의 경험이 '인간의 권리'를 다시 쓰게 되는 계기가 되었듯이, 미국의 독립과 건국을 경험한 페인에게 국가의 기원으로 돌아가는 일은 미국에서의 경험을 '사변적인 이론'으로 다시 쓰는 것이었다.

근본적으로 페인은 인류를 지배하는 질서가 국가에 의해 만들어지는 것이 아니라 사회의 원리와 인간의 자연적 본질에서 비롯된다고 본다. 사회는 인간의 상호 의존성과 상호 이해관계 때문에 자연적으로 발생한다. 또한 인간은 다양한 욕망에 비해 개인의 능력이 제한되어 있는 만큼 자신의 능력으로 충족시킬 수 없는 욕망은 사회를 통해, 즉 각자의 상호 부조를 통해 충족시켜야 한다. 바로 그렇기 때문에 인간은 사회에 속할 수밖에 없으며 자신의 행복을 위해 필수적인 사회적 애정이 인간의 마음속에 깃들 수밖에 없다. 이런 과정을 거쳐 문명이 발생하고 그 문명 속에서 인간이 살아가게 되므로 국가는 최소한의 역할만 하면 된다.

페인은 아메리카 독립전쟁의 발발 이후 2년 이상 북아메리카의 식민지들에서 뚜렷한 국가 형태 없이 질서와 조화가 평온하게 유지되었다는 사실을 근거로 형식적인 국가가 폐기되면 곧바로 사회가 활동을 시작해 공동의 이해와 안전을 도모하기 시작한다고 주장한다. 따라서 국가의 폐기가 사회의 붕괴로 이어져 무질서를 유발한다는 것은 편견에 지나지 않는다고 본다. 오히려 국가의 폐기는 사회를 더욱 긴밀하게 결속시켜 국가에 위탁한 모든 조직들이 사회를 매개로 다시 활동하게 된다는 것이다. 개인과 전체의 안정과 번영이라는 사회와 문명의 근본 원리에 따라서 전체적인 동의와 지지를 통해 공동의 관습과 교류가 유지될 수 있다는 논리이다. 따라서 사회가 제 역할만 하면 국가가 '공공질서 유지'라는 명목으로 시민권을 제약할 이유가 없어진다.

이런 맥락에서 페인은 국가가 사회의 법칙에 따라 성립되어야 하는데도 독립적인 권력을 행사하려고 할 때 과도한 징수와 불평등한 정책 등으로 사회의 통합보다는 혼란과 분열을 야기해 폭동과 소요를 부채질한다고 생각한다. 사회의 원리에 입각하지 않는 국가란 특정 세력의 전유물로 전락하게 되고 개혁은 국가 전체적인 차원이 아닌 기득권층 사이의 권력 교체에 지나지 않게 된다는 것이다. 따라서 국민의 공동 소유물임을 명백히 규정하는 원리가 필요한데, 페인은 그것을 헌법에서 찾는다. 헌법은 국가를 만들고 구성하기 위해 국민 상호 간에 맺는 계약이라는 생각이다.[6] 모든 권력을 헌법 안에 포함시키면 정부가 법률 제정을 통해 국민을 통제하더라도 국민은 헌법을 근거로 정부를 통제하게 되므로 최종적인 통제권과 헌법 제정권은 동일한 권력으로 유효성을 획득한다. 헌법은 정부를 구성하고 그것에 권력을 부여하는 원리이면서 그렇게 부여한 권력을 규제하고 제약하는 원리인 셈이다.

페인은 바로 그런 의미에서 헌법이 영국에는 존재하지 않았다고 본다. 마그나카르타Magna Carta는 정부가 횡령한 것의 일부를 되찾는 것에 불과했고 횡령한 권력을 제약하는 성격을 지닐 뿐 국민의 권리를 적극적으로 보장하는 것은 아니었다는 것이다. 「권리장전」 또한 특권 나눠 먹기 흥정에 불과하고 국민에게는 마지못해 청원권을 준 정도이다. 군주의 권력을 대체한 의회권력도 국민 전체의 권익을 보호하는 방향으로 행사되지 않았다. 영국에는 헌법이 없기

---

6 페인은 주권의 주체로 국민을 납세자, 즉 일정한 세금을 낼 수 있는 사람으로 한정하는 듯한 인상을 준다. 알게 모르게 배제의 논리가 작동하여 인간의 권리에서 국민의 권리를 거쳐 납세자의 권리로 주권의 주체가 축소되는 것처럼 보일 수 있다. 그러나 선거권만 하더라도 재산을 기준으로 부여되는 기존의 방식보다 납세를 기준으로 부여되는 방식이 국민주권의 확대에 기여하는 발상이라고 할 수 있다. 또한 페인은 납세자가 되지 못하는 나머지 국민을 배제하지 않는다. 복지와 관련된 예산 분배 등을 통한 사회적 약자에 대한 배려가 국가의 의무라는 입장은 근본적으로 주권재민의 원리에 입각한 것이다. 물론 아감벤의 주권론에 따르면 이 같은 사회적 약자에 대한 배려를 입법화하는 과정 자체가 배제를 통한 포함이라는 생명정치의 작동 과정이 될 수 있지만, 달리 보면 '권리에서 배제된 자들'이 스스로를 권리의 주체로 상정하고 그 권리를 현실 속에서 실현하고자 힘쓰는 주체화 과정이라고 할 수 있다.

때문에 관습법주의를 채택하고 좋든 나쁘든 모든 문제를 선례에 따라 결정하는 폐단을 보였다는 것이다. 페인이 보기에 선례는 시대에 따라 다르게 출현하는 인간의 지성과 재능을 묻어버리는 무덤이자 그러한 지성과 재능이 출현하는 데 대한 두려움의 증표이다. 결국 선례를 우선시하는 것은 특권과 기득권 유지에 그 목적이 있는 셈이다. 가령 특권 폐지를 골자로 하는 프랑스 헌법과 달리 영국의 특허장charter 제도는 특권 유지의 핵심 수단이다.

특허장이 권리를 부여한다고 말하는 것은 용어의 왜곡이다. 그것은 반대의 효과, 즉 권리를 빼앗는 방식으로 작동한다. 권리는 모든 주민에게 태어남과 동시에 귀속되나 특허장은 다수에 속한 그러한 권리를 폐기하고 그 권리를 배제를 통해 소수의 손에 넘겨주는 꼴이다.

(Paine 315)

이렇듯 특허장의 작동방식은 특정인에게 권리를 부여하는 것이 아니라 다수의 권리를 박탈함으로써 소수에 유리한 차별을 만들어 내는 것이다.[7] 이런 맥락에서 페인은 '영국인의 권리'가 특정한 마을이나 출생교구에 한정되고 같은 영국인도 다른 지역에서는 외국

---

7 널리 알려진 바이지만, 데이비드 어드먼David Erdman은 블레이크가 「런던London」을 개고하는 과정에서 "dirty street"를 "charter'd street"로 바꾼 이유가 이 같은 페인의 통찰에서 암시를 받았기 때문이라고 지적한다(Erdman 276-277). 톰슨은 어드먼의 주장을 확대하여 "charter"라는 말에 실린 정치적 의미를 분석하는데, 페인이 이 말의 실제 작동방식을 날카롭게 인식함으로써 버크가 '상속권'의 근거로 삼는 마그나카르타의 맹점, 즉 배제와 제한을 통한 권리 부여 방식을 비판했다고 본다. 바로 이 점에서 블레이크와 페인은 입장을 같이하고 적어도 「런던」을 쓸 시점까지는 두 사람이 정치적 입장에서 상당히 많은 것을 공유하고 있었다는 것이다(Thompson 1963, 177-179).

인과 같은 취급을 받게 된다고 비판한다. 이러한 페인의 비판이야말로 아감벤이 말하는 배제와 포함의 논리로 작동하는 '생명정치'에 대한 날카로운 인식을 보여준 것이라고 할 수 있다. 페인은 이같은 특권의 상속을 영속화하는 수단으로서의 군주제와 귀족제를 강력하게 성토한다. 군주제 지지자들은 인간의 권리를 수평화 체제라며 비판하지만 세습적 군주제야말로 정신적 수평화 체제로 후손이라는 이유만으로 백치든 폭군이든 정신병자든 누구나 왕이 되는 터무니없는 체제라는 것이다.[8]

페인은 세습적 군주제에 기반을 둔 낡은 국가를 청산하고 이성의 시대에 걸맞은 새로운 국가를 수립해야 하며 이를 위해서 주권자로서 인간의 각성이 필요함을 역설한다. 군주제가 횡령한 권력을 되찾고 국가의 주인으로 자리 잡기 위해서는 지배체제의 허구성을 인식해야 하는바, 이는 인간의 본성과 능력에 대해 새롭게 눈을 뜨는 일이다.

왕들의 역사를 읽다 보면 정부는 사슴 사냥으로 구성되었고 모든 국가는 사냥꾼에게 일 년에 백만 파운드를 지불했다는 생각이 들기 마련이다. 인간이라면 마땅히 그런 속임수에 당한 것에 얼굴이 화끈거릴 정도로 자존심이나 수치심을 가져야 하고 자신의 참된 성격을 인식하면 당연히 그러할 것이다. 이러한 성격의 모든 문제에 관하여 마음속에 종

---

8 페인은 지혜와 능력이 한 가문을 통해 계승된다는 논리는 자연의 논리에 반하는 것임을 명백히 한다. 지혜와 능력의 출생 시기와 장소는 끝없이 변해가기 때문이다. 재능이 세습된다면 호메로스Homeros가 미완성으로 남겨놓은 작품을 아들이 완성하게 하는 우스운 일이 벌어지고 만다는 것이다.

종 일련의 생각들이 지나가지만, 인간은 아직까지 그 생각들을 북돋고 전달하는 데 익숙하지 않다. 신중함이라는 성격을 띤 어떤 것에 억눌려 인간은 다른 사람들에게뿐만 아니라 스스로에게 위선적인 태도를 취한다. 하지만 이러한 주문呪文이 얼마나 빨리 사라져버릴 수 있는지 목격하는 것은 흥미로운 일이다. 대담하게 생각되어 입 밖으로 나온 한마디의 말로 인해 같이 있는 모든 사람이 올바른 느낌을 갖게 되는 경우가 종종 있다. 전체 국민도 같은 식으로 영향을 받을 것이다.

(Paine 238)

페인은 '미신국가'가 신탁을 매개로 국민을 기만했듯이 이를 대체한 '정복자 국가'가 '왕권신수설'이라는 또 다른 우상을 만들어 국민을 거짓과 힘으로 다스리는 행태를 비판한다. 이러한 기만적인 체제에서 벗어나기 위해서는 인간이 자신의 존엄성에 대해 깊이 깨달아야 한다는 것이다. 그럴 때 신중함의 허울을 쓴 위선적인 태도를 버리고 대담한 생각들을 표현하고 전달함으로써 지배체제의 '마법'으로부터 벗어날 수 있다고 주장한다. 나아가 페인은 시대와 장소마다 인간의 잠재능력이 발현되는 방식이 다르고 인간과 세계에 대한 인식이 새로워지는 만큼 그 같은 잠재능력을 사회에서 활용할 수 있는 새로운 국가 형태에 대한 요청이 반드시 나타날 것이라고 전망한다. 인류의 계몽된 상태에 비추어볼 때 세습국가가 몰락의 단계에 접어들었고 국민주권과 대의제 국가라는 기반 위에서 정치혁명이 전개되고 있다고 판단한 것이다.

5. 대의제와 평화체제

페인 당대뿐만 아니라 그 이후에 등장한 수많은 국가들이 대의제를 수용하고 있지만, 그 성격과 운용방식은 천차만별이다. 또한 대의제의 문제점이 현실에서 다양하게 드러나고 이에 대한 비판이 다각적으로 제기된 것도 사실이다. 지젝이 지적했듯이, 대의제는 대변된 것보다 대변이 넘치는 '구성적 과잉'에 기초하고 법의 차원에서 국가권력은 신민의 이해에 봉사하고 책임을 지며 통제를 받지만 "초자아적 이면의 차원에서는 책임의 공적 메시지가 무조건적 권력 행사라는 메시지로 보충된다"(지젝 393). 결국 국민의 권리를 보장하면서 공공의 이익을 도모한다는 대의제의 원래 취지는 사라지고 국가권력의 자기대변으로 변질될 위험이 상존하는 것이다.

아이러니한 점은 페인이 민주주의와 공화주의를 적절하게 결합할 수 있는 방식이라고 본 대의제[9]가 오늘날 민주주의와 공화주의 원리 자체를 훼손할 지경에 이르렀다는 것이다. 대의제는 개인의 권리를 대표에게 위임하는 체제이고, 의회가 대체로 그 위임된

---

9 페인은 대의제를 그리스의 직접민주주의에 대한 대안으로 제시한다. 직접민주주의는 인구가 늘어나고 지역이 확대되면 불편하고 실용성이 떨어진다. 대의제에 대한 인식이 없었기 때문에 군주국가나 귀족국가가 들어서게 되었고, 국가의 공적 지향이 약화되고 국가가 특정인이나 일부 세력의 전유물처럼 변했다는 것이다. 따라서 국가는 공화국의 원리에 따라 행동해야 하는데, 공화국은 국가의 특수한 형태라기보다는 국가의 성격과 목적 등을 지시하는 말이다. 그런 점에서 당연히 군주국에 반대된다. 국가의 공적 지향을 반영하는 원리에 따라 공공의 이익을 도모하기 위하여 수립되고 운영되는 국가가 공화국이다. 이는 특정한 형태로 국한되지 않지만 대의제야말로 가장 자연스런 공화국 체제라고 할 수 있다는 것이다.

권리를 행사하는 대리자 역할을 담당한다. 이 경우 대표를 뽑는 기준, 즉 선거제도의 공정성은 차치하더라도 공화주의적 요소가 강하면 국민 개개인의 권리가 공공의 이익이라는 추상적 이념보다 후순위로 밀려날 가능성이 크고 민주주의적 요소가 많을수록 공적인 정책 집행이 어려워진다. 나아가 공적인 사업을 구실로 개인이나 집단의 이해를 관철시키려는 입법이 이루어지는 등 민주주의와 공화주의 원리 양자를 훼손하는 기형적인 정치체제로 둔갑할 수도 있다. 페인은 대의제는 위임된 권력이고 군주제는 횡령되고 찬탈된 권력이라고 말하지만, 우리의 경험에 비추어보면 대의제하에서도 위임된 권력이 국민의 권리를 찬탈하고 횡령할 가능성은 언제나 존재하고 실제로 그런 경우가 많다. 따라서 페인의 제안이 오늘날의 독자에게 큰 반향을 불러일으킬 정도는 아니다.

하지만 페인 당대의 영국이 불완전하지만 대의제를 채택하고 있었던 만큼 페인이 막연하게 대의제를 새롭게 도입하자고 주장한 것은 아니다. 페인이 대의제의 원리를 재정초한 것은 버크가 전혀 문제없다고 주장하는 기존 의회제도에서 '불완전한 대변'이라는 고질적인 문제를 들추어내고자 했기 때문이다. 따라서 민의를 왜곡하고 소수 파당들의 독점적 이익을 위해 구성된 당대의 의회조직을 혁신하기 위한 페인의 노력을 과소평가할 이유는 없다고 본다. 특히 영국 의회의 상원이 귀족에게 부과할 세금을 소비품에 부과하는 방식으로 기득권 유지를 도모하면서 하원에서 올라온 세제 개혁안에 거부권을 행사하는 행태를 시정하기 위해 단원제를 주장한 것은 당대의 맥락에서는 혁명적인 면모가 있었다고 평가할 수 있다. 페인이 보기에 양원제는 양원의 권력과 권한이 비대칭적이고 의사결정 과정에서 서로 견제하거나 서로 다른 결정을 내리는 등 민의가 왜곡될 소지가 있다. 다른 한편 단원제는 섣부르고 독단적인 의사결정이 약점이라고 하지만 헌법에 입법부의 권한과 활동범위를 규제하는 원칙이 존재하는 한 그러한 독단적인 결정을 예방할 수 있다는 것이다. 그리하여 페인이 내놓은 개선책은 하나의 대의기관을 두고 그 아래 분과를 구성하여 안건을 심도 있게 토론하되 표결은 전체회의에서 이루어지도록 하는 방식으로 의회를 조직하고 운영하는 것이다. 물론 이런 방식으로 의회가 조직되고 운영되더라도 가령 양당제 정치구조하에서 다수당이 집권하여 독단적인 결정을 내릴 가능성은 항상 있다. 페인은 한 사람이 모두를 지배하는 체제보다 다수가 소수를 지배하는 체제가 더 효과적인 전제정이 될 수 있음을 경고하는 등 대의제 민주주의의 문제점을 충분히 의식하고 있었다(Clayes 89-90). 다만 다수결의 원리를 견제할 수 있는 방안이나 소수자 보호를 위한 제도에 대해서 별다른 언급이 없다는 점은 페인의 의회개혁안이 가진 문제점이라고 할 수 있다.

사실 페인의 입장이 안고 있는 더 중요한 문제는 그의 주장 안에서 정치적 민주주의와 경제적 자유주의가 상충한다는 점이다. 톰슨의 지적처럼 페인은 정치적 민주주의의 관점에서 모든 세습적 특권의 폐지와 시민으로서의 동등한 권리를 주장했지만, 경제적 자유주의의 관점에서 고용관계의 불평등 문제를 심각하게 고려하지 않았고 다만 국가가 고용주의 자본과 피고용자의 임금에 개입하지 말아야 함을 주장했다(Thompson 1963, 104-105). 페인은 국가가 소수가 상업적 이득을 독점하도록 조장하지 말아야 한다고 주장했지만, 국가의 개입이 없더라도 자본에 의한 노동력 착취와 부의 불평등한 분배로 인한 상업적 이득의 독점은 자본주의 체제에서 언제든 일어나고 이러한 체제적 모순이 대의제라는 정치제도를 통해 해결될 수 없다는 점은 분명하다. 카를 마르크스Karl Marx가 『공산당선언Communist Manifesto』에서 신랄하게 비판하듯이, 근대적 산업과 세계시장의 확립 후에 등장한 근대적 대의제 국가의 실행기구란 "전체 부르주아지의 공동업무를 관리하는 위원회"로 전락할 수 있기 때문이다(Marx and Engels 11). 페인은 국가의 개입에 의한 부의 독점과 불평등 문제에는 관심을 가졌지만 이같은 관심을 자본주의 체제에 대한 구조적 인식으로 심화시키지 못했다. 물론 페인은 조세 개혁을 통한 복지 혜택의 확충으로 부의 불평등한 분배 문제를 해결하고자 하는 복안을 가지고 있었고 오늘날 이러한 방식이 채용되고 있는 것이 사실이다. 그러나 페인의 저작에는 그와 동시대인인 블레이크와 같은 시인이 날카롭게 인식하고 있었던 노동력의 착취나 소외된 노동 등 자본주의의 좀 더 본질적인 문제에 대해서는 특별한 언급이 없다.

페인의 이 같은 한계는 그가 구상하는 평화체제 수립의 난점과 직접적으로 연결된다. 인류 전체가 상호 호혜의 원칙하에 상업적 교류를 통해 평화롭게 공존할 수 있는 체제는 한마디로 '자유무역' 체제이다. 페인은 인간의 공동이익을 침해하지 않기 위해서는 상업에서 민간의 교류가 우선되어야 하고 국가는 이런 교류의 활성화에 이바지해야 한다고 보았다. 그 결과 유럽 국가들 사이에서 전반적인 무장해제가 이루어지고 동맹과 평화가 뒤따르며 각 국가의 군비예산 감축은 국내의 재정적 분배에 기여하게 되고 나아가 궁정의 음모와 술책에 의해 조성되는 적의와 편견이 없어져서 각 국가 내부에 자유로운 분위기가 자리 잡는다고 전망했다. 요컨대 한 국가 내에서의 민주주의 정착과 상호 호혜적 상업을 통한 국가 간의 평화체제 수립은 서로가 서로의 조건이 되면서 선순환적 흐름을 형성하는 셈이다.

문제는 페인이 인간의 공동이익이라는 말로 상업을 옹호했지만 국가 간의 교역은 페인의 기대와는 달리 국가 간의 경제적 불평등을 조장하고 국가 내부의 계급적 불평등을 심화시킬 수 있다는 것이다. 실제로 페인이 생각했던 평화체제는 이후의 역사에서 성립되지 못했다. 프랑스혁명 이후에 전개된 역사적 국면은 나폴레옹전쟁이었고, 이 전쟁은 기본적으로 자본주의 세계경제의 헤게모니를 차지하려는 제국주의적 충돌이었다(Wallerstein 1991, 10-18). 민주주의와 평화체제의 선순환이 아니라 억압적인 국가주의와 전쟁체제의 악순환이었던 것이다. 그렇다면 이런 역사적 사실을 전제로, 그리고 대의민주주의가 제대로 작동하지 않는 우리 사회의 상황뿐만 아니라 분쟁과 갈등이 빈번한 국제사회의 실정에 비추어 페인의 구상과 제안을 현실과 동떨어진 '사변적인 이론'으로 치부하고 말 것인가?

페인이 가진 뚜렷한 한계에도 불구하고 우리는 그로부터 오늘의 현실과 관련하여 중요한 가르침을 얻을 수 있다. 어떠한 정치체제든 배제를 통한 포함이라는 주권의 본래적 구조가 작동한다는 아감벤의 주장은 페인의 입장에서 다음과 같이 수정되어야 한다. '특허장' 제도에 대한 통찰에서 드러나듯이 이 주권의 구조는 본래 적인 것이 아니라 지배세력이 기득권을 지키기 위해 고안해낸 역사적 발명품이고 이러한 지배의 전략을 꿰뚫어보기 위해서는 주권 자인 인간이 자신과 세계에 대한 새로운 인식을 가져야 한다는 것이다. 앞서 살펴보았듯이, 이러한 인식은 특별한 전문적 지식을 요하는 것이 아니라 '상식'에 기반을 둔 비판적 지성과 실천적 의지에서 비롯되는 것이다. 페인으로부터 활기와 영감을 얻어 '인간의 권리'를 다시 사유할 때 교착 상태에 빠져 있는 '정치'의 영역에 새로운 실천의 공간이 생겨날 것이다.

5

아놀드의 사상
— 민주주의, 비평, 그리고 교양

1. 들어가며

오늘날 '문학의 위기'는 상식이 되어버렸다. 이는 창조적인 문학작품의 생산이 이른바 후기 자본주의 사회에서 드물어지는 사정을 반영하는 한편 최근 문학비평의 정치적 경향과 밀접한 관련이 있어 보인다. 전 지구적 자본주의화, 영화로 대표되는 대중매체의 부상, 그리고 인터넷을 비롯한 통신수단의 급속한 발전 등이 근본적으로 '문자'를 기반으로 한 문학의 영역을 위축시킨 것이 사실이다. 문학작품은 말하자면 영상매체와의 경쟁을 피할 수 없게 된 것이다. 최첨단 영상기술은 단시간 내에 광범위하게 전파될 수 있는 각종 콘텐츠 개발에 주력하는데, 동영상으로 대표되는 영상물이야말로 이런 목적에 가장 부합하는 매체가 아닐 수 없다. 또한 인터넷 게시판 등을 통해 자신의 생각을 '자유롭게' 개진할 수 있게 된 상황은 적어도 특정한 사람들(문인 혹은 지식인)에게 국한되었던 글쓰기의 영역이 일반 대중으로 확산되는 계기가 되었다. 이런 추세는 앞으로 더하면 더했지 덜하지는 않을 것으로 보인다. 중요한 점은 '문자'를 통해서든 '영상'을 통해서든 무엇인가 전달되는 앎·지식·정보가 있다면 결국 수용자의 입장에서 감상·해석·평가하는 일도 그것대로 지속될 수밖에 없다는 것이다. 그야말로 정보를 돈으로 전환하는 경우에도 정보 자체를 무한정 축적하는 것보다는 정보를 어떤 목적에 맞게 변환하는 것이 중요한 것이다. 이런 관점에서 보면, 여전히 감상·해석·평가 등 인간정신의 비평적 기능은 이른바 '정보화 사회'에서도 어떠한 양태이든 간에 작동하고 있다고 할 수 있다. 그러나 앎(지식)의 내용에 따라 비평적 기능의 발휘 양상이 달라질 수밖에 없는 것이, 앎 중에서도 예컨대 '인간적 가치'에 대한 앎의 경우라면 삶 전체에 대한 안목에 기초한 고도의 비평정신이 발휘되어야만 제대로 된 해석과 평가가 나올 수 있을 터이기 때문이다. 전통적으로 이러한 비평정신의 발휘는 인문학이 떠맡아왔지만, 최근의 대학 개혁 등 우리 사회의 전반적인 분위기는 실용성을 잣대로 인문학의 가치를 용도 폐기하려는 움직임을 보이고 있다는 점에서 여기에 일정한 제동을 거는 것은 인문학자 본연의 임무이기도 할 것이다.

본고에서 살펴볼 매슈 아놀드Matthew Arnold의 비평과 교양의 기획은 최근의 (인)문학의 위기를 진단하고 새로운 대안을 마련하는 데 유효한 역사적 맥락을 제공한다. 아놀드의 시대가 오늘날과는 여러모로 다르다는 점을 염두에 두어야겠지만, 프랑스혁명 이후 영국 사회에 불어닥친 이념의 혼란상을 타개하기 위해 '비평' 기능의 회복을 주장하거나 대중의 민주주의적 열망이 대중주의로 흐르는 것을 경계하면서 동시에 '교양' 개념을 통해 대중의 문화적 수준 향상을 꾀하려 했던 아놀드의 기획은 오늘날까지 '미완의 기획'으로 남아 있기 때문이다. 따라서 이러한 기획의 의미를 살펴보기 위해서는 철 지난 '아놀드 구하기'나 상투적인 '아놀드 때리기'를 지양하고 아놀드의 주장을 '사심 없이' 받아들일 필요가 있다. 그런 다음에야 그 주장의 허실을 따지는 일이 의미가 있을 것이다.

사실 아놀드에 대한 오늘날의 일반적 평가는 그를 문학교육의 제도화, 고급문학과 대중문학의 위계 설정, 문화적 엘리트주의 등의 원조로 보는 쪽으로 기울어져 있다. 이른바 '사심 없음disinterestedness'이라는 비평 원칙도 따지고 보면 강력한 '사심'의 발로라고 하면서 아놀드가 구축한 사유의 이데올로기적 성격을 강조하는 경우가 적지 않은 것이다. 이런 비판의 대표적인 비평가로 테리 이글턴Terry Eagleton을 들 수 있는데, 그의 정치적 비평은 주로 아놀드의 보수 이데올로기를 공격하고 이를 '해체'하는 것에 초점을 두고 있다. 이글턴에 따르면 아놀드의 기획은 당대 계급관계의 근본적인 재편을 지배 블록 안에서 효과적으로 달성함으로써 프롤레타리아계급을 기존 체제로 포섭하는 데 그 목적이 있다. 즉, 귀족계급이 급속도로 정치적 헤게모니를 잃어가는 시점에서 부르주아의 정치적 헤게모니 장악을 위한 '문화적 패권cultural supremacy'

의 확보가 아놀드의 주된 관심사였다는 것이다(Eagleton 104-105). 이런 관점에서 보면 아놀드의 기획은 전형적인 정치적 우파의 미학적 기획이 된다. 그러나 실제 아놀드의 교양 개념은 오히려 당대 중간계급으로부터 호된 비판을 받았다. 아놀드가 줄곧 계급적 관점을 벗어나서 사태를 보아야 한다고 주장했다는 사실을 상기할 때, 계급적 관점으로 아놀드의 교양 개념을 비판하더라도 일방적인 비판만은 할 수 없다고 본다.

이글턴의 아놀드에 대한 평가는 최근 부상하는 문화론의 입장에서도 여전히 반복된다. '문학에서 문화연구로'를 모토로 들고 나온 앤서니 이스토프Anthony Easthope는 아놀드의 교양 이념에서 문학이 계급 갈등을 희석시키고 국가적인 조화를 긍정함으로써 직접적으로 정치적 역할을 수행한다고 본다(Easthope 7-8). 이런 입장은 결국 문학작품이 특정한 이데올로기의 전파를 위해 동원된다는 점을 강조하면서 문학작품의 정치적 읽기를 주장하는 쪽으로 나아간다. 그리고 여기에 단골메뉴로 등장하는 것이 대중문학(문화)과 고급문학(문화)의 위계 철폐이다. 고급문학(문화)이 지배 이데올로기를 공고히 하는 데 기여하는 반면에 대중문학(문화)은 대중의 민주주의적 열망을 담아내는 그릇이 된다는 것이 그런 주장의 주요 골자이다. 그러나 오늘날의 대중문화가 대중의 민주주의적 열망을 담아내기는커녕 오히려 자본의 논리의 확장에 동원되는 측면을 무시할 수는 없다. 아놀드는 바로 이런 사태를 우려했으며 그 폐해를 누구보다도 실감했다는 점에서 그의 비판 대상이 되었던 관점으로 그를 비판하는 것은 문제의 핵심을 흐리는 것이다. 문학이 대중을 교화하는 일정한 역할을 한다면, 이를 특정한 정치적 입장에서 비판할 것만이 아니라 그 순기능에 대해 고려하는 것도 반드시 필요하다. 또한 대중문학(문화) 가운데서도 여전히 질적인 차이를 따지는 것이 무엇보다도 필요하며, 이를 위해서도 '비평'은 여전히 그 힘을 발휘해야 한다. 오늘날 비평의 기능은 아놀드 당대와 현격한 차이가 있지만, 적어도 "진정한 새로운 사상"(Arnold Vol. III 285)을 알아보고 전파하는 비평의 기능은 여전히 살아 있어야 할 것이다.

그러나 아놀드를 비판하는 평자들의 대부분이 아놀드의 이데올로기적 입장만을 집요하게 물고 늘어지는 터라 아놀드를 읽을 때마다 이런 입장을 의식하지 않을 수 없다. 즉, 특정한 입장에서 아놀드를 읽도록 '호명'되는 것이다. 이렇게 되면 아놀드의 주장을 '거꾸로' 읽어야 올바른 독자가 되는 것처럼 '착각'하게 되는데, 이런 현상이야말로 '이데올로기 효과'라고 아니할 수 없다. 실제로 아놀드를 읽어보면 당대의 역사적 맥락을 분명히 인식하고 있었다는 점이 눈에 띈다. 따라서 그의 현실인식이 '정치적 정답'과 일치하느냐의 여부보다 그의 비평과 교양 개념에 담긴 당대적 의의를 살펴보는 것이 (인)문학의 위기라는 오늘날의 현실을 진단하는 데 유용한 참조틀이 될 수 있다는 생각이다. 교양 개념의 형성을 넓은 문화적 맥락에서 다시 한번 반추하는 작업이 필요한 이유도 여기에 있다. 이를 위해서는 아놀드가 프랑스혁명을 평가하는 과정에서 비평의 기능을 환기했다는 점에 주목해야 하며, 비평의 기능을 강조한 가운데 교양 개념이 본격적으로 등장했다는 사실을 강조해야 할 것이다.

2. 프랑스혁명 후의 영국과 비평의 기능

우선 아놀드의 사유에서 비평 개념이 중심적으로 부상하는 「현시기 비평의 기능The Function of Criticism at the Present Time」부터 살펴보기로 하자. 이 글은 요한 볼프강 괴테Johann Wolfgang Goethe로 대표되는 독일 문학의 성취에 비해 당대 영국의 문학적 성취가 '조숙'했음을 인정하고 그 원인을 '비평의식'의 부재에서 찾는 것에서 시작된다. 이러한 진단을 통해 드러나는 것은 프랑스혁명에 대한 아놀드의 평가와 반성이다. 따라서 우선은 이 글이 프랑스혁명 후의 영국 사회의 변화상에 대한 아놀드의 사상적 대응이라는 점을 염두에 두어야 그의 '비평론'의 문제의식도 좀 더 분명해질 수 있다.

아놀드가 보기에 그리스 시대의 소포클레스Sophocles나 르네상스 시대의 셰익스피어와 달리 당대의 시인들은 창조력에 활력을 불어넣을 수 있는 사상의 흐름 속에 있지 않다. 문학작품의 창작에 작용하는 두 가지 힘인 '인간의 힘'과 '계기의 힘' 중에서 후자가 부족하다는 것이다. 따라서 창작의 분위기 조성을 위해서도 최상의 사상을 보급하고 사회에 퍼져나가게 하는 것이 급선무로 떠오른다. 비평의 힘은 바로 여기에서 발휘된다. 그런데 독일과는 달리 영국에서는 비평적 노력이 없었다는 것이다. 가령 조지 고든 바이런George Gordon Byron과 괴테는 둘 다 위대한 창조력을 가지고 있었지만 괴테가 삶과 세계에 대해 더 폭넓게 알고 있었기 때문에 생명력이 더 오래갔다는 평가이다. 그런데 윌리엄 워즈워스William

Wordsworth에게서도 비평의식이나 폭넓은 앎의 부재를 지적하는 것을 어떻게 생각할 수 있을까? 워즈워스는 유명한 「『서정담시집 Lyrical Ballads』 서문The Preface」에서 자신의 시론을 밝히고 있고 아놀드 역시 이 글에 워즈워스의 비평가로서의 진면목이 드러났다고 생각한다. 그러나 워즈워스의 이 글에는 아놀드가 중요하게 취급하는 프랑스혁명에 대한 언급이 거의 없다. 대신 문화적 취향의 타락으로 인한 판단력 마비와 감수성 약화가 주요한 사회사적 근거로 등장한다. 그런 점에서 아놀드는 워즈워스를 비롯한 이전 세대 시인들이 프랑스혁명의 여파를 전 유럽적인 관점에서 파악하지 못했고 그 이념의 전파가 몰고 올 영국 사회의 변화를 넓은 시야에서 바라보지 못했다고 본 것이다. 아놀드가 워즈워스와 바이런이 '사상'보다는 '감정'의 움직임에 영향을 받았다고 하는 것도 이런 판단에서이다. 사상이 국가적으로 흥기하던 르네상스 영국과는 달리 당시의 영국 사회가 사상의 빈곤에 처해 있다는 진단인 것이다.

아놀드는 프랑스혁명이 나름대로 성공을 거둔 이유가 이성에 대한 믿음에 기초한 보편적이고 항구적인 사상에서 동력을 발견했기 때문이라고 본다. 반면 영국혁명은 법이나 양심 등의 '실제적인 감각'에 기초한 것이기에 보편적인 호소력을 지니지 않는다. 프랑스혁명이 순수한 이성에 대한 열광이 지나쳐 몽매와 범죄를 가져왔더라도 사상의 힘과 진리의 보편성으로부터 유래한 사상은 프랑스 다수 대중의 열광을 이끌어냈다는 것이다. 아놀드의 이러한 판단은 프랑스 민중이 혁명의 이념에 열광할 만큼 새로운 사상에 개방적이었음을 의미한다. 즉, 아놀드는 프랑스 내에서 혁명 이념이 정치적 혁명에서보다 정신적 혁명에서 더 큰 역할을 한 것으로 보는 것이다. 이 대목에서 사상적 혁명과 정치적 혁명을 나누어 프랑스혁명의 성과를 사상사적인 측면으로 귀속시키려는 아놀드의 의지가 느껴지기도 한다. 이는 버크의 프랑스혁명에 대한 견해가 일정 정도 작용한 탓이다. 아놀드는 버크를 '수축의 시대'를 대표하는 사상의 모범으로 격상시키며 그의 혜안을 높이 평가한다. 물론 두 사람의 활동 시기가 달랐던 만큼 프랑스혁명 자체에 대한 평가는 다르지만 혁명이 몰고 올 영국 사회의 변화에는 유사한 입장을 취한다. 아놀드가 정치적 혁명보다 사상적 혁명을 프랑스혁명의 중요한 성과로 꼽았다면, 버크는 혁명사상 자체에 내장된 '불온성'을 경고한다. 물론 아놀드도 말하듯이 버크 역시 '인간사의 커다란 변화'를 인정하지만 말이다.

버크는 프랑스혁명 초기인 1790년에 혁명이 과격해질 것을 예측하면서 그 여파가 영국에까지 미칠 것을 우려했다. 여기에는 명예혁명 때 주장되었으나 「권리장전」에는 포함되지 못했던 과격한 혁명 이념들이 프랑스로 수입되고 이것이 다시 영국으로 건너와 기존의 영국 헌법을 파괴할지도 모른다는 예견이 들어 있다. 버크는 명예혁명 때 혁명세력이 주장했던 '통치자를 뽑을 수 있는 국민의 권리'가 실상 국민의 지지를 받지 못했고 명예혁명을 정리한 문건인 「권리장전」의 어떤 구절에도 이러한 권리를 암시하는 문구가 없음을 상기하면서 이후에도 왕위의 세습 계승 전통이 계속 유지되었다고 주장한다. 버크가 보기에 프랑스혁명 이념의 하나인 '주권재민의 원리'는 "영국 토양에 전적으로 맞지 않으나 영국에서 자란 가공되지 않은 산물로 어떤 사람이 이중의 사기로 불법적으로 선적해 [프랑스에] 수출한 위조품"에 해당하며 이 '수출'의 목적은 이 위조품을 "향상된 자유라는 최신 프랑스식 유행을 따라" 다시 제조해서 영국에 밀수입하려는 데 있다(Burke 1955, 99-120). 버크는 명예혁명의 파당들이 주장했던 위험한 정치 이념이 프랑스를 거쳐 영국에 다시 도입되는 상황을 우려한 것이다. 버크가 우려한 상황은 프랑스혁명이 끝나고 실제로 영국에서 일어났다. 선거법 개정 등 일련의 자유주의 개혁은 프랑스혁명 이념이 실제로 영국의 정치에 적용된 것이기도 하다.[1] 이러한 개혁은 아놀드가 보기에 기계적이고 물질적인 문명과 강한 개인주의를 추구하는 성향을 부추겨서 그가 목표하는 인간의 전인적인 성장이라는 교양 개념에 미달하는 '기계장치machinery'에 대한 믿음을 낳는다. 따라서 훌륭

---

1 이매뉴얼 월러스틴Immanuel Wallerstein에 따르면 "프랑스혁명이 한 일은 민중이 두 개의 새로운 세계관의 수용에 지지를, 아니 실로 열광을 보이도록 만든 것으로, 그 두 세계관이란 정치적 변화는 정상적인 것이지 예외적인 것이 아니라는 것과 주권은 군주가 아니라 '인민'에 속한다는 것이었다. "나폴레옹이 패망하고 왕정복고가 일어났으나 이들 세계관의 광범위한 수용을 막지 못했고 대신 보수주의, 자유주의, 사회주의가 나타나 자본주의 세계경제 내의 정치적 논쟁의 언어를 제공한 것은 바로 이러한 새로운 상황에 대응하기 위해서였다. 자유주의의 핵심 개념으로 '합리적 개혁'이 부상하면서 개인이 국가의 명령에 구속되지 않아야 한다는 것과 개인에 대한 부당한 대우를 최소화하기 위해 국가행위가 필수적이어야 한다는 것을 동시에 주장하게 되었다는 것이다. 월러스틴은 자유주의가 합리적 개혁을 표방하지만 근본적으로 반민주주의적이었음을 강조한다. 실제로 자유주의자들은 합리적 개혁주의만이 반체제적인 사람들이 표방하는 민주주의의 도래를 저지할 것이라고 늘 주장했다는 것이다. 아놀드가 자유주의의 개혁을 비판하면서 민주주의적 열망을 그것대로 인정하는 태도는 이런 관점에서 '보수적'이라고 볼 수 없다. 월러스틴이 말하듯이 현명한 보수파들은 자유주의의 합리적 개혁에 공감한 사람들이었기 때문이다(Wallerstein 1991, 283-288). 아놀드가 우려하는 바는 민주주의가 대중주의populism로 흐를 가능성이 영국의 문화적 풍토에 존재하고 있었다는 것이다. 그의 교양 이념은 바로 이런 상황에 대한 대응의 일환으로 이해할 수 있다.

한 사상들을 정치적이고 실제적인 부분에 즉각적으로 적용하려는 열광은 치명적이라는 것이다. 특히 영국인은 바로 이런 기질을 가지고 있기 때문에 더 위험하다고 본다. 사상은 '그 자체로' 평가해야 하며 자신들의 현실적 요구에 따라 사상의 본질을 왜곡하면서 세계를 변혁하고자 하는 것은 전혀 다른 문제라는 것이다. 이런 대목에서 눈에 띄는 점은 아놀드에게 사상은 정치 이념으로서의 성격보다는 한 문화를 성장시키는 정신적 토양에 가깝다는 것이다.

궁극적으로 아놀드가 사상의 영역과 정치의 영역을 엄격히 분리해서 사고하는 까닭은 프랑스혁명 이후로 하나의 사상이 정치와 즉각적으로 결합했을 때 사상으로서 빛을 잃고 정치 이데올로기로 변질될 가능성이 있다고 보기 때문이다. 아놀드가 "어떤 일이 변칙이라는 것이 그 일을 반대하는 근거는 아니라고 생각한다That a thing is an anomaly, I consider to be no objection to it whatever"(Arnold Vol. III 265)는 한 하원의원의 말을 떠올리면서 내놓은 명제도 이런 맥락에서 이해할 수 있다. 그것은 사상의 영역에서는 절대적으로 '어떤 일이 변칙이라는 것은 그 일을 반대하는 근거'이지만 정치와 실천의 영역에서는 일정한 조건하에서라면 '어떤 일이 변칙이라는 것이 반드시 그 일을 반대하는 근거는 아니다'라는 것이다. 이 말은 매우 애매하게 진술되어 있지만, 사상의 즉각적인 적용을 반대하는 맥락에서 나왔다는 점을 고려할 때 다음과 같은 해석이 가능하다. 하나의 사상이 정치에 바로 적용되면 사상의 입장에서 보면 그것은 '변칙'이므로 그 사상을 반대할 수 있지만 정치의 영역에서는 어떤 일이 사상에 비추어보아 '변칙'일 수 있지만 어떤 조건하에서는 그 때문에 그 일을 반대할 수만은 없다고 보는 것이다. 따라서 프랑스혁명의 이념을 곧바로 영국 사회에 적용시키려고 하는 것은 사상 자체에 대해서 반대할 수 있는 근거가 되고 영국 사회의 특수성을 고려할 때 현 체제를 따르는 것이 반드시 반대할 일은 아니라는 말이 성립하게 된다.

여기에서 아놀드는 영국 사회의 특수성으로 프랑스혁명 이념의 보편성을 심문한 결과 그 보편성 자체를 사실상 사상의 영역에 국한시키고 있다. 이렇게 되면 사상은 보편성의 허울만 썼지 현실세계에는 전혀 작동하지 않는 추상적 개념이 되고 말 가능성이 크다. 그러나 다른 한편으로 프랑스혁명 이념과는 다르되 정치 영역에 곧바로 적용되는 방식은 아니지만 어떤 식으로든지 현실세계에 작용하는 '사상'에 대한 필요성이 아놀드에게 제기될 수밖에 없다. 후에 논의하겠지만 그의 '교양' 개념은 이런 필요성에 따라 등장한 것이라고 볼 수 있다.

아놀드가 낭만주의 시인들을 평가할 때 염두에 두는 것도 결국 프랑스혁명 이후에 영국 사회의 변화된 현실이다. 워즈워스가 『서곡The Prelude』에서 프랑스혁명의 이념이 현실정치로 옮겨질 때 나타날 수 있는 문제점을 로베스피에르Robespierre에 대한 비판을 통해서 개진하고 추상적 인간이 아닌 자연 속에서 성장한 구체적인 인간상에 대한 탐구를 수행한 것은 익히 알려진 사실이다. 그러나 이러한 자서전 쓰기를 통해서 워즈워스가 프랑스혁명 이념의 여파를 충분히 인식했다고 볼 수는 없다. 또한 사상의 측면에서도 '자연 사랑'이 어떻게 '인간 사랑'으로 변모하는가에 관심을 기울이는 터라, 영국의 변화된 현실로 이러한 관점을 추궁했을 때 일정한 면역력을 얻기가 힘든 측면이 있는 것이다. 한편 퍼시 비시 셸리Percy Bysshe Shelley 역시 『사슬에서 풀려난 프로메테우스Prometheus Unbound』에서 '자유'와 '우애'의 변형이라고 할 수 있는 '사랑'의 문제에 대해 천착하지만 시의 마지막 대목에서 알 수 있듯이 묵시록적 기다림만이 강조될 뿐이다. 워즈워스나 셸리가 나름대로 프랑스혁명에 대한 반성 작업에 몰두했지만 그것이 하나의 사상으로 응결되지는 못했던 것이다. 아놀드가 낭만주의 문학을 '조숙'했다고 평가하는 이유도 여기에 있다. 워즈워스와 셸리가 프랑스혁명 이념의 보편성에 누구보다도 공감했지만 영국 사회의 특수성에 대한 고려가 충분하지 않았다는 점이 아놀드의 이러한 평가에 작용한 것이다.[2]

그러나 아놀드는 영국 사회의 특수성을 지나치게 강조한 나머지 기존의 질서를 옹호하는 데로 기울어진 감이 없지 않다. 예컨대 조제프 주베르Joseph Joubert의 유명한 명제 "정의가 마련될 때까지 힘이 지배한다Force till right is ready"(Arnold Vol. III 265)를 강조할 때 아놀드는 '내적 인정'이나 '의지의 자유로운 동의'라는 '정의'를 전제하지만 그런 정의가 기존 질서의 철폐 없이 이루어질지는 의문이다. 라이어닐 트릴링Lionel Trilling은 아놀드의 이런 어정쩡함이 기존 질서의 힘을 정당화하면서도 동시에 자유주의적 도덕

---

2 아놀드의 시야에는 들어오지 않았지만, 블레이크는 프랑스혁명 이념의 착종관계와 그 이념을 제공했던 철학자들을 신랄하게 비판하면서 특히 『예루살렘Jerusalem』에서 로스Los와 앨비언Albion 간의 영혼의 싸움을 통해 '우애'의 배반을 심도 있게 다룬다.

성을 포기하지 못하는 모순적인 태도에 기인한다고 본다. 즉, '힘'과 '정의'를 동시에 가지려고 했기 때문에 혼동이 발생한다는 것이다(Trilling 198-199). 국내의 한 논자는 트릴링의 이러한 해석을 "아놀드의 계급적 한계를 지적한 적절한 설명이자 변호"라고 하면서도 "이러한 변호도 언표된 원칙 자체가 보수적이며 그릇된 것이라고 전제"하고 있다고 지적하고 아놀드의 사유가 "'힘'이냐 '정의'냐 식의 단순 논리에 쉽게 굴복하지 않는 복합성"을 지니고 있다는 점을 부각한다(윤지관 98-99). 아놀드의 사유가 보수적인 것이라고 단순하게 치부할 수 없을 만큼 복합성을 띤다면, 그 이유는 아놀드가 인간 삶의 근거를 정치와 경제라는 실제적 영역보다 그러한 영역을 포함하여 작용하는 비평과 교양이라는 문화적 영역에 두었기 때문이다. 아놀드가 프랑스혁명을 하나의 사상운동으로서 실패로 규정하는 것도 이 때문이고 바로 그런 이유에서 '비평' 개념이 아놀드의 주요 화두로 떠오른 것이다.

아놀드는 프랑스혁명의 사상운동이 지적인 영역을 벗어나 "맹렬하게 정치적 영역으로 돌진함으로써" 르네상스의 사상운동처럼 지적인 결실을 맺지 못했다고 본다. 그 반대로 혁명은 '수축의 시대'를 열었는데, 이 시대의 사상가인 버크는 여러 가지 오명에도 불구하고 "필요한 교정을 할 수 있는 사람에게" 심오하고 항구적이며 풍부한 철학적인 진리를 내놓았다고 평가한다. 즉, 버크는 정치에 영향을 미칠 수 있는 사고를 가져왔으나 '수축의 시대'에 위치했기 때문에 그 사상이 온전히 퍼져나가지 못했다는 것이다. 아놀드는 '수축의 시대'에 영국인들이 실천을 제일 덕목으로 삼아서 사상을 그저 한가한 놀이처럼 생각했기 때문에 '호기심'이라는 단어가 그 자체로는 인간 본성의 탁월한 자질이라는 뜻을 포함하지만 영국에서는 나쁜 뜻으로만 새겨진다고 진단한 다음에 진정한 비평은 이러한 자질의 발휘라고 역설한다.

> 그것은 실천과 정치의 세계, 그리고 그러한 종류의 모든 것에 관계없이 세상에 알려지고 사유된 최선의 것들을 알려는 노력을 자극하는 본능에 따른다. 그리고 여하한 다른 고려에 침해받지 않고 이 최선의 것에 접근하면서 앎과 사유를 평가하는 그들의 노력을 자극하는 본능에 따른다.
>
> (Arnold Vol. III 268)

아놀드는 프랑스혁명 이후 '수축의 시대'에 이러한 본능이 억압과 황폐를 겪었고 당대는 '팽창의 시대'로 파악한다. 즉, 적대적인 외국 사상이 영국 사회에서 실천의 영역을 압박하는 사태가 사라지면서 점점 우호적으로 영국에 들어와 영국의 견해와 비슷해지는 시점이라는 판단이다. 또한 당시의 물질적 진보가 지적인 삶의 출현으로 이어질 것이라고 희망 섞인 전망을 내놓는다. 물론『교양과 무질서Culture and Anarchy』에 그려진 각 계급들의 무분별한 이익 추구를 고려하면 이러한 전망은 다분히 회의적 결과를 맞지만말이다. 어쨌든 이 시기에 아놀드는 비평이 새로운 '팽창의 시대'에 일정한 결실을 얻기 위해서는 비평의 원칙을 정립해야 함을 역설한다. 그 원칙이란 아놀드 하면 곧장 떠올리게 되는 '사심 없음'의 원칙이다. 이는 사물에 대한 실제적 고려를 떠나 사물 자신의 법칙을 따르도록 하는 것이다. 이러한 원칙하에서 비평은 '최상의 사상'을 알리고 그렇게 함으로써 진실되고 신선한 사상의 흐름을 창조해야 한다는 것이다.

아놀드가 비평의 기능과 사상의 창출을 강조할 때 이 '사상'을 오늘날 운위되는 이데올로기로서의 사상과 구별할 필요가 있다. 사상은 그 자체가 아무리 좋을지라도 정치적으로 이용된다면 금방 이데올로기로 변하게 된다는 사실은 오늘날 상식적인 경험이 되었다. 특히 사상이 곤궁한 오늘날 전쟁과 정략을 위해서 죽어 있던 사상까지 무덤을 파헤쳐 현실정치로 끌어오는 형국임을 생각할 때 최상의 사상이 왜곡 없이 전파되는 것은 매우 긴요한 일이라고 할 수 있다. 아놀드가 이 글의 말미에서 사상이 문학작품의 창작으로 이어지는 것을 강조하는 이유도 바로 여기에 있다. 아놀드가 말하는 사심 없는 비평 행위가 사상의 사적인 전유를 막고 사상 자체가 공적인 장에 삼투되도록 함으로써 문화적 토양 자체를 바꾸는 작업이라는 사실은 오늘날에 비추어보아도 그 의미가 적지 않다.

물론 이러한 생각 자체에 다시 이데올로기의 딱지를 붙이는 것이 오늘날 일부 논자들의 비평적 태도이다. 이런 논자들이 주장하는 이데올로기의 편재성을 인정한다고 해도, 즉 인간이 이데올로기의 질곡에서 벗어날 수 없다는 점을 감안해도 어떤 이데올로기가 그나마 인간됨의 수준을 끌어올릴 수 있는가는 전혀 별개의 문제로 떠오른다. 이데올로기의 편재성이 상대주의로 귀착되지 않기 위해서는 적어도 질적인 분별이 우선되어야 하며 그런 점에서 '최상의 사상'을 알아보는 비평의 행위는 마땅히 장려해야 하지 않겠는가. 물론 여기에서 '사심 없음'의 원칙이 어떤 근거에서 출발하느냐가 문제의 핵심이겠지만, 아쉽게도 아놀드에게는 그러한 근거가 분명하지 않은 것도 사실이다. 그러나 아래에 상술하겠지만, 이 원칙은 당대의 문화적 풍토에 대한 '대항적' 개념 설정이라는 성격이 강하다.

요컨대 비평에서 '사심 없음'을 강조하는 이유는 '최상의 사상'이 특정한 파당의 이해에 따라 왜곡되는 것을 경계하기 때문인데, 실제로 아놀드가 활동하던 시기의 비평계가 바로 그러했다. 당시 비평의 '독'은 "실제적인 고려가 비평에 달라붙어 그 목을 조르는" 상황에 있었다. 비평지들은 실제적인 목적을 가진 파당들의 기관지나 다름없어서 '자기만족'을 위한 비평이 성행했던 것이다.[3] 이러한 풍조에서 아놀드는 실제적인 삶의 영역을 포기함으로써 비평이 더디고 모호한 작업이 될 수도 있지만 이것이 유일한 비평의 임무임을 역설한다. 실제적인 일에 신경을 쓰는 사람들은 섬세한 분별력이 없는 사람들이라 자신들의 목전의 이해에만 급급하지 탁월한 교양이나 진리의 가치를 알아볼 수 있는 안목이 없기 때문이라는 것이다. 이러한 판단 역시 당대의 현실을 '사심 없이' 바라본 아놀드의 비평적 자세에서 나온다.

당시의 사회개혁이 주로 공리주의 철학에 기댄 채 물질적인 성

---

3 존 패럴John Farrell은 당대의 '속물 비평'과 아놀드 비평의 차이를 말할 때 전자는 '비평의 정치화'이고 후자는 '비평의 실행(수행)'이라고 본다. 이러한 관점에서 아놀드는 텍스트 내에 여러 가지 목소리를 배치하면서 독자들이 자신의 진의에 다가가도록 의도했고 그러한 과정 자체가 바로 '사심 없는 비평'을 독자가 배워나가는 장이라고 설명한다(Farrell 130-131).

취만을 중시하고 목전의 이해에만 급급했기 때문에 영국 사회가 나아가야 할 방향을 제시하지 못했던 상황임을 감안하면 아놀드의 주장을 이런 추세에 비추어 비실천적이라고 말하는 것은 본말을 전도시키는 것이라고 할 수 있다. 아놀드의 실천성은 당시의 정치적 실천을 총체적인 관점에서 바라볼 수 있는 시각을 마련하고 새로운 시대를 열어갈 수 있는 사상을 정립하려는 노력에서 찾아야 할 것이다.

3. 민주주의의 부상과 교양의 기획

「현 시기 비평의 기능」이 쓰인 시기 이후의 영국 사회는 특히 '평등'을 이념적 근거로 하는 노동계급의 민주주의적 열망이 비등해져서 계급 갈등이 심화되었다. 또한 개인주의가 기승을 부리게 되어 아놀드가 말하는 '사심 없음'의 자세는 더욱더 찾아볼 수 없고 '만인은 스스로를 위해everyone for himself'라는 모토에서 드러나듯이 '무질서'가 팽배한 시대였다. '비평의 기능'이 마비된 시대인 것이다. 이런 상황에서 쓰인 『교양과 무질서』는 이러한 '무질서'한 현실에서 '교양' 이념을 근거로 '질서'를 찾아가려는 노력의 산물이다. 특히 공공교육의 실시나 국가권위의 회복 등 대안도 구체적으로 드러난다. 그러나 이러한 대안들도 '교양'에 근거해야 한다는 점이 아놀드 사유의 특징이라면 특징이다.

아놀드의 교양 이념은 한마디로 사상이 절대적으로 요구되는 '팽창의 시대'에 올바른 권위의 원천을 찾기 위한 노력의 산물이라고 요약될 수 있을 것이다. 특히 국가권력이 개인의 자유를 보장하는 방향으로 작용하면서 무질서가 날로 팽배해지는 상황이라 아놀드는 교양의 이념과 국가 개념을 결합시키려고 노력한다. 노동계급이 오랜 봉건적 습속에서 벗어나 자유 그 자체를 숭배하는 무질서한 경향이 뚜렷해지는 시점이라 국가의 권위를 세우는 일이 무엇보다도 필요했던 것이다. 물론 노동계급을 보는 아놀드의 관점에는 일방적인 면이 있다. 프랑스혁명이 가져온 '자유'의 이념이 '자유주의' 개혁이라는 미명하에 불평등을 조장했다는 점에서 노동계급의 자유 추구는 '평등'에 대한 주장과 뗄 수 없기 때문이다.

톰슨에 따르면 오어니즘Owenism과 차티스트 운동 기간에 형성된 영국 노동계급의 계급의식이 '선거권' 쟁취로 수렴된 것은 바로 이 '평등'을 쟁취하기 위한 기나긴 싸움의 일환에서였고 이때의 평등은 '시민권'의 평등이자 '개인적 존엄'의 평등을 함유한다는 것이다.[4] 이러한 노동계급의 투쟁은 인류의 긴 역사에서 획기적인 사건임에 틀림없다. 문제는 시민권이나 개인적 존엄이 선거법을 통해서만 얻어지고 승인된다면 노동계급이 진정한 '시민'의 일원이 될지는 미지수라는 데 있다. 무엇보다도 프랑스혁명의 이념이 시민정신의 기초가 되려면 노동계급이 자기 계급을 뛰어넘으려는 발상의 전환이 필요한 것이다. 물론 평등의 토대도 없는 상황에서 이런 요구는 '불평등'을 영구화하려는 것 아니냐는 반발을 낳을 수 있다. 그러나 노동계급이 진정한 역사의 주인이 되는 것을 목표

---

4 덧붙여 톰슨은 선거권에 대한 주장이 노동계급이 자신의 노동과 삶에 대한 "사회적 통제"를 위해 취한 새로운 방법이었다고 주장한다(Thompson 1980, 910).

로 했다면 '평등'의 주장도 '우애'의 정신을 따르지 않을 이유가 없을 것이다. 그렇다면 계급 갈등이 이렇게 첨예해진 상황에서 아놀드는 왜 교양 개념을 들고 나왔는가?

사실 알렉산더 폰 훔볼트Alexander Von Humboldt에 대한 언급에서 드러나듯이 아놀드가 주창한 교양의 기획은 독일을 모델로 하고 있다. 그런 점에서 훔볼트를 비롯한 독일 관념론자들의 기획을 살펴보는 것이 아놀드의 사유를 이해하는 데 중요한 출발점이 된다. 빌 레딩스Bill Readings의 지적대로 독일 관념론자들의 기획은 지식과 역사적 전통을 미학적 이데올로기에 의한 매개를 거쳐 변증법적으로 통일하는 것이었다. 그리고 그것은 민족국가와 합리적 정부, 그리고 철학적 문화를 한데 결합시키는 것으로 나타났다. 여기에서 문화는 연구 대상으로서 제반 지식의 통일체이자 계발의 과정, 즉 인격 도야Bildung를 의미했다. 한마디로 교양(문화)의 이상을 드러내는 일과 개인의 발전을 하나의 과정으로 보았다는 것이다. 레딩스가 보기에 이런 독일 관념론자들의 이상은 존 헨리 뉴먼John Henry Newman이 주장하는 대학의 이상과 여러모로 닮았다. 뉴먼에게도 대학 공부의 대상은 특수한 지식이 아니라 지적인 교양이었고, 그러한 교양의 담지체로서 문학은 물질적 삶의 기계적 작용을 넘어서는 정신활동의 구체적 증거이며, 이러한 문학공부를 통한 교양교육이 교양 있는 신사를 만들어낸다는 것이다 (Readings 62-75).

그런데 아놀드도 밝혔듯이 영국 국민과 독일 국민의 기질은 거의 상반되고 『교양과 무질서』가 쓰인 시기는 민족적 정체성보다는 개인주의가 영국 사회에 강력하게 뿌리를 내린 때였다. 또한 이미 자유주의 개혁에 의해 '옥스퍼드 운동'이 좌절을 겪은 시기였다. 따라서 아놀드의 '교양' 기획은 독일 관념론자들의 기획보다 훨씬 복잡한 난제를 수반할 수밖에 없었다. 이러한 점을 염두에 두고 그의 교양 개념의 의의를 살펴보기로 하자.

아놀드는 당대에 팽배해 있던 기계적이고 물질적인 문명에 대한 맹신, 강한 개인주의, 융통성의 부족 등 당시의 문화적 에토스에 대한 대응으로 교양의 기능을 강조한다. 개인적인 관점에서 보면 교양은 순수한 학문적 열정의 표현이며 여기에 이웃에 대한 사랑, 선행에 대한 충동, 인간적인 오류를 개선하려는 욕망 등 사회적 동기가 추가된다. 이런 뜻에서 아놀드는 교양을 이성과 신의 뜻이 널리 퍼져나가게 하는 것이라고 본다. 물론 이성이라는 말이 도구적 합리성으로 대체되어온 역사가 근대 정신사의 한 측면이고 오늘날 이에 대한 비판이 다양한 방식으로 제기되고 있는 것을 감안하면 아놀드의 이성 개념이 무엇인지를 따져보는 일은 중요할 것이다.

예컨대 계몽주의적 이성에 대한 비판이야말로 블레이크 시의 중심 주제였다는 것은 주지의 사실이다. 마르틴 하이데거Martin Heidegger가 말하듯이 "불변하는 이성의 불가항력적인 힘"에 대한 믿음에 근거한 '인격 도야'의 개념이란 일정한 상(모델)에 근거하여 추구되는 성격이 강한 것이다(Heidegger 180). 블레이크가 유리즌Urizen으로 대표되는 왜곡된 이성의 기능을 비판했다면, 하이데거는 이성의 형이상학적 성격을 지적한다. 그러나 이 대목에서 염두에 두어야 할 점은 아놀드가 프랑스혁명 사상의 긍정적인 측면을 인간 이성의 보편성에 대한 호소로 보았다는 것이다. 영국민들의 자기이해 추구가 날로 만연해가는 시점에서 이런 질곡으로부터 벗어날 수 있는 보편적인 근거가 필요했던 것이다. 따라서 이것이 얼마나 실다운 개념이었는가의 문제와는 별도로 사회적 공공성을 회복하는 데 있어 보편적 근거를 설정하는 작업 자체는 일단 긍정적으로 평가할 수 있다. 실제로 위르겐 하버마스Jürgen Habermas 가 내세운 '의사소통의 합리성' 등도 이성 개념이 중심이 된 공공영역의 회복을 목표로 한다는 점에서 아놀드의 기획과 닮아 있다. 이성 개념에 대한 비판은 비판대로 해야겠지만 거기에 담긴 인간적 이상을 동시에 팽개칠 수는 없는 것이다. 특히 아놀드의 이성 개념은 헬레니즘과 헤브라이즘의 비교에서 드러나듯이 사물을 있는 그대로 보려는 노력과 따로 뗄 수 없다는 점에서 민주주의적 요구가 비등해진 변화된 현실의 지평에서 기왕의 비평 개념이 교양 이념으로 심화·확대되고 있음을 보여주는 증거라고 할 만하다.

아놀드는 민주주의 이념을 부정하지는 않지만 정치체제로서 민주주의는 인민 대중의 '과격행동주의Jacobinism'를 부추기는 한편 과거에 대한 격렬한 분노와 도매금으로 적용되는 쇄신의 추상적 체계, 미래의 합리적 사회를 상세하게 기술한 새로운 강령 등으로 대중을 유인한다고 본다. 인민 대중은 자유주의를 대신할 사상을 찾는데 공리주의나 실증주의 등 협애하고 허점 많은 사상이 새로운 흐름을 주도하고 인민 대중이 이를 추인하는 사태가 벌어지는 것이다. 이렇게 "과격행동주의가 랍비를 사랑하"는 상황에서 교양의 역할은 사람들의 관심을 인간사의 자연스런 흐름과 그것이 작용하는 방식으로 이끄는 데 있다는 것이 아놀드가 주목하는 바이다. 어떤 사람이나 행동에 집중하게 하는 것이 아니라 그 한계를 명확하게 볼 수 있게 해준다는 것이다.

수많은 사람들이 이른바 대중에게 대중의 실제 조건에 적합하다고 생각하는 방식으로 준비되고 맞추어진 지적인 음식을 제공하려고 노력할 것이다. 범상한 대중문학이 대중에게 작용하는 것이 이러한 방식의 예이다. 수많은 사람들이 자신들의 직업이나 파당의 신조로 구성된 일련의 관념들과 판단들을 대중에게 주입시키려고 할 것이다. 우리의 종교조직과 정치조직이 대중에게 작용하는 이러한 방식의 예를 제공한다. 나는 두 방식 모두를 비난하지는 않는다. 그러나 교양은 다른 방식으로 작용한다. 그것은 열등한 계급들의 수준으로 내려가서 가르치려고 하지 않는다. 또한 그것은 이런저런 자신의 분파를 위해 기성의 판단들과 표어들로 그들의 마음을 사로잡으려고 하지 않는다. 그것은 계급들을 없애고자 한다. 현재 세상에서 사유되고 알려진 최상의 것을 모든 곳에 유통되게 하고자 하는 것이다.

(Arnold Vol. VI 112-113)

대중에게 "지적인 음식"을 제공하는 두 가지 사례인 대중문학과 파당적인 이념체계는 대중의 실제 상황을 보여주기는커녕 이를 왜곡한다는 것이 아놀드의 판단이다. 대중의 요구에 영합하는 한편 자신들의 분파로 대중을 유인하기 위해 진부한 이념을 주입하는 것이다. 이에 대한 처방으로 교양은 "계급들을 없애고자" 노력하며 최상의 사상을 전파하여 인간들이 그러한 분위기에서 살 수 있도록 한다는 것이다. 당대의 척박한 문화적 환경에 대한 아놀드의 인식은 분명히 현실에 근거한 정확한 판단이라고 할 수 있다. 그런데 교양의 작용이 계급을 없애려면 계급 간의 정치적·경제적 불평등의 해소가 우선적인 고려사항이 되어야 하지만, 아놀드의 인식에서는 이러한 요소들이 생략되거나 부차적인 것으로 취급된다는 인상이 짙다. 말하자면 교양 이념이 자리 잡을 물적 토대가 마련되지 않는 것이다. 이러한 맥락에서 보면, 아놀드에게서 교양 이념의 '재료'를 발견할 수 없다는 비판은 나름의 설득력을 지닌다.[5] 하지만 교양 이념은 당장의 사회적 불평등의 해소보다는 문화의 전반적인 수준 향상을 목표로 한다는 점에서 제도를 개혁하려는 사람들에게 올바른 방향을 제시하는 준거점 역할을 한다. 아놀드에게 진정으로 실제적인 일인 동시에 최선의 일은 스스로를 계몽하는 것, 그래서 마구잡이로 일하는 것을 자제하는 것이다. 아놀드가 이러한 사태를 교정할 수 있는 '빛'이 필요하다고 본 것도 이런 까닭에서이다.

이와 함께 앞의 인용문에서 주목할 점은 교양 개념이 기왕의 비

---

5 아놀드의 글 자체에서도 확인할 수 있지만, '교양' 개념은 '개혁'에 미온적인 반실천의 교리라며 특히 중간계급으로부터 호된 비판을 받은 바 있다. 레이먼드 윌리엄스Raymond Williams의 비판도 아놀드 당대의 비판과 맥을 같이하는데, 윌리엄스에 따르면 교양 개념은 올바른 실천과 앎이 결합된 '하나의 과정'으로 이해되어야 하지만 아놀드가 '앎'을 지나치게 강조한 나머지 교양이 일종의 '물신'이 되어버렸다. 아놀드의 교양 개념은 버크, 콜리지Coleridge, 뉴먼으로 이어지는 사상의 계보에 속하는데, 아놀드의 문제는 이러한 사상에 그의 교양 개념이 뿌리를 두고 있는 한편 당시의 진보적 사상 또한 교양 개념의 형성에 자양분을 제공했기 때문에 구세대와 신세대 어디에서도 교양의 '재료'를 발견하지 못했다는 데 있다. 따라서 현실적인 기반이 취약했기 때문에 점점 추상적인 개념으로 변모했다는 것이다(Raymond Williams 1958, 133-135).

평정신을 사회적으로 삼투시키는 방식을 고민하는 과정에서 나왔다는 것이다. 비평이 주요 의제가 되었을 때 강조점은 '최상의 사상'에 대한 '사심 없는' 평가였다. 교양 개념이 주안점이 되었을 때 초점은 "최상의 것"의 사회적 '유통'에 놓인다. 따라서 아놀드의 기획에서 가장 중요한 과제는 대중사회의 도래, 표면화된 계급 갈등, 문화의 질적 저하와 대중 영합의 경향에 맞서 "최상의 것"이 사회적으로 유통될 수 있는 새로운 '감정의 흐름'을 창출하는 것이었다. 사실 아놀드가 헤브라이즘과 헬레니즘의 대립적 교차로 영국의 정신사를 설명하면서 영국 특유의 종교적 성향에서 헬레니즘적 '과학정신'의 부재를 읽어내면서도 바로 그런 종교적 성향에서 발원한 헌신적 에너지를 '시적 정신'으로 변모시킬 필요성을 제기한 것은 바로 이러한 새로운 '감정의 흐름'을 창출할 수 있는 방식을 찾기 위해서였다. 이렇게 보면 아놀드가 '사상'보다는 '감정'의 움직임에 영향을 받았다고 지적하면서 영국 낭만주의 시인들의 '조숙성'을 비판하던 종전의 입장을 철회하고 낭만주의 시인들에 대한 재평가 작업을 시도한 것은 당연하다면 당연한 결과이다.

4. 교양의 담지체로서의 문학

아놀드가 진단한 영국의 현실은 한마디로 정치·종교·학문·문학·사상 등 곳곳에 진부함에 대한 애호가 스며들어 있는 상황이었다. 아놀드는 「현 시기 비평의 기능」에서 비평의 역할이 '최상의 사상'을 알아보고 전파하는 데 있다고 했는데, 『교양과 무질서』에서는 교양의 역할이 그와 다르지는 않지만 강조점이 다소 변화된 것으로 보인다. 전자에서 비평 개념의 초점이 프랑스혁명 후의 '팽창의 시대'에 '사상의 발흥'을 주도하는 것이었다면, 후자에서 교양은 전자를 포괄하면서 민주주의의 시대에 걸맞은 '감정의 흐름'을 창출하는 역할까지 수행한다. '생활세계'의 여러 영역에 걸쳐 저급한 취향에 영합하는 사태를 교정해줄 새로운 '감정의 흐름'이 필요했던 것이다. 아놀드는 분파적인 경향을 더해가는 종교로는 이러한 '감정의 흐름'을 창출하기에 역부족이라는 점을 인식하고 있었다. 「시의 연구The Study of Poetry」에서 시의 역할을 강조하게 된 것도 이런 인식에 따른 것이다.

우리에게 삶을 해석해주고 위안을 주며 우리를 지탱해줄 것으로서 시에 의존해야만 한다는 점을 인류는 점점 알게 될 것이다. 시가 없으면 우리의 과학은 불완전해 보일 것이다. 그리고 지금 우리에게 종교와 철학으로 통용되는 대부분의 것이 시로 대체될 것이다. 말하건대 과학은 시가 없으면 불완전해 보일 것이다. 왜냐하면 워즈워스가 멋지고 진실하게 칭하듯이 시란 '모든 과학의 얼굴에 깃든 열정의 표정'이기 때문이다. 그리고 표정이 없다면 그 얼굴이 무엇이겠는가? 또 한 번 워즈워스는 멋지고 진실하게 시란 '모든 앎의 숨결이자 정수'라고 부른다. 우리의 종교는 지금 대중의 정신이 의탁하고 있는 것과 같은 증거를 나열하고 있으며, 우리의 철학은 인과관계 및 유한한 존재와 무한한 존재에 관한 논구들을 자랑하고 있다. 그것들이 단지 앎의 그림자와 미망과 허상이 아니라면 무엇이겠는가?

(Arnold Vol. XI 161-162)

이 대목은 워즈워스의 시론을 통해서 아놀드가 자신의 교양론의 핵심에 자리한 새로운 '감정의 흐름'의 창출이 어떤 성격을 띠는가를 개진한 것이라고 할 수 있다. 아놀드가 거듭 강조하여 주장하던 합리적 과학정신이 이제는 시적 정신에 의해 보완되지 않으면 오히려 인간성과 삶에 파괴적일 가능성을 인식한 것이다. 주목해야 할 점은 아놀드가 과학 자체를 폐기하거나 과학과 문학을 대립적으로 놓지 않는다는 것이다. 다만 과학과 문학이 따로 떨어져 존재할 때의 문제점을 지적한 것이다. 바로 그런 분리가 일어났을 때 종교와 철학의 영역에서 앞서 밝힌 대로 블레이크와 하이데거가 비판했던 '이성'의 변질된 형태인 실증주의가 도래하는 것이다.

이런 이유로 이 글의 서두에서 아놀드는 자신이 전에 했던 발언을 인용하여 이렇게 주지시킨다. 종교는 '사실' 자체를 물신화하여 여기에 감정을 가미하는 반면 시에서는 '사상'이 곧 사실이고 이 사상에 감정을 가미시킨다는 점이 시와 종교를 구분하는 근본적인 발상이라는 것이다. 사물을 있는 그대로 보려는 '이성'의 힘은 사실과 증명을 중시하는 실증주의로 변모되고 당대의 종교와 철학은 바로 이러한 흐름을 반영하는 동시에 주도하게 된다. 반면 사상은 시와 함께 태어나는 것이지 시 이전에 존재하는 것은 아니므로 사상은 앞서 말한 '시적 정신' 그 자체가 되며, 그런 사상에 가미된 감정은 워즈워스 자신이 「『서정담시집』 서문」에서 말한 시 창작의 원천으로서의 '사유된 감정'에 다름 아닌 것이다. 아놀드가 워즈워스의 '범상한 힘'이라고 칭한 공감 능력은 바로 이런 통합된 감수성에서 비롯된다. 워즈워스가 자연과 소박한 애정과 의무 등에서 느끼는 즐거움을 우리에게 보여주고 그것을 공유하게 한다고 할 때 이러한 즐거움은 보편적인 호소력이 있는 것으로 상정된다. 아놀드도 워즈워스만큼이나 시의 사회적 기능을 공감 능력의 회복으로 보고 있는 셈이다. 앞에서 말한 새로운 '감정의 흐름'을 창출하는 일에는 공감 능력의 회복이 전제되어야 한다고 보는 것이다.

조지프 캐롤Joseph Carroll에 따르면 낭만주의의 시인들에 대한 아놀드의 평가는 근본적으로 「현 시기 비평의 기능」에서와 크게 달라진 것이 없지만 교양의 요구에 따라 그들을 재평가하게 되었다고 한다. 또한 캐롤은 1880년대에 아놀드의 주된 관심이 문화적 변화 내에서 연속성을 유지하는 데 도움을 주는 도덕적·정서적 자질들에 대해 탐구하는 것이었다고 지적한다. 이러한 맥락에서 워즈워스는 근대세계의 새로운 정신적 기초를 만들어가는 데 도움을 줄 수 있는 "성실성sincereness"의 표본을 제공했다는 것이다. 워즈워스에 대한 평가는 바이런에 대한 재평가에 관한 패턴을 제시했는데, 워즈워스가 공감의 힘을 대표했다면 바이런은 열정적인 저항의 힘을 대표하는 것으로 자리매겨진다(Carroll 114-121). 워즈워스에 대한 아놀드의 평가는 인간정신의 탁월한 자질들을 보호하기 위해 기성 질서와의 타협의 필요성을 인정한 것이고, 바이런에 대한 평가는 나폴레옹 전쟁 이후 영국에서 확립된 사상체계에 대한 저항의 필요성을 강조한 것이다.

5. 나오며

영국 문학의 제도화 과정에서 아놀드가 차지하는 위치를 논한 프랭클린 코트Franklin Court에 따르면 문화의 변화 과정에서 '고도의 진지함'을 가진 문학의 중심적인 위치를 세우려는 아놀드의 꿈은 실제로 실현시키기가 불가능했다. 애덤 스미스Adam Smith와 함께 시작된 대학의 문학연구방식이 문화·정치·경제적인 관점에서 문학 외적인 사회현실에 관하여 소신을 밝히는 영향력 있는 교수들의 견해와 확신에 의해 결정되었기 때문이라는 것이다(Court 5-16). 코트는 실제로 대학에서 이루어진 문학연구를 중심으로 평가하기 때문에 아놀드의 '꿈'은 그야말로 비현실적인 것처럼 비친다. 그러나 아놀드가 시를 통해 달성하고자 했던 것은 민주주의 시대에 사상과 결합된 새로운 '감정의 흐름'을 창출하는 것이었고, 이것이 그의 교양 이념의 달성에 한 방편이 되었던 것이다. 이러한 생각은 아놀드를 잇는 F. R. 리비스Leavis를 통해 더욱 분명하게 드러난다. 예컨대 리비스가 문학연구의 훈련을 지성과 감수성을 결합시키는 훈련이라고 하면서 '교양 있는 공중'의 창출을 강조한 것도 "기술공학 혁명에 따른 인간 조건의 본질적인 변화와 이에 수반하는 인간 문제의 본성을 환기"하기 위해서였다(Leavis 1972, 85).

리비스가 아놀드와 결정적으로 달라지는 부분은 창조적 언어 사용에 대한 강조이다. 리비스가 이러한 언어 사용의 예로 든 블레이크가 아놀드의 낭만주의 시인들에 대한 평가에서 빠져 있는 것도 우연은 아닐 것이다. 사실 아놀드는 영국의 급진적 비국교도 전통의 특징을 도덕적 엄격함을 강조하는 협소한 사고방식이라고 단순화하는 경향이 있으며 이런 전통 속에 살아남아 있는 창조적 활력을 충분히 평가하지 못한다. 이러한 점은 그의 교양 기획에서 큰 결락이라고 하지 않을 수 없다. 또한 빅토리아조 말기의 '교양소설', 예컨대 토머스 하디Thomas Hardy의 소설에서 노동계급이 주인공으로 등장한다는 사실에서 확인할 수 있듯이 아놀드의 교양 개념은 당대 현실의 변화를 적극적으로 수용하지 못한 측면이 분명히 있다. 하지만 아놀드가 성숙한 민주주의 사회로 나아가는 길목에 '교양'의 이념이 자리하고 있음을 강조했고 그 이념을 달성하는 데 있어서 '문학'의 위치를 새삼 환기했다는 점이야말로 '인문학'을 '위기'에서 구출하여 소생시킬 수 있는 중요한 실마리를 제공한다고 할 수 있다.

오늘날 인터넷 등을 통한 민주적 쌍방향 소통이 사회적 공론 형성에 기여한 것은 사실이지만 그 이면에는 어두운 그림자가 도사리고 있다는 것을 잊어서는 안 될 것이다. 민주주의적 욕구가 무분별한 거짓정보의 유통이나 자기이익을 위한 정보의 왜곡과 편취와 전유 등을 통해 자기이익의 흐름에 흡수되어 타자에 대한 인식(지각) 능력의 부족과 삶에 대한 비판력 상실로 이어진다. 그런 점에서 문학적 감수성과 문학·예술에 대한 비평적 판단력의 계발이야말로 이른바 '정보 민주주의'가 뿌리를 내려 그 열매를 사회구성원 전체가 공유할 수 있도록 하려면 반드시 우선적으로 실천에 옮겨야 할 시급한 과제라고 할 수 있다.

6

'영문학'의 제도화와
매슈 아놀드의 사상
— 중심인가, 예외인가?

1. 들어가며

버나드 버곤지Bernard Bergonzi에 따르면 1921년에 발간된 뉴볼트
보고서Newbolt Report(원제는 The Teaching of English in England)
는 국민적 단합을 목표로 하는 애국주의적 문화민족주의를 표방
하고 있는데, 이 보고서의 기조는 빅토리아 시대 매슈 아놀드의 관
심사를 계승한 것이다(Bergonzi 31). 즉, 인문주의적 학문 분야로
서 영문학이 고전문학을 대체한다는 것이다. 이 경우 영문학 교육
의 목표가 제럴드 그래프Gerald Graff의 지적대로 휴머니즘과 문화
적 전통의 전수(Graff 3-4)에 국한된다고 할 수는 없지만 영문학 교
육에서 아놀드의 위치는 적어도 이념적으로는 아놀드의 시대에나

그 이후에나 확고하다고 할 수 있다. 아놀드의 이데올로기를 문제 삼는 논자들은 대체로 아놀드의 이러한 중심성을 해체하고자 노력한다. 가령 피터 위도슨Peter Widdowson은 '문학'과 '전통'을 영문학 연구의 대상으로 설정하는 데 중요한 역할을 한 비평가들로 T. S. 엘리엇Eliot과 리비스를 들고 이러한 흐름의 비조로 아놀드를 꼽고 있다(Widdowson 3).

그러나 아놀드의 이념이 교육현장에서 실제로 관철되었느냐는 별개의 문제인바, 최근 영문학 교육의 제도화를 연구하는 논자들은 제도로서의 영문학 교육에서 아놀드의 위치가 우리의 상식과는 반대로 주변적이었음을 지적한다. 가령 전문화된 대학의 문학교육에서 문헌학적·역사적 문학연구의 도입은 아놀드의 문학과 교양에 대한 견해와 상반된 것이었고 이러한 점을 초창기 교육자들도 이미 알고 있었다는 주장이 있는가 하면(Graff 3-5), 이런 주장과는 다르지만 결과적으로 제도적인 영문학 연구에서 아놀드의 위치가 중심적이지 않았다는 견해도 있다. 코트의 주장에 따르면 1860년대까지 아놀드가 이전 세대인 런던 대학의 A. J. 스콧Scott이 채용했던 비교문헌학의 방법론에 영향을 받아 문학연구를 실행한 것은 사실이지만 이러한 과학적 연구방법은 아놀드에게 자신의 문화적 이상을 실현시키기 위한 하나의 방편이었다. 이러한 방법론이 적절한지 세기말까지 논쟁이 있었지만, 아놀드는 자율적인 영문학 프로그램을 선호하지 않았고, 문학연구가 취해야 할 방향을 제시하지도 않았으며, 1860년대 이후로 비평가로서는 매우 큰 영향력을 발휘했지만 영문학 교육과 관련해서는 별다른 중추적 역할을 하지 못했다. 바로 이것이 영문학 연구의 시초를 이룩했다고 아놀드를 비난하는 학자들이 간과하는 사항이라는 것이다(Court 115-118). 근대 분과학문의 성립이 전문화에 기초를 두고 있는 만큼 '삶의 비평'[1]으로서 문학을 보는 아놀드의 총체적 관점이 문학교육의 제도화와 충돌을 일으킨다는 것은 충분히 짐작할 수 있는 일이다.

이러한 점은 고등교육의 혜택을 중산층까지 확산시킨다는 목적을 표방하며 영문학 교육을 주도했던 런던 대학에 대해 아놀드가 상당히 비판적이었다는 사실에서 단적으로 확인된다. 주목할 만한 사실은 이 대학의 영문학 교육 담당자들이 워즈워스를 문화적 아이콘으로 활용하면서 자신들의 교육 이념에 따라 전유했다는 것이다. 이들은 낭만적 민족주의와 품성교육을 연결하려는 목적에서 워즈워스를 활용하는 한편 문학잡지와 대학교육을 연계하여 워즈워스에 대한 자신들의 특정한 견해를 유통시켰다(Reid 59-65). 한마디로 워즈워스가 영문학 교육의 제도화에서 '부성상father figure'으로 정립된 셈이다. 잘 알려졌듯이 워즈워스를 자신의 비평적 기획에서 중심 작가로 설정하기는 아놀드도 마찬가지였다. 그런데 아놀드가 워즈워스를 평가한 방식은 당시 대학의 영문학 교육에서

1　이 개념에 대한 탁월한 설명은 리비스의 다음과 같은 발언이다. "그 유명한 문구 뒤에 깔린 의도를 굳이 설명하자면 다음과 같다. 우리는 우리가 판단하는 작품의 도움을 받아 (문학도 포함되는) 전체적인 삶의 경험으로부터 집약해낼 수 있는 가장 완전하고도 심오한 상대적 가치에 대한 감각을 발휘함으로써 시에 대한 주요한 판단을 내리고 우리의 판단은 이후에 우리의 삶에서 우리가 해야만 하는 가장 심각한 선택과 깊은 관련이 있다는 것이다."(Leavis 1975, 58)

워즈워스를 전유한 방식과 부분적으로 일치하기는 하지만 근본적으로는 차이가 있다. 따라서 여기에 주목하면 영문학 제도사를 연구하는 학자들이 주장하는 아놀드의 주변성이 사실은 영문학 연구와 교육의 주류적 경향에서 벗어나 새로운 시각을 모색하는 예외성이었음이 드러날 것이다. 그것은 민족적·문화적 편협성을 극복하고자 하는 국제적인 시각으로 요약될 수 있다.

2. 영문학의 지방성 탈피를 위한 노력

아놀드가 장학사를 겸하면서 옥스퍼드 대학의 시 주임교수Oxford Poetry Chair로 선출되어 강의할 때 비교문화적 관점을 채택한 것은 영국 특유의 편협한 학문 풍토에서 벗어나기 위해서였다. 그러나 밤새 강의 준비를 하며 열성을 다했으나 학생들의 반응은 신통치 않았고, 심지어 튜터들은 학생들에게 아놀드의 강의를 듣지 말라고까지 했다고 한다. 이렇게 아놀드의 강의가 인기가 없었던 이유를 파크 호넌Park Honan은 비교문화적인 원칙에 입각하여 고전문학에 대한 박학다식을 유감없이 발휘한 아놀드가 "교수인 척하려고 애쓰는 딜레탕트a dilettante straining to be professorial"로 비쳤다는 점에서 찾고 있다(Honan 291-293). 이런 아놀드의 태도에 대해 옥스퍼드 졸업생 중 하나는 아놀드가 교양 있고 세련된 학자이긴 하지만 현재 세대와의 공감이 부족한 이기적인 정숙주의자라고 비난했을 정도이다(DeLaura 7). 그러나 아놀드의 강의에 대한 반응이 이처럼 신통치 않았던 이유는 아놀드가 탈피하려고 했던 지방성 내지 섬나라 근성이 영국 문화에 오랫동안 뿌리를 내리고 있었기 때문일 것이다. 즉, 영국의 문화적 편협성을 비판하고 교정할 목적으로 대륙적 감수성과 지식을 도입하는 과정에서 바로 그 편협성이 여실히 드러난 것이다. 사실 아놀드 스스로가 『교양과 무질서』에서 인정하듯이 당시 옥스퍼드 대학은 현대 세계에의 적응력이 미비한 탓에 호된 대가를 치렀으며 뉴먼의 옥스퍼드 운동 역시 그 긍정적인 영향력에도 불구하고 시대의 대세에 밀려 일정한 한계를 노정한 상태였다. 아놀드가 당시의 런던 대학을 꼬집어 교육기관이라기보다는 '조사위원회'라고 비난하자 런던 대학의 교수 한 사람이 옥스퍼드가 튜터들의 현학에 의존하는 고전교육이나 하고 있다고 맞대응했다는 사실은 옥스퍼드가 처한 현실을 웅변적으로 보여준다(Reid 60).

요컨대 당시의 사회적 분위기에서 옥스퍼드 대학마저도 고전교육의 아성으로서 그 입지가 줄어들었을 뿐만 아니라 영국 특유의 편협성에서 자유로울 수 없었던 상황이었던 것이다. 따라서 아놀드가 영국 정부는 학문과 문학의 힘에 정당한 경의를 표하지 않는 터라 이러한 분야를 다룰 기관도 없고 공학연구소 따위가 있을 뿐이라고 개탄하면서 일종의 문예아카데미와 같은 기관의 필요성을 제기한 것은 충분히 이해할 만하다.

「아카데미의 문학적 영향The Literary Influences of Academies」과 「현 시기 비평의 기능」이 같은 해(1864년)에 출간된 점을 고려할 때 이 두 글의 연관성은 두드러진다. 실제로 리비스는 이 두 글이 동일한 주제를 다루고 있다고 지적한다. 곧 이 두 글은 비평적 지성과 비평의 기준에 대한 요청, 지방성의 반대 명제로서 중심성 개념을 다루고 있다는 것이다(Leavis 1975A, 54). 엄밀히 따지면 리비스가 말하는 중심성은 아놀드에게서는 국제성이며, 영국 문학의 국제성을 위해 비평적 지성과 비평 기준이 요청된다고 할 수 있다. 「아카데미의 문학적 영향」과 「현 시기 비평의 기능」에서 공히 지적되는 문제는 영국 문학의 성취가 프랑스와 독일에 비해 그 수준이 낮은데 이는 영국 사회의 편협성에 따른 지성의 궁핍과 연관된다는 것이다. 전자에서는 18세기 문학을 다루고 후자에서는 낭만주의 문학이 초점이 되지만 문제의식에 있어서는 유사하다.

아놀드에 따르면 프랑스 아카데미의 출범 당시 가장 큰 목표는 한 국가의 사유도구로서 정확하고 가치 있는 언어를 만들어내는 것이었고, 새롭게 개편된 프랑스 아카데미는 일종의 '문학심판소' 역할을 자임하면서 출판과 비평의 기준을 설정하는 곳이었다. 이런 아카데미의 설립이 가능했던 것은 프랑스 국민의 정신적 특성이 개방성과 지성의 유연성이었기 때문이다. 프랑스 문학의 탁월한 성취인 산문을 쓰는 데 이러한 지성의 발휘가 요구되는데, 이러한 자질들은 일정 정도 학습되고 전유되어야 하기 때문에 프랑스에서는 자연스럽게 아카데미가 필요했다는 것이다. 반면 영국민의 정신적 특성은 활력과 정직함이고 활력을 통해 천재성이 드러나며 천재성을 통해 시 창작이 이루어지므로 영국민의 정신적 특성은 시에서 잘 드러난다. 이런 맥락에서 아놀드는 크리스토퍼 말로Christopher Marlowe, 윌리엄 셰익스피어, 존 밀턴에 이르는 천재적 문인들이 이루어놓은 훌륭한 영국 문학이 편협한 이류의 18세기 문학으로 이어진 것은 지성의 궁핍함 때문이라고 진단한다. 한마디로 영국 문학의 창조적 전통이 지성의 궁핍으로 인해 명맥이 끊어질 위기에 처했다고 천명한 셈이다. 따라서 지성을 계발하고 지성의 척도를 제시해줄 아카데미가 필요하다고 아놀드는 주장한다. 그러나 그는 이러한 기능을 가진 아카데미의 설립 가능성에 대해 회의적일 뿐만 아니라 이보다 훨씬 제한적인 기능을 가진 아카데미의 설립 가능성에 대해서도 확신하지 못한다.

독자는 이 나라에서 아카데미의 설립에 관한 어떤 실제적인 결론을 요구할 것이다. 아마도 나는 독자가 기대하는 결론을 거의 내놓을 수 없을 것이다. 그러나 국가는 나름의 작용방식이 있고 그러한 방식은 쉽게 변하지 않는다. 국가에서 위대한 일들이 이루어졌을 때 그 방식은 심지어 신성화되기까지 한다. 어떤 문학이 셰익스피어와 밀턴을 산출했을 때, 심지어 배로Barrow와 버크를 산출했을 때도 그 문학은 자신의 전통을 쉽게 폐기할 수 없다. 그러한 문학이 요즘의 프랑스 아카데미와 같은 기관을 통해 시작될 수는 없다. 나는 지적인 작업의 다양한 방면에서 특수하고 과학적인 제한된 범위를 가진 아카데미, 예컨대 베를린 아카데미와 같은 것을 생각하고 있다. 시간이 흐름에 따라 우리는 그와 같은 것을 세울 수 있을 것이고 아마도 세울 것이다.

(Arnold Vol. III 257)

아놀드는 이러한 기관이 영국에서 출현한다고 해도 프랑스 아카데미와 같이 최고의 문학적 견해를 표명하는 최고의 기관으로서의 역할을 하지 못할 것임을 명백히 한다. 이 대목 다음에 이어지듯이 아놀드가 생각하고 있는 아카데미는 일종의 영향력 있는 정보센터 같은 기관으로, 영국의 편협한 정신이 낳은 당대 학술작업의 오류를 시정하는 역할을 떠맡는다. 이러한 아카데미의 부재로 인해 저질 사전 편찬과 저질 번역, 그리고 수준 낮은 문헌학 작업이 팽배해진다는 것이다. 아놀드는 아카데미 설립의 현실적인 목표를 지적 영역에서의 '인프라 구축'에 둔 셈이다. 그러나 이러한 기관의 출현 가능성도 아놀드가 확신하지 못한 것은 근본적으로 아놀드가 영국 정부의 제도개혁 방향을 신뢰할 수 없었기 때문이다. 이런 개혁을 뒷받침하는 사상이 바로 아놀드가 궁핍성과 편협성을 벗어나지 못한다고 비판했던 공리주의였기 때문에 더욱더 확신하지 못한 것이다. 아놀드가 아카데미의 역할을 실증적 학술작업에 국한시키는 것도 당대의 지적 분위기를 염두에 둔 것이라고 할 수 있다. 즉, 공리주의적 제도개혁 국면에서는 프랑스 아카데미와 같은 기능을 가진 기관의 설립이 원천적으로 무망함을 인식한 것이다. 따라서 아놀드는 영국에 아카데미가 설립된다고 하더라도 정신의 개방성과 지성의 유연성이라는 프랑스적 국민정신이 뿌리내릴 가능성이 그렇게 많지 않다고 판단한 것으로 보인다.

요컨대 지성의 계발이 반드시 창조적인 문학작품으로 이어지지는 않는다고 본다는 점에서 천재성과 활력에 바탕을 둔 시문학 전통의 계승이 아카데미의 설립을 통해 이루어질 가능성은 더더욱 없다는 것이 아놀드의 최종적인 입장이다. 이렇듯 아놀드는 영국 문학의 성취 자체를 유럽 문학의 성취와 견주어 파악하는 가운데 영국 문학의 약점을 극복하기 위해 노력하지만 이것이 제도화를 통해서 해결될 성질의 것이 아님을 명백히 한다. 아놀드는 지성의 궁핍과 지방성을 궁극적으로는 영국 내의 속물성과 연결시킴으로써 이 문제를 문학 영역도 포함되는 사회 전체의 문제로 파악했기 때문이다. 그는 고등교육의 확대와 문화민족주의의 배양을 목표로 전문화된 문학저널리즘과 대학교육을 결합하려고 했던 당대의 영문학 연구와 교육의 주류적 경향과 다른 길을 가고 있었던 셈이다. 아놀드의 문학비평이 넓은 의미에서 문화비평 내지 사회비평이 되는 이유도 여기에 있다.

이렇게 볼 때 「현 시기 비평의 기능」에서 아놀드가 '비평' 개념을 문학작품에 대한 이해와 평가에 국한된 전문적인 개념으로서가 아니라 인간의 보편적 정신 기능 중의 하나로 파악하는 것은 이 개념을 '제도'에 묶어두지 않고 사회 전체로 확산시키려는 의도에서라고 할 수 있다. 특히 이 글에서 아놀드는 그동안 평가를 유보했던 낭만주의 시인들에 대해 적극적으로 평가한다. 이는 지성의 계발과 창조성의 관계를 애매하게 설정했던 아카데미의 문학적 영향에서와는 달리 이 관계를 좀 더 분명히 하는 계기가 된다. 또한 워즈워스에 대한 평가에서 아놀드는 헨리 몰리Henry Morley와 같은 주류 영문학자들이 영국 국민성의 표현으로 워즈워스의 시를 평가한 것을 충분히 의식하고 있었다(Reid 62). 이들이 워즈워스를 매개로 문화민족주의를 고취하는 가운데 오히려 영국 문학의 지방성을 강화시키는 결과를 가져왔다면, 아놀드는 국제주의적 시각에서 워즈워스를 비롯한 낭만주의 시인들을 '사심 없이' 평가했다.

이 글의 서두에서부터 아놀드는 프랑스 문학과 독일 문학에 견

주어 영문학에는 비평적 노력이 없었음을 적시한다. 나아가 문학을 비롯한 위대한 예술작품의 생산에서 창조력의 발휘가 모든 여건과 시기에 가능한 것은 아니라고 못 박는다. 낭만주의 시인들은 삶과 사유가 국가적으로 흥기했던 엘리자베스 시대의 셰익스피어와는 달리 창조력에 활력을 불어넣을 수 있는 사상의 세례를 충분히 받지 못했기 때문에 세계에 대한 철저한 해석이 부족했다는 것이다. 괴테로 대표되는 독일 문학의 성취나 볼테르Voltaire와 장 자크 루소Jean-Jacques Rousseau로 대표되는 계몽주의 사상의 개화에 비해 영국 문학의 성취가 보잘것없고 창조적 문학의 토양으로 작용할 신선한 사상 역시 빈곤하다는 판단이었다. 아놀드는 워즈워스에 대한 평가에서도 그 비평적 안목과 심오함을 인정하지만 폭넓은 앎의 부재를 지적한다. 그렇기 때문에 그는 문학비평의 목표가 최선의 것을 알아보고 알려서 신선한 사상의 흐름을 만드는 데 있음을 강조한다. 그러나 최선의 사상들 중에 자생적인 것은 거의 없고 외국에서 유입된 것이 대부분이기 때문에 이를 '사심 없이' 보급하여 유통하는 것이 비평가의 임무라는 것이다. 아놀드 자신이 바로 이런 대륙적인 감수성과 지식을 통해 낭만주의 문학을 바라보았기 때문에 이를 낮게 평가하는 것은 당연한 결과이다. 요컨대 아놀드는 영국 문학의 변방성 혹은 지방성을 극복하기 위해서 비평적 노력이 필요하다고 본 것이다. 이는 영문학을 문화민족주의의 고취의 방편으로 삼아 워즈워스를 문학교육의 중심으로 설정하려는 당대의 영문학 연구와는 매우 다른 경향이다.

가령 같은 글에서 아놀드가 당대의 문학비평이 중심적인 판단

기준을 만드는 과정에서 너무나 익숙한 주제를 다루어서 신선한 앎을 제시하지 못하고 독단적인 판단만을 독자에게 강요한다고 비판할 때 강단과 문학저널리즘의 폐쇄회로 속에서 자화자찬에 여념이 없는 당대의 비평 풍토에 대한 불만을 읽어낼 수 있다. 아놀드가 속된 비평의 전형이라고 지적한, 비평 원칙의 공표와 적용만 있는 동어반복의 비평이야말로 그에게는 이데올로기적 비평 내지는 사심의 비평이 되는 셈이다. 바로 그렇기 때문에 아놀드는 비평가에게 신선한 앎이 무엇보다도 중요하지만 그러한 앎은 문학적 판단에서 입법자가 아니라 지침이나 실마리가 되어야 한다고 본다. 한 작가가 말하는 바의 진실을 친근하고 생생하게 의식하는 일이야말로 '사심 없는' 비평의 최우선 조건이라는 것이다. 한 작가가 비평가 못지않게 폭넓은 앎을 소유해야 하듯이 비평가도 작가 못지않게 생생한 감수성을 소유해야만 '창조적 활동감'을 유지할 수 있다는 생각이다. 이는 전문 영역으로 축소되고 강단으로 흡수되는 과정에서 추상화와 진부화 경향으로 흐른 문학비평이 창조적 문학작품의 생산에 기여하지 못하고 오히려 이데올로기 전파의 도구로 변질된 상황에 대한 아놀드의 대응으로 볼 수 있다. 중간계급의 속물근성에 필적할 만한 '속물비평'의 만연이 영국 문학의 지방성을 고착시키는 방향으로 작용하고 있다고 본 셈이다.

이렇게 볼 때 영문학의 지방성을 극복하기 위한 아놀드의 비평적 목표가 괴테의 세계문학론에 필적하는 일종의 범유럽적 비평연방프로그램의 철저한 수행인 것은 수긍할 만한 일이다. 이 프로그램은 그리스·로마 등 서양의 고전 및 상대 국가의 고전에 대한 지식을 겸비한 각국의 구성원이 공동 작업을 통해 공동의 결과를 산출하여 지적이고 정신적인 분야에서 최고의 발전을 이룩하는 것을 목적으로 한다. 이런 '경계 가로지르기' 프로그램이 최근 학계에서 탈인종주의와 탈식민주의 담론의 보급과 함께 유행하다시피 한다. 이것이 일회성 문학 이벤트에서 벗어나 아놀드가 생각하는 국제적 프로그램에 얼마나 접근했는지는 의문이지만, 아놀드의 이러한 프로그램 구상이 적어도 한 세기 앞을 내다보는 그의 원대한 안목에서 비롯되었다는 것은 분명하다.

3. 워즈워스의 국제성과 보편성을 보는 시각

사실 아놀드의 이러한 구상은 『교양과 무질서』에 그려진 영국 사회의 분위기에서는 실현하기가 극히 힘든 기획이다. 그가 '교양'의 확산을 본격적으로 주장한 것도 계급 갈등의 심화, 민주주의적 열망의 분출, 문화의 질 저하, 이기주의의 확산, 국가 기능의 마비 등 영국 내부의 사회문제가 표면화되자 이에 대한 대응책을 찾으려는 의도에서였다. 그렇기 때문에 아놀드가 국내문제에 초점을 맞추는 것은 당연한 일이다. 더욱이 제국주의적 아성이 높아가던 영국에서 그러한 명성에 걸맞은 문화적 기획으로서 문화민족주의가 더욱 고취되리라는 것은 충분히 예견할 수 있는 일이다. 가령 1880년에 전문적인 비평적 연구와 학문적인 작업을 통해 문학연구와 잡지 출판, 워즈워스적인 글쓰기 및 태도를 하나로 결합하기 위해 '워즈워스협회Wordsworth Society'가 출범했는데, 이 단체의 이념적 지향점은 바로 영국성의 함양과 고등교육의 목적을 연결하는 데 있었다. 그리고 워즈워스의 시에 이런 이데올로기가 투여되어 워즈워스의 시와 호반 지역Lake District은 동일시되었고 그 지역이 영국성의 정수로 여겨짐으로써 워즈워스 시의 정전적 위상이 확고해졌던 것이다. 그 과정에서 『서곡』은 '한 시인의 정신의 성장'이라는, 이 작품이 표방하는 주제를 넘어서서 '한 국가의 성장'을 포괄하게 된다(Reid 69-70). 아놀드 또한 이 모임의 회원이었는데, 그는 '워즈워스의 사도'로서 이 모임에 대해 긍정적으로 평가하면서도 이 모임의 활력 없는 분위기에 대해서는 불만을 터뜨리기도 했다.

이렇게 볼 때 아놀드가 워즈워스의 시선집에 붙인 「워즈워스」라는 서문이 '워즈워스협회'의 설립자인 윌리엄 나이트William Knight의 반발을 불러일으켰고 이에 대해 아놀드가 "그것은 워즈워스에 대한 정교한 비평이 아니라 그 책을 소개하여 이해를 도울 수 있도록 최선으로 의도된 일종의 에세이"(Arnold Vol. IX 339-340)라고 해명했다는 사실은 시사적이다. 이 글이 1879년에 세상에 나오고 1년 후에 체계적인 영문학 연구를 위해 '워즈워스협회'가 출범했다는 점을 염두에 두면 창설자인 나이트는 바로 아놀드의 이 '체계 없음'에 대해 비판한 것이라고 할 수 있다. 강단과 문학저널을 중심으로 워즈워스에 대한 체계적인 연구를 도모했던 영문학의 주류 경향과 아놀드의 입장은 상당히 달랐던 것이다. 이러한 입장 차이는 「현 시기 비평의 기능」의 끝부분에 피력된바, 비평연방프로그램의 구상과 연계된 국제적인 평가를 아놀드가 중요하게 생각했다는 사실에서 비롯된다.

문명화된 국가들 전체가 지적이고 정신적인 목적을 위한 하나의 거대한 연방으로서 공동의 행동으로 연결되어 공동의 결과를 위해 일한다고 생각해보자. 구성원이 자신들의 출발지가 되는 과거뿐만 아니라 서로의 과거에 대한 마땅한 앎을 소유한 연방 말이다. 그것은 괴테의 이상이었고 점점 더 우리 현대사회의 사유들에 부과될 이상이다. 그때 그러한 연방의 판정에 의해 자신의 지적인 혹은 정신적인 활동 분야에서 대가로 혹은 진정으로 저명한 명인으로라도 인정받는 것은 참으로 영광이다.

(Arnold Vol. IX 38)

아놀드는 이런 전제에서 '위대한 제국' 영국이 유례없는 문명의 행복을 누리고 있다고 보는 세간의 평가 이면에 척박한 문화적 상황이 존재함을 들추어낸다. 국제적인 눈으로 보면 음악이나 그림, 그리고 과학과 시에 대한 영국민의 자부심은 일종의 국가적이고 지방적인 편견에 지나지 않는다는 것이다. 특히 셰익스피어와 밀턴에 대한 국민적 과대평가는 다른 나라의 조소거리가 되었다고 아놀드는 지적한다. 그러다가 거대한 변화가 일어나 셰익스피어에 대한 프랑스의 재평가와 괴테의 밀턴 재평가로 인해 영문학이 유럽에서 인정받는 추세와는 반대로 국내에서는 호의적인 판정이 오히려 사라졌다는 것이다. 여기에서 영문학에 대한 아놀드의 평가와 관련하여 흥미로운 부분을 발견하게 되는데, 그것은 아놀드의 견해가 문화민족주의를 강조하는 영문학 연구의 주류적 경향과 합치되면서도 동시에 그러한 경향에서 이탈하는 모습을 보인다는 점이다. 셰익스피어와 밀턴에 대한 영국민의 과대평가가 이러한 문화민족주의의 영향에서 이루어졌다면, 외국의 호평에 대한 아놀드의 반응도 문화민족주의에서 자유로울 수 없다. 그러나 그러한 평가를 공정한 평가라고 생각하는 한에서 아놀드는 외국의 호평을 영국의 문화적 지방성 탈피의 증거로 여긴 것이다. 아놀드에게 진정한 문화민족주의는 국가성 혹은 지방성을 탈피한 유럽성에 있고 당대의 지배적인 문화민족주의는 지방성의 증거가 되는 셈이다.

셰익스피어와 밀턴은 그렇다 쳐도 워즈워스에 대해서는 어떤가? 아놀드는 「현 시기 비평의 기능」에서 워즈워스를 대륙의 문학적 성취에 비해 수준이 낮다고 평가했는데, 「워즈워스」에서는 워즈워스가 국제적 명성에 값한다고 주장한다. 아놀드는 우선 워즈워스가 국내에서도 완전히 인정받지 못했고 국외에서는 전혀 평가받지 못하고 있다고 하면서 『소풍Excursion』이나 『서곡』 등 워즈워스 추종자들이 최고의 작품이라고 하는 것들은 태작이고 오히려 소품들이 일급의 탁월함을 지녔다고 주장한다. 특히 '워즈워스협회'의 창립 멤버이자 영향력 있는 워즈워스 비평가였던 레슬리 스티븐Leslie Stephen을 직접 거명하면서 그의 평가가 파당적이라고 비판한다(Reid 62-63). 이들이 상찬하는 시들이야말로 문화민족주의의 표현으로 받아들여졌던 시들이라는 점에서 아놀드의 평가는 그런 흐름과 일정한 거리가 있음이 입증된다. 따라서 아놀드는 워즈워스가 고전으로 인식되기 위해서는, 다시 말해 유럽 전체에서 훌륭한 시인으로 인정받기 위해서는 이러한 종류의 '시적 짐들'을 덜어내야 한다고 주장한다. 워즈워스가 추종자들이 생각하는 그 이상의 시인이라고 강조하는 것도 이 때문이다. 한마디로 워즈워스의 고전적 품격이 국제성의 증표가 되는 것이다.

　　오래전에 나는 호메로스Homeros를 언급하면서 사상을 삶에 고귀하고 심오하게 적용하는 것이 시적 위대함의 가장 본질적 측면임을 말한 바 있다. 위대한 시인은 주제가 무엇이든 간에 시적 아름다움과 시적 진실이라는 법칙에 의해 확고하게 확립된 불변의 조건하에서 그가 스스로 획득한 '인간과 자연과 인간 삶에 관한' 사유를 그 주제에 적용함으로써 탁월함이라는 변별적 자질을 부여받는다. 인용된 구절은 워즈워스 자신의 것이기도 하다. 그리고 그의 탁월함은 최선의 작품에서 '인간과 자연과 인간 삶에 관한' 사유들을 그의 주제에 강력하게 적용한 데서 연유한다.

(Arnold Vol. IX 44)

눈에 띄는 점은 "고귀하고 심오하게"라는 말이 워즈워스에게서는 "강력하게"라는 말로 바뀌었다는 것이다. 이는 고전작품에서의 사유의 심오함을 워즈워스 시에서의 감정의 강력함으로 바꿈으로써 「현 시기 비평의 기능」에서 낭만주의 시인들이 '감정'의 흐름에 영향을 받아 '조숙'했다고 비판했던 관점을 수정하기 위해서라고 할 수 있다. 즉, '강력함'을 강조하는 한편 '사유를 삶에 적용하는 것'을 부각시킨 것은 워즈워스 시의 고유성은 그것대로 봐주면서 이러한 점을 고전적 품격과 연결하여 워즈워스의 보편성과 국제성을 드러내기 위해서이다.[2] 이런 관점에서 아놀드는 워즈워스의 단순 소박하고 자연스런 시들을 높은 성취로 평가하고 워즈워스 추종자들이 높게 평가한 장시들을 '철학적 장광설'이라고 일축한다. 그렇다면 워즈워스의 시가 가지고 있는 '보편성'이란 무엇인가?

> 워즈워스의 시가 위대한 것은 비상한 힘으로 자연 속에서 우리가 받아들이는 기쁨, 소박하고 원초적인 애정과 의무에서 우리가 받아들이는 기쁨을 워즈워스 자신이 느끼기 때문이다. 그리고 그 비상한 힘으로 사안마다 이 기쁨을 우리에게 보여주고 그것을 우리가 공유할 수 있도록 표현하기 때문이다.
>
> (Arnold Vol. IX 51)

아놀드가 말하는 도덕의 근거지로서의 '삶'이 자연에서 느끼는 소박한 기쁨이 되는 이유는 당대의 도덕이 협소한 사고와 믿음의 체계에 묶여 있어 보편적 호소력을 상실했기 때문이다. 도덕적인 문제들에 싫증을 느끼고 여기에 반발하는 시에서 매력을 발견하는 풍조에서 아놀드는 워즈워스의 시를 새로이 자리매김함으로써 거짓된 보편성의 허울을 벗기고자 했던 것이다. 인용문에서 "비상한 힘"이란 워즈워스 스스로가 강조했던 공감의 힘이다. 아놀드가 보

---

2 이러한 재평가가 가능했던 것은 아놀드가 『교양과 무질서』에서 지적했듯이 교양의 정신이 사회에 유통되려면 새로운 '감정의 흐름'이 필요하다고 생각했기 때문이다. 1880년대에 접어들면 아놀드의 주된 관심은 문화적 변화 내에서 연속성을 유지하는 데 도움을 주는 도덕적·정서적 자질들에 대해 탐구하는 데 있었다. 이러한 맥락에서 워즈워스는 근대 세계의 새로운 정신적 기초를 만들어가는 데 도움을 줄 수 있는 "성실성sincereness"의 표본을 제공했다고 할 수 있다(Carroll 114-121).

기에 이 공감 능력과 기쁨이 보편적인 이유는 "원초적인"이라는 말에서 드러나듯이 그것이 '자연'만큼이나 인간에게 '피할 수 없는' 것들이기 때문이다. 다시 말해 사유와 감정의 연속성이 유지되는 가운데 생각과 연상과 분위기와 태도가 자연스럽게 발전해나감으로써(Perkins 220) 시 자체가 삶의 유기적 성격과 근본적 차원에서 맞닿아 있는 것이다. 삶을 추상적인 차원의 원리로 환원하지 않고 인간 경험의 직접성을 환기시키는 방식으로 드러내기 때문에 그만큼 독자의 공감을 자아낼 잠재력이 풍부해지는 셈이다. 워즈워스의 이런 탁월함은 괴테조차도 결여한 어떤 것이라고 아놀드가 주장하는 이유도 여기에 있다. 그래서 아놀드는 단테Dante, 셰익스피어, 몰리에르Moliere, 밀턴, 괴테 등 과거의 시인 중에 워즈워스보다 나은 시인들이 있지만 적어도 '현대 시인'들 중에는 워즈워스가 으뜸이라고 본다. 문화민족주의에 가려진 워즈워스의 참모습을 드러내는 일이야말로 동시대 시인들과 구별되는 워즈워스의 국제성을 입증하는 일이었던 것이다.

물론 이러한 평가가 당대에 논란이 되었던 것은 사실이다. 예컨대 아서 휴 클러프Arthur Hugh Clough는 워즈워스의 자연시를 세상에서 물러나서 사소한 주제에 관심을 기울인 것으로 파악했고, 존 캠벨 셰어프John Campbell Shairp는 워즈워스의 자연관을 하나의 철학적 견해로 상당히 높이 평가했다. 전자가 워즈워스의 시를 시대에 뒤떨어진 감상주의의 산물로 이해했다면, 후자는 특히 워즈워스의 장시에 관심을 기울여서 그를 철학자 시인으로 규정한 것이다(Schneider 152-153). 그러나 이 두 가지 견해 모두 비평가 자신의 일방적인 관점을 워즈워스에 투사했다는 혐의에서 자유롭지 못하다. 아놀드가 문학적 재능의 발현이 새로운 사상의 발견에 있지 않고 그것의 종합과 드러냄에 있다고 했듯이, 시를 특정 사상의 '반영'으로 읽는 태도는 '사심 없는' 비평과는 거리가 멀고 문화민족주의자들의 워즈워스 읽기와 근본적으로 동일한 비평적 태도이다. 아놀드가 '시적 아름다움과 시적 진실이라는 법칙'을 누누이 강조하는바, 시에서 사유는 시와 함께 태어나는 것이지 시 이전에 존재하는 것이 아니다. 아놀드가 '시적'이라는 말에 방점을 두는 이유는 추상적 앎이 삶을 지배하면서 도덕이 협소해졌다는 인식 때문이다. 「시의 연구」에서 워즈워스를 인용하여 합리적 과학정신이 시적 정신에 의해 보완되지 않으면 오히려 인간성과 삶에 파괴적일 수 있음을 경고하는 것(김재오 77-78)도 이런 맥락에서이다. 요컨대 아놀드가 워즈워스의 시를 높이 평가한 배경에는 현대문명에 대한 깊은 통찰이 자리 잡고 있다. "아놀드는 제대로 된 시의 특성으로서 시적 재현의 속성을 규명하는 데서부터 시적 재현이야말로 가장 창조적인 삶의 인식임을 확인하는 데까지 나아간다"(윤지관 251)는 평가에서 '시적'이라는 말은 새로운 사상의 '종합적 드러냄'을 의미하고, 그런 시적 재현을 통해 시인이 전달하고 독자가 공감하는 '기쁨'은 「폐가The Ruined Cottage」에서 도붓장수가 청년에게 권유한 "현명하고 유쾌한" 감정 상태에 비견될 수 있다. 엘리엇이 '감수성의 분열'을 현대문명의 폐단의 징후로 보았다는 사실을 상기하면 아놀드는 그러한 시대의 도래를 예감하고 워즈워스를 통해서 그 해결책을 제시한 것이라고 할 수 있다. 그러한 해결책이 얼마나 현실에서 작동할 수 있는지는 별개의 문제이지만[3] 아놀드의 워즈워스 평가가 당대 워즈워스 추종자들의 편협성을 넘어서는 문명사적 의미를 지니는 것은 분명하다.

4. 나오며

국내의 한 아놀드 전공자는 "영문학을 외국문학으로서 연구하는 우리 현실에서 아놀드의 현재성 논의에는 (…) 시간적인 거리만이 아니라 공간적인 차이도 고려해야 하고 정치적·문화적 차이도 유념해야 한다"(윤지관 291)고 말한 바 있다. 이는 비단 아놀드뿐만 아니라 영문학, 나아가 외국문학의 어떤 작가에 관해서라도 그 현재성을 따지려고 할 때 반드시 고려되어야 할 사항이다. 따라서 최근 한국의 영문학 연구 및 교육과 관련하여 아놀드의 현재성을 논하는 일은 상당히 제한적이라고 할 수 있다. 일반화시켜 말할 수 없지만 한국의 영문학 교육은 '사유의 도구'가 아닌 '취업의 도구'로 학생들의 영어 실력 향상에 상당한 비중을 두고 있는 현실이다. 사유와 지성의 단련을 등한시한 채 한 나라의 말을 제대로 배울 수 있다는 말인가? 아놀드는 현실을 총체적이고 객관적으로 파악하고 이를 표현할 수 있는 '언어'를 발견하는 일이야말로 비평가의

---

3 사리 맥디시Saree Makdisi는 워즈워스의 자연시가 근대성의 폐해에 대항하는 일종의 복원력을 제공하는 동시에 문화제국주의의 인식소認識所로 작용하는 양면성 내지 모순성을 지닌다고 지적한다(Makdisi 66-69). 물론 워즈워스의 시에 이러한 양면성이 있는 것은 사실이지만, 본고와 관련되어 문제가 되는 것은 '보수적인' 워즈워스를 민족문학의 정수라고 생각했던 당대 워즈워스 추종자들의 태도라고 할 수 있다(박찬길 2007, 23-25).

중요한 임무라고 말한 바 있다. 또한 그는 뉴먼의 옥스퍼드 운동이 당대에 성공을 거두지 못했어도 조용한 영향력을 끼쳐왔고 자유주의의 입장을 무너뜨릴 수 있는 '감정의 흐름'을 창출했다고도 평가했다. 아무리 학생들이 영문학을 '취업의 발판'으로 여기고 있다고 할지라도 훈련된 지성과 감수성에 기초한 총체적인 사태 파악 능력의 함양이 이해관계로만 환원할 수 없는 문제들을 해결하는 데 '조용한 영향력'을 발휘할 것이라는 믿음을 포기해서야 되겠는가?

한편 최근의 영문학 연구에는 상당히 난해하고 난삽한 이론들이 도입되어 아놀드가 말한 '비평 원칙의 공표와 적용만 있는 동어반복의 비평'이 득세하고 있다. 아놀드의 국제주의적 시각에서 보면 원론적으로 이런 이론들도 그 안에 신선한 사유가 포함되어 있는 한 영문학 연구에 도움을 줄 수 있을 것이다. 그러나 그 이론들이 이미 외국에서 진부해진 사이에 국내에 들어와서는 '신선함'을 자랑한다면, 이런 이론들이야말로 전문적 연구의 '도구' 이외에는 특별한 의미가 없을 것이다. 또한 최근에 유행하는 정치적 비평들은 문학작품의 이데올로기성을 강조한 나머지 그 해석과 평가에서 작품이 실종되는 현상이 종종 벌어진다. 이런 비평들은 작품에서 이데올로기적 요소를 추출하여 옹호하는 입장을 취하거나 비판하는 입장을 취하지만 어떤 입장을 취하건 동어반복의 비평으로 떨어질 가능성이 짙다.

결국 오늘날 한국에서의 영문학 교육과 연구에서 발생하는 문제는 시대와 장소의 차이에도 불구하고 부분적으로는 영국에서의 영문학 제도화 초기에 발생했던 문제들의 변형이라고 할 수 있다.

전문화, 실용화, 실증적인 연구, 이데올로기적 해석과 비평은 '삶의 비평'으로서 문학을 보는 아놀드의 총체적 관점과 어긋나는 것이었다. 아놀드가 국제적 시각으로 문학작품을 바라본 것도 이런 총체적 관점을 회복하기 위한 방편이었다. 오늘날 지구화시대라는 말이 유행하듯이 국제적 시각에서 문학작품을 보는 것 또한 유행이다. 탈식민주의도 그런 흐름을 반영한다고 할 터인데, 그런 관점을 취하더라도 문학작품이 얼마나 '삶의 비평'에 충실한지를 따지지 않는다면 그것은 아놀드가 말한 국제적 시각과는 상당히 동떨어진 것이 될 것이다. '삶의 비평'을 도외시한 관점은 아놀드가 일정한 거리를 두었던 문화민족주의를 뒤집어놓은 꼴일 가능성이 있기 때문이다. 그런 점에서 아놀드가 워즈워스의 국제성을 그의 시가 보여준 탁월한 '삶의 비평'에서 찾았듯이 한국에서 영문학을 연구하고 교육하는 사람들에게 '삶의 비평'으로서 문학작품을 읽고 연구하고 교육하는 일은 그 자체로 아놀드적 의미에서 국제성에 다가가는 일이 될 것이다.

7

『연애하는 여인들』에 나타난
'성'과 '일'의 문제

1. 들어가는 글

본고의 목적은 D. H. 로런스Lawrence의 『연애하는 여인들Women in Love』에 나타난 '성sex'과 '일work'의 문제를 창조성이라는 주제를 통해 살펴보는 데 있다. 이 문제는 근대성의 문제들을 진단하고 새로운 문명 건설이라는 화두를 풀어감에 있어 결정적인 중요성을 갖는 만큼 작품의 의미를 자리매김하면서 반드시 짚고 넘어가야 한다고 생각된다. 또한 근대성에 대한 여타의 진단과 비교할 때 로런스의 문제의식이 훨씬 발본적이라는 점에서 이 문제를 살펴보는 과정에서 근대 이후 새로운 삶의 양식을 탐색하는 데 중요한 실마리를 찾을 수 있을 것이다. 가령 "제한 없는 상호작용"을 창출함으로써 예술, 지식, 도덕이라는 자율적인 세 영역을 생활세계에서 통합한다는 하버마스식의 기획은(Habermas 1990, 288-292) 로런스의 소설에서 이미 대안이 될 수 없음을 노정할 뿐이다. 근본적으로 하버마스의 견해는 '관계'의 문제를 '소통'이라는 영역으로 환원함으로써 예술, 지식, 도덕이 하나의 창조적 사업을 통해 통합될 가능성 자체를 애초에 상정하지 않는 문제점을 안고 있다. 그런 점에서 그의 근대 인식은 칸트가 열어놓은 사유의 지평 속에 있다고 해야 할 것이다. 반면에 로런스는 근대성을 보다 넓은 지평 속에서 사유한다. 그 사유의 핵심은 창조력이 자본주의의 반생명적 흐름 속에서 어떻게 파괴되고 소진되었으며 이것이 인간의 노동과 인간관계에 어떤 영향을 미치는가이다. 로런스는 하버마스가 진단하는 세 영역의 분리를 거대한 문명사적 사건으로 파악하고 있는 셈이다. 그것은 창조력이 고갈된 근대 서구문명에 대한 심층적인 진단인바 『연애하는 여인들』에 나타난 남녀관계와 남남관계는 성과 일이라는 주제가 새로운 문명의 창조와 얼마나 밀접한 관련이 있는지를 잘 보여주고 있다.

예컨대 버킨Birkin이 「남자 대 남자」 장에서 성에 대한 명상에 잠기는 부분은 소설에서 남녀관계, 나아가 모든 인간관계에서 성이 차지하는 비중을 여실히 보여준다. 남녀의 성차를 깊이 고민하는 이 대목에서 버킨은 허마이어니Hermione와 어슐라Ursula의 소유의지에 질린 탓인지 성취된 양극화로서의 '차이'를 상정한다. 버킨에 따르면 성이 존재하기 전에 인간 각자는 양성의 혼합체였다가 개인으로 단일화되는 과정에서 남녀가 남성과 여성으로 극성화polarisation되었고 현재에 이르러 남자는 순수한 남자로, 여자는 순수한 여자로 존재하면서 차이 속에서 스스로를 실현하는 개인으로 변모했다. 따라서 이 경우에 차이란 극성을 내포하고 있기에 그것을 차별로 볼 수는 없다. 남자든 여자든 우선은 자신의 법칙에 따라 존재를 실현하는 것이 먼저이고 "성은 완전히 극성화된다"는 것이다(*WL* 201). 남녀 각각이 자신의 법칙을 가진 "유일하고 독립된" 존재가 되는 동시에 "극성화된 성회로의 완벽함"을 인정하는 것이다(*WL* 201). 따라서 여기에서 '극성'은 자아와 타자의 분리를 미리 전제하는 '이원성'과 구별되고 이의 통합을 상정하는 '유기체론'과도 다르다. 왜냐하면 '개체성' 자체가 이미 타자와의 관계 속에서만 성취될 수 있으며 그러한 관계는 통합보다는 '차이'에 기반하고 있기 때문이다. 이런 극성이 전제된 차이는 남녀관계를 비롯한 참다운 인간관계를 성취하는 데 필수적인 어떤 것이라고 할 수 있다.

아무튼 이러한 대목에서 소설이 다루는 주제의 상당 부분이 버킨의 머리에서 아직 정리되지 않은 채 등장한다. 따라서 '개체성', '성차', 그리고 '극성' 등의 문제를 일반화할 수 없음이 분명해진다. 독자의 입장에서는 오로지 소설 속에 그려진 "섬세한 상호 연관성"(*P* 528)을 따져가면서 이 문제를 해결할 수밖에 없다. 그러나 로런스가 이런 문제를 제기하는 것이 새로운 문명 건설이라는 창조적 사업의 차원이라는 점을 염두에 두어야 한다. 이러한 시각에서 본고에서는 버킨과 어슐라의 관계가 이룩한 일정한 성취가 근대 서구문명의 병폐를 극복하는 과정과 동일한 궤도에 있으며 이러한 성취가 버킨과 제럴드Gerald의 관계 진전으로 발전하지 못한 상황 자체가 근대문명을 바라보는 로런스의 암울한 전망을 나타냄을 밝히고자 한다.

2. 서구문명의 궁지

우선 소설의 마지막 장면에 등장하는 버킨의 명상에서 시작해보자. 제럴드의 죽음이 촉발한 이 명상에서 우리는 서구문명에 대한 로런스의 진단을 엿볼 수 있다. 버킨이 제럴드와의 관계에 끝까지 미련을 가졌던 것도 따지고 보면 서구 유럽 문명을 껴안고 새로운 문명을 건설하려는 로런스의 끈질긴 추구와 무관하지 않다. 버킨은 만약 제럴드가 살아서 "왕도"(*WL* 478)를 따라 이탈리아로 갔다고 하더라도 그 길 역시 낡은 길이 아니겠느냐고 반문한다. 그러고 나서 인간과 우주의 창조는 "비인간적인 신비"라고 생각하면서 인간은 "우주와 싸울 것이 아니라 스스로하고만 싸우는 게 최선이다"라는 결론을 끌어낸다(*WL* 478). 이 대목은 버킨이 근대문명에 대한 고민을 철회하는 것으로, 혹은 대안이 없음에 대한 절망에서 나온 체념으로 읽힐 소지도 있다. 그러나 당장 이 명상은 제럴드의 죽음의 의미를 버킨이 나름대로 정리한 것으로 볼 수 있다. 제럴드의 죽음은 서구문명이 다다른 '궁지'를 드러낸 사건이지만 새로운 문명 건설에 대한 버킨의 믿음이 여전히 유효함을 보여준다. 따라서 인간이 스스로하고만 싸운다는 말은 "자신을 둘러싸고 있는 우주"(*P* 527)와의 관계를 단절한다는 의미가 아니라 하루하루의 삶에 주어진 스스로의 일에 최선을 다하는 중에 우주와의 관계를 성취한다는 깨달음의 성격을 지니는 것이다. 버킨에게는 "영원한 창조의 신비가 인간을 처분하고 더 훌륭하게 창조된 존재로 그를 대체할 수 있다"(*WL* 478-479)는 믿음이 있기 때문이다. 이어지는 대목을 보도록 하자.

이렇게 생각하는 것, 그것은 버킨에게 커다란 위안이었다. 인류가 막다른 골목으로 들어가 스스로를 탕진해버린다면 영원한 창조의 신비가 더 뛰어나고 더 경이로운 다른 어떤 존재, 새롭고 더 훌륭한 족속을 낳아 창조의 구체화를 계속하게 하리라. 결코 판은 끝나지 않는 것이다. 창조의 신비는 헤아릴 수 없고 틀림이 없으며 영원히 마르지 않는 것이었다. 족속들이 왔다가고 종들이 사라지지만, 더 훌륭하거나 똑같이 훌륭한 새로운 종이 언제나 불가사의를 넘어 나타났다. 원천은 더럽혀지지 않으며 찾아낼 수도 없다. 그것은 무한하다. 그것은 기적을 낳을 수 있으며, 그 자신의 시간에 완전히 새로운 족속들과 종들, 새로운 형태의 의식과 새로운 형태의 육체, 그리고 새로운 존재의 단위를 창조할 수 있었다. 인간이라는 사실은 창조적 신비의 가능성에 비하면 아무것도 아니었다. 그 신비로부터 곧바로 자신의 맥박이 고동칠 수 있다는 것, 이것이야말로 완벽이자 말할 수 없는 만족이었다. 인간이냐 아니냐는 중요하지 않았다. 완벽한 맥박은 형용할 수 없는 존재, 태어나지 않은 기적 같은 씨앗들로 고동친다.

(*WL* 479)

이러한 생각이 근대문명의 폐해를 경험하고 새로운 문명 건설을 모색하는 사람들에게 커다란 위안이 되는 것은 틀림없다. 문제는 "그 신비로부터 곧바로 자신의 맥박이 고동칠 수 있다는 것"이 얼마나 지난한 일인가를 작품이 어떻게 보여주는가이며 이를 따져 보지 않는다면 이 명상은 '위안' 이상이 되지 못한다는 것이다. 이 는 로런스가 근대 서구문명에 대해 어떠한 비판 작업을 수행하고 있느냐와 관련된다. 서구문명의 "막다른 골목"에 존재하는 구드룬 Gudrun과 뢰르케Loerke를 로런스가 어떻게 그려내는가에 관심을 갖는 이유도 여기에 있다.

구드룬은 『무지개The Rainbow』의 어슐라가 보여주었던 자아성 취의 욕망, 자신의 능력을 시험해보려는 충동, 자기기만과 허위의 식 등을 더욱 왜곡된 형태로 드러내 보이는 인물로 등장한다(김성 호 8-9). 예컨대 「달빛」장의 말미에 등장하는 구드룬과 어슐라의 대화를 통해 로런스는 구드룬이 체화한 근대인의 부정적인 인간적 특징들을 예리하게 포착하여 비판하는 한편 그러한 비판 과정을 통해 구드룬과 어슐라의 인간 됨됨이의 차이를 드러낸다. 이 대화 가 이루어지는 맥락을 우선 살펴보자. 이전에 육체적 관계를 거부 하고 떠난 버킨에 대해 못마땅하게 생각하고 있던 터라 어슐라는 버킨의 갑작스런 청혼을 '으르는 짓bullying'으로 여기고 버킨에게 반발한다. 이러한 반발감이 작용해서 어슐라는 구드룬과 가까워지 고 이들은 서로 은밀한 앎을 주고받는다. "기묘하게도 그들의 앎 은 서로 간에 매우 상호 보완적이었다."(WL 262) 버킨에 대한 구드 룬의 비판에 어슐라는 한편으로는 동의하지만 다른 한편으로 서서 히 반감을 느끼기 시작한다. 어슐라가 구드룬에 동조한다고 할지 라도 이는 구드룬의 비판이 어슐라가 평소에 버킨에게 가졌던 불만사항을 반영하는 한에서의 동조이다. 그러나 도가 지나쳐서 '장부 정리'하듯이 한마디로 버킨을 정리하려는 구드룬의 태도를 어슐라는 못마땅하게 생각한다. 타자성이나 변화 가능성을 인정하지 않고 자기중심적 시각에서 모든 존재와 사태를 재단하는 구드룬의 이러한 기계론적인 세계인식의 핵심적인 측면은 새를 보고 어슐라와 나누는 대화에 압축적으로 제시된다.

어느 날 오솔길을 따라 걷고 있을 때, 그들은 울새 한 마리가 관목 꼭대기 가지에 앉아 울고 있는 것을 보았다. 자매는 멈춰 서서 그 새를 보았다. 아이러니컬한 웃음이 구드룬의 얼굴에 스쳤다.

"저 놈 젠체하지 않아?" 구드룬이 웃으며 말했다.

"그렇고말고!" 약간 아이러니컬하게 찌푸린 얼굴을 하고 어슐라가 맞장구를 쳤다. "하늘의 조지 아니겠니!"

"맞아! 하늘의 작은 로이드 조지들! 이것이 그들의 실체지." 구드룬은 기뻐서 소리쳤다. 이후 며칠 동안 어슐라는 완고하고 주제넘은 새들을 단상에서 목소리를 높이는 단단한 땅딸보 정치인들, 무슨 일이 있어도 자기주장을 관철시켜야 직성이 풀리는 비소한 인간들로 보았다.

(*WL* 263-264)

작은 에피소드에 불과하지만 이 대목은 어슐라와 구드룬의 성격 차이를 드러내주는 결정적인 장면이다. 구드룬은 새에게 인간의 부정적인 면모를 덧씌워서 새의 본모습을 애초에 보려 하지 않는다. 다짜고짜로 새를 보자마자 이렇게 느끼는 것이다. 어슐라도 여기에 동조하지만 어디까지나 구드룬의 영향하에서의 동조이다.

또한 우는 새의 모습을 현실정치에 대한 비판의 실감을 환기시키는 매개체로 사용한다는 점에서 새와 인간 사이의 차이를 전제하고 있다. 실제 로런스는 한 글에서 로이드 조지Lloyd George가 민중의 대변자로서 깊은 감정을 불러일으키는 것이 아니라 조악하고 비천한 행동을 유도한다고 비판한 바 있다(Lawrence 1989A, 259). 따라서 어슐라의 동조는 현실정치라는 특정한 문맥을 배경으로 하고 있다. 어슐라는 우는 새의 특정한 모습에서 로이드 조지라는 특정한 정치인의 행태를 발견한다. 반면에 구드룬은 "하늘의 작은 로이드 조지들"을 새들의 '실체'로 파악함으로써 인간과 새의 차이뿐만 아니라 새들 간의 차이도 무화시키는 한편 현실비판의 구체적 맥락을 지우고 그 실감도 사라지게 한다. 구드룬의 말에는 비판보다는 혐오감이 배어 있고 그것은 "한 문장으로 사람과 사물을 처분하는 것"(WL 263)이다. 따라서 구드룬의 의식과 실제 세계와의 간극은 점점 확대되고 다른 존재와 관계를 맺을 수 있는 가능성은 희박해진다(L. R. Williams 50). 바로 이런 구드룬의 인식과 태도에 영향을 받은 결과 어슐라는 인용문의 마지막 대목에서처럼 새들을 "완고하고 주제넘은" 존재로 파악해서 정치인들과 거의 동일시하게 된다. 상황의 특수성에 대한 고려나 성찰적 자세가 결여된 일종의 자동반응 혹은 기계적 연상작용인 것이다. 하지만 어슐라는 "스스로를 만물의 척도로 삼아" 만물을 "의인화"하려는(WL 264) 구드룬의 '인간중심주의'에 반감을 느끼고 버킨의 생각이 옳음을 깨닫는다. 이 깨달음은 버킨의 고민에 완전히 공감한 데서 비롯된 것은 아니지만 이야기의 흐름상 매우 자연스러운 측면이 있다. 곧 버킨에 대한 반발심은 "구드룬의 영향하에서" 더욱 가중되지만 "삶을 철저히 끝장내려는"(WL 263) 구드룬의 태도를 간파했을 때 그 반발심은 오히려 버킨에 대한 공감으로 바뀌는 것이다.

3. 창조적 차이와 밀접한 연관

이렇듯 버킨과 어슐라 각각은 의견 충돌이나 견해 차이, 혹은 그러한 충돌의 근본 동인으로서 남녀 간의 (형이상학적 의미에서가 아닌) 어떤 '본질적인' 차이로 인해 서로 멀어지고 그 시점에 다른 사람들과의 만남은 이들의 관계 발전에 지대한 영향을 미친다. 즉, 이 과정에서 각각은 자신에 대해 성찰할 뿐만 아니라 서로에 대한 이해의 폭을 넓혀가는 것이다. 이들에게 어떤 차이가 있다면 그들의 관계를 발전시켜가는 데 거의 필수적이라 할 만한, 리비스의 표현을 빌리면 (창조적 불일치로 상승하는) "창조적 차이"(Leavis 1972, 213)인 것이다. 이 차이는 관계 속에서 그 양상이 변하면서도 끝내 무화되지 않는 어떤 것이기에 한 시점에 두 사람의 차이를 일반화시켜 본질적인 것으로 상정할 수 없고, 그렇다고 그 차이가 두드러지는 시점의 맥락만으로 문제가 해결될 성질의 것도 아니다.

로런스에게 '살아 있는 타자성'이나 '살아 있는 자아'는 어디까지나 관계 속에서 형성되는 것이기 때문에 딱히 그것을 어떤 것이라고 규정하기 어렵다. 로런스에게 자발적인 개인의 성장과 상호성 및 집단성에 대한 요청이 긴장관계에 있는 것은 사실이다(Rylance 167). 하지만 동시에 로런스가 강조하는 점은 관계가 발전되어가면서 '나의 나다움'을 성취하는 일과 '타자의 타자임'을 발견하는 일이 '삶다운 삶'을 창조하는 일과 불가분의 관계를 가진다는 것이다.

실제로 어슐라는 자기반성을 하면서도 버킨과의 관계를 떠올리며 (물론 저자의 논평 형태로 서술되지만) 그것이 "말할 수 없는 친교"(WL 264)로서의 사랑에 미달한다고 생각하지만, 이는 어디까지나 버킨의 진면목을 제대로 보지 못했기 때문이며 이러한 판단 자체는 "분리 상태의 상호 화합"에 이르기 위한 창조적 동력으로서의 '차이'의 한 표현인 것이다. 물론 이 '분리 상태의 상호 화합'이라는 관계 맺음이 버킨이 원하는 것인지 그녀는 모르고 있지만 소유로서의 사랑보다는 발전한 관계 맺음이라고 할 수 있다. 그러나 이 방식은 어딘지 모르게 기계적인 결합이라는 인상을 남기는데, 그것은 '살아 있는 타자성'에 대한 인식이 빠져 있기 때문이다. 그렇다고 해도 어슐라가 구드룬의 영향에서 방금 빠져나왔다는 사실을 고려하면 이 시점에 그녀가 이렇게 생각하는 것은 당연하고 이것이 소설에 실감을 더해준다. 이러한 사정을 염두에 두고 이어지는 대목을 보자.

그녀는 사랑이 개인을 능가한다고 믿었다. 그는 개인이 사랑 혹은 여하한 관계 이상이라고 말했다. 그에게 있어 빛나는 단일한 영혼은 사랑을 그것의 한 조건, 그 자신의 평형 상태의 조건 가운데 하나로 받아들인다. 그녀는 사랑이 모든 것이라고 믿었다. 남자는 스스로를 그녀에게 양도해야 한다. 즉, 그는 그녀에 의해 한 방울도 남기지 않고 꿀꺽

삼켜져야 하는 것이다. 그는 철저하게 그녀의 남자가 될진저, 그러면 그녀는 보답으로 그의 비천한 노복이 되리니―그녀가 그것을 원하든 원하지 않든 간에.

(*WL* 265)

이 대목에서 어슐라는 사랑이 개인을 초월한다고 하면서 그 초월의 조건을 남녀 각각이 자기를 버리고 상대에게 자신을 양도하는 것으로 보고 있다. 그것의 논리적 결과는 상대를 완전히 소유하고 그 보답으로 그의 노복이 된다는 것이다. 반면에 버킨에게 중요한 점은 개인이 되는 것이고 사랑은 이것의 조건이라는 것이다. 그러나 버킨이 이미 아프리카 조각상에 대한 명상을 통해 자신이 추구하는 '자유의 길'이 "사랑의 멍에와 속박"(*WL* 254)에 복종하는 "단일한 존재"가 되는 길임을 인식하고 있다는 점에서 어슐라와의 사랑은 "자신의 평형 상태의 조건 가운데 하나"임에 틀림없다. 다만 어슐라가 버킨을 완전히 소유하고자 할 때의 사랑이 "단일한 영혼"의 조건이 되지 못하고 구드룬이 극단적으로 보여주는 정복의 지로 둔갑할 수 있는 것이 문제이다.

이 시점에서 어슐라가 사랑에 집착하는 것은 제럴드의 아버지 토머스 크라이치Thomas Crich가 말하는 기독교적 사랑, 이를테면 남을 위한 헌신이라는 이념에서 자유롭지 못하기 때문이다. 어슐라가 자신의 아버지가 체화하고 있는 인습의 굴레로부터 벗어나지 못하는 상황도 이 같은 기독교적 사랑이 어슐라에게 허위의식으로 작용하게 되는 중요한 원인이다. 하지만 어슐라는 전통이나 인습으로부터 벗어나려고 할 때, 말하자면 근대적 개인이 되고자 할 때 기독교적 사랑의 전도상인 허마이어니식의 '소유적 개인주의 possessive individualism'라는 또 다른 허위의식에 기대게 된다. 어슐라의 사랑 개념에 헌신과 소유가 동시에 함축되어 있는 것은 우연이 아니다. 버킨이 이런 어슐라를 충분히 이해하지 못한 채, 즉 타자성에 대한 인식이 결여된 채 일방적으로 '자유의 길'을 가겠다고 한 다음에 어슐라의 집에 들러 청혼을 했기 때문에 어슐라가 이를 '으르는 짓'으로 생각한 것은 당연한 일이다. 또한 이 예기치 않은 방문에서 비킨은 성숙한 감정적인 인식과 자의식적인 고집스러움이 혼재된 상태에 있었기 때문에 청혼의 일반적인 관례를 거스르게 된다. 이는 버킨의 의식 깊은 곳에 아직 해결되지 않은 삶의 문제들이 존재함을 예증한다(Bell 103-104).

그러나 다시 리비스의 말을 빌리면 이 두 연인의 '차이'를 정의하기보다는 서로 영향을 주고받고 보충하는 '밀접한 연관'을 따져보는 것이 소설 자체의 실감을 추상적으로 환원하지 않고 작품의 논리에 충실한 독법이라고 할 수 있다(Leavis 1976, 82). '밀접한 연관'은 버킨이 아프리카 조각상에 관한 명상을 하기 전에 말했던 다음과 같은 상태이다. "우리 자신에게 신경 쓰지 않고 함께인 것, 즉 우리 자신의 노력으로 유지하는 어떤 것이 아닌, 마치 하나의 현상인 듯이, 우리가 함께이기 때문에 참으로 함께인 것"(WL 249-250)이다. 다른 한편 '밀접한 연관'이 창조적인 관계를 만들어가는 데 기여하려면 차이의 의미를 되새기는 반성의 행위가 필수적이다. 그것은 어슐라와 버킨처럼 관계 맺음에 대한 깊은 열망을 지

닌 채 서로 엇나가는 지점에서 다른 사람들과 자신의 연인이 근본
적으로 어떻게 다른가를, 즉 '타자의 타자성'을 발견하는 일과 관
련된다.

이들의 관계를 구드룬과 뢰르케의 관계와 비교해보면 이러한
점이 분명해진다. 서구문명의 죽음과 관련하여 이 소설을 다룰 때
그 문명의 죽음이 제럴드와 구드룬의 관계를 통해 드러난다는 관
점이 일반적이다(Fjagesund 35). 하지만 뢰르케와 구드룬의 관계는
그 죽음의 폐허에서 살아남은 인간의 행태를 보여준다는 점에서
오늘날의 독자들에게까지도 의미심장하게 다가온다. 한마디로 구
드룬과 뢰르케의 관계는 '밀접한 연관'이 서로를 파괴하는 방식으
로 이루어지는 예이다. 다시 말해 이들은 서로 보충하고 영향을 주
고받는 가운데 서로가 동족임을 확인하는 관계인 것이다. 그렇기
때문에 이들 간의 '차이'는 무화되고 이들과 다른 이들의 차이는
심화된다. 삶에 대한 이들의 태도는 '타자의 타자성'을 배제하려고
드는 '정복의지' 형태로 나타난다. 이들이 과거를 '텍스트화'해서
가지고 노는 대목에서 과거 경험들 간의 '차이'는 단지 차이가 있
다는 사실 때문에 그들에게 문제시될 뿐이다. 과거가 현재에 주는
의미가 박탈될 뿐만 아니라 과거의 경험들이 '동질화'되는 것이다.
그들은 현재의 창조적 삶을 거부하고 이미 종결된 과거에만 반응
할 뿐이다(Leavis 1995, 180). 물론 뢰르케는 '눈물 젖은 빵'을 씹어
먹던 자신의 과거를 늘어놓지만 이 역시 예의 '텍스트화'된 과거이
다. 이렇게 경박하게 과거를 가지고 놀 때 이들은 인간으로서의 생
명력을 잃게 된다. 가령 「폭설」 장의 말미에서 비스킷 상자를 흔들

어 보이거나 작은 병을 들어 보이는 뢰르케의 모습에서 제럴드는 기이하고 기괴한 면모를 발견한다. 이러한 면모는 인간의 경계를 벗어나서 특정 감각만 살아남아 있는 생명체, 이를테면 '쥐'와 같은 동물을 연상시킨다. 실제로 뢰르케는 하수구를 뒤지고 싶어 하는 존재로 묘사되기도 한다. 스스로를 서구문화의 최고점이라고 인식하고 있는 뢰르케가 쥐와 같이 묘사된다는 것은(Fernihough 149) 매우 아이러니컬하지만 또한 그만큼 그 세계가 창조력이 소진된 파괴와 폐허의 세계임을 웅변적으로 보여준다. 따라서 버킨과 어슐라의 관계가 이런 파괴적인 세계로 침몰하지 않으려면 이들의 '밀접한 연관'이 다른 사람들과의 관계 속에서 형성되어야 하는 것이다. 「달빛」 장 이후에 「검투사」 장이 이어지는 것도 이러한 논리를 따르는 사건의 자리매김이다.

어슐라로부터 청혼을 거절당한 후에 제럴드를 찾은 버킨은 유도를 한판 벌인 다음에 제럴드에게 청혼 거절 사실을 밝힌다. 이에 제럴드는 요즘 세상에 "진정한 사랑"(*WL* 275)이 있을 수 없다고 하면서 자신도 여자에 대한 사랑을 느끼지 못했노라고 고백한다. 버킨이 제럴드의 말을 이해하겠다고 하자 다음과 같은 대화가 이어진다.

"자네 그렇게 느끼나? 그런데 내가 언젠가는 사랑할 거라고는 생각하나? 내 말이 무얼 의미하는지 알지?" 마치 무엇이라도 꺼낼 양으로 그는 가슴에 손을 대고 주먹을 꽉 쥐었다. "나는 그것이 무엇인지는 표현할 수 없지만 알고는 있네—나는 그것을 말하고 있는 것일세."

"그렇다면 그게 뭔데?" 버킨이 물었다.

"사실인즉 내가 그것을 말로 표현할 수 없다네. 어쨌든 변하지 않는 어떤 것, 지속적인 어떤 것 말일세─"

(WL 275)

제럴드는 버킨 못지않게 참된 관계 맺음에 대한 갈망을 가지고 있다. 그러나 그는 여자와의 관계에서 이를 성취하지 못한 것이다. 따라서 이 말할 수 없는 "변하지 않는 어떤 것"은 버킨과의 우정을 통해 성취해야 하지만 그는 이를 끝내 거부하고 마는바, 오히려 버킨의 제안을 거부하는 데서 만족을 느낀다. 제럴드가 관계 맺음에 대한 열망이 있었지만 이내 포기하고 마는 것은 버킨과는 다른 그만의 인간관에서 비롯된 것이다. 버킨은 인간들 사이의 본래적인 차이를 인정하는 반면 제럴드는 이를 받아들이기를 거부한다. 물론 제럴드는 "사회적 우월성을 주장하기를 원하지 않는다"(WL 209). 그러나 "개인의 본래적인 우월성"은 더욱더 인정하려 들지 않는다. 따라서 이러한 '본래적인 차이'를 인정하지 않기 때문에 그에게는 사회적 지위가 더 중요하게 되고 구드룬에 대한 그의 판단에서 그녀의 사회적 위치, 즉 선생이라는 그녀의 직업이 문제가 되는 것이다. 다른 한편 버킨이 말하듯이 구드룬이 제럴드보다 우월하고 그 근거가 '본래적인 차이'로부터 도출된다면 '타자성'을 인정하지 않고는 버킨이 말하는 '차이' 개념을 받아들이는 것조차 불가능해진다. '진정한 사랑'을 갈망하면서도 '차이'와 '타자성'을 인정하려 들지 않기 때문에 제럴드가 관계 맺음에 실패하고 마는 것은 당연한 귀결이다.

　버킨의 경우는 어슐라와의 관계에서 허마이어니의 두뇌의식을 극복하고 새로운 관계를 이룩하는 데 일정한 성공을 거둔다. 모든 사태를 자신의 관념으로 재단하면서 다른 존재의 타자성을 배제하려 드는 허마이어니의 고질적인 두뇌의식은 다른 사람과의 대화에서 동일한 어휘를 반복적으로 사용하는 데서 극명하게 드러난다. 이는 새로운 경험 자체가 봉쇄된 그녀의 내면에 도사리고 있는 공허함을 말해주는 동시에 그 공허함을 타인에게 보여주지 않기 위해서 끊임없이 '자기통제'에 열중하고 있다는 방증이다(Ingram 114). 따라서 버킨과 어슐라가 허마이어니의 세계를 떨쳐내는 일이야말로 이들의 관계 발전에서 관건적인 사안이 된다. 「여자 대 여자」 장에서 허마이어니는 어슐라를 만나 같이 험담을 나누지만 사실은 어슐라의 처지를 부러워한다. 이에 대한 반작용으로 허마이어니는 이탈리아어로 버킨과 대화를 나누면서 어슐라를 따돌린다. 소외감을 느낀 어슐라는 그길로 달려와버리고 다음날 버킨은 어슐라를 찾아가 반지를 전해준다. 어슐라가 기뻐하자 버킨은 사색에 잠기는데, 어슐라의 열정이 감정적이고 개인적이라고 생각하면서 "언제 그녀가 스스로를 훨씬 넘어서서 죽음의 급소에서 그를 받아들일 것인가?"(WL 304)라고 반문한다. 이 생각이 모든 사람은 자기 안에 갇혀 작용과 반작용만 있을 뿐이라는 쪽으로 발전한다. 반면 어슐라에게 "사람들은 여전히 미지"(WL 305)인데, 화자의 논평이 보여주듯이 "이제 그녀의 관심에는 기계적인 어떤 것이 있으며" "파괴적인" 측면이 있는 것이다(WL 305). 이러한 양자의 문제점을 극복하는 과정에서 허마이어니가 '방해물이자 발판'이 된다. 허마이어니의 세계를 결연히 떨쳐내는 일이야말로 이들의 관계 발전이 새로운 창조의 단계로 진입하는 초석이 되는 셈이다.

버킨이 허마이어니와의 저녁식사 약속을 언급하자 어슐라는 격렬하게 반응하면서 "당신이 속한 곳으로 가버려요"라고 말하는데(*WL* 305), 이곳은 실제로 버킨 스스로가 거부하던 세계라는 점에서 어슐라의 항의는 정당하다고 볼 수 있다. 그리고 이런 항의가 버킨의 깨달음을 이끌어낸다. 버킨은 어슐라의 말이 정당하며 자신의 "정신주의가 타락 과정의 부산물"(*WL* 309)임을 직감한다. 그러나 동시에 그는 허마이어니와 어슐라를 비교하면서 전자의 "완벽한 관념"과 후자의 "완벽한 자궁" 둘 모두를 "지겨운 폭정"이라고 생각한다(*WL* 309). 양자 모두는 타인을 자유롭게 놔두지 못하고 "흡수하거나 용해하거나 합병하려" 한다는 것이다 버킨은 "한 사람이 어느 순간에다 스스로를 완전히 내맡길 수 있어도 여하한 다른 존재에게 스스로를 내맡길 수는 없다"(*WL* 309)고 보는 것이다.

4. 성과 일

이 같은 버킨의 생각 이면에는 '성과 일'의 관계에 대한 로런스의 판단이 깔려 있는 것으로 보인다. 로런스는 남녀 간의 성관계가 남성적 활동과 극성의 관계에 놓인다는 점을 강조한다(Lawrence 1971, 111). 그러나 여기에서 미세한 차이를 전제한다고 하더라도 그것은 근본적으로는 지배와 종속을 의미한다기보다는 극성의 조건이 된다. 또한 소설을 통해 보더라도 로런스는 근대 이후 여성의 창조성이 소유욕이라는 자본주의적 기제에 흡수되면서 본원적인 창조의 신비로부터 단절되고 있다고 파악한다. 성이 다른 창조사업과 극성을 이루지 못했을 때 그것은 '자기보존'의 폐쇄회로에 갇히고 마는 것이고 근대의 결혼은 바로 이것의 구체화된 형태이기 때문에 버킨은 인습적인 결혼에 반대하는 것이다. 물론 버킨은 제럴드와의 관계에서 남성적인 활동, 즉 '목적을 가진 위대한 활동'의 계기를 마련하지 못한다. 버킨은 스스로를 완전히 내맡길 수 있는 '어느 순간'을 발견하지 못한 것이다. 제럴드 스스로가 기존의 인습적인 결혼 외에 다른 대안이 없다고 생각하면서 이를 자신의 운명으로 받아들이기 때문이다. 이는 구드룬과의 정사 후에 굳어진 생각이라는 점에서 구드룬은 그야말로 제럴드에게 운명적인 존재임에 틀림없다. 그에게 결혼은 "기성세계"를 받아들여 "여하한 다른 영혼과의 순수한 관계"를 맺지 않고 "자신의 삶을 위해 지하세계로 물러나는" 계기인 것이다(WL 353). 구드룬과의 성적 결합은 제럴드가 탄광 경영 이외의 '일'을 고려하지 못하게 한다는 점에서 이들의 관계에는 '목적을 가진 위대한 활동'으로의 비약 자체가 봉쇄되어 있다. 다른 한편 구드룬이 누구보다 날카롭게 간파하고 있는 점이지만 제럴드에게는 버킨과의 관계를 발전시켜나갈 중요한 매개인 '목적을 가진 위대한 활동' 자체가 없다. 즉, 탄광 일은 '자기보존'의 수단이 됨으로써 로런스가 말하는 일의 궁극적 의미인 '인간의식의 신장'으로 나아가지 못하는 것이다. 제럴드는 '다른 곳'에 대한 열망을 접고 기존의 세계에 안주하려고 하지만 그 열망은 버킨과 어슐라가 떠난 후 구드룬과 뢰르케의 작태를 경멸하면서 구드룬에 대한 살인충동을 느낄 때처럼 파괴적인 방식으로 나타난다. 구드룬과 뢰르케의 세계는 한마디로 창조의 동력이 제거된 세계이며 성과 일의 극성이 파괴된 세계이자 (인간의 감각 영역까지 확장되는) 구드룬의 '정복 의지'와 뢰르케의 '경박함'(시종 이 점이 강조된다)이 판치는 세계이다. 이들보다 '진지함'이 여전히 남아 있는 제럴드가 눈밭에서 죽음을 맞이한다는 사실은 버킨과의 우정관계의 가능성과 한계를 동시에 드러내 보이는 징표인 것이다.

이들과는 달리 어슐라와 버킨은 (명시적으로 나타나 있지 않지만) 다른 곳에 대한 모색으로 나아가는데, 이는 허마이어니가 지배하고 있는 세계와의 결별을 포함한다. 이들이 가야 할 '어떤 곳'이 명확하지는 않지만 그곳에 도달하기 위해서는 "그때 거기 일의 세계"(WL 316)와의 단절은 필수적이다. 그리하여 이들은 일의 세계에 '사직서'를 쓰고 당분간 떠돌 것을 결심한다. 그런 의미에서 이들이 벌이는 정사는 허마이어니가 구축해놓은 '관념'의 세계로부터의 탈출이자 버킨이 생각하는바 '자궁의 폭정'과는 다른 차원의 성적 결합이다. 따라서 이는 진정한 타자성을 발견하는 순간이 된다.

> 그녀는 그에게서 자신의 욕망을 채웠다. 그녀는 그를 어루만졌고 은밀하고 미묘한, 적극적인 무언의 애무에서 말할 수 없는 소통의 극치를 받아들였다. 장엄한 선물과 되주는 선물을, 완전한 수락과 순종을, 그 실체를 알 수 없는 하나의 신비를, 결코 정신적인 내용으로 변환될

수 없고 그 외부에 머무르는, 어둠과 침묵과 미묘함으로 살아 있는 몸, 그 생생한 관능적인 실체를. 그녀는 그녀의 욕망을 채웠고, 그는 그의 욕망을 채웠다. 그녀는 그에게, 그는 그녀에게 신비하면서도 손에 잡히는 타자성, 그 태고의 장려함이었다.

(WL 320)

이 대목은 두 사람의 결합 과정에서 이룩되는 소통과 타자성의 발견을 섬세하게 포착하고 있다. 여기에 사용된 언어 자체가 이들의 경험에 내재한 생명의 리듬을 그대로 재현하는 듯하다. 이들의 결합에서 타자성이라는 실재를 확인하는 일은 곧 신비로운 경험을 이룬다. 그것은 버킨과 어슐라 각자가 안으로 깊어지면서 밖으로 열리는 하나의 '경지'인 셈이다. 이후 「말다툼」 장에서 구드룬이 어슐라를 부러워하는 것도 이 같은 해방감과 충만감 때문이다. 구드룬 역시도 어떤 결여감을 느껴서 '머리를 굴려' 제럴드와의 결혼생활을 상상해보지만 이내 그것이 자신의 삶은 아니라고 단정한다. 이러한 구드룬의 도저한 현실 거부와 부정은 인습으로서의 결혼에 대한 '반작용'의 성격이 짙고 그 같은 반작용이 결국 뢰르케와의 파괴적인 인간관계로 나타나는 것이다.

다른 한편 버킨과 어슐라의 관계가 일정한 성취를 이루어낸 것은 사실이지만 이러한 성취가 세상의 다른 일과 어떠한 관계를 맺느냐는 또 다른 문제이다. 여기에서는 "진정한 타자성"과는 다른 차원의 '차이'가 또 한 번 드러난다. 소품처럼 제시된 「의자」 장은 이러한 문제가 본격적으로 탐구되는 에피소드이다. 버킨과 어슐라가 의자를 사러 중고가구점에 들렀을 때 버킨이 의자를 보고 감탄하면서 빛나는 제인 오스틴Jane Austen 시대의 영국을 칭송하자, 어슐라는 "왜 당신은 현재를 희생하면서 과거를 항상 칭송해야만 하는가요?"(WL 355)라고 반문하면서 그 당시도 영국은 물질주의적이었다고 말한다. 이에 대해 버킨은 그 시대는 "다른 어떤 것이 될 수 있는 힘이 있었기 때문에" 물질주의적일 수 있었지만 현시대는 그럴 힘이 없기 때문에 물질적이라는 진단을 내놓는다(WL 355). 버킨은 물질주의가 창조의 동력이 되는가 아닌가를 중시하는 것이다. 따라서 그는 창조와 무관한 현시대의 물질주의와 소유욕을 혐오한다. 그런 점에서 중고의자는 어슐라에게는 과거를, 버킨에게는 현시대의 물질주의를 상기시키는 물건이므로 이것을 다른 젊은 커플에게 주는 것은 당연한 수순이다.

이 장에서는 어슐라가 버킨보다 현실감각이 뚜렷한 인물로 그려지는데, 이러한 현실감각은 한편으로는 뢰르케의 예술관을 반박할 때 발휘되며 다른 한편으로는 버킨의 생각을 견제하고 교정하는 역할을 한다. '신세대 커플'과 헤어진 후 어슐라는 이들에게서 낯설다는 느낌을 받는 반면, 버킨은 그들이 기성세계를 물려받아 "갈라진 틈"(WL 361)을 세상에 남길 것이고 거기에서 자신과 어슐라가 살아가야 한다면서 암울한 전망을 내놓는다. 또한 어슐라는 결혼을 이 세상과의 결별을 포함한 새로운 삶으로의 진입으로 생각하는 반면, 버킨은 기존의 세상을 받아들이는 방식으로 여긴다. 따라서 어슐라는 제럴드와 구드룬에 대해 초연할 수 있지만 버킨은 이들을 변화시켜야 한다고 믿는다. 버킨은 결혼을 세상의 다른 사람과 관계를 맺는 출발점으로 생각한다. 단지 두 사람만 '함께 자유로운' 관계를 맺는 것이 아니라 "몇몇 소수의 다른 사람들"(*WL* 363)과 함께 행복해지기를 바라는 것이다. 그러나 어슐라는 이런 관계를 만들어가는 데 무엇보다도 '자발성'이 중요하다는 점을 강조한다. 버킨은 이에 대해 "손 놓고 있으란 말인가요?"(*WL* 363)라고 반문한다. 버킨은 세상을 변화시키는 일이 타인과의 관계 맺음으로부터 시작된다는 사실을 절감하고 있지만 어슐라가 보기에 이 일은 인간의 의지를 강요해서 될 것이 아니다. 이들의 바로 이런 차이는 '진정한 타자성'이 고정된 것이 아니라 변화를 통해 재발견되는 어떤 것임을 상기시킨다. 따라서 버킨은 '자발적으로' 사랑과 결혼의 의미를 다시 한번 깨달아야 할 필요가 있는데, 이 에피소드 다음에 이어지는 「말다툼」 장에서 이 문제가 다루어진다.

어슐라가 결혼 문제로 아버지에게 뺨을 맞고 집을 뛰쳐나온 사건은 말하자면 어슐라에게는 인습적인 '과거'와의 결별을 의미한다(물론 후반부에서 어슐라는 과거를 떠올리지만, 이는 설산의 '현재'보다도 오히려 과거가 더 나았음을 보여주는 대목이다). 어슐라의 이러한 결별이 있었기 때문에 버킨에게 그녀와의 결혼은 "그의 부활이자 그의 삶"(*WL* 369)이 된다. 버킨이 청혼하러 갔을 때 어슐라의 아버지가 보인 완고하고 인습적인 태도가 지금까지의 삶을 붙잡아 매어둔 깊은 뿌리였다는 점에서 과거와의 결별은 어슐라에게 큰 상처로 다가온다. 따라서 버킨이 그녀의 상처까지 껴안을 때에서야 비로소 그녀와의 사랑이 "사랑 이상의 어떤 것"이 되며 이 사랑 속에서 이들은 나와 너를 초월한 "새로운 하나"가 된다(*WL* 369).

5. 나가는 글

어술러와 버킨이 이룩한 이 '새로운 하나'가 다른 관계들보다 분명히 남다른 성취를 거둔 것은 사실이다. 하지만 이후에 이 관계가 어떤 모습으로 발전해갈지는 모르는 일이고 버킨이 바라는 대로 "몇몇 소수의 다른 사람들"과 어떤 관계를 맺어나갈지는 미지수이다. 사실 할리데이Halliday 패거리들이 버킨의 편지를 가지고 장난칠 때 그들의 행태는 그 편지 내용에 들어 있는 바로 그 "파괴의 욕망"을 그대로 구현하고 있다는 점으로 미루어보아 버킨의 주위에는 예의 "소수의 다른 사람들"이 없다고 보아야 한다. 그리고 구드룬과 뢰르케는 이런 파괴 욕망의 극단에 있는 갈 데까지 간 인물들이다. 따라서 버킨이 만약 다른 사람을 찾아나섰다면 그의 모색은 서구문명에서 일정한 이탈을 수반했을 것이라고 추측할 수 있다. 그러한 이탈은 새로운 문명 건설에 필수적인 과정이지만 그 과정은 서구문명의 타자인 식민지의 해방에 대한 인식을 새롭게 하는 계기로서도 의미가 있다. 이 소설의 등장인물들이 활동하는 공간은 영국을 중심으로 한 유럽이지만 결혼식 파티에서 민족을 놓고 토론하는 장면에서처럼 이들의 삶에는 식민지의 문제가 어떠한 방식으로든지 떠오를 수밖에 없기 때문이다. 버킨이 '아프리카적 과정'을 타자의 입장에서 되돌아보고 식민지 타자에 대한 정확한 인식이 서구문명 내부의 문제를 풀어가는 데 실마리가 된다는 깨달음을 얻는 것이야말로 "몇몇 소수의 다른 사람들"과의 관계 맺음에 중요한 계기가 되는 이유가 여기에 있다.

8

빅데이터 시대와
근대 지식관의 문제

1. 들어가는 말

언제부터인가 학술용어로만 접하게 된 '빅데이터'라는 말이 이제
는 일상어가 되다시피 했다. 인터넷과 통신기기와 각종 디지털 정
보수집 장치의 발달로 정보의 양이 기하급수적으로 늘어나고 이러
한 정보를 다양한 분석방법을 통해 특정 용도에 맞게 활용하는 일
은 이른바 정보화 시대를 특징짓는 인간 활동이 되었다. 이에 따라
이 같은 현상에 관한 학문적 접근도 활발해졌는데, 빅데이터를 단
순히 양적인 관점에서만 정의할 수 없고 다양한 변수들, 예컨대 속
도, 관련성, 범위, 다양성 등을 고려해야 한다는 주장도 있다. 이 같
은 논의에서 중요한 것은 과연 빅데이터가 새로운 인식론적 변화

를 가져왔는가인데, 이는 쉽게 대답하기 곤란한 질문이다. 인간 활동의 영역이 세분화되어 있고 각각의 영역에 맞는 인식론의 성격이 다르기 때문이다. 적어도 인문학에 관한 한 빅데이터의 축적이 새로운 인식론으로 이어질지는 미지수이다. 빅데이터 분석이 일정한 통찰력을 제공하지만 빅데이터란 어디까지나 특정한 지식의 집적이고 영역에 따라 질적으로 전혀 다른 접근방식을 요구하는 경우가 흔하다(Kitchin 1-12).

빅데이터의 활용이 인문학에 일정한 도움을 주는 것은 사실이다. 가령 미국 정부의 지원을 받아 버클리 대학교에서 만든 'Word-seer'는 문학연구를 위한 텍스트 분석 및 시각화 툴인데, 이를 통해 단어 빈도 추출이나 단어 네트워크 분석 혹은 문형 비교 등의 결과물들을 제공하고 있다(김현·김바로 38). 하지만 문학작품 읽기의 경우에 어떤 단어가 한 작품에서 얼마만큼의 빈도로 사용되었는지를 통계적으로 살펴본다고 하더라도 그 단어의 의미를 결정하는 데 가장 중요한 것은 작품의 전체 구조와 그 단어가 사용된 맥락이라는 점은 변하지 않는다. 문학을 비롯한 인문학 영역의 경우 사실과 지식을 데이터 형태로 축적하더라도 그 사실과 지식에 대한 최종적인 평가와 해석은 다시 그것들이 형성된 맥락으로 되돌려져 이루어질 수밖에 없다고 할 수 있다.[1] 제아무리 많은 정보가

---

1 문학에서 전자매체를 활용하여 구성된 하이퍼텍스트가 전통적인 문학연구, 이를테면 서지학 연구를 좀 더 편리하게 하는 방편이 되었다. 하지만 이를 맹신하게 될 경우 문학적 상상력, 영감, 감수성 등 인간에게 고유한 정신작용을 체계적으로 배제할 위험이 있으며, 나아가 문학의 존재 의의 자체를 부정하는 것으로 귀결될 수 있다. 이에 대해서는 박찬길(2000, 95)을 참조하라.

축적되어 인문학에 활용되더라도 방편 이상의 의미는 없으며 인간 삶과 세계에 대한 이해와 해석과 평가를 중심으로 이루어지는 인문학의 본질적인 성격에는 변화가 없다는 이야기이다.[2]

이 같은 문제의식에서 본고에서는 빅데이터 현상이 근대과학의 연장이라는 전제하에 근대적 지식관이 형성되어온 경로를 추적하고 그 문제점을 비판적으로 살핀 다음에 영국의 소설가 D. H. 로런스의 지식관을 소개하면서 근대적 지식관 이면에 묻혀 있는 참다운 '앎'의 문제를 다루고자 한다.

2. 자본주의, 근대과학, 서구중심주의

먼저 근대과학이 학문의 총아로 떠오른 배경을 논하는 이매뉴얼 월러스틴Immanuel Wallerstein의 설명을 살펴보자. 월러스틴은 근대과학을 "자본주의의 산물"로 규정한다. 근대과학이 사회적 생산성의 향상에 "경이로운 수단"을 제공했다는 것이다. 따라서 지적인 활동들은 사회적 요구에 따라 수행되었고 "과학자들은 실제 세계에서의 구체적인 사회적 발전의 전망을 제공했기 때문에 사회적

---

2 인문학의 본질적인 성격이 변하지 않았다고는 하지만 인문학의 위상 자체가 상당히 위축된 것은 사실이다. 대학의 구조조정 과정에서 겪는 인문학의 위상 추락은 제도적인 문제라고 할 수 있지만, 학문으로서 인문학의 이데올로기적 성격에 대한 공격은 1960년대부터 본격화되었다. 1960년대의 반체제 운동은 인본주의와 전체주의의 공모관계를 폭로하는바, 백인 중산층 남성의 대표성으로 치환된 '인본주의'가 나머지 사람들을 '인간'의 범주에서 배제하여 무자비하게 처리하는 비인간적 야만성으로 귀결되었다. 이렇게 서양의 인식론적 틀 자체를 탈신비화하는 과정에서 인문학은 서양 근대체제의 산물이자 이념적 기제로 비판받은 것이다. 이에 대해서는 유명숙(20-21)을 참조하라.

승인을 받게 되었다"(Wallerstein 1999, 140). 이러한 상호 협력 속에서 복잡한 현실을 분석하는 한편 그 배후에 깔린 규칙들을 정립하게 되는바, 뉴턴적 역학이 사회현상을 분석하는 데 유용한 모델이 되었다는 것이다. 그 이후로 '합리성'은 지적인 활동에서 핵심어로 부상하면서 자연과학뿐만 아니라 사회과학에서도 인간 행위의 척도로 자리 잡는다. 이 개념은 낙관주의에 근거한다.

> 우리가 실제 세계에 대한 더 진실한 이해를 향해감에 따라 이를 통해 실제 사회를 더 잘 지배할 수 있고, 따라서 인간의 잠재성을 훌륭하게 실현할 수 있다는 것이다. 지식을 구성하는 한 방식으로서 사회과학은 이러한 전제를 기반으로 한 것만은 아니다. 사회과학은 합리적 추구를 실현시킬 수 있는 가장 확실한 방법으로 스스로를 제시한 것이다.
>
> (Wallerstein 1999, 137)

말하자면 '합리성'은 사회과학에 근거를 제공하고 사회과학은 합리성의 정도를 재는 방법론 역할을 하는 셈이다. 하지만 월러스틴은 '합리성' 개념이 언제나 보편타당하게 작동할 수 있는 것은 아니라고 본다. 가령 막스 베버Max Weber의 합리성 구분에서 '가치 합리적 행위value-rational action'는 '도구적 합리성instrumental rationality' 안에 포함될 수 없다. 그러한 행위는 주관적 필요성에서 나오며 그 결과 역시 미리 합리적으로 계측될 수 없기 때문이다. 다른 한편 월러스틴은 '실질적 합리성'과 관련된 쟁점들이 원래는 정치의 영역에서 문제가 되었지만 지적인 개념으로 밀려나면서 정치성을 잃어버렸다고 진단한다. 따라서 "합리성에 대해 말하는 것은 정치적, 가치합리적인 선택들을 모호하게 만들고 실질적 합리성의 요구에 반하는 과정으로 기울게 된다"는 것이다. 이때 사회과학의 과제는 합리성 개념의 배후에 있는 자유주의 이데올로기의 포위에서 벗어나 "실질적 합리성의 개념을 우리의 지적인 관심사의 핵심으로 돌려놓는 것"이다. 이런 맥락에서 월러스틴은 오늘날 우리가 학문 활동을 통해 실현해야 할 실질적 합리성이 "인간의 자유와 집단적 복리"를 증진하는 데 있음을 분명히 한다(Wallerstein 1999, 144-156).

하지만 이 같은 목표는 월러스틴이 근대과학의 이데올로기를 공격하면서 내놓은 결론치고는 다소간 맥이 빠진다고 할 수 있다. 지식이 이른바 '담론적 관행discursive practice'이고 '권력'의 효과임을 폭로한 푸코의 입론 이래(Foucault 178-192) 과학의 이데올로기성에 관한 비판은 여러 각도로 진행되어왔다. 월러스틴의 비판도 이런 맥락과 무관하지 않지만 합리성 개념의 프레임에 갇혀 있다는 생각을 지울 수 없다. 즉, '인간의 자유와 집단적 복리'를 위한 학문적 실천을 '실질적 합리성'의 개념으로 포괄하려고 하기 때문에 그가 다른 곳에서 공들여 비판한 '유럽적 보편주의'의 틀을 벗어나지 못한다는 인상을 주는 것이다. 엔리케 두셀Enrique Dussel 같은 학자가 월러스틴과 유사한 입장을 취하면서도 타자의 입장을 강력히 내세우면서 서구에서 나오는 대항담론보다 비서구에서 나오는 대항담론이 훨씬 비판적이며 해방적이라고 보는 이유도 여기에 있다(Dussel 136-137).

그런 점에서 타자의 입장에서 근대과학과 지식관의 '서구중심주

의'를 비판적으로 바라본 재틴더 바자이Jatinder Bajaj의 주장이 눈
길을 끈다. 특히 자연과학이 가치중립성을 표방하는 만큼 인문학
보다 서구중심주의를 비판하기 힘든 측면이 있기 때문에, 그의 서
구중심주의 비판의 핵심은 가치중립성 자체의 '편향성'을 지적하
는 데 있다.[3] 그는 프랜시스 베이컨Francis Bacon의 자연과학 방법
론이 어떻게 서구중심주의를 강화하는 데 동원되었는가, 반대로
서구중심주의가 베이컨의 방법론을 어떻게 보편주의 이데올로기
로 발전시켰는가를 비판적으로 고찰한다. 이에 따르면 베이컨의
자연과학 방법론의 특징은 실험을 통해 공리를 도출하고 그 공리
로 새로운 실험을 하며 그 결과를 토대로 기존의 공리를 수정해나
가는 것이다(Bajaj 30). 공리는 항상 수정 가능하게 되고 그러한 가
능성이 새로운 실험을 이끌어가는 내적 동력이 되는 셈이다. 실험
과 공리의 관계는 서로가 서로를 보완·수정하는 관계인데, 문제는
이런 폐쇄적인 관계를 통해 공리가 수정된다기보다는 다양한 공리
가 나타날 수 있다는 점이다. 그렇게 되면 이 공리는 종교에서 여
러 학설이 범람하게 되는 것과 마찬가지로 '극장의 우상'이 될 가
능성을 그 자체에 내장하게 된다. 그래서 베이컨은 '새로운 귀납
법'에서 특수한 것에서 일반적인 법칙을 끌어내는 과정이 기계적
인 방식으로, 이를테면 일체의 우상적인 요소를 배제하는 방식으

---

3 이 논문에서는 본격적으로 다루지 않았지만, 근대과학의 서구중심주의뿐만 아니라 남
   성중심주의도 최근에 비판의 대상이 되고 있다. 가령 과학적인 조사연구의 내용과 과
   정에 남성적 편견이 작용하고 있다는 주장이 그렇다. 이에 대해서는 Longino and
   Doell(73-90)을 참조하라.

로 이루어진다는 점을 들어 그 방법론의 새로움을 주장하게 된다(Bajaj 32).

그 과정은 이렇다. 첫 번째는 주어진 성질을 탐구하기 위한 실험 대상을 다 모아서 '존재와 현존의 표'를 작성하는 것이다. 두 번째는 '현존의 표'의 실례들과 비슷하지만 주어진 성질이 없는 예를 모아 '편차의 표'를 작성하는 것이다. 세 번째는 주어진 성질의 정도를 분간해내는 '정도의 표'를 만들어내는 것이고, 네 번째는 주어진 성질의 형태에서 비본질적인 현상을 제거하는 '배제의 표'를 작성하는 것이다. 바자이는 이 방법론의 마지막 단계에 이르러 비과학적인 방법이 동원된다고 비판한다. 즉, 연구하고자 하는 성질의 공리를 만들지 못했을 때 가설을 세우게 되는데 이 가설이 17세기 영국의 '극장의 우상'에 기반한다는 것이다. 우상으로부터 벗어나기 위한 방법론의 추구가 우상을 인정하는 데로 나아가는 셈이다. 따라서 바자이는 베이컨이 과학혁명의 주도자라고 할 때 그 이유를 그의 방법론이 아니라 그의 사유, 이를테면 정치관, 윤리관, 학문관, 지식관에서 찾을 것을 제안한다.

베이컨은 새로운 과학이 "신적인 정신의 사본으로서 세상에 대한 진리의 충실한 재현"이기를 원했다. 이후 과학사의 전개에서 베이컨의 과학을 말하는 사람들이 "근대 서구과학으로 발전한 것은 절대적이고 고유한 진리의 자격을 갖는다고 가정했다"는 점에서 베이컨은 서구의 진리 관념이 가야 할 방향을 제시했지만, 이는 특정한 윤리관, 정치관, 지식관을 빼놓고는 설명할 수 없다는 것이다. 그래서 베이컨이 지식에서 윤리(가치)의 문제를 배제하려고 했지만, 이는 지식에 새로운 가치를 부여하는 방식으로 나타났다. 진리는 지식으로 치환되고 지식은 다시 힘과 유용성의 문제로 바뀜으로써 새로운 우상으로 등장하게 된다는 것이다. 이러한 베이컨의 지식관은 바자이가 보기에 심각하게 도전받지 않고 근대 이후로 통용되었다. 토머스 쿤Thomas Kuhn의 입장도 베이컨의 근본 입장을 바꾸지는 못했다는 것이다. 바자이는 현재의 패러다임으로는 역부족인 위기의 상황에서 개념과 범주의 재조정이 일어나고 이것이 패러다임의 변화를 이끌어낸다는 쿤의 주장이 과학의 발전 과정을 기계적으로 보는 베이컨의 사고와는 다르다는 점을 일단 인정한다. 하지만 근본적으로 쿤은 서구에서 발전한 근대과학이 '신의 필사본'은 아닐지라도 유일하게 타당한 실재의 재현이라는 점은 부정하지 않는다고 본다(Bajaj 40-45).

바자이의 이러한 주장이 서구중심주의적 과학관 내지 지식관에 대한 통렬한 비판이 되는 것은 사실이지만, 근대과학의 성과 자체를 부정하는 데로 나아간다면 이 역시 문제가 아닐 수 없다. 또한 학문이라는 인간 활동을 사회적 요구의 산물이나 특정한 이데올로기가 투여되는 대상으로만 파악한다면 근대과학의 본질적 성격을 파악하는 데 오히려 장애가 될 수도 있다. 사회적 요구나 이데올로기의 호명 없이도 인간은 끊임없이 무엇인가를 탐구하고 성찰하며 이런 인간의 본원적인 활동의 결과가 과학과 지식으로 나타난 것일 수 있다. 학문 활동의 근거가 이제는 고색창연한 '진리의 추구'라고 할 때 학문의 이데올로기성—특정한 진실이 보편적 진리로 통용되는 것—을 경계하고 비판하는 일에 몰두하다 보면 진리 개넘 자체를 약화시킬 뿐만 아니라 궁극에 가서는 진리의 상대주의에 빠지게 된다고 할 수 있다. 베이컨식 근대과학은 '실재의 재현'을 진리로 삼는 것이고, 이는 바자이의 입장에서는 이데올로기의 작용이다. 하지만 바자이가 우파니샤드 철학의 진리관을 대안으로 내세울 때(Bajaj 62), 이러한 진리관 역시 특수성에 기반한 초월적 관념론의 혐의에서 자유로울 수 없다. 따라서 좀 더 넓은 지평에서 접근해야만 근대과학의 성격이 뚜렷해질 것이며 그 성격의 변화와 함께 '진리'의 문제도 같이 논할 수 있게 될 것이다.

3. 하이데거의 근대과학관

근대과학을 넓은 지평에서 파악하고자 할 때 우선적으로 참조할 수 있는 것이 하이데거의 사유이다. 그의 근대과학에 관한 성찰은 과학과 진리의 관계에 관한 논의에 여러 가지 시사점을 던져준다. 하이데거는 근대과학의 본질을 '조사연구research'로 본다는 점에서 월러스틴과 겉으로 보기에 비슷한 관점을 가진 것처럼 보인다. 하지만 근대과학에 관한 하이데거의 물음은 '본질essence'의 관점에서 제기된다. 물론 이때의 '본질'은 그가 그토록 비판하는 형이상학적 의미와는 다른 성격을 띤다. 하이데거는 '과학'이라는 말의 의미가 그리스어 어원인 'epistēmē'와는 본질적으로 다르다는 점을 상기시키면서 이렇게 말한다. "우리가 근대과학의 본질을 이해하려고 한다면 우리는 정도의 관점에서, 즉 발전의 관점에서만 새로운 과학과 예전의 과학을 비교하는 버릇으로부터 탈피해야만 한다."(Heidegger 117) 그렇다면 "조사연구의 본질은 어디에 놓여 있는가?"

앎은 존재하는 일정한 영역 내에서, 자연 혹은 역사에서 하나의 절차로 자리매김한다는 사실에 놓여 있다. 절차는 여기서 단지 방법이나 방법론만을 의미하지 않는다. 모든 절차는 이미 그것이 움직이는 열린 영역을 필요로 한다. 그리고 조사연구에서 근본적인 사건은 정확히 그러한 영역의 열림이다. 이는 존재하는 일정한 영역 내에서, 가령 자연에서는 자연의 사건들에 대한 고정된 근본 윤곽도fixed ground plan (Grundriss)의 투사를 통해 달성된다. 이 투사는 앎의 절차가 열려진 영역에 묶여 그 영역을 고수해야만 하는 방식에 미리 밑그림을 제시한다. 이러한 영역 고수binding adherence가 조사연구의 엄밀성이다. 근본 윤곽도를 투사하고 엄밀성을 미리 규정함으로써 그 절차는 존재의 영역 내에서 자신을 위한 대상 영역을 확보하게 된다.

(Heidegger 118)

여기에서 문제가 되는 것은 어떻게 "고정된 근본 윤곽도"가 주어지느냐이다. 하이데거에 따르면 이 윤곽도는 어떤 것을 이미 존재하는 것으로 명시함으로써 주어진다. 가령 물리학에서 운동의 시공간적 규모는 자연의 근본 윤곽도에 해당하는데, 이것이 없으면 자연의 사건들에 대한 재현 자체가 불가능하다(Heidegger 117). 따라서 앎의 주체에 의해 이 윤곽도가 투사되는 만큼 대상 영역이 열리게 된다. 즉 윤곽도의 투사와 대상 영역의 열림은 동시적인 사건으로, 말하자면 동전의 양면인 것이다. 조사연구가 엄밀성의 성격을 띠는 것은 이 투사에 의해 열린 대상 영역 내에서 그 행위가 이루어지기 때문이다. 이런 의미에서 근본 윤곽도의 투사가 조사연구의 방법론을 선험적으로 규정한다. 물리학에서 조사연구의 엄밀성이 정확함이 되는 이유는 측정이 시공간적 운동의 규모로서 자연의 근본 윤곽도의 본질적 구성요소이기 때문이다.

근대 물리학의 내적인 논리를 따르게 되면 우리는 자연의 사건들이 최초 투사의 정확함을 증명하기 위해 과학의 법정으로 소환되고 그 같은 투사는 자연의 사건들에 가시적인 실체를 부여하게 됨을 알게 된다. 이러한 상호 보증하에서 근대과학은 계속되는 활동이라는 성격을 띠게 된다. 실험을 통한 '법칙' 정립의 과정이 그 예이다.

실험은 그 계획이나 실행에서 법칙을 입증하고 확증하거나 부정하는 사실들을 제시하기 위해 정립된 근본적인 법칙에 뒷받침을 받아 인도되는 방법론이다. 자연의 근본 윤곽도가 더 정확히 투사될수록 실험의 가능성은 더 정확해진다.

(Heidegger 121-122)

이러한 계속되는 활동이라는 성격 때문에 제도가 탄생하게 되고 연구자들이 학자들의 역할을 대신하게 된다는 것이다. 하이데거는 이 같은 과학의 역운destining 속에서 결정적인 변화가 일어난다고 본다. 인간의 본질이 주체로 변하게 되는데, 주체란 그리스적 의미에서 '앞에 놓여 있는 것that-which-lies-before'이고 실제로 인간과는 관계가 없다는 것이다. 주체로서의 인간은 존재하는 것의 "관계의 중심relational center"이 된다. 이 같은 변화는 존재 Being와 진리에 관한 사유에서의 변화와 긴밀히 관련된다. 즉, 어떤 것이라도 그 존재는 그 '대상성objectiveness'에서 찾아지고 진리는 "표상의 확실성the certainty of representing"으로 변모된다는 것이다. 하이데거에 따르면 '표상'은 존재에 관한 소크라테스 이전의 그리스적 사유와는 결정적으로 다르다. 그러한 사유에서 "존재하는 것은 주관적인 지각의 성격을 띠는 표상의 의미에서 인간이 그것을 처음으로 보았다는 사실을 통해 존재하는 것은 아니다. 그렇다기보다는 인간은 존재하는 것에 의해 지켜봐지는 자이다."(Heidegger 131) 따라서 인간은 존재를 실현하기 위해서 자신을 둘러싼 모든 것에 스스로를 개방하면서 존재하는 것을 '표상'한 것이 아니라 '통각apprehending'했다는 것이다. 바로 이 때문에 그리스인들에게 세계는 '상picture'이 될 수 없었다.

그렇다면 근대과학의 특징인 표상적 세계인식은 어디에서 출발했는가? 하이데거에 따르면 '형상edios'에 근거한 플라톤적 사유가 근대적 표상의 출발점이다. '형상'이 현존하는 모든 것에 우선성을 가짐에 따라 세계는 '상'으로 파악된다. 그리스적 통각은 '형상'의 영역에 속하게 됨에 따라 그것이 '형상'을 표상하는 한에서 의미를 갖게 된다. 근대적 표상은 이러한 플라톤주의의 최종 판본인 셈이다. 여기에서 인간은 표상의 중심이 된다. 따라서 표상한다는 것은 가까이 있는 대상을 인간과 맞서는 어떤 것으로 끌어오는 것을 의미한다. 이러한 관계는 이후 규범적인 영역으로 자리 잡게 되는데,

말하자면 인간이 현존하는 모든 것에 우선하여 '상'으로 들어간다. 즉, 일반적이고 공개적으로 표상된 열려진 영역 속으로 스스로를 집어넣은 것이다(Heidegger 131-132). 이 과정을 좀 더 이해하기 쉽게 설명하면 이렇다. 인간은 현존하는 모든 것이 배우처럼 등장했다가 사라지는 무대 위를 관장하는 존재로 자신의 '상'을 정립한다. 인간은 스스로를 관계의 중심으로 대상화하고 그 중심 주위에/중심을 향하여 현존하는 모든 것들이 그에게 나타난다는 것이다. 이는 말하자면 그리스적 통각의 전도라고 할 수 있다.

요컨대 근대과학은 투사와 대상 영역의 개방을 통한 계속적인 활동이라는 성격을 띠고 이는 우리가 익히 알고 있는 조사연구라는 특정한 형태의 지식활동으로 제도화된다. 이 과정은 표상적 사유가 관철되는 과정이고 인간이 현존하는 모든 것의 관계의 중심, 이를테면 주체로 등장하는 것처럼 보이나 사실은 스스로를 대상화하는 과정에 다름 아니다. 따라서 지식(앎)은 주체의 투사를 통해 열려진 공간 안에서 수행된 조사연구의 결과물이 된다.

사실 이 같은 과학적 지식이 월러스틴이 말한 '실질적 합리성'인 "인간의 자유와 집단적 복리"에 일정한 기여를 했다는 것은 숨길 수 없는 사실이다. 하지만 과학적 지식의 사회적 영향력이 커지고 자본주의의 총아로서 지배의 도구 역할을 함에 따라 그 해방적 힘은 상당 부분 약화되었고 이 문제를 지적하는 담론들이 지속적으로 제출되어왔다. 또한 '통섭'이니 '융합'이니 하는 인문학과 자연과학이 결합된 새로운 학문 패러다임에 대한 논의들 또한 지속적으로 진행되어왔다. 하지만 '앎'(지식)의 성격에 관한 근본적인 질문과 성찰이 배제된 학문 패러다임의 변화 논의는 학문의 전통 자체를 일거에 소거해버리는 결과로 이어질 수 있다고 본다. 현재 대학에서 벌어지고 있는 구조개혁의 과정에서 '인문학'이 처한 위치가 이를 웅변적으로 보여주고 있다. 따라서 인문학자라면 우선은 '앎'의 문제를 상위담론의 차원에서 제기해볼 필요가 있다. 그런 차원에서 본고에서는 영국 소설가 로런스의 사유 논의를 점검하려고 한다.

4. 로런스의 상징적 사유와 '앎'의 문제

로런스가 근대적 사유에서 개탄하는 것은 고대의 '감각-의식sense-consciousness'과 '감각-앎sense-knowledge'이 상실되었다는 사실이다. 이에 따르면 고대의 세계인식 방식은 말이 아니라 이미지에 근거한다. 하지만 이 같은 상징적 사유는 근대적 표상과 다르다. 이미지의 움직임이 인간의 정서적 반응을 불러일으키지만 정해진 목표가 있는 것은 아니다. "이미지 혹은 상징은 본능적이고 자의적인 물리적 관계의 행렬 속에서 꼬리를 물고 계속된다."(Lawrence 1980, 91) 덧붙여, 주체의 위치는 안정된 자리로 주어지는 것이 아니라 상징에 대한 정서-반응emotion reaction에 따라 끊임없이 재설정된다. 이러한 반응을 통해 인간의 사유가 형성된다는 것이다.

그들[인간]에게 사유는 느낌-앎feeling-awareness의 완성된 상태, 즉 누적되는 것이자 깊어지는 것이었다. 그것은 느낌이 충만감이 들

때까지 의식 속의 느낌으로 깊어지는 상태이다. 완성된 사유는 소용돌이 같은 정서적 앎의 깊이를 헤아리는 것이었고, 정서의 소용돌이의 가장 깊은 곳에서 결단이 이루어졌다. 하지만 이것이 어떤 여정에서의 단계는 아니었다. 더 끌고 나갈 논리적 사슬은 없었다.

(Lawrence 1980, 93)

사유는 미리 주어지는 것이 아니라 깊고도 강렬한 숙고를 통해 느낌이 앎으로 침전됨으로써 형성된다. 로런스는 이 과정이 신탁의 방식과 유사하다고 지적한다. 상징에 대한 깊은 정서적 반응은 마치 위기의 순간에서처럼 결단이 도출되는 중심을 만들어낸다는 것이다.[4] 흥미롭게도 로런스는 이런 사유의 결여가 단순히 학문의 문제가 아니라 삶 자체의 문제이고 바로 그렇기 때문에 삶의 한 영역인 '정치'에서도 문제가 된다고 본다. "오늘날 어떠한 정치인도 이러한 강렬한 '사유'의 방식을 따를 용기가 없다는 사실이 오늘날 정치적 정신의 절대적인 결핍에 대한 이유이다"(Lawrence 1980, 93-94). 요컨대 어떤 강렬한 감정을 차분하고 깊게 숙고해서 결단에 이르는 사유의 과정이 없기 때문에 정치 자체가 천박해지고 목전의 이해타산에 좌지우지된다는 진단이다.

다른 한편 로런스에서의 상징적 사유와 그리스적 통각을 비교해볼 때, 후자가 존재의 개방성과 드러남이라는 사건 자체에 초점

---

4 로런스가 사유의 과정을 그야말로 몸과 마음을 모두 걸고 감행하는 모험이며 그 모험을 통해 깨달음에 이르는 과정이라고 보는 것도 이런 맥락에서 이해할 수 있다(Lawrence 1988, 216-218).

을 맞추었다면 전자는 인간의 반응에 상대적인 중요성을 부여한
다. 이 같은 반응은 그리스적 통각보다 주관적인 지각의 성격이 짙
다. 하지만 이 주관적인 지각은 앞서 언급한 표상 행위와 근본적
으로 다르다. 상징적 사유에서 이미지는 인간에 의해 구성된 '상'
이 아니다. 그것은 일정한 "계획 혹은 구도"를 가진 "그림-도표pic-
ture-graph"이다. "본능적이고 자의적인 물리적 관계의 행렬 속에
서" 그러한 구도가 발견될 수 있는 것은 인간의 정서적 반응이 이
미지들 사이에 연관을 맺어주기 때문이다. 이미지들은 어떠한 특
별한 원리나 질서 없이 계속해서 등장하고 사라지지만 이 이미지
들을 하나의 의미의 연쇄로 만들어주는 것은 인간의 정서적 반응
인 셈이다. 나아가 인간의 정서적 반응을 통해 이미지가 의미의 영
역으로 상승할 때 그것은 하나의 '상징'이 된다고 할 수 있다. 따라
서 정서적 반응은 수동적인 수용 행위가 아닌 적극적인 지각 행위
이다. 상징이 역동적인 가치를 가지면 가질수록 정서적 반응은 더
적극적이 되고 그 반대도 마찬가지이다. 그런 의미에서 상징적 사
유에서는 "모든 것이 뭔가를 한다"(Lawrence 1980, 95). 로런스는
이처럼 존재하면서 운동하는 것, 즉 어떤 영향력을 미치는 것이 그
리스적 의미에서 신god이었다고 강조한다.

바로 지금 너에게 놀랍게 다가온 것은 신이다. 그것이 물웅덩이라면
바로 그 물웅덩이는 너에게 놀랍게 다가올지도 모르고, 그때 그것은
신이다. 푸른 어스름 빛이 갑자기 너의 의식을 차지할 수도 있다. 그때
그것은 신이다. 저녁에 피어오르는 흐릿한 물안개가 상상력을 사로잡

을 수 있다. 그때 그것은 신이다. 혹은 물을 보았을 때 갈증이 너를 압도할지도 모른다. 그때 갈증 자체가 신이다. 혹은 네가 물을 마시면, 그 달콤하고 이루 말할 수 없는 갈증 해소가 신이다. 혹은 네가 물을 만졌을 때 갑작스러운 냉기를 느꼈다면, 그때 '차가움'이라는 신이 존재하게 된다. 이것은 성질이 아니다. 그것은 존재하는 실체이며 거의 생명체이고 확실히 차가움이라는 신이다. 혹은 메마른 입술에 갑자기 뭔가가 내려앉는다. 그것은 '촉촉함'이고 역시 신이다. 초기 과학자나 철학자들에게조차도 '차가움', '촉촉함', '뜨거움', '메마름'은 그 자체로 사물이고 실재이자 신이었다. 그것들은 뭔가를 했다.

(Lawrence 1980, 95-96)

인간과 사물의 경이로운 만남에서 사물의 사물성이 신으로 드러난다. 이러한 신성은 사물 속에 존재하는 것도 아니고 사물을 벗어나 존재하는 것도 아니다. 인간과 사물의 관계에 따라 신성의 발현은 달라진다. 그것은 때로는 '차가움'이고 때로는 '뜨거움'이며 때로는 '메마름'이다. 따라서 이 같은 세계에서 '관념'으로서의 신은 존재하지 않는다. 그러한 관념은 인간이 고립감과 고독감에 빠졌을 때, 다시 말해 인간과 우주의 관계가 단절되었을 때 도입되었다는 것이다.[5] 로런스는 이러한 단절로 인해 앎의 방식이 변하여 우주가 주체에 의해 파악되어야 하는 대상으로 변모했다고 주장한다. 요컨대 신이라는 관념의 도입은 우주와 인간 간의 관계, 인간

---

5 로런스는 개별적인 정신psyche의 발달을 개인과 외부 우주가 상호작용한 결과로 파악한다(Lawrence 1971, 246).

과 사물 혹은 자연과의 관계가 단절됨으로써, 다시 말해 인간이 우주의 중심을 자처하면서 우주와 주변 사물과 자연을 지식 추구의 대상으로 밀쳐냄으로써 생겨난 결과인 것이다. 로런스에게 기독교가 문제가 되는 것은 바로 이 지점에서이다.

기독교와 관련한 로런스의 비판은 유대-기독교 정신구조가 이미지를 바탕으로 한 상징적 사유를 붕괴시켰다는 사실에 있다. 가령 목마른 사람에게 물과 같은 즉각적인 선물이 "연기된 보상"으로 변형되었다는 것이다. 말하자면 이러한 정신구조는 상징적 사유였던 것에 도덕적인 구도를 강요한 셈이다. 로런스에게 이러한 알레고리적인 사유는 "정신 상태의 완전한 변모"를 방해한다(Lawrence 1980, 97). 따라서 상징의 역동적인 가치는 상실되고 그 대신 일종의 도덕극이 펼쳐지는 '무대장치mise en scene'가 들어선다. 모든 것이 뭔가를 하는 것이 아니라 어떤 것을 '의미'하되 그 의미는 도덕적인 성격을 띠는 것이다. 인간의 정서적 반응은 고착되고 도덕적 의미를 받아들이는 수동적인 것으로 변모된다고 할 수 있다. 이를 근대적 사유의 특징인 '표상'과 연결시키면 이미 알려진 '표상'이 그 이후 인간의 사유를 지배하게 되는 알레고리적 사유가 기독교적 정신구조에도 강력하게 자리 잡았다는 것을 의미한다.

오늘날 하이데거가 강조하는 그리스적 통각이나 로런스가 부각하는 상징적 사유를 회복하는 일은 쉽지 않아 보인다. 두 가지 사유 방식 모두 존재의 개방성과 타자성의 적극적 수용을 전제로 한다고 할 수 있는데, 오늘날의 삶의 조건들은 이 같은 관계 맺음의 방식을 실현하기에는 너무나 열악하기 때문이다. 로런스 자신이

20세기 초반에 벌써, 가령『연애하는 여인들』같은 소설에서 이러한 문제를 소상히 다루기도 했다. 이 소설에 등장하는 허마이어니 같은 인물은 모든 사태를 관념으로 재단하면서 다른 존재의 타자성을 배제하는 고질적인 두뇌의식의 소유자인데, 그녀의 이런 태도는 정보에 불과한 '과거의 지식'을 현학적으로 자랑하면서 타인 위에 군림하는 행태로 나타난다.[6] 미지의 세계에 대한 창조적 인식이 결여된 지성이란 결국 자기중심성의 회로에서 벗어나지 못한 공허한 내면을 보여줄 뿐인 것이다. 그런 맥락에서 로런스에게 앎이란 자신을 둘러싼 세계와의 관계 맺음을 통한 지각의 쇄신을 동반하는 것이라고 할 수 있다. 그렇다면 사실 앎의 문제는 앎의 주체의 문제이기도 하다. 근대과학의 성격을 설명하면서 조사연구로서의 근대과학의 본질이 인간이 현존하는 모든 것과의 관계에서 중심으로 떠오른 것이라는 하이데거의 언명도 결국 근대과학의 성격과 주체의 문제가 불가분의 관계에 있음을 뒷받침한다. 따라서 조사연구로서 근대과학의 정점이라고 할 수 있는 빅데이터 시대에 학문 활동을 업으로 하는 사람, 즉 학자란 어떤 존재인지를 물어봐야 할 필요가 있다고 본다. 우리의 논의에서 프리드리히 니체 Friedrich Nietzsche의 진단을 참고하는 이유가 여기에 있다. 물론 니체의 글은 특유의 신랄함과 아이러니를 동반하고 있고 니체의

---

6 이 소설은 등장인물들이 '앎'을 어떻게 받아들이냐에 따라 개체성의 성취와 관계 맺음의 양상이 달라질 수 있음을 여실히 보여준다는 점에서 '앎'이 인식론의 범주가 아니라 인간 존재를 구성하는 핵심적인 요소임을 강조하고 있다. 이에 대해서는 김재오(2006, 96-111)를 참조하라.

시대와 우리의 시대에는 거의 백 년의 간극이 있지만, 니체의 진단은 아직도 유효하다고 판단된다.

5. 인문학자의 길

니체는 「우리, 학자들We Scholars」이라는 글에서 동시대 학자들의 의무 태만을 비판하면서 '진정한 철학자'에 관하여 숙고한다. 현대의 학자들은 철학으로부터 독립을 선언했지만, 이는 단지 '민주주의'라는 제도에 근거한 자기찬양에 불과하다. 그들은 "전문가"를 자처하지만 "포괄적인 전망"을 갖출 만한 능력을 소유하지는 못했다. 니체에게 '진정한 철학자'란 삶에서 일어날 수 있는 수많은 시도와 유혹의 짐을 마다하지 않는 존재이다. 한마디로 철학자는 삶의 가치 창조자이자 판관이라는 것이다. 반대로 학자들은 '객관적인 인간objective man'으로 마치 거울처럼 "알려지기를 원하는 모든 것 앞에 굴복하는 데 익숙한" 존재이다(Nietzsche 126-127). 니체의 이 같은 진단에 따르면 학자들의 몰락은 회의주의의 만연에 따른 의지의 약화 때문이다. 사실 오늘날 인문학자들은 여러 가지 이유에서 회의주의에 빠져 있고 세계에 대한 '포괄적인 전망'은 고사하고 '각자도생'하기도 벅찬 실정이다. 이러한 상황은 인문학자라면 거의 모두 실감할 터이기 때문에 길게 이야기할 필요도 없을 것이다. 하지만 회의주의에 빠져 있을 수만은 없다. 월러스틴의 지적처럼 오늘날의 지식구조에서 인문학과 자연과학의 분리라는 '두 문화' 개념의 영향력은 감소되었고 지식의 가치중립성 역시 의심을 받아온 지 오래이다. 이러한 국면에서 지식인의 역할은 중요하다. "지식인들이라는 말은 현실에 대한 분석적 이해에 자신의 에너지와 시간을 쏟고 그러한 이해를 가장 잘 달성할 수 있는 방법을 찾기 위해 특별한 훈련을 해왔다고 가정할 수 있는 사람들"을 의미하기 때문이다. 그런 관점에서 월러스틴은 지식인들은 전문가적 지식에 매몰될 것이 아니라 '다방면의 지식을 갖춘 사람들general-ists'이 되어야 함을 강조한다(월러스틴 2009, 141-142). 월러스틴은 이 같은 성격의 지식인상을 사회과학자들에게 요청하지만, 사실은 인문학자들도 마찬가지라고 할 수 있다. 전통적인 인문학에 대한 회의가 만연하면서 각종 대안적인 인문학이 사회적 수요를 창출하고 있는 오늘의 현실을 감안할 때 인문학자들도 사회적 책임감을 갖고 변화를 모색해야 한다고 본다.[7] 하이데거의 지적처럼 근대과학은 열려진 대상 영역에서 끊임없이 이루어지는 조사연구를 특징으로 하고, 인문학에서도 어느덧 이 같은 방법론이 동원되어 하나의 제도로 정착되어 있다. 하지만 조사연구로만 시종한다면 인간

---

7 최근 우리 사회에서 시민인문학의 이름으로 성행하고 있는 인문학 '열풍'은 대학 내에서 벌어지고 있는 인문학 교육의 위축을 염두에 두면 아이러니한 느낌을 자아내지 않을 수 없다. 인문학의 사회적 요구와 대학 인문학 교육의 활로 찾기가 맞아떨어져 빚어진 현상일 수도 있지만, 근본적으로 대학 내에서의 인문학 교육이 제대로 이루어지지 않는다면 인문학은 성인들의 자기계발 욕구의 수단으로 귀결될 수 있다. 인문학 열풍과 시민인문학의 공과에 대해서는 천정환(100-127)을 참조하라. 한편 인문학이 대학 내에서 '교양인문학' 형태로 변신을 모색해야 한다는 주장도 있다. 이 주장에 따르면 실용성의 부족으로 퇴출 위기에 놓인 인문학 전공의 경우에 학부 학생 전체를 대상으로 "인문학적 감수성과 예지"를 함양하는 방향으로 교육의 목표를 세워야 한다(송승철 2014, 172-173). 하지만 바로 이 같은 주장이 '퇴출'의 논리적 근거가 되지 말라는 법도 없으며, 도대체 학부 학생 전체를 대상으로 인문학적 감수성과 예지를 함양한다는 것이 가능한 목표인지도 모르겠다.

다움을 연마하고 인간적인 가치를 궁구하는 인문학 본래의 성격과 역할을 잃어버릴 수도 있다. 그런 점에서 저명한 로런스 학자이자 문학·문화비평가인 리비스의 언명을 경청할 필요가 있다.

리비스는 과학기술의 변화가 문화에도 영향을 미쳤고 그 결과 인간의 필요와 복리를 단순화시키는 환원주의적인 기준이 득세하게 되었다고 본다. 그렇다고 자신이 '러다이트'(기계파괴주의자)는 아님을 그는 분명히 한다. 기술이 혁명적으로 발전하는 시대에도 창조적인 지성의 꾸준한 집단적인 협동이 동반되어야 시대의 새로운 도전에 창조적으로 반응할 수 있고 바로 그렇기 때문에 창조적 의식과 인간적 책임의 중핵으로 대학이 중요해진다는 것이다. 리비스는 영문학자로서 문학작품을 통해 삶에 대한 판단을 내린다는 점에서 문학비평이야말로 이러한 과제를 담당하는 중요한 거점이 되어야 함을 역설한다. 하지만 이러한 과제는 인문학자 모두가 각자의 영역에서 감당해야 할 과제이기도 하다. 삶에 대한 판단이 리비스가 말하는 것처럼 인간의 내적인 본성과 인간적 필요에 대한 앎이라면 인문학은 이러한 앎을 체계화하는 학문이고 문학도 그 일부이기 때문이다(Leavis 1972, 94-96). 다음에 인용한 구절은 바로 이 같은 인문학의 성격과 필요성을 탁월하게 보여주고 있다.

우리가 살고 있는 세계는 유명한 화학자의—과학적인—우주의 아주 작은 부분을 형성하는 세계는 아니다. 그것은 계속적인 인간의 협동적인 창조성에 의해 창조되고 유지되는 인간적인 가치와 중요성의 세계이자 실재이다. 이 같은 창조성이 없었다면 과학이란 존재하지 않았을 것이다. 문화적 연속성(즉, 협동적인 창조성)이 지금처럼 실패하기 시작한다면, 인류는 향상된 민주적 복지국가에서조차도 기술공학적-공리주의적 문명의 방편들이 완화시키거나 예방하는 데 무능함을 드러낸, 알 수 없는 불만족과 불행과 갈망과 중독과 무질서로 고통받을 것이다.

(Leavis 1972, 174-175)

리비스는 과학도 인간의 창조성의 일부이고 과학이 발전하더라도 인간 세계에 생기를 불어넣는 문화적 연속성이 없다면 인간은 알 수 없는 불행과 불만족 상태에 있을 수밖에 없음을 말하고 있다. 삶에 대한 판단과 세계에 대한 이해는 끊임없이 갱신되는 인간의 협동적 창조성에 의지한다는 것이다. 그러니까 좀 더 깊은 인간적인 필요는 창조성에 있기 때문에 과학기술에 바탕을 둔 물질과 제도로는 충족시킬 수 없고 다른 방편들을 동원해야 한다는 생각이다. 리비스는 살아 있는 언어야말로 변화하는 조건들에 대한 인간의 창조적 반응이고 계속되는 협동적 창조의 현현이라고 본다 (Leavis 1972, 183). 결국 문학작품을 읽고 창조적으로 반응하는 일이 교육의 중심이 되어야 함을 강조한 셈이다.

이러한 결론은 영문학 전공자의 입장에서는 상당히 공감이 가는 주장이지만 인문학의 다른 분야 학자들이 여기에 공감할지는 미지수이다. 하지만 인문학 활동의 기본은 문헌을 해석하는 일이며 이 해석은 과거의 '언어'에 창조적으로 반응하는 일이다. 또한 이를 통해 과거와 현재를 내적으로 연결하면서 '문화적 연속성'을 창출하는 일이기도 하다. 결국 인문학은 인간의 사유와 행위에 대해 깊이 성찰하면서 가치를 발견하고 의미를 부여하는 활동이다. 이 같은 활동은 로런스가 그토록 강조한 '상징적 사유'의 학문적 실천이라고 할 수 있다. 조사연구가 학문적 방법론의 대세가 된 시대에도 이 같은 방법론으로는 도저히 대체할 수 없는 인문학 고유의 영역이 있다는 점은 분명하다고 할 수 있다. 인문학자들이 이러한 고유의 영역을 포기하는 순간 인문학은 존재의 이유를 잃게 될 것이다. 인문학 교육이 과거의 문헌에 대한 섬세한 읽기와 적절한 평가를 통해 나와 타자, 그리고 세계에 대한 인식을 심화시키는 일이라고 할 때, 인문학자는 각자의 영역에서 '협동적인 창조성'을 통해 '삶에 대한 판단'의 책임을 다해야 할 것이다.

9

통합의 원리로서의 '문학'
— 리비스와 문화적 전통의 연속성

1. 들어가며

하나의 제도로서 대학의 상은 최근 급격한 변화를 보이고 있다. 이는 일차적으로 사회의 요구를 대학이 수용하는 과정에서 전통적인 학문의 성격이 변화한 데 기인한다. 대학에 남다른 상을 부여하고자 하는 입장에서 보면 이러한 최근의 변화는 '위기'로 다가오지 않을 수 없다. 물론 이때의 '위기'는 대학이 생존하느냐 마느냐 하는 절박한 현실적 관점에서 바라본 것이 아니라 전통적인 대학의 상이 무너지고 있다는 보수적 관점에서 파악된 것이라고 할 수 있다. 가령 대학을 이상적인 공동체의 표본으로 생각하는 위르겐 하버마스 같은 철학자는 다른 제도도 그렇지만 "대학조차도 일단 협동정신의 결속력이 해체되면 전체의 틀을 만들어낼 명맥이 끊어진다"고 지적하면서 대학은 그 구성원의 목적, 동기, 그리고 행위와 내적 연관성을 유지해야 한다고 주장한다. 그래서 분화된 학문 활동을 묶어주던 상위담론이 역부족인 상황에서 대학이 전통적인 기능을 수행하려면 자기성찰 형태의 철학적 성찰이 학문 내부로부터 나와야 한다는 것이다(Habermas 1987, 3-4). 각 분과학문이 상대적 자율성을 갖되 비판적 자기성찰을 통해 공론의 장에서 만난다는 발상이다. 그러나 분과학문의 자기성찰이 제대로 이루어질 수 있을지는 의문이다. 그런 성찰이 하버마스가 늘상 주장하는 이해관계를 떠난 해방에의 관심으로 심급상승을 이룰 수 있느냐가 문제이기 때문이다. 또한 공론의 장을 통한 '합의의 도출'이라는 개념이 규범성이나 '규제적 이념'(칸트)으로서의 의미를 제쳐둔다면 무슨 실질적인 의미가 있는지도 불분명하기 때문이다. 다른 한편 하버마스는 학습 과정이 전문가적 지식의 적용을 넘어서 지적인 계몽과 학문의 자기이해에 기여한다고 주장하지만(Habermas 1987, 4-8), 이러한 태도는 대학 외부사회와의 연결을 고려하지 않기 때문에 19세기 독일 관념론자들의 주요한 기획이었던 '형성Bildung'의 사회적 의미[1]를 박탈하고 이를 학문 자체의 속성으로 내면화시

---

1 빌 레딩스Bill Readings에 따르면 19세기 독일에서 대학은 문화를 생산하고 내면화시키는 기능을 수행했는데, 이때 문화는 한편으로 연구 대상으로서 제반 지식이 통일체를 의미했고 다른 한편으로 계발의 과정, 즉 형성 내지 인격 도야를 의미했다. 대학은 국민에게 표준적인 이상을 제시하면서 그 이상에 따라 살 수 있는 국민을 배양하는 것을 목표로 삼았는데, '형성' 개념은 일종의 문화적 단일성으로서 제반 학문 활동에 통일성을 부여하는 것이었다(Readings 64-66).

킴으로써 대학의 사회적 기능을 축소하는 방향으로 작용할 수 있다. 대학이 사회가 따라야 할 이상적인 공동체의 상像으로서만 기능한다면 역으로 현실에서 전혀 작동하지 않는 담론만을 생산하면서 사회로부터 소외될 가능성이 농후한 것이다.

요컨대 하버마스가 말하는 '의사소통의 합리성'이 이매뉴얼 월러스틴 같은 학자가 주장하는 '실질적 합리성'에 얼마나 근접하느냐가 문제의 핵심이다. 여기서 '실질적 합리성'이란 인간의 자유와 공동의 복리를 달성하고 인간의 문제를 해결하며 인간의 잠재력을 신장하는 데 인간의 지성을 사용하는 것이다(Wallerstein 1999, 156). 월러스틴은 이 '실질적인 합리성'을 실현하는 학문으로서 새로운 사회과학의 출현을 기대하는바, 과학과 인문학 모두에서 고전적인 패러다임이 붕괴되는 과정에서 문화연구와 복잡계 과학이 결정론과 보편주의를 공격하면서 등장했음을 강조하면서 이 둘의 매개를 통해 새로운 사회과학이 나타날 것이라고 예견한다(Wallerstein 1999, 188-191). 이렇게 출현한 사회과학이 학문 활동의 중심이 되는 통합과학의 모습으로 나타날지 필자로서는 판단하기 힘들다. 하지만 이 학문이 인간의 지성을 인간의 문제를 해결하고 인간의 잠재력을 신장하는 데 사용하는 것을 목표로 한다면 인간의 지성과 인간의 문제, 그리고 인간의 잠재력이 무엇인지에 대한 정확한 판단이 선행되어야 하지 않을까? 즉, 월러스틴의 '실질적 합리성'의 전제가 무엇인지 정확히 알아야 하지 않을까? 최근에 학문 분야들 사이의 통합을 향한 노력이 강화된 만큼 하나의 통합원리 내지 상위담론에 대한 필요성이 높아진 것은 사실이다. 그러나 통합의 흐름이 자칫 절충주의에 머무를 수 있고 상위담론의 필요성이 학문 분야에 새로운 이데올로기를 도입할 위험도 내재하고 있다. 따라서 사심 없는 지성의 발휘와 세계에 대한 총체적 인식에 기여하는 방향으로 학문 통합이 이루어져야 할 것이고 그 과정에서 상위담론이 자연스럽게 도출된다면 인간의 지성을 인간의 문제를 해결하고 인간의 잠재력을 신장하는 데 사용함에 있어 일정한 참조점을 얻을 수 있을 것이다. 본고에서 '문학'을 하나의 통합원리로 제시하는 것은 문학작품을 읽고 평가하는 일이 개인의 내적 형성에 기여하고 세계인식에 변화를 가져다줌으로써 '실질적 합리성'을 달성하는 데 중요한 역할을 할 수 있다는 생각에서이다. 이런 문제의식에서 본고에서는 영문학 내에서 문화연구가 발흥하게 된 계기, 즉 문학의 힘이 현저히 위축된 시기에 문학의 위상을 재검토하는 리비스의 사유에 대해 숙고해보고자 한다. 특히 리비스가 강조하는 '제3의 영역'으로서 문학 언어의 잠재력과 창조성이 감수성과 결합된 지성을 훈련시키며 개인과 사회의 이분법을 극복하고 문화적 전통의 연속성을 유지하는 데 핵심적 역할을 한다는 점에서 일종의 내재적 통합원리로 작용할 수 있음을 강조하고자 한다. 따라서 본고에서 사용하는 '통합'이라는 말에는 한 개인의 감수성 분열, 학문 분야에서의 두 문화의 분리, 개인과 사회의 이분법, 그리고 과거와 현재의 단절 등 다양한 분리 현상이 극복되는 인식론적 지평을 모색한다는 변증법적 의미가 함축되어 있다.

2. 문학, 문화적 연속성, 그리고 '교양 있는 공중'

리비스가 문학에 부여하는 위상을 좀 더 분명하게 이해하기 위해서는 근대적 대학의 설립과 발전 과정에서 학문의 성격이 어떻게 변모되었는가를 살펴보아야 한다. 이는 리비스가 이른바 근대 분과학문 제도의 특징인 '두 문화'의 분리에 비판적인 입장을 취하는 만큼 그의 문제의식이 단순히 문학주의로 환원되는 것이 아닌 문명 비판적 성격을 띤다는 점을 분명히 하기 위해서이다. 월러스틴에 따르면 근대적 대학제도는 훈련된 인재를 필요로 하는 정부와 새로운 기술의 향상을 요구하는 생산업체, 그리고 대학교육을 사회적 지위 향상의 수단으로 삼는 개인들의 욕망이 결합되어 만들어진 것이다. 이러한 사회의 요구와 개인의 욕망이 행복하게 결합된 경우는 과학 분야이기 때문에 인문학과 과학은 분리되어 '두 문화'의 제도화로 나타난 셈이다.[2] 그러나 이러한 제도화에서 실제로 힘 있는 사람들이 인문학자들보다 과학자들의 가치를 높이 평가함으로써 사회적 싸움에서 과학자들은 인문학자들을 멀리 앞서갔다

2　이러한 변화가 갖는 의미를 근본적인 차원에서 이해하기 위해서는 근대과학이 갖는 본질적 성격을 규명할 필요가 있다. 외부적 요인을 지나치게 강조하다 보면 학문이라는 인간의 활동이 사회적 요구의 산물로만 비칠 수 있기 때문이다. 그런 점에서 하이데거의 근대과학에 대한 성찰은 시사적이다. 하이데거는 오늘날 과학의 본질은 조사연구에 있으며 제한된 대상 영역의 투사에 근거하기 때문에 개별화된 성격의 과학으로 나타날 수밖에 없다고 지적한다. 하지만 흔히들 생각하듯이 전문화란 모든 연구조사 과정의 기반이지 결과는 아니라는 것이다. 또한 조사연구가 계속되는 활동이 될 수 있는 것은 제도 속에서 그 작업이 실행되어서가 아니다. 반대로 계속되는 활동으로서의 성격을 갖기 때문에 제도가 필요하다는 것이다. 따라서 조사연구는 근대과학이 결적정인 역사적 국면에 접어들었다는 징후인 셈이다(이에 대해서는 본서 8장 3절 참조).

(Wallerstein 2006, 59-63).

이런 현상에 대한 문제제기는 여러 각도에서 제기되었는데, 가령 물리학자이자 소설가인 C. P. 스노Snow가 '두 문화'의 분리를 개탄할 만한 현실로 파악하고 '두 문화' 간의 새로운 소통을 주장한 것은 익히 알려진 사실이다. 그러나 그의 처방은 과학교육 분야에서 고전교육 부분을 강화하는 정도(Snow 18-21)이기 때문에 리비스의 호된 비판에 직면한 것이다. 리비스는 스노의 문화 개념은 지적인 가치라고는 조금도 없으며 문학에 대한 무지가 심각한 수준이라고 공박한 다음 우리에게 진정으로 필요한 것은 "가장 깊은 생생한 본능의 생기를 가진 어떤 것"이라고 못 박는다(Leavis 1972, 53-61). 사실 이것이야말로 리비스가 생각하는 문화의 개념이며 창조적인 문학작품이 이를 탁월하게 구현한다는 것이 리비스의 지론이다. 리비스가 대학에 기대하는 것도 이와 관련된다.

> 대학은 문화적 전통의 상징으로 인식된다. 그 문화적 전통은 여전히 지도적인 힘으로 이해되고 근대문명보다 오래된 지혜를 대표하며 그 인간적 결과물들을 통해 물질적이고 기계적인 발전의 맹목적인 돌진을 억제하고 통제해야 할 권한을 가지고 있다.
>
> (Leavis 1969A, 16)

이런 인식하에 리비스는 문화적 전통의 연속성을 확보하기 위해 영문학이 교양교육의 중심이 되어야 함을 역설한다(Leavis 1969A, 17). 리비스가 영문학 공부를 대학의 중심으로 설정한 것은 영국의 옛 대학들에 의해서 대표되는 통합된 문화가 미국 대학의 기계적인 전문화에 의해 대체된 상황에 직면하여 영국의 민족적 정체성을 유지하기 위한 방편을 찾기 위해서였다는 주장(Readings 80-81)도 있지만, 리비스의 인식은 이와는 다른 관점에서 이해해야 한다고 본다. 초기 영문학 교육을 담당했던 이들이 낭만적 민족주의와 품성교육을 연결하려고 노력했던 것은 사실이고(Reid 59-65) 크게 보면 리비스도 이러한 방향과 다르지 않다고 할 수 있다. 하지만 리비스의 강조점은 영국에서 일찍 진행된 산업화의 결과가 거대한 위협으로 다가왔음을 인식하고 인류의 공멸을 막기 위한 방편으로, 즉 문화적 연속성을 유지하려는 노력의 일환으로 영문학 교육을 주창하는 데 있다. 그의 현대문명에 대한 진단을 살펴보면 이 점이 분명해진다.

> 우리는 노동과 삶의 이러한 유기적인 관계를 여하한 향수에 젖어 복원될 수 있는 어떤 것으로 떠올리지 않았고 혹은 한탄하는 데서 기쁨을 얻기 위해 떠올리지도 않았다. 그것은 이러한 유기적인 관계가 그것이 속했던 유기적 공동체와 함께 사라져서 예측할 수 있는 장래에 복원될 수 없을 것이라는 점을 강조하기 위해서였다. 우리는 가속화하는 기술공학 혁명에 따른 인간 조건의 본질적인 변화와 이에 수반하는 인간 문제의 본성을 환기시켰던 것이다.
>
> (Leavis 1972, 85)

이 대목에서 분명해진 점은 리비스가 황금시대를 동경하는 복고주의자가 아니라는 것이다. 그가 문학연구에서의 훈련을 강조하는 이유는 문명의 문제를 환기시키기 위해서이다. 그것은 지성과 감수성을 긴밀하게 결합시키는 훈련인데, 여기에서 훈련된 지성은 단지 "전문가적 지성이 아니라 역사와 사회에 대한 총체적인 인식과 판단을 가능케 하는 그런 지성"(김영희 67)이다. 문제는 이러한 훈련이 소수에 의해서만 가능하다는 점이다. 한편으로 리비스는 우리가 살고 있는 세계를 "연속적인 인간의 협동적 창조에 의해 유지되고 창조되는"(Leavis 1972, 174) 가치와 의미의 세계라고 파악하면서도 다른 한편으로 문화를 지키는 소수를 강조한다. 그러나 리비스가 '교양 있는 공중'을 계급으로 정의하거나 엘리트주의로 보기 힘들다는 점을 역설하는(Leavis 1972, 213) 데서 드러나듯이 이 소수가 궁극적으로 지향하는 바를 달성하기 위해서 '협동적 창조'는 필수불가결한 요소이다. 가령 대학이 공동체 의식의 초점이 된다든가 영문학이 연계 중심이 된다는 발상도 따지고 보면 그런 협동적 창조를 가능하게 하려는 노력의 산물인 것이다. 리비스가 계몽주의적 진보주의 인텔리겐치아들을 비판하는 것도 이런 맥락에서이다. 그들은 비기득권층을 대표해서 "'다인종적인 문화'를 가진 '다인종적인 사회'가 된다는, 혹은 될 수 있도록 한다는 이상을 환영하면서"(Leavis 1972, 169) 다원주의를 주장하지만 동시에 언제나 자신들이 엘리트임을 의식한다는 것이다.

리비스의 '교양 있는 공중' 개념이 함축하는 엘리트주의 문제를 가장 근본적인 차원에서 제기한 논자는 레이먼드 윌리엄스Raymond Williams인데, 그 배경에는 윌리엄스가 지향하는 민주주의와 계급에 관한 문제의식이 깔려 있다. 따라서 이들의 지향점이 갈라지는 부분을 세밀하게 살펴보면 오늘날 문학연구와 문화연구의 대립적 이분법이 나타나게 된 상황을 분명하게 이해할 수 있을 것이다. 윌리엄스에 따르면 문화연구는 성인 교육에 일정한 성공을 거두었으며 그것은 '하나의 선택'이자 소명의 부름에 따른 것으로서 리비스 그룹의 대안이 되었다. 그러면서 그는 다음과 같이 말한다.

> 그것[문화연구]은 그 기획에 시종일관 있어왔던 다수의 민주적 교육, 그러나 그 요소들이 제도로 편입되고 그 제도가 그 성격을 변화시킴에 따라 계속 곁길로 빠지게 된 교육을 새롭게 시도하는 것이었다. 그래서 처음에는 분석 절차에 있어서 리비스의 입장과 연속성이 있었지만, 이 사람들이 정확히 민주적 문화를 원했고 그것은 리비스계의 '소수' 구성으로는 성취될 수 없다고 믿었기 때문에 이러한 분석 절차는 철저히 바꿔어버렸다.
>
> (Raymond Williams 1989, 154)

요컨대 리비스식의 '교양 있는 공중'이 아니라 일반 대중이 문화의 생산과 소비에 적극 참여하는 '민주적 문화'를 달성하기 위해서는 새로운 분석방식이 필요하다는 것이다. 다양한 매체가 등장하고 사회적 분열이 가속화되는 시점에서는 문학연구가 이른바 '공통의 문화'를 획득하기 위한 방편이 되기에는 역부족이기 때문이다. 문학을 이렇게 상대화함으로써 문화연구가 영문학 연구의 폭을 상당히 넓혔고 문학을 사회적 맥락에서 이해하는 데 큰 기여를 한 것도 사실이다. 또한 스튜어트 홀Stuart Hall의 경우처럼 청중을 문화의 수동적 소비자에서 생산자로 탈바꿈시킴으로써 문화의 범위를 확장시킨(김용규 7) 공로도 충분히 인정할 만하다. 그러나 문학적 경험을 탈신비화시켜서 문학작품의 언어를 일종의 방언으로 보고 모든 방언은 동등한 가치를 지니며 우리가 높이 평가하는 문학작품의 언어가 단지 일정한 계급의 정치경제적 관심사를 반영한다(Holborow 159)는 계급 환원론적 태도는 비판받아 마땅하다고 판단된다. 언어의 잠재적 힘과 창조성을 구현하는 문학의 고유한 가치를 무시하는 이러한 태도는 문학뿐만 아니라 여타의 문화 현상에 대한 평가에서도 계급 상대주의로 흐를 가능성이 있기 때문이다. 문화적 다원주의는 문화 현상에 대한 가치평가에 둔감할 경우 무차별적 획일성으로 떨어지게 되는바 이는 역설이라면 역설인데, '민주주의'라는 이념 자체가 이런 역설에 기반하고 있다는 것이 문제이다. 따라서 주어진 현실에 대한 문제제기와 대안 제시가 좀 더 근본적이기 위해서는 '민주주의'에 대한 인식이 새로워져야 할 필요가 있는 것이다. 가령 블레이크가 "사람들이 지혜로웠다면 '가장 전제적인' 왕들도 그들에게 해를 입히지 못했을 것이고, 사람들이 지혜롭지 못하면 가장 자유로운 정부도 폭정이 될 수 있다"(Blake 580)고 말하듯이, 제대로 된 민주주의가 대중의 현명함을 전제하지 않고 달성될지는 의문이다. 물론 이러한 전제가 무슨 신판 '계몽주의'를 의미하는 것은 아니기 때문에 합리성을 기반으로 한 근대적 사유를 넘어서기 위해서도 인간의 '지성'이 갖는 성격을 새롭게 조명해야 한다. 리비스의 판단도 이와 무관치 않다. 리비스는 긴급한 인간의 위기를 인식하려면 무엇보다도 사심 없는 지성과 창조적 충동이 필요하다고 믿었기 때문에 이러한 위기를 타개하는 과업이 다수에 의해 시작될 수 없다고 못 박는다. 민주주의는 공동체 내부에 교양 있는 핵심층이 존재하지 않는다면 제 기능을 발휘할 수 없다고 본 것이다.

교양 있는 공중은 또한 흔히 계급이라는 말에 따르는 정치경제학적 의미에서의 계급도 아니다. 즉, 공리주의적이고 마르크스주의적인 방식으로 '사회적인' 것을 축소시키면서 계급을 인간 역사의 유물론적 해석의 관점에서 정의하는 의미에서의 계급은 아닌 것이다. (…)

보통 교양 있는 계급은 그 필수적인 통일성을 본질적으로 다양성의 문제로 제시한다. 이 다양성이 교양 있는 계급을 문화적 연속성의 생기를 유지시키는 (창조적 불일치로 상승하는) 창조적 차이의 발생에 없어서는 안 되는 공중으로 만든다.

(Leavis 1972, 213)

이런 관점에서 보자면 '교양 있는 공중'은 하나의 모델집단으로 존재하는 것이 아니라 인간이 '협동적 창조'에 의식적으로 참여하는 과정에서 형성된다고 보아야 할 것이다. 그렇기 때문에 리비스는 '교양 있는 공중'이 존재해야만 문화적 연속성을 유지할 수 있고 예술가들의 작업을 평가할 수 있는 기준이 마련될 수 있음을 역설한 것이다. 그러나 문제는 여전히 리비스가 왜 그러한 문화적 연속성을 유지하는 데 있어서 문학작품을 중심에 두고 논의를 전개하는가이다. 즉, 문학이 여타 문화적 활동과 근본적으로 다른 점은 무엇인가이다. 이 문제를 살펴보는 것은 문화연구와 리비스가 달라지는 지점이 무엇인가를 알아보는 일인 동시에 리비스에게서 언어가 갖는 중요성을 밝히는 일이 될 것이다.

3. 문학 언어와 사유

리비스는 언어의 구체적 현실성이 어떤 형태의 언어학적 인식에도 포착되지 않는다고 하면서 문화의 본질적인 생명력이 바로 이 언어에 녹아 있고 문학은 언어의 한 방식 혹은 발현이라고 주장한다(Leavis 1969B, 49). 이런 주장의 근저에는 언어가 생명력의 터전인 의미, 의도, 힘과 함께한 개인에 의해 발화되고 다른 개인에 의해 받아들여질 때에서야 비로소 현전한다는 믿음이 깔려 있다. 따라서 언어는 공적이지도 않고 사적이지도 않은 성격을 지닌다는 것이다(Leavis 1969B, 49). 이런 인식은 언어를 하나의 대상으로 분리시켜 연구하는 언어학의 전제와는 상당히 다른 것으로, 언어가 협동적인 창조를 가능케 하는 매개체이자 그 창조의 결과물임을 의식하면서 언어 자체를 생명력을 지닌 것으로 파악하는 태도이다. 창조적인 언어 사용은 기존의 언어에 새로운 생명력을 불어넣는 작업인 셈이다. 따라서 언어를 사용하는 개인의 감수성과 사유의 성격에 따라 그 발화의 양상이 달라지지만 바로 이런 차이를 통해 언어는 새로운 생명을 얻어 문학작품으로 탄생하게 된다. 리비스가 블레이크의 예를 들어 개인의 존재가 창조성에 필수적임을 주장하면서 예술가는 그 개별성에서 자신이 얼마나 사회적인 존재인가를 발견한다(Leavis 1972, 171)는 점을 강조하는 것도 이 때문이다. 본질적으로 언어는 사적이지도 않고 공적이지도 않은 '제3의 영역'에 속하기 때문에 시인 자신이 운용할 수 있는 표현 수단 이상이라고 본 것이다. 따라서 창작은 일종의 발견적 과정이 된다.

시인은 말하려는 것만을 표현하는 것이 아니라 시 창작 과정에서 그 이상을 발견하고 창조한다는 것이다. 요컨대 개인과 사회의 이분법이 창조작업 자체에서 극복되는 셈이다.

> 메타포를 섞어서 말하면 그[시인]는 하나의 집약점으로서 삶의 도관導管이다. 비록 그 도관이 수많은 개별적 존재들에서 나타나지만 말이다. 그 정체성이 무엇이고 무엇을 의미하는지를 발견하는 일이 문화적 연속성, 즉 부단한 협동적 창조, 확실히 '사회적'이라고 불릴 수밖에 없는 어떤 것에 깊숙이 내적으로 동참하고 있다는 것을 함축한다고 해서 그의 고유한 정체성이라는 점이 덜해지는 것은 아니다.
>
> (Leavis 1972, 171-172)

여기서 '사회적'이라는 말은 단순히 개인들의 집합을 의미하지 않는다. 한 개인이 창조적 활동을 통해 문화적 연속성을 창조하고 발견하는 일에 동참할 때 비로소 한 개인이 '사회적'이 될 수 있기 때문이다. 협동적 창조에 동참할 때 개인은 진정으로 개인이 되는 동시에 사회적 존재가 되는 셈이다. 이렇게 볼 때 리비스가 다원주의나 기계적 평등에 입각한 민주주의를 비판하는 이유가 분명해진다. 이 두 주장 모두 개인과 사회의 이분법을 설정해놓고 이를 극복하는 방안들을 내세우지만 이 대안들 자체가 사회를 획일화 내지 평준화시켜 진정한 창조성에 방해물로 작용할 수 있음을 경계한 것이다. 그것은 삶을 고정된 실체로 파악한다는 점에서 근본적으로 창조적인 삶에 기여하지 못한다. 반면 리비스에게 삶의 살아 있음은 언어를 통해 드러나고 언어의 살아 있음은 "변화하는 조건들에 대한 인간의 창조적 반응"(Leavis 1972, 183)을 통해 유지된다. 따라서 문학작품, 문학비평, 그리고 '교양 있는 공중'의 창출은 하나의 발견적 과정을 이룬다. '교양 있는 공중'의 존재는 문화적 연속성의 살아 있는 증거이고, "영문학은 (⋯) 연속성의 핵심적 표명이며, 그 진실에 대한 살아 있는 총체적 인식은, 즉 그 의미에 온당한 각성은 우리 시대의, 그리고 우리 시대를 위한 신실한 비평 기능의 수행에서 표현되고 촉발된다"(Leavis 1972, 221)는 것이다. 결국 영문학 교육은 리비스에게 학문 활동의 통일성을 부여하는 '상위담론'으로서의 역할을 하는 한편 '형성'의 개념도 내포하면서 이 둘이 결합된 형태로 나타난다고 볼 수 있다. 영문학이 사회와 역사의 전체 틀을 보는 지평을 열어준다는 점에서 여타 분과학문 활동의 참조체계가 되지만 이 체계는 고정된 실체로 존재하는 것이 아니라 사회와 역사의 변화에 예민하게 반응하는 지성의 '협동적 창조'에 의해 발견되고 유지되며 그런 과정에서 '교양 있는 공중'이 창출되기 때문이다.

그렇다면 문학공부에서 길러지는 감수성과 결합된 지성이 갖는 의미는 무엇인가? 이는 지식의 축적이나 비창조적 세계 전유로는 도달할 수 없는 어떤 것임에 분명하며, 하이데거가 말하는바 '의식화와 인지행위the making conscious and the knowing'를 중심으로 하는 과학의 영역에 속하는 것이 아닌 '성찰reflection'의 영역에 속하는 앎의 양태라고 할 수 있다. 하이데거에 따르면 우리가 의식만을 가질 때는 성찰에 도달할 수 없고 진정한 성찰이란 "물음을 던질 만한 가치가 있는 것에 고요하고 냉철하게 내맡기는 것"이며 이 성찰을 통해 "우리는 실제로 그것을 경험해보지 않거나 꿰뚫어보지 않은 채 그 안에 오래 머물러왔던 장소에 도달하게 된다"(Heidegger 180). 하이데거는 이러한 성찰이 지성의 도야와도 본질적으로 다르다고 본다. 하이데거가 보기에 지성의 도야란 앞서 제시된 모델을 필요로 한다. 그리고 이러한 전제는 "불변하는 이성의 불가항력적인 힘과 그것의 원칙들에 대한 믿음"에 기초한 반면 성찰은 먼저 우리가 머물러온 장소로 향하는 도상으로 우리를 이끈다는 것이다(Heidegger 180). 지성의 도야는 인간의 이성에 대한 믿음에 근거하여 하나의 이상적인 상을 세우고 거기에 맞추어 이루어지는 행위이기 때문에 인간과 인간의 이성을 문제시하지 않는 반면, 성찰은 본질적인 것에 대한 물음으로 인간을 향하게 한다. 문학공부에서 창조되고 유지되는 지성 역시 하나의 모델을 따라 형성되는 것은 아니며 이성에 대한 믿음에 근거하기보다는 감수성과의 결합을 통해 달성되는 지성이라는 점에서 문학공부가 하이데거가 말하는 성찰의 한 방식이 될 수 있을 것이다. 리비스의 사유를 하이데거의 사유와 구체적으로 비교하기 위해『살아 있는 원리The Living Principle』의 한 대목을 인용해보자.

대표적인 인간의 천재성은 강렬한 개체성과 뗄 수 없기 때문에 모든 위대한 작가들의 사유는 독특하고 각각의 경우 전달되는 실재에 대한 보고에서 뚜렷한 특성을 포함한다. 그러나 차이가 아무리 첨예하다고 할지라도 사유의 훈련으로서 '영문학'을 옹호하는 데 열심인 사람이라면 누구나 강조하는 고려사항은 모든 위대한 작가는 언어를 통해

하나의 협동적인 창조적 연속성에 속한다는 점이다. 그 훈련이란 연역된 표준적인 논리나 절충적인 진짜 철학을 배우는 문제가 아니라 오히려 포착의 섬세한 영민함과 거의 본능적인 반응의 융통성을 습득하는 문제인바, 직관으로 알게 되는 '살아 있는 원리', 즉 살아 있는 언어와 개별적 천재의 창조성 사이의 '상호작용'에 내재한 원리가 여기에 생기를 불어넣는다. 작가가 언어를 사용했을 때 그 언어에서 드러나는바, 내가 말하는 '상호작용'은 언어란 '표현 수단' 이상의 것이라는 점을 염두에 두고 있다는 암시이다. 즉, 언어는 가치, 언명, 특징, 충동, 잠재력에 대한 인식을 구현하고 있는 것이다. 그렇다고 해서 언어가 일의적이어서 이상적으로 포괄적인 결론을 암묵적으로 지시하고 있다는 것은 아니다. 그 자체가 창조성의 산물인 언어는 지속적이고도 전진적인 협동적 사유를 가능하게 한다. 그리고 그러한 협동에는 필수적이고 본질적으로 불일치가 수반된다는 점을 잊어서는 안 될 것이다. 완결성이란 달성될 수 없는 것이다.

(Leavis 1975B, 49)

여기에서 강조되는 사항은 우선 문학작품에서 드러나는 작가의 사유가 그 자체로 독특한 개별성을 지닌다는 점에서 보편성을 주장하는 철학과 구별된다는 점이다. 하지만 작가는 언어를 통해 '협동적 창조'에 참여하고 있기 때문에 그의 독특한 사유는 삶에 대한 직관적 지각과 인식을 수반한다. 언어를 통해 삶의 구체성과 작가의 개별성이 만남으로써 하나의 세계가 창조되고 그렇게 창조된 세계에서 살아 숨 쉬는 사유에 대한 인식은 연역적 논리나 절충적 개념화를 통해서는 도달할 수 없는 지평이다. 문학작품은 언어를 통해 이미 존재하는 어떤 것을 '표현'하는 것이 아니라 "아직 구현되지 않은 것에 대한 예감을 인간에게 형성시키는 가운데"(Leavis 1975B, 44) 삶만큼이나 구체적이고 다양한 사유를 촉발시킨다. 그렇기 때문에 그러한 사유를 인식하기 위해서는 "포착의 섬세한 영민함과 거의 본능적인 반응의 융통성"이 필요한 것이다. 이렇게 볼 때 문학작품을 통해 발현되고 훈련되는 사유는 지성의 도야 이상의 것이고 언어와 인간의 삶에 근본적인 물음을 던지게 한다는 점에서 하이데거가 말하는 성찰의 방식이 될 수 있다. 문학작품에서 언어는 "삶의 특정화된 실현태인 개인적 존재를 인간의식의 여명기와 그 너머로 되돌린다"(Leavis 1975B, 44)는 점에서 문학공부를 통한 사유의 훈련을 통해 우리는 위대한 작가들과 마찬가지로 "협동적인 창조적 연속성"에 속하게 되며 하이데거가 말하는바 우리가 직접 보거나 경험해보지 않고도 "오래 머물러왔던 장소에 도달"하게 되는 것이다.

4. 문학교육과 실제 비평

리비스의 문학관이 실제 비평에서 어떻게 발휘되는가를 살펴보면 리비스의 사유가 실천적으로 관철되는 현장을 목격하게 되는데, 이런 실제 비평도 기존 비평의 관행에 대한 문제제기를 동반한다는 점에서 이론 중심으로 이루어진 현재의 문학교육에 대한 일정한 반성을 촉구하는 측면이 있다. 교육현장에서 시를 어떻게 가르칠 것인가에 대한 생각은 사람마다 다르지만 오늘날의 시 교육에 신비평이 끼친 영향은 상당하다고 할 수 있다. 작품 자체에 관심을 기울여 꼼꼼히 읽기를 강조하는 것이야 나무랄 일은 아니지만, 그 것이 시의 총체적 의미를 생산해내기보다는 마치 자연과학자의 작 업처럼 시를 분해해버리는 결과를 가져올 수 있다. 리비스가 이런 관행에 대해 대표적인 신비평가들인 윌리엄 엠슨William Empson 이나 I. A. 리처즈Richards를 거론하면서 비판할 때 드러나듯이 시 분석이 부분에 대한 분석에만 머물러서는 온당한 비평을 수행했다 고 보기 힘들다. 리비스가 보기에 분석이란 구성적 혹은 창조적 과 정이며 일종의 재창조 과정이다.

훈련으로서의 이러한 비평작업을 강조하는 것이 기술적 도구나 반 복 연습에 공들일 생각을 하라는 것은 아니다. 훈련은 섬세하고 세심 한 지성의 사용을 통해 이루어진 것이어야 한다. 그 때문에 학생에게 주어질 수 있는 그러한 도움은 기술적 절차에 대한 비법 전수와 같은 성격을 띠지 않으며 전수해줄 도구도 없다. 분석작업에서 그러한 도구 를 제시하는 것은 십중팔구 텍스트에 대한 지성의 사용을 대체하는 것 으로 판명날 것이다. (…) 온당한 분석적 실천은 적실성의 느낌을 강화 하는 것이다. 즉, 부분에 대한 정밀한 분석은 동시에 전체에 대한 더 완 전한 파악을 향한 노력이어야 하며 가치 감각의 발휘이기도 한 지성의 모든 적절한 작용은 전체적인 가치판단에 대한 암묵적인 관심에 의해 통제되어야 한다.

(Leavis 1969A, 71)

이 대목에 기술된 비평적 전제는 시에 대한 이해가 가치판단을 동반하는 일종의 훈련 과정이라는 점이다. 그것은 기술적인 도구를 통해서 시에 접근하는 것이 아니라 지성을 발휘해서 작품에 대한 전체적인 이해에 도달하는 일이다. 물론 "섬세하고 세심한"이라는 말에서 암시되듯이 이 지성의 발휘는 텍스트 바깥의 지식을 동원하여 시를 파악하는 것을 의미하지 않고 텍스트가 촉발하는 느낌과 사유의 지평에서 가치를 발견하려는 노력을 통해 이루어진다. 이는 개별 독자들에게 선입견을 배제하고 텍스트에만 집중하라고 요구하면서 실제로 우리의 지각이 작동하는 방식과 정반대로 시 읽기를 강조하는 리처즈식(Bergonzi 149)의 신비평주의와는 상당히 다른 발상이다. 시의 총체적 의미와 가치판단의 관련성은 시 비평이 주관적 인상주의나 객관적 과학주의로 떨어지는 것을 막아주는 역할을 하는바, 이는 '제3의 영역'인 창조적인 언어 사용에서 주객의 이분법이 극복될 수 있다고 말한 리비스의 예의 주장을 확인시켜준다. "주관과 객관의 이분법을 넘어서려고 한 리비스에게 있어 '객체' 혹은 '실재'는 주관과 분리된 '대상'이 아니라 주체의 활동을 가능케 하는 기반이자 활동의 과정이기도 하고 활동의 산물이기도 한 '인간세계'"(김영희 142)인 것이다.

사실 이런 관점이라면 시 작품 하나하나가 개별적인 창조성의 산물이기 때문에 리비스의 비평관을 하나의 '방법론'으로 정의하는 것이 쉬운 일은 아니다(Eaglestone 22). 그렇다면 문학작품을 어떻게 가르칠 수 있을까? 리비스는 우선 감수성을 훈련시키는 것이 급선무이며 '기법'의 덫에 걸리지 않도록 노력해야 한다고 본다. 그러기 위해서는 좋은 비평의 다양한 예들을 자주 접함으로써 독자들이 스스로를 훈련시켜야 한다는 것이다(Leavis 1969A, 120-21). 요컨대 기법상의 특징을 통해 시를 분석하는 과정에서는 지성과 감수성이 제대로 단련될 수 없다는 뜻이다. 리비스 자신도 T.S. 엘리엇의 비평이 바로 그런 좋은 비평의 예라고 소개한다(Leavis 1969A, 121). 실제로 리비스는 에즈라 파운드Ezra Pound의 이미지즘을 비판적으로 바라보고 엘리엇의 안목을 창조적으로 전유하는 가운데 자신의 비평적 시각을 정립하고 있다. 그 과정에서 엘리엇의 비평 개념들, 예컨대 '감수성의 통합'이 시의 분석과 평가에 내재적인 원리로 작동함을 알 수 있다. 따라서 시가 촉발한 섬세한 느낌과 독특한 사유를 전체적으로 가치평가하는 일과 좋은 비평과 나쁜 비평에서 배울 것은 배우고 버릴 것은 버리는 분별력을 발휘하는 일은 본질적으로 동일한 과정이라고 말할 수 있다. 한 편의 시는 따라야 할 비평적 전범과 타파해야 할 비평적 폐습을 가려줄 잠재적 힘을 가지고 있으며 바로 그 잠재적 힘의 가치를 파악할 수 있는 안목을 좋은 비평이 길러주는 셈이다. 시 읽기는 이런 변증법적 과정을 통해 이루어진다고 생각하기 때문에 리비스의 비평관을 하나의 '방법론'으로 정의하기가 힘들어지는 것이다.[3] 따라서 리비스의 비평관이 어떻게 드러나는지를 보기 위해서는 그가 시를 분석하고 평가하는 구체적인 현장을 살펴보아야 한다. 논의의 편의를 위해 블레이크의 짧은 시인 「병든 장미The Sick Rose」에 대한

---

3 앞의 하이데거 논의를 끌어들여 말하면 일정한 '방법론'을 따르는 일이야말로 이미 제시된 '모델'에 따라 지성을 사용하는 행위로 하이데거가 말한 '성찰'과는 거리가 멀다고 할 수 있다.

리비스의 분석과 평가를 예로 들어보자.

오, 장미여, 그대는 병들었구나!
울부짖는 폭풍우 속,
밤 동안 날아다니는
눈에 보이지 않는 벌레가

진홍빛 기쁨의
그대 침대를 찾아내
음험하고 은밀한 사랑으로
그대의 생명을 파괴하는구나.

단 두 문장으로 이루어진 이 짧은 시는 독자에게 강렬한 인상을 남길 것이다. 그러나 이 시를 해석하는 것은 상당히 곤혹스러운 일이다. 이 시는 알레고리적 해석의 여지를 봉쇄하는 측면이 있는데, 이는 시각적 이미지의 생생함에 기인한 것으로 보인다. 그렇더라도 이 시가 어떤 종류의 사랑을 말하고 있음도 분명하다. 압축적인 언어를 산문적인 언어로 풀어 설명하다 보면 이 시가 주는 효과가 반감될 수도 있을 것이다. 그렇다면 이 시를 어떻게 이해할 것인가? 리비스의 분석과 평가가 전범적인 이유는 이 시가 보여주는 생생함을 블레이크의 언어 운용의 탁월함과 관련시키면서 이 시가 촉발하는 감수성의 성격을 적절하게 자리매김함으로써 알레고리적 해석으로 떨어지는 것을 방지하기 때문이다. 우선 이런 비평적 안목은 파운드의 '시각적 상상력'에 대한 비판을 통해 길러진 것이라고 할 수 있다. 리비스는 시에서의 이미지가 단순히 그림을 보는 문제가 아니라 거기에 게재된 모든 감각을 동원하는 문제라고 본다(Leavis 1969A, 15). 그런 관점에서 이 시의 시각적 이미지는 정서적이고 본능적인 내적인 삶에 속하는 어떤 것을 환기시킨다고 말한다. 그리고 이 시의 장미는 직접성immediacy으로 드러나기 때문에 하나의 '상징'으로 부르기 힘들다는 것이다(Leavis 1975B, 90-91). 여기에서 리비스는 장미의 직접성은 직접성대로 인정하면서 그것이 단순한 시각적 대상이 아님을 명백히 하지만 상징화되는 것은 경계하고 있다. 이는 이 시를 해석할 때 우리가 마주치는 곤혹스러움을 있는 그대로 받아들이는 태도이다. 그렇다면 단순한 시각적 인상과 상징적 추상화를 넘어서 이 시를 온당하게 자리매김하는 방법은 무엇인가?

'진홍빛'이라는 말은 물론 의심할 여지가 없는 시각적인 효과를 만들어내지만, 이 시각적인 효과는 그 맥락에서 이 말이 수행하는 전체적인 작업의 단지 한 요소에 불과하다. '진홍빛'이라는 말이 수행하는 것은 첫 행, 즉 "오, 장미여, 그대는 병들었구나!"가 제시한 연상의 충돌을 강화하고 완성하는 것이다. 장미를 '병들었다'라고 부르는 것은 즉각적으로 그것을 보이는 것 이상의 어떤 것으로 만든다. "진홍빛 기쁨의 그대 침대"로 드러나는 '장미'는 풍부한 열정, 즉 향내를 풍기며 즉각적으로 달아오르는 미묘한 관능성과 섬세한 건강성을 환기시킨다. "진홍빛 기쁨의 그대 침대"는 연상에서 관능적일만큼 촉각적이고, 우리가 분석하려고 노력할 필요가 없을 만큼 촉각적인 것 이상이다. 즉, 우리는 그 장미 속에 '자리 잡고 누워 있는' 듯 느끼며 ("찾아내"라는 말에서) 저 아래 빽빽하게 들어찬 닫혀 있는 꽃잎들의 중심에 은밀한 심장, 즉 삶의 집약점이 있음이 암시되기도 한다. "울부짖는 폭풍우 속,/밤 동안 날아다니는/눈에 보이지 않는 벌레"는 사랑의 온화한 안정감('그녀는 모든 국가이고 나는 모든 왕이며 다른 어떤 것도 없다'—인용자 주: 존 던John Donne의 「일출The Sun Rising」의 한 대목임)과의 대조의 충격을 제공하면서 정신psyche의 어두운 힘들이 부조화로 나타날 때 갖는 통제할 수 없는 타자성을 전달한다. 우리는 이 시가 로런스의 많은 곳에서 확인할 수 있는 심오한 관찰, 즉 '사랑'에 들어 있을 수 있는 소유적이고 파괴적인 요소에 관한 관찰을 기록한 것임을 알 수 있다.

(Leavis 1975B, 91-92)

여기에서 리비스는 블레이크의 압축적 언어가 전개되는 과정과 독자가 이 시에 참여하여 시의 느낌을 체득해나가는 과정을 연계시킴으로써 시 언어의 환기력이 극대화되면서 이것이 독자에게 '느낌으로서의 사유'로 자리매김하는 과정을 섬세하게 분석하고 있다. 시각적 인상에서 촉각적인 느낌으로 이동하여 이 느낌의 근저에 있는 관능성을 추적한 다음 이 관능성에 도사리고 있는 어두운 힘의 부조화를 지적해내서 이를 소유적이고 파괴적인 사랑과 연결시킨다. 이는 시에 그려진 시각적 공간이 수직적 하강을 통해 시의 감정적인 강도를 강화시키고 그 강화된 감정의 침전을 통해 사유가 탄생하는 과정을 예리하게 분석한 것이다. 따라서 시각적 인상이 추상적인 차원으로 성급히 환원되지 않으면서 시의 의미가 자연스럽고 적실하게 드러난다. 나아가 존 던의 시와 로런스를 염두에 둠으로써 이 시의 문명사적 의미도 시사되고 있다. 이런 정밀하고 깊이 있는 분석에서 분석을 구성적이고 창조적 과정, 나아가 재창조 과정이라고 본 리비스의 비평관이 가진 힘이 입증된다고 할 수 있다. 그리고 여기에는 엘리엇의 '감수성 분열론'이 내재적으로 작용하고 있음을 확인하게 되는바, 리비스는 심오한 사유를 자랑하는 셸리의 시보다 특별히 사유를 개진하지 않는 이 시가 좀 더 튼실한 사유에 기반하고 있다고 평가한다(Leavis 1975B, 92). 이로써 분석에서 가치평가에 이르는 일련의 작업에서 리비스가 비평의 본령을 탁월하게 수행하고 있음을 보여준 셈이다. 이는 언어가 단순히 '표현 수단' 이상의 것임을 확인시켜주는 작업이기도 하다. 언어에는 감정과 사유가 녹아 있고, 이를 촉발하는 잠재적 힘이 존재하며, 이 힘은 그 언어가 근거하고 있는 전통 내지 문화의 활력을 일깨우고 아직 오지 않은 세계에 대한 예감을 선취하는 가운데 독자를 '협동적 창조'의 연속성에 속하게 만들어준다.

5. 나가며

최근의 문학에 대한 논의는 아예 문학을 시효가 만료된 과거의 것으로 치부하거나 '글쓰기' 일반으로 환원시켜 탈신비화하는 데 치중하는 등 그 잠재적 가능성을 무시하기 일쑤이다. 그러나 '문학종 언론'이나 '탈문학론'이 아무리 기세등등해도 문학이 갖는 잠재력이 그렇게 쉽게 무시될 성격의 것인가? 가령 대표적인 문학이론가인 프레드릭 제임슨Fredric Jameson이 문학의 창조적인 힘을 인정한 사례에 주목하는 신광현은 작품이 "작품을 낳는 상황을 수동적으로 반영하거나 그 상황에 의해 일방적으로 구성되지" 않고 "그 상황을 구성하며 처음으로 그 상황이 나타나게 드러내"주는 측면을 강조한다. 이런 관점에서 문학작품을 통해 "개별 주체가 사회적 총체성을 개인적 경험과 인식에 담아낼 가능성"에 각별한 관심을 보인다(신광현 118-119). 이는 우리가 앞서 논의했던 리비스의 관심과 일치하는 면이 있으며 이론의 지형도에서도 리비스의 영향력이 알게 모르게 작용하고 있다는 증좌이다. 그런 점에서 언어의 잠재력에 대한 문제의식을 문화연구에서 적극적으로 수용할 필요가 있다고 본다. 문학작품에서 드러나는 이 언어의 잠재력은 삶의 구체성 내지 실감을 직접적으로 환기시킨다는 점에서 인간 삶의 경험을 심층적이고 역동적으로 파악하는 데 필수적이기 때문이다. 한 문화의 본질적 생명력이 문학작품에서 발현된다는 리비스의 주장은 바로 개별 주체의 창조적 언어 사용 자체가 '심층적이고 역동적인' 사회적 총체성의 구현에 다름 아님을 강조한 것이라고 할 수 있다. 문학공부가 현실에 실천적으로 개입할 가능성을 찾는 과정에서 리비스를 참조해야 할 이유가 여기에 있다고 할 수 있다.

10

'네그리의 정치사상과 문학'의
쟁점들

1. 들어가며

일정한 경지에 오른 사상가는 으레 그렇겠지만 안토니오 네그리 Antonio Negri가 사용하는 개념들을 따로 떼어내어 이해하는 것은 그 개념들에 대한 오해를 낳기 십상이다 '특이성', '공통적인 것', '다중' 등의 개념들은 서로 밀접한 연관성을 가지기 때문에 섣부른 예단보다는 그 개념들이 형성된 맥락에 대한 섬세한 이해를 요구한다. 특히 네그리가 변증법, 재현, 매개 등의 개념을 철저히 비판적으로 바라보기 때문에 이러한 개념에 의지하는 다른 사상들과 네그리를 상대 비교하기도 어렵다. 그런 점에서 지난 호 『안과밖』의 '쟁점'난에 실린 정남영의 글 「네그리의 정치사상과 문학」(정남영 2009, 132-162)은 네그리의 사상에 대한 친절한 안내가 되는 동시에 (영)문학을 전공하는 연구자에게 문학을 새롭게 볼 수 있는 시각을 제공한다. 이 글에 대한 논평이자 반론인 이택광의 「예술은 어떻게 '정치적인 것'일 수 있는가」(이택광 163-178)라는 글 역시 그 자체로 계몽적이다. 네그리의 사유가 이론의 지형도에서 차지하는 위치를 점검한다는 점에서 네그리의 사상을 상대화해서 볼 여지를 마련해주기 때문이다. 하지만 이 글은 정남영의 논의에 대한 직접적인 비판보다는 네그리나 정남영이 제기하는 "이론에서 비어 있는 지점들을 그려내는 작업"(이택광 166)의 성격이 강해서 쟁점을 뚜렷하게 부각시키지는 못했다.

필자는 정남영이 네그리를 통하여 제기하는 문제를 직접적으로 비판할 능력도 없을 뿐만 아니라 이택광이 시도하는 이론의 지형도 그리기 작업을 수행할 만큼 폭넓은 독서와 이론적 무장도 부족하다. 하지만 네그리에 대한 정남영의 전폭적인 공감과 이택광의 이론적 상대화 사이에서 '예술(문학)의 정치성'이라는 애초의 문제가 묻혀버렸다고 판단하고 생산적 논의를 위해 정남영의 글에 대한 일정한 문제제기가 필요하다고 생각했다. 본고에서는 그런 관점에서 우선 네그리의 내부로 들어가 그의 사유 자체에서 생겨난 쟁점들을 드러내는 것을 일차적인 목표로 삼는다. 아울러 그러한 쟁점들에 대한 필자의 견해를 덧붙임으로써 '예술(문학)과 정치성'이라는 주제를 사유할 수 있는 단초를 제공하려고 한다.

2. 비물질노동의 헤게모니: '적대'는 어떻게 구축되는가

정남영이 2장 1절에서 다룬 네그리의 근대·탈근대론에서 주목을 요하는 것은 '비물질노동의 헤게모니' 개념이다. 이 개념과 관련하여 흥미로운 것은 비물질노동의 헤게모니를 향한 경향이 점차 강해지면서 착취의 기능성이 그만큼 강화되기도 하지만 동시에 노동에서 창조성의 비중이 높아진다는 사실이다. 이는 역설이라면 역설인데, 자본의 힘을 하나의 명령으로 생각하는 이 시대의 많은 사람들에게 새로운 희망과 가능성을 제시해주는 대목이다. 네그리가 강조하듯이 오늘날 노동은 사회적 행위 전체를 가리킬 정도로 노동시간과 비노동시간의 구분선이 흐려졌기 때문에 착취의 강도가 전에 없이 높아진 것이 사실이다. 또한 자본주의의 바깥을 형성하는 것은 매우 어려운 실정이다. 네그리가 다른 탈근대론자들과 구별되는 점은 자본주의를 극복할 수 있는 원천을 그 내부에서 찾는다는 것이다. 그런 관점에서 네그리는 자크 데리다Jacques Derrida나 아감벤 같은 철학자의 작업을 '주변적 저항'이라고 비판한다(Negri 2005, 25). 그렇다면 자본주의 내부에서 저항은 어떻게 일어나고 그 저항의 핵심인 삶의 활력과 창조력 등은 어떻게 발현되며 그것이 다시 자본주의 체제 내부로 재흡수되지 않는 길은 무엇인가가 문제의 핵심으로 떠오른다. 정남영의 글에서는 이 점이 구체적으로 제시되지 않았으므로 네그리의 책 한 대목을 인용하여 이 문제를 살펴보자.

우리는 이미 적대가 어떻게 모든 착취관계에서, 전 지구적 체계의 모든 위계적인 분할에서, 그리고 공통된 것을 통제하고 명령하려는 모든 노력에서 유래하는지에 주목했다. 우리는 또한 공통된 것의 생산이 항상 어떤 잉여를, 즉 자본에 의해 착취될 수 없는 또는 전 지구적 정치적 신체의 조직 편성에 포획될 수 없는 잉여를 포함한다는 사실에 초점을 맞추었다. 가장 추상적인 철학적 수준에서 볼 때, 이 잉여는 적대가 반란으로 변형되는 토대이다. 다시 말해 박탈deprivation은 분노, 분개, 그리고 적대감을 낳을 수 있지만 반란은 부를 기초로 해서만, 즉 지성, 경험, 지식, 욕망 등의 잉여를 기초로 해서만 나타난다. 우리가 빈자를 오늘날 노동의 범례적인 주체적 형상으로 제기할 때, 그것은 빈자가 빈털터리이고 부에서 배제되었기 때문이 아니라 그들이 생산의 회로들에 포함되고 잠재력으로 충만해 있기 때문이다. 이러한 잠재력은 자본과 전 지구적인 정치적 신체가 강탈하고 통제할 수 있는 범위를 언제나 뛰어넘는다.

(『다중』261-262)

　　중요한 것은 적대를 반란으로 변형시키는 토대인 '잉여'가 어떤 성격의 것이냐이다. 우선 '가난'과 '부'가 각각 이중적인 성격을 띠면서 서로 관련을 맺고 있다는 점에 주목할 필요가 있다. 네그리는 다른 곳에서 마르크스를 원용해 가난의 두 차원, 즉 '객체적 부의 완전한 배제로서의 가난'과 '일반적 가능성의 형상으로서의 가난'을 구별한다. 전자는 노동이 창출하는 부, 다시 말해 자본 안에서 객체적으로 구현된 부를 박탈당함으로써 생겨나는 가난이고, 후자는 그러한 부를 생산할 수 있는 산 노동의 역량으로 파악된다(Negri 2005, 193). 따라서 후자의 가난은 자본이 포섭할 수 없는 '절대적인 부'이자 '절대적인 가난'이다. 이런 맥락에서 보면 자본이 '공통된 것'의 생산을 통제하고 명령하면서 '잉여가치'로서의 부를 생산하고 이를 독점함으로써 '객체적 부의 완전한 배제로서의 가난'을 만들어내지만 '공통된 것'의 잠재력은 항상 '잉여'를 생산해내고 바로 그 잉여가 자본의 바깥을 구성하게 되는 셈이다. 다른 말로 하면 이 잉여는 '특이성'의 형태를 띰으로써 추상화에 기반을 둔 자본의 논리에 포섭될 수 없다. 여기에서 '지성, 경험, 지식, 욕망', 한마디로 '공통된 것'은 자본에 포섭되지 않는 잉여를 만들어내기 위해서 결국 사유화가 불가능한 생산물, 즉 '공통된 것'을 끊임없이 생산해내야 한다. 요컨대 '공통된 것'은 끊임없이 스스로를 '특이성'의 형태로 (재)생산해야 하는바, 이것이 위에서 네그리가 말한 잠재력의 실체라고 할 수 있다.

네그리의 이러한 입장은 인간의 노동을 능동적인 주체성 형성의 관점에서 파악한다는 점에서 노동의 창조성에 대한 전폭적인 긍정이라는 의미가 있지만 "빈털터리이고 부에서 배제"된 '빈자'가 가지는 "분노, 분개, 그리고 적대감"을 "가장 철학적인 수준"인 '가난의 존재론'으로 해소해버리는 것이 아닌가 하는 의구심을 낳는다. 실제적인 경제적 빈부격차와 계급의 문제는 논의의 대상에서 밀려나는 것이다. 계급에 대한 그의 입장을 들어보자.

의심할 여지 없이 전통적인 계급 개념은 이제는 그다지 쓸모가 없어요. 이 개념은 생산 장소의 집중화와 재생산 형식들의 동질화, 즉 삶의 양식들의 동질화에 토대를 두고 있지요. 계급에 대한 그 같은 이해는 에밀 졸라Émile Zola나 일부 러시아 소설들에서 발견되는 것이죠. 그러한 소설들에서 우리는 프롤레타리아가 무엇인지 정확히 알게 됩니다. 마지막 세부에 이르기까지요. 하지만 오늘날에 우리는 이러한 개념의 통일성과 응집성의 완전한 붕괴에 직면해 있습니다. 이를테면 사회적 위계질서들은 더 이상 생산과 재생산에서의 차이들에 따라 엄격하게 결정되거나 서열화되지 않지요. 그보다는 그 차이들이 사회적인 것을 종횡으로 관통하고 거기에 철저하게 스며들어 있는 것이지요.

(Casarino and Negri 95)

계급에 대한 이 같은 관점이 계급 개념을 부정하는 데로 이어지지는 않는다. 네그리가 제시하는 '다중' 개념은 계급 개념을 삶정치적 관점에서 재구성한 결과로 나온 것이다. 주로 경제적인 관점에서 제시되었던 19세기와 20세기의 노동계급이 산업노동자를 가리켰다면 오늘날의 노동은 사회적 활동 전체에 해당하므로 하나의 세력 혹은 전위로서 계급을 상정할 수 없다는 판단이다. 이러한 판단은 생산과 재생산의 집중화와 동질성의 바탕인 국민국가, 민중, 국민, 주권 등의 개념이 위기에 처했다는 인식과 궤를 같이하며, 이런 이유로 네그리는 자신의 분석 대상을 '사회'라는 개념으로 뭉뚱그려 설명하는 방식을 취한다. 사회적 차이들을 하나의 정체성으로 환원시키는 계급이나 민중이나 국민 개념을 탈피함으로써 복수적인 특이성들의 집합인 '다중'의 개념이 형성되기는 한다. 그러나 동시에 계급과 민중과 국민의 범주들이 서로 복잡하게 얽혀 있

는 자본주의의 현실을 사유할 기회가 박탈되기도 한다.[1]

요는 근대적 관점에서 정의된 계급이나 민중 개념의 유효성이 비물질노동의 헤게모니를 향한 경향이 가속화되는 시점—네그리에 따르면 근대에서 탈근대로의 이행기—에서 사라졌는가를 따져보는 일이다. 가령 인터넷을 기반으로 한 수평적 네트워크들의 등장으로 협력적이고 소통적인 관계를 형성하기가 용이해진 것은 사실이지만, 바로 그 인터넷이라는 것도 자본이 활용하는 하나의 기술이며 협력적이고 소통적인 관계가 자본이 원활하게 유통되는 데 기여하는 측면도 무시할 수 없다. 말하자면 수평적 네트워크들 자체가 자본을 생산해내는 한에서 하나의 '생산수단'이 될 수 있고 그 소유 여부에 따라 계급을 정의할 수 있다.[2] 요컨대 "생산의 회로들에 포함되고 잠재력으로 충만해 있"는 '빈자들'이 "자본과 전 지구적인 정치적 신체가 강탈하고 통제할 수 있는 범위를 뛰어넘"기 위해서는 그들이 집단적 주체가 될 필요가 있다. 네그리는 '다중'이 "특이한 사회적 주체들의 협력을 통해 출현"하고 "협동적인 사회적

1 네그리의 입장에 동조하는 국내의 한 논자의 주장 역시 '자본의 전 지구적 보편적 운동 경향'이라는 이유를 들어 민족국가 단위에서 벗어나서 사유하는 것을 강조한다. 네그리가 현대사회의 분명한 시대적 현실성으로 파악한 '노동의 자본에 대한 형식적 포섭에서 실질적 포섭으로의 전화' 경향이 세계시장 수준에서 전개되는 총체로서의 자본의 경향을 지칭한다는 전제하에 이 경향을 "이탈리아와 한국과 같은 민족국가 단위에서 사고하거나 서유럽, 아시아 등 지역 수준에서 정의하는 것은 그 개념의 실효성을 약화시키는 것으로 귀결된다"고 주장하는 것이다(조정환 408-409). 물론 전 지구적 자본주의화가 시대의 대세이기 때문에 '민족국가' 단위를 고집할 수는 없지만, 민족국가 단위에서의 사유가 '실질적 포섭'의 전 지구적 관철에 저항할 수 있는 기반을 마련할 수 있음을 잊어서도 안 될 것이다.

2 정남영이 예로 든 쇠깎이 작업에서의 노동의 성격 변화도 노동에 부여된 "예술적 창조의 성격"이 자본의 요구에 언제든지 포섭될 가능성이 있기 때문에 소외된 노동으로 떨어져 자본의 새로운 착취방식으로 활용될 수 있다고 본다(정남영 2009, 137 주10).

상호작용들에서 창출"(『다중』 272-273)됨을 주장하면서 계급이나 당 등 동일성(정체성)을 기반으로 한 투쟁이나 인종, 젠더, 섹슈얼리티에 기초한 차이들을 긍정하는 투쟁 양자를 모두 다중의 투쟁이 대체한다고 주장한다(『다중』 267). 하지만 네트워크 조직의 확대가 소통과 사회적 협력을 자동으로 보장해주는 것은 아니다. 이런 네트워크 투쟁이 뭔가 튼실한 공통 기반—이것이 꼭 계급의식이나 민중성일 필요는 없지만—이 없다면 오히려 자본이 쉽게 부수어버릴 수 있는 약한 고리가 될 수 있음을 경계해야 할 것이다.

3. '삶정치'와 주권의 문제

네그리가 푸코의 '생명정치' 개념을 '삶정치' 개념으로 재구성하려고 할 때도 국가권력과의 관계를 비중 있게 다루지 않기 때문에 '삶권력'의 구체적 작동방식을 파악하기 어려워지는 문제가 생긴다. 정남영이 밝히듯이 푸코의 생명정치 개념은 19세기 자유주의 전개 과정과 겹치기(정남영 2009, 138) 때문에 국가권력과 뗄 수 없는 관계에 있다. 정남영의 설명처럼 "사유의 구축, 인공물로서의 사유의 구축을 포함"하고 "자유로운 주체성(다중)의 구성을 포함"하는 '삶'이 '생명'과 다른 것은 사실이다(정남영 2009, 143). 그런데 '생명'과 '삶'을 이렇게 대척적인 관계로 놓는 순간 자본과 국가권력의 횡포에 대한 '생명' 차원의 저항이 '삶' 차원의 정치성으로 상승하는 계기들이 담론적 차원에서 봉쇄된다. 네그리는 생기론적 관점에서 삶이 시장에서의 경쟁에 기반을 둔 '소유적 개인주의' 형태로 나타남을 지적했는데, 이런 차원의 삶을 하나의 역사적 현실로 인정하고 나서 자유로운 주체성을 어떻게 구성할지 고민할 필요가 있다. 네그리는 삶정치의 작업이 윤리와 정치, 영혼과 육체, 사적인 것과 공적인 것, 개인적인 것과 집단적인 것, 욕망과 그 실현 등의 모든 이분법을 철폐하고 이들을 연결하는 작업이라고 말하지만(Casarino and Negri 151), 결과적으로 이 작업은 삶권력 대 삶의 활력이라는 새로운 이분법을 낳고 만다. 물론 이것을 서로 매개될 수 없는 절대적인 '다름'으로서의 이원성이라는 관점에서 이해할 수도 있다. 그러나 삶권력이 실제로는 푸코의 '생명정치' 개념에서처럼 국가권력의 동원을 통해서 작용한다면 삶의 활력과 삶권력의 대립이 국가권력과의 관계 속에서 정의되는 것을 피할 수 없다. 이에 대한 정남영의 설명을 들어보도록 하자.

여기서 우리가 주목해야 할 점은 활력과 권력의 대립이 두 실체 사이의 대립이 아니라 존재의 힘과 '무의 힘the power of the nothing' 사이의 대립이라는 것이다. 이는 예컨대 거리에서 벌어지는 촛불과 전경의 대치가 어떻게 실체들 사이의 대립이 아니냐고 반문하는 차원에서는 이해될 수 없다. 이 반문의 부적절성은 장場의 형태로 존재하는 삶권력이 촛불이나 전경에게도 마찬가지로 작용한다는 점, 스스로의 조건과 선택에 따라 삶권력에 종속된 정도가 결정될 뿐이라는 점을 생각하면 금세 드러난다. 실체들 사이의 대립을 유도하는 것은(전경을 국가폭력으로 활용하여 촛불과 부딪히도록 하는 것은) 권력이 하는 일이지 활력이 하는 일은 아니다.

(정남영 2009, 140-141)

인용문에서 삶권력은 사회 전체에 편재된 상태로 사회적 관계에 영향을 미치는 것으로 설정되어 있다. 그런데 촛불과 전경을 대립적 실체로 만드는 것은 국가권력이다. 삶권력에 종속된 정도를 결정하는 "스스로의 조건과 선택"은 국가권력의 작동에 의해 일정한 제한을 받을 수밖에 없다. 아감벤은 네그리의 사유에서 '구성적 힘constituting power'과 '주권권력'의 차이가 중요한 문제로 부각되지만 이 둘을 구분할 수 있는 설득력 있는 기준이 부재함을 지적한 바 있다. 이에 대해 네그리는 아감벤의 관점이 '법정치적' 기준을 적용한 것이며 구성적 힘은 주권권력에 영향을 미치는 방식으로 주권권력과 병행하여 존재한다고 반박한다.[3] 하지만 구성적 힘이 주권권력에 영향을 미치는 만큼이나 주권권력 또한 구성적 힘에 영향을 미친다고 할 수 있기 때문에 주권 문제가 삶정치의 형성에 중요한 변수로 작용할 수밖에 없다. 요컨대 네그리의 '삶정치' 개념을 주권의 문제와 관련시키는 일은 구성적 힘의 동학動學을 구체화하고 그 현황을 점검하는 하나의 방편이 될 수 있다. 이것은 국가권력을 과대평가하느냐 과소평가하느냐의 문제라기보다는[4] 네그리가 주장하는 '다중의 민주주의'의 실천적 가능성을 모색하는 차원에서 짚고 넘어갈 사안이라고 판단된다.

---

3 아감벤의 지적은 Agamben(43-44), 네그리의 반박은 Casarino and Negri(157-158)를 참조하라.

4 네그리는 국가를 욕망이 한계에 도달했을 때 우리가 동일시하게 되는 부정적 한계로 파악하면서 부단히 이 한계를 돌파해나갈 것을 요청한다. 긍정적 열정들을 집단적으로 표현함으로써 "사랑을 산출하는 지속적인 시도"들 통해 이 한계를 극복할 수 있음을 역설한다(Casarino and Negri 151).

네그리는 "다중의 민주주의와 그 구성적 힘이라는 정의는 또한 구체적으로 규정된 시간과 공간 속에서 다중의 공통적 힘과 의사결정 능력을 결합할 수 있는 **정치적 입장**을 요구한다"(『다중』 416, 원문 강조)는 점을 인식하고 있지만, 그러한 인식을 통치형태와 결부시키지는 않는다. 오히려 지금까지 존재했던 모든 주권형태에 도전할 필요성이 있다는 입장이다. 그렇다면 네그리에게 다중의 표현으로서의 민주주의란 어떤 것인가.

마이클과 나는 어떤 통치형태도 시민들의 코뮌 없이는, 즉 시민들 사이의 관계들을 조직할 수 있는 강력한 제도적 능력 없이는 존재할 수 없다고 주장합니다. 여기서 언어와의 유추는 사회적 관계들이 언어적 관계들과 유사하다는 점에서 절대적으로 중요합니다. 언어적 관계란 무엇인가요? 그것은 사회적인 것을 정교하게 만들어낼 수 있는 일련의 기호들을 공통으로 받아들이는 것입니다. 이 문제에 세심한 관심을 기울인다면 사회적인 것을 구성하는 일련의 기호들 혹은 일련의 관습적 습관들과 행위들은 세계-내-있음, 즉 세계에 거주하기, 간단히 말해 삶의 90퍼센트 혹은 95퍼센트의 실재성과 같은 어떤 것에 해당됨을 알게 될 것입니다. 코뮤니즘과 민주주의는 그러한 존재론적 선행조건 혹은 토대가 굉장히 강력하다는 인식을 기초로 하여 서로 직접적으로 관련되고 심지어 연결되어 있습니다. 모든 전통적인 통치형태들은 그러한 토대의 존재를 충분히 인식하고 있지만, 그것을 통치 동학의 외부에 있는 어떤 것으로 여깁니다. 즉, 그것을 상대화하는 것입니다.

(Casarino and Negri 102)

요컨대 네그리가 말하는 민주주의는 통치형태로서의 민주주의의 토대를 이루는 것이다. 통치형태 이전에 존재하는 것으로, 인간들이 사회를 이루며 살게 될 때 필요한 삶의 토양 혹은 문화적 자양분과 같은 것이다. 사회적 관계들을 조직할 수 있는 능력으로서의 민주주의가 언어적 관계와 유추관계에 있다는 판단은 삶의 토양을 바꾸는 일이 협동적 창조에 기반을 둔다는 점을 강조한 것이다. 정남영의 지적처럼 '특이성들'이 "단지 서로 연결된 데 그치지 않고 서로 창조적으로 협동하여 이루는 새로운 차원의 특이한 것"(정남영 2009, 153)으로서 '공통적인 것'을 산출하는 방식은 언어의 창조성 내지는 잠재력과 맞닿아 있고, 문학이라는 양식은 이러한 창조성을 탁월하게 구현하는 방식이다. 이런 맥락에서 새로운 민주주의가 출현하기 위해서는 인간의 창조성에 대한 새로운 인식을 수반해야 한다. 한마디로 네그리에게 '삶정치'의 중요한 과제는 삶의 활력을 복원하는 일이다. 주권의 문제가 그의 사유에서 주변적인 문제가 되는 것은 바로 이런 이유 때문이다. 따라서 삶의 활력을 복원하는 과제에서 예술의 중요성을 강조하는 것은 따라서 네그리의 사유에서 당연한 귀결점이다.

4. 문학의 정치성과 리얼리즘

네그리는 삶의 활력을 복원하는 데 예술이 중차대한 의미를 갖고 있다는 점을 시종 강조하지만 동시에 포스트모던적인 세계인식 자체를—물론 비판적이기는 하지만—받아들이는 입장이기 때문에 예술과 현실(실재)의 관계 문제가 부차적인 것으로 밀려나게 된다.[5] 네그리는 자본주의적 생산양식이 '바깥'을 허용하지 않는 오늘날의 예술은 상품세계의 일부가 되었다고 하면서 다음과 같이 말한다.

> 문명의 역사에서 근대 시기의 끝까지 예술적 상상력의 상당 부분
> 은 현실적인 것을 표현하는 데 있었습니다. 그러나 이제 현실적인 것
> 은 더 이상 존재하지 않거나 정확히 말하면 구축물로서만 존재하며 더
> 이상 자연으로 존재하지 않고 가공된 형태로 존재합니다. 문제가 되는
> 것은 살아 있는 추상물인 것이지요.
>
> (Negri 2008, 28)

객관적 현실을 알아볼 수 없는 상황에서 예술은 자연과 역사적 현실을 철저하게 변형시키는 능력, 즉 살아 있는 노동으로서 의미가 있다는 것이다. 예술작품은 시장과 자본의 중추 메커니즘인 매개나 교환 가능성에서 벗어나 있는 특이한 경험으로 이루어져 있고 하나의 가치로 환원될 수 없다. 예술이 해방된 노동인 한에서 그것이 가지는 잉여는 잉여가치와 구분될 수 있다는 것이다.

그러나 네그리의 예술론이 갖는 근본적인 문제는 시장의 보편화를 예술의 특이성과 대립시키면서도 끝내 그러한 보편화에 예술의 특이성이 대면하는 방식을 보여주지는 못한다는 데 있다. 네그리의 리얼리즘론은 물론 "현실이 특수한 형태의 반영이라는 생각"

---

5 네그리는 리얼리즘의 핵심을 '현실의 특수한 형태의 반영'보다는 '실재의 구축'에 두면서 시
   대적 배경과 문학적 성향이 다른 여러 유형의 작가를 리얼리스트라는 범주에 포함시킨다.

에 기반을 둔 게오르그 루카치György Lukács의 리얼리즘론과는 전혀 다른 것이다(정남영 2009, 160-161). 하지만 루카치의 리얼리즘론에서 중요하게 부각되는 '전형성'이나 '특수성' 같은 개념을 상정하지 않기 때문에 그의 예술론은 일정한 '객관성'이 확보되지 못하는 문제점을 안는다. 이와 관련하여 루카치의 한계를 지적하는 정남영의 다른 글 한 대목을 살펴보자.

> 새로운 자본주의적 총체는 전형성의 철학적 범주인 '특수성'과는 다른 범주의 필요성을 강력하게 제기한다. 자본이 그야말로 모든 곳에 '보편적인 것'으로 존재한다면, 이제는 이 세계 내에 특수한 지점이 따로 없다. 아니, 모두가 다 특수하다고 할 수 있다. 루카치가 헤겔에서 가져온 개별-특수-보편의 삼원관계는 특수가 개별과 보편을 매개(또는 통일)하는 방식이지만, 새로운 총체에서는 매개로서의 특수성이 존재하지 않는다.
>
> (정남영 2001, 164)

실제로 루카치가 위대한 예술작품의 목표는 개별성과 보편성의 모순을 하나의 분리할 수 없는 완결성의 형태로 해소시키는 데 있다고 강조할 때(Lukács 1978, 34)처럼 특수성은 변증법적 지양의 양태임에 틀림없다. 그런 관점에서 문학작품에 구현된 미묘하고 풍부한 삶의 모습이 일상적 경험에 대한 흔한 일반화와 추상화를 대체하고 수정하는 새로운 사물의 질서를 도입한다는 발상이 생겨난다(Lukács 1978, 39). 이때 도입된 새로운 사물의 질서가 어떤 성격의 것이냐가 문제일 터인데, 현실의 과학적 생산과 미적 생산을 동일한 객관적 현실의 생산으로 취급하는 루카치의 입장에서는 이 문제가 제대로 해명되지 못한다(강필중 237). 따라서 미학적 반영의 중심 범주로서의 특수성은 "문학 고유의 현실 반영방식을 그 변증법적 특성에 비추어 밝혀주면서도 추상적 인식에 반영되는 객관현실과 동일한 현실을 문학이 반영하는 방식에 주로 국한됨으로써 문학 고유의 진리치(내용)를 밝히지 못하는 가운데 궁극적으로 형식적인 특성이 된다"(강필중 236).

그런 점에서 특이성들이 부단히 공통적인 것으로 상승하면서 다시 특이화되는 '변증법적이지 않은 종합'이 예술적 창조에 작용하는 핵심적인 원리임을 강조하는 네그리의 입장이 문학작품에서 창조적으로 구현되는 진리치를 설명하기에 용이하다고 할 수 있다. 또한 탈근대에 들어와 예술과 노동의 경계가 무너져 동일한 방식의 생산활동이 되었다는 네그리의 관점에서 보면 예술적 반영의 특수성도 '살아 있는 노동'의 범주에 포함됨으로써 그 위상이 흔들릴 수밖에 없을 것이다. 그러나 네그리의 주장대로 보편적인 것이 '특이성'에 의해 전유되는 경우(정남영 2009, 134 주4) 매개나 변증법적 운동을 배제한 채 이것이 어떻게 이루어질 수 있을지 의문이다. 예술적 특이성이 자본의 보편화를 넘어서는 초과로 나타날 때 양자의 관계가 어떤 양상을 띠는가는 네그리의 예술론에서 끝내 밝혀지지 않는다. 바로 그래서 예술적 창조를 통해 구축된 '실재'가 '진정으로 실재적인 것'인지 단순한 '가상'에 불과한 것인지 판별하기가 어려워진다. 아무튼 예술적 창작 과정이 초과를 생산하는 과정이라면 그 생산의 기준과 조건을 발견하는 작업은 네그리의 예술론이 루카치의 한계를 넘어서서 예술적 창조의 의의를 온당하게 자리매김하는 데 반드시 필요한 일이라고 생각한다.

정남영이 루카치 문학이론의 한계를 지적하면서 특수성 개념과 연동하여 살펴본 것이 '전형성' 개념이다. 기왕의 글에서 "총체성/전형성으로 포착될 수 없는 중요한 주체성의 유형"(정남영 2001, 164-165)이라고 했던 것이 '쟁점'난에 실린 글에서는 '다중'의 이름으로 등장한다. 필자는 다중의 상이 구체적으로 어떤 것인가를 알아보는 시험무대로 전형성 개념을 활용하는 것이 필요하다는 생각이다. 정남영은 다중이 고정되고 완료된 형태로 존재하는 집단이 아니고 계급의식으로 무장된 계급과도 다르며 "'인격체들persons'로서의 개인의 집합이 아니라 특이성의 집합"임을 강조한다(정남영 2009, 154). 다중의 출현을 '괴물'이나 '뱀파이어'와 연결하는 데서 드러나듯이 네그리가 확실히 다중의 활력을 체제 내부에서 체제를 파괴하는, 인간화될 수 없는 힘으로 파악한다는 점에서 정남영의 이런 설명은 충분히 수긍이 간다. 그러나 다중의 활력이 민중이나 계급이라는 '정체성'으로 환원되지 않는다고 하더라도 대부분의 장편소설의 경우 특정한 역사적 국면에서의 인간의 삶을 다루기 때문에 다중의 활력이 '인격체들'을 통해 구현되는 상황이 필연적으로 존재할 수밖에 없다. 가령 정남영이 『리틀 도릿Little Dorrit』에 등장하는 에이미Amy를 높이 평가하듯이 말이다. 사실 '평균적 특징'을 가진 존재도 아니고 단순히 '개별적인 존재'도 아닌 에이미는 루카치의 전형 개념에서 크게 벗어난 것도 아니다.

그것[전형]을 전형으로 만드는 것은 그것 속에서 모든 인간적이고 사회적으로 본질적인 규정들이 그 속에 잠재해 있는 가능성들이 궁극적으로 펼쳐지고 그 극단들이 극단적으로 제시되는 가운데 최고의 발전 수준에서 존재하면서 인간과 시대의 정점과 한계를 구체화한다는 점이다.

(Lukács 1950, 6)

정남영의 평가대로 에이미가 "어떤 계급이나 집단 혹은 사회적 풍조의 대표자라기보다는 열린 자아와 창조적 상호 협동의 원리를 구현하는 남다른 인물로 작가가 그녀를 인간의 창조적 활력을 찬탈하는 자본주의적 국가 및 그 이데올로기에 맞세우고 있"다면(정남영 2001, 165), 에이미가 구현한 "열린 자아와 창조적 상호 협동의 원리"야말로 특정한 역사적 국면에서 인간의 가능성과 잠재력이 최대로 발휘되었기 때문에 가능할 수 있었고 그럼으로써 "인간과 시대의 정점과 한계를" 구체적으로 예증한다고 볼 수 있다.

루카치의 전형론에 담긴 인간 해방에 대한 신념이 휴머니즘의 잔재나 본질주의 혐의가 있는 것은 사실이다. 하지만 동시에 그는 생물학적 존재로서의 인간이나 심리적 존재로 환원된 인간을 거부했고, 작가는 전형의 창조를 통해 인간을 '살아 있는' 존재로 그려내야 함을 누누이 강조했다. 이는 네그리가 비판한 생기론적 관점에서의 삶을 거부하고 삶의 활력을 긍정하는 입장이다. 그런 점에서 정남영이 네그리의 사상에서 강조한 '삶은 그 자체로 정치적 지형'이라는 입장은 "모든 것은 정치다"라는 말을 다음과 같이 정의

할 때 드러나는 루카치의 삶에 대한 관점과 유사하다고 판단된다.

> 인간의 모든 행동과 사고와 감정은 삶 및 공동체의 투쟁들, 즉 정치
> 와 불가분하게 밀접한 관련을 갖는다. 인간이 이 점을 의식하고 있든
> 없든 간에 심지어 여기에서 벗어나려고 할 때도 객관적으로 그의 행동
> 과 사고와 감정은 그럼에도 불구하고 정치로부터 발원하고 정치로 유
> 입된다.
>
> (Lukács 1950, 9)

루카치가 '완전한 인간 개성' 운운함으로써 본질주의 혐의를 받
는 것은 사실이다. 하지만 온전한 인간성에 대한 루카치의 신념은
공적인 영역과 사적인 영역으로 인간의 삶을 분리시켜 지배하고
착취하는 자본주의적 생산양식에 대한 비판을 담고 있다. 마르크
스의 주체성 생산에 관한 견해에 비추어보아도 루카치의 인간관은
사회적 생산과정의 최종 결과로 나타나는 '사회적 관계를 맺는 인
간 자체'라는 사실을 전제하고 있다. 루카치의 전형성 개념은 바로
이 같은 '사회적 개인'을 전제로 한다는 점에서 마르크스의 주체성
생산 개념을 이어받은 것이다. 정남영은 네그리의 다중 개념이 마
르크스의 전통을 이어받고 있음을 명시하지만, 다중을 인격체들로
서의 개인의 집합보다는 "인격체들을 이러저러한 방식으로 구성
하는 특이성의 집합"으로 파악하면서 그 존재 양태를 푸코의 '장치
dispositifs'나 들뢰즈·가타리의 '배치agencement' 개념으로 설명한
다(정남영 2009, 154). 하지만 '특이성의 집합'이 '인격체의 구성'과

연계된다면 결국 다중의 형성은 '사회적 관계를 맺는 인간 자체'로 나타날 수밖에 없을 것이다.

따라서 삶의 활력이 역사적 규정력을 초과하여 비인간적인 힘으로 출현할 때도 그것이 "인간의 모든 행동과 사고와 감정"을 '정치'와 불가분하게 연관시키는 방식으로 출현하느냐 그렇지 않느냐는 다중이라는 주체성 생산의 성공과 실패를 가늠하는 중요한 판별 기준이 된다. 루카치에게 이 판별 기준이 전형의 창조에 있음을 기억할 때 전 지구적 자본주의화가 삶권력이 삶 전체를 장악하는 방식으로 진행된다는 네그리의 입론을 받아들인다고 하더라도 루카치와는 다른 차원에서—그야말로 삶권력의 작동방식과 삶의 활력의 현황 점검 차원에서—'전형적인 인물과 상황'의 발견이 필요하고 그럴 때 비로소 다중의 역사적 실체성이 드러날 것이다. 이 작업은 루카치의 전형성 개념을 새롭게 정초하는 일이 될 터인데, 이런 작업을 누군가가 수행하리라는 기대를 품으면서 글을 마칠까 한다.

서
평

페미니즘의 옷을 입은 '몸'

『여성의 몸, 어떻게 읽을 것인가?』
케티 콘보이 외 2인 편, 고경하 외 12인 편역(한울, 2001)

요즘 인터넷상의 검색 사이트에서 인기를 끌고 있는 검색어가 있다면 '트랜스젠더'일 것이다. '하리수'라는 한 연예인이 생물학적 성을 남성에서 여성으로 바꾸었다는 사실 때문인지 몰라도 이전에는 그저 학술서적에서나 볼 수 있었던 이 낱말이 이제는 유행어처럼 되었다. 이런 현상을 남녀 성별구조가 유독 뿌리 깊은 우리 사회의 변화된 일면을 반영하는 것으로 이해할 수도 있다. 그러나 현실은 이 연예인이 상품화될 뿐만 아니라 남녀 성별에 관한 담론 자체가 상품화되면서 성별구조라는 첨예한 문제가 가려지는 것이 아닌가 하는 의구심을 낳기에 충분하다. 한 남자 연예인의 '커밍아웃' 때와는 달리 하리수에 대한 일반적인 반응은 열광적인 관심과 지극한 관대함이었는데, 이러한 태도야말로 바로 하리수 개인의 어떤 여성보다 뛰어난 미모와 잘빠진 몸매에서 비롯된 것이라고 할 수 있다. 이렇듯이 '여성의 몸'은 상품화 가치가 있을 때 사회적으로 수용되고 그렇게 특정한 방식으로 '재현'되고 '유통'된 여성의 몸은 트랜스젠더라는 첨예한 성별의 논제를 가려버릴 만큼 강력한 힘(상품성)을 지닌다. 남녀 문제에 관한 한 실다운 토론이 없었던 우리 사회이고 보면 어쩌면 당연한 결과라고 할 수 있다. 이런 상황을 염두에 둘 때 이제는 '여성의 몸'에 대한 연구와 토론이 본격적으로 이루어져야 한다는 주장이 절실하게 다가온다.

그런 의미에서 『여성의 몸, 어떻게 읽을 것인가?』라는 책은 여성의 몸에 관한 연구가 빈약한 우리 사회에 시사하는 바가 적지 않다. 물론 미국이라는 특정한 나라의 여성학자들이 각기 자신들의 전공을 살려 여성의 몸이 어떻게 남성의 입장에서 재현되고 해석되는지를 새로운 이론들을 원용하여 비판적으로 다루고 있기 때문에 맨눈으로는 그 의미에 접근하는 것이 쉽지 않다. 그러나 찬찬히 읽어보면 이 책은 여러모로 계몽적이다. 여성의 몸이 자연적 소여所與가 아닌 사회적 구성물, 권력이 구축해낸 특정 담론의 해석물이라는 점을 뚜렷하게 부각시키면서 그러한 해석에 자본·계급·인종 등 다양한 기제들이 동원된다는 사실을 적시하기 때문이다. 이 책의 전체 내용을 상세히 소개하는 것은 이 글의 범위를 벗어나는 일이나 간단한 요약은 필요할 것이다. 제1부에서 초점은 의학·법학·정치학 등 근대의 담론들에 침윤되어 있는 남성중심주의적 이데올로기를 비판하는 것이고, 제2부에서는 이러한 이데올로기가 만들어낸 성 상품화의 구체적 사례들을 분석하면서 여기에 저항할 수 있는 시각을 모색한다. 여기에서는 이러한 시도들에 담긴 이론적 난제들을 몇 편의 글을 중심으로 짚어보고자 한다.

여성의 몸이 '차이'의 기호가 될 때 그 차이를 설명하는 방식에 문제를 제기하는 것은 매우 온당한 것이라고 생각된다. 그러한 문제제기 자체가 근대적인 담론들이 가지는 남성중심성을 폭로할 뿐만 아니라 그러한 담론에서 배제된 가치에 대한 관심을 유도하기 때문이다. 제1부의 첫 장인 「여성의 몸에 관한 의학적 비유: 월경과 폐경」은 여성의 몸을 '의학적으로' 재현하는 갖가지 사례들에 그 사회가 중시하는 담론들이 일종의 비유 형태로 등장한다고 지적한다. 예컨대 생산이 중요시된 19세기에 여성의 몸은 주로 생산의 비유로 재현되고 따라서 월경은 '실패한 생산'으로 설명된다는 것이다. 이 논문의 필자가 보기에 이러한 여성 몸 읽기는 역시 붕괴와 퇴화의 과정을 밟는 남자의 정자 생산에 관한 설명과 비교할 때 매우 차별적이다. 즉, "아무리 그 교재가 공정하게 그 같은 다량의 정자 생산을 긍정적인 것으로 본다 하더라도, 매번 천억 마리의 정자들 중 하나만이 하나의 난자를 수정시킬 수 있음은 사실이 아닌가?"(49)라는 반문이 뒤따른다. 의학 교재에 실린 여성의 몸에 대한 설명이 객관적이고 중립적인 것처럼 보이지만 사실은 그 사회의 중심 이데올로기에 침윤되어 있다는 점이 필자의 핵심적인 주장인 것이다. 그런데 대안적 발상으로 필자가 내세운 "월경 주기의 목적은 월경혈의 생산 자체이다"(54)라는 주장이 월경에 대한 잘못된 인식을 바로잡아줄 수 있을지는 미지수이다. 이러한 주장 자체가 명제적 인식을 크게 넘어서지 못하며 수사와 현실 사이의 괴리를 첨예하게 인식하면서 낸 결론이라고 볼 수 없기 때문이다. 이런 점에서 수전 보르도Susan Bordo의 따끔한 지적은 경청할 만하다. 히스테리, 거식증 등의 질병의 경우 당대의 전형적인 성 이데올로기가 환자의 몸에 새겨진 점을 인식해야 하지만 이를 과장하여 저항의 지표로 해석하는 일부 페미니스트의 주장은 환자들이 대면한 현실을 곡해할 수 있다. "기능적인 측면에서 이러한 병의 증세는 환자를 고립시키고, 쇠약하게 하고, 상처를 입힌다."(130-131) 또한 히스테리와 거식증이 역사적으로 남녀 역할을 새롭게 규정하려고 할 때 가장 빈번하게 발생한다는 사실에서 알 수 있듯 이 여성의 병에서 징후적으로 포착되는 저항과 반항이 결국 기존 질서의 유지에 이용되는 측면도 있다는 것이다. 따라서 "실제 삶과 몸의 관계를 고려하지 않고 문화적 재현만 연구 대상으로 삼았을 경우 몸을 명확하게 이해할 수 없을뿐더러 오히려 엉뚱한 해석을 할 수 있다"(138). 보르도가 여성적 실천에 중심을 둔 페미니즘 정치학을 복원할 필요가 있다고 말한 것도 이런 맥락에서 이해할 수 있을 것이다. 그러나 문제는 '여성'이라는 성별 범주를 어떻게 파악하는가에 따라 실천의 정치성이 판가름 난다는 데 있다.

이 문제와 관련하여 모니크 위티그Monique Wittig의 주장은 '성별 범주 넘어서기'의 가능성과 험난함을 동시에 말해주는 듯하다. 위티그는 남녀의 성별 범주를 정치적이고 경제적인 범주인 계급관계로 파악하여 이제까지의 성별 범주를 철폐하자고 주장한다. '여성들'이 특정 사회관계의 산물, 그것도 착취관계의 산물임을 자각하고 이데올로기의 구성물인 '여성'의 신화를 깨부수어야 한다는 것이다. 위티그의 주장에서 눈길을 끄는 점은 '여성들'에 대한 계급적 정의와 함께 개인적 정의를 언급한다는 것이다. 성별 범주의 철폐를 집단의 문제이자 자신의 문제로 인식하는 주체가 필요하다는 것이다. "나는 남들과 함께일 때만 싸울 수 있지만, 먼저 나 스스로를 위해 싸우는 것이다."(175-176) 위티그는 이러한 예로 레즈비언으로서의 주체를 든다. 왜 레즈비언인가? 여성 억압을 정당화하는 기초를 바로 이성애라는 사회제도가 제공하기 때문이다. 여성과 남성의 생물학적 차이에 근거한 이성애를 없앨 때 남녀계급의 철폐가 이루어질 수 있다는 위티그의 주장은 그 자체로 '도발적'이다. 여기에는 '여성의 몸'에 각인된 폭력과 편견의 역사에 대한 그녀 나름의 문제의식이 스며들어 있다. 또한 성별 범주를 넘어서지 않는 이상 이러한 역사는 반복될 것이라는 경계도 읽어낼 수 있다. 문제는 성별 범주 넘어서기가 하나의 당위가 될 때 여타의 문제들이 가려질 수도 있다는 점이다. 예를 들어 미국에서 여성 문제는 인종 문제를 포괄하고 또 거기에 포괄되는 복잡한 사안이다. 특히 흑인 여성의 입장에서 보면 여성 문제는 곧바로 인종 문제이기도 한 것이다. 위티그 역시 레즈비언을 미국의 도망노예에 비유하는 데서 알 수 있듯이 여성 문제와 인종 문제를 병렬적인 차원에서 관계 지으려 한다는 비판을 면할 수 없다.

제2부에서 여성 몸의 상품화 문제를 분석하는 논자들도 인종 문제를 분석의 한 요소 정도로 다룬다는 인상이 짙다. 난해한 이론으로 대중문화를 분석하다 보니 분석 대상이 되는 사례들이 분석자를 위해 존재하는 듯한 역전현상이 벌어지는 것도 이와 무관치 않

을 것이다. 그러한 역전현상은 문제의 핵심을 흐려놓기에 충분한 데, 예를 들어 티나 터너Tina Turner의 경우를 분석한 벨 훅스Bell Hooks의 논지가 그렇다. "남자들에 의해 만들어진 색욕에 가득 찬 흑인 여성이라는 외설스러운 이미지에 자신을 적응시키면서, 터너는 자신의 경제적 자립을 성취하기 위한 수단으로 그 이미지를 이용했다"(194)라는 분석은 틀린 지적은 아닐지라도 훅스의 '몸' 담론에 터너가 '걸려든' 것 같은 느낌을 준다. 흑인 여성으로서 '미국의 꿈'을 실현하기가 얼마나 힘든 일인지에 대한 충분한 배려가 들어 있지 않기 때문에 터너의 예를 통해 미국의 사회구조를 비판하더라도 뭔가 알맹이가 빠져버린 것 같다는 말이다.

이론과 대중문화를 버무려 성 상품화의 기제들을 분석하고 저항의 가능성을 조명하는 현란한 글들 사이에서 퍼트리샤 윌리엄스Patricia Williams의 자전적인 글이 빛을 발하는 이유도 미국 사회에서 흑인이 겪는 고통에 대한 나지막한 증언을 통해 미국 내의 페미니즘 연구가 인종 문제를 피해갈 수 없음을 보여주기 때문이다. 그녀는 인간이라는 경계선 바깥에 있는 '재산 품목'이 된 흑인 노예의 역사가 동물원 북극곰에 물려 죽은 히스패닉계 흑인 소년보다 오히려 경찰의 총에 맞아 죽은 북극곰을 동정하는 현실에서 아직도 진행되고 있음을 확인한다. 이 사건은 미국에서 인종 문제를 매개하지 않는 페미니즘 운동(이론)이 노정할 수 있는 문제점을 상징적으로 보여주는 것 같기도 하다.

이 책은 여타의 이론서들보다 잘 읽힌다. 이 책을 공동 번역한 '영미문학연구회' 19세기 분과원들의 공로가 적지 않은 것 같다.

그러나 문장이 어색해서 이해하기가 어려운 대목도 더러 있다. 이론서를 번역한 만큼 생경한 전문용어들이 나오는 것은 어쩔 수 없겠지만, 복잡한 수식절을 동반한 관계사 구문을 원문 그대로 옮기다 보니 의미의 단위를 파악하기가 수월치가 않다. 원문의 문장구조를 조금 거스르더라도 내용 전달에 치중했더라면 하는 아쉬움이 남는다.

'전통'의 힘과 창조성

『영국소설의 위대한 전통』
프랭크 레이먼드 리비스, 김영희 역(나남, 2007)

정기적으로 배달되는 학술지들에 실린 소설 관련 논문들을 보면 '타자'니 '억압'이니 '봉쇄'니 '균열'이니 하는 단어가 상당수 들어 있는 것을 발견하게 된다. 또한 유행하는 철학적 담론이 열어준 지 평에서 작품을 분석하고 해석하는 공통된 비평적 흐름이 눈에 띄 기도 한다. 그러나 이런 작업의 의의를 충분히 인정한다고 해도 뭔 가 누락되어 있다는 느낌을 지울 수 없다. 그것은 작품이 얼마나 창조적이고 탁월한 성취를 이룩했는가를 묻고 답하는 데에서 나온 다. 이러한 평가는 작품과 작품, 그리고 작품 내에서 잘된 부분과 그렇지 못한 부분을 엄밀히 가려주는 일일 것이고, 이것이 '비평' 의 본령이다. 이러한 비평정신의 부재는 하나의 지적 풍토로, 다수 의 견해에 대해 지적 관용성을 주장하는 상대주의의 영향 탓이라고 할 수 있다. 물론 이런 현대의 비평적 흐름을 적극적으로 사주어 비평의 민주화로 볼 여지가 없는 것은 아니다. 그러한 긍정적인 시각에서 보면 이제까지의 문학 '전통'에 대한 근거와 기준이 허물어지고 그런 전통을 부정하는 것이 당연한 일로 받아들여질 것이다. 따라서 영국소설의 '위대한 전통'을 확립하려는 F. R. 리비스와 같은 비평가는 계승의 대상이라기보다는 청산의 대상이 되기 십상이다.

그러나 리비스의 작업 자체가 기존의 비평 전통에 대한 반발에서 비롯되었고 그가 세우려는 '전통'이 작품에 대한 새로운 의미 부여에 기반을 두어 이루어지고 있다는 점에서 손쉬운 청산 대상이 되기는 힘들 것이다. 리비스는 근자의 정전 논쟁에 스며 있는 문제의식을 선구적으로 보여주되 전통에 대한 새로운 근거와 기준을 제시함으로써 문학비평이 새삼 무엇인지를 성찰하게 한 것이다. 그리고 이러한 근거와 기준의 제시가 작품 읽기에서 출발한다는 점에서 특정 담론에 기대어 리비스를 비판해도 큰 소득을 기대할 수는 없다. 리비스의 글을 읽으면서 그동안 우리가 얼마나 작품 읽기에 소홀했는지를 반성하는 것도 이런 이유에서이다. 그런 점에서 '반反철학자로서의 비평가'의 면모를 유감없이 보여주는 이 책은 '이론'의 적용이나 '입장주의'에 경도된 사람들에게는 좋은 해독제가 될 수 있을 것이다. 리비스의 말처럼 "습관에 얽매여 장님이 된 어리석은 자신의 모습"(59)을 교정하기 위해서도 『영국소설의 위대한 전통』은 일독할 만하다. 특히 끊임없이 사유를 자극하고 때로는 상상력을 발휘해야 이해할 수 있는 리비스의 까다로운 문장을 자연스러운 우리말 번역으로 읽는 기쁨도 만만치 않다.

　제인 오스틴, 조지 엘리엇George Eliot, 헨리 제임스Henry James, 조지프 콘래드Joseph Conrad 등의 작가를 선별하여 하나의 전통으로 확립하려는 리비스의 시도에서 개별 작가들의 관계는 단순한 '영향 관계'가 아니라 '창조적인 관계'이다. 오스틴에 대한 언급에서처럼 한 작가는 자신을 낳은 전통을 스스로 창조해서 제시한다. 즉, 이전 작가의 작업들이 지니는 잠재적 가능성과 의미를 작품을 통해 새롭게 창조하는 것이다. 이런 관점에서 리비스는 작가들 사이의 가장 깊은 영향 관계는 유사성이 아니라 '다름의 깨달음'에서 비롯된다고 주장한다. 물론 이런 깨달음은 근본적인 인간 문제들에 대한 진지한 관심이라는 공통점에서 비롯된다. 따라서 제인 오스틴과 조지 엘리엇의 차이를 규명하려고 할 때 리비스는 두 작가의 도덕적 열정과 지성, 그리고 주제와 관심에 초점을 맞추기보다 조지 엘리엇 소설의 특징과 발전을 중심으로 이 두 작가의 '다름'을 '자리매김'한다.

　조지 엘리엇의 소설을 평가할 때 두드러지는 바이지만, 이 책에서 하나의 비평 원리가 살아 숨 쉬고 있다면 그것은 명시적으로는 언급된 적이 없지만 '감수성의 통합'이라는 기준이다. 이 개념은 주지하다시피 T.S. 엘리엇의 것이지만 리비스는 작품을 구체적으로 분석하는 가운데 이를 내재적으로 적용한다. 이 기준은 작품을 "하나의 살아 있는 전체로 빚어내는 유기적인 원칙"(57)으로서 개별 작가의 작품들과 작품 속의 대목들을 평가하는 데도 활용된다. 조지 엘리엇의 인물묘사에 드러난 치명적인 결점을 지적하는 대목이 전형적이다. 가령 조지 엘리엇이 『플로스강의 물방앗간The Mill on the Floss』의 여주인공 매기 털리버Maggie Tulliver와 자신을 지나치게 동일시함으로써 생겨난 부조화와 괴리가 이 작품에서 의미심장한 실패이며 이 점을 극복하는 문제가 작가의 성숙과 긴밀한 관련이 있다고 주장하는 대목이 그런 사례이다. 이런 리비스의 주장을 어떻게 볼 것인가에 대해서는 논란이 있을 수 있다. 물론 리비스도 매기의 미성숙을 부드럽고 공감 어린 필치로 그리는 것 자체야 탓할 일은 아니라는 입장이다. 리비스는 매기의 이런 측면이 비평의 부재 속에서 일반적으로 용인되는 경향에 대한 문제를 제기한 것인데, 이는 비평가를 비롯한 독자의 독법에 대한 문제제기인 셈이다. 우리가 소설을 읽을 때 이런저런 인물에 공감과 반감을 표하는 것은 늘 있는 일이다. 이런 식으로 소설을 읽는 것이 가능하지만 이 경우 작품 전체를 시야에서 놓치게 되고 작품의 일면을 지나치게 부각시킬 우려가 있다. 이는 인물에 독자를 투사하는 것이나 다름없다고 할 수 있다. 리비스가 보기에 진정한 공감이란 이해에 기초하는바, "미성숙을 이해함이란 미묘한 점을 십분 배려하면서도 그것을 성숙한 경험과 관련지음으로써 '자리매김'하는 일"(81)이다.

이런 대목에서도 드러나지만 리비스는 작품, 작가, 독자에게 동시에 적용되는 비평적 기준을 제시하는바, 그것은 통합된 감수성과 짝을 이루는 탈개인성impersonality의 성취 여부이다. 작가의 경우 이러한 성취는 원숙한 예술을 가능케 하는 원동력으로 작용한다. 리비스가 『펠릭스 홀트Felix Holt』의 한 대목을 분석하면서 조지 엘리엇의 성숙을 논할 때 이 점이 특히 두드러진다. 조지 엘리엇의 빼어난 예술이 가능했던 것은 "오랜 깊은 경험—성찰적 사유를 통해 반추되고 그래서 집중이 가능해진 경험—에 집중함으로써 그만큼 더 명료하고 깊어진 지각력"(99) 때문이다. "우리가 무엇을 지각하느냐는 지각에 무엇을 동원하느냐에 따라 달라지는데, 조지 엘리엇은 최고의 지성을 동원했"(99)다는 것이다. 이런 통합된 감수성이 발휘될 때 '정서'는 외부에 개방적이되 깊은 내면에서 우러나오는 사심 없는 반응이 되며 지성의 활동과 구별되지 않는다. 바로 이런 기준으로 볼 때『미들마치Middle March』에서 도러시아Dorothea의 경험은 자기탐닉적 백일몽에 가까워서 실감도 없고 객관성도 결여한 실패한 인물묘사가 된다는 것이다. 이런 대목을 보면 리비스가 등장인물에 대해 너무 엄격한 잣대를 들이댄다는 생각도 들 법하다. 도러시아의 경험을 이상은 드높으나 실현할 토대는 없는, 시대의 한계에 갇힌 인물 특유의 감수성의 산물로 바라보고 작가도 바로 그런 도러시아에 공감한다고 볼 여지가 충분하기 때문이다. 그러나 리비스가 엘리엇의 성숙을 전제로 하는 비판인 만큼 적어도 엘리엇 소설 전체를 놓고 볼 때 이러한 비판은 일정한 설득력을 지닌다.

통합되고 성숙한 감수성이라는 기준은『대니얼 디론다Daniel Deronda』에서 잘된 부분을『그웬딜린 할레스Gwendolen Harleth』라고 따로 선별하여 그 성취를 높이 평가하는 데도 적용된다. 특히 리비스는 이 작품을 분석하고 평가하면서 이 작품에 영감을 받아 헨리 제임스가 집필한『어느 여인의 초상The Portrait of a Lady』

을 이 작품과 비교하는데, 이 대목은 이 책 전체에서 영국소설의 '위대한 전통'이 어떻게 이어지고 있는가를 집약적으로 보여준다. 이는 작가들 간의 상대평가를 전제로 이루어지며, 그 평가의 초점은 이 두 소설의 여주인공인 그웬딜린 할레스와 이자벨 아처 Isabel Archer의 인물묘사에 맞춰진다. 물론 리비스는 이 여주인공들을 따로 떼어내서 유형화시키는 것이 아니라 주인공의 등장 배경이 되는 세계에 대한 작가의 현실감각과 복합적 이해 등 작품 전체를 염두에 두고 두 인물의 차이를 설명하는 방식을 취한다. 그렇기 때문에 헨리 제임스가 조지 엘리엇의 소설을 나름대로 훌륭하게 계승하고 있지만 다분히 편향적인 성격을 띠고 있음이 드러난다. 엘리엇의 경우 생생한 가치의식과 심오한 도덕적 경험에 바탕을 두고 있기 때문에 인물묘사에서 복합적인 구체성을 보여준 반면, 제임스는 '예술'을 성취하겠다는 생각이 앞서 배제와 단순화가 동반된다는 것이다. 리비스는 그웬딜린의 이기주의에 도사리고 있는 불안감을 통해 소설의 극적 긴장과 대화의 생동감을 높이고 도덕적 선택과 경제적 필요의 연계성을 부각시킨 엘리엇의 인물묘사를 높이 평가한다. 그리고 이런 인물묘사를 통해 작가는 독자에게 도덕적 성찰과 가치판단을 유도한다는 것이다. 이자벨과 관련하여 리비스는 제임스의 '경이로운 예술'이 이자벨의 내면을 구현해 보여주는 데 관심이 없고 독자로 하여금 일종의 심리 추리에 몰두하도록 부추긴다고 지적한다. 한마디로 이자벨의 심리란 '삶'의 테스트를 거치지 않는 것이며 도덕적 치열함과 불가분의 관련성을 지니는 예술적 치열함이 인간적 관심사의 실질적 측면과 괴리를 보인다는 것이다. 이런 비교를 통해 다다른 암묵적 결론은 '예술적' 성취에서도 오히려 조지 엘리엇이 헨리 제임스보다 앞선다는 점이다. 특히 제임스의 장기인 상징 구사도 엘리엇에 비하면 떨어진다는 점을 강조한다. 작품의 일부로 등장인물의 행위와 유기적으로 결합되어 그 의미가 작품 전체를 통해 필연적이고 자연스럽게 발전해가는 엘리엇의 상징에 비해 제임스의 상징은 행동과 별도로 구상되고 차후에 도입된 것으로 "억지로 짜 맞춘 느낌이 역력하다"(185)는 것이다.

하지만 이 책의 3장에서 리비스는 제임스 소설의 특징과 성취를 다루면서 엘리엇과의 상대평가에 가려진 제임스의 진면목을 되살리려고 노력한다. 제임스의 소설에서 발견되는 너새니얼 호손Nathaniel Hawthorne과 영국 소설가들의 영향, 제임스 특유의 문명과 국제 주제에 대한 관심을 거론한 뒤에 이러한 "다양한 경향과 충동들의 활기찬 균형"(228)에 도달한 작품으로 『어느 여인의 초상』을 예시한다. 물론 이전의 비판을 의식한 듯 리비스는 이자벨의 이상화된 인물묘사에 비판적인 평가를 내리지만 "신빙성이 있는 인상적 인물"(228)이라는 식으로 재조명한다. 그렇게 보는 이유는 제임스가 주변 인물들의 묘사에서 그들이 속한 세계에 대한 암묵적 비판을 가함으로써 이자벨의 선택이 갖는 의미를 구체화하기 때문이라는 것이다. 하지만 리비스도 인정하는 바이지만, 제임스의 성취에 대한 리비스의 평가는 조지 엘리엇에 대한 평가와 비교할 때 뭔가 구체성을 결하고 있다는 점을 지적하지 않을 수 없다. 그렇다면 리비스는 헨리 제임스의 소설적 성취를 적극적으로 평가할 수 있는 비평적 기준을 찾지 못한 것인가. 실제로 통합된 감수성이나 탈개인성 등 조지 엘리엇을 평가할 때 사용했던 비평적 기준들이 헨리 제임스를 논의할 때는 작동하지 않는 것처럼 보인다. 이는 호손을 거론하면서 잠깐 언급한 바 있는 미국 특유의 소설 전통과 제임스의 연관관계에 대한 구체적 탐색이 누락된 것과 관련이 있어 보인다. 제임스의 성취를 찰스 디킨스Charles Dickens와 연결 짓는 데서 보이듯이 리비스가 제임스를 영국소설의 전통으로 자리매김하려고 함으로써 뭔가를 놓치고 있는 것이 아닌가 하는 느낌을 지울 수 없다. 제임스의 성취를 미국소설의 전통과 관련해서 파악할 때 이 책의 성격과 문제점이 잘 드러나리라고 보는 것도 이 때문인데, 제임스를 제대로 읽어보지 못한 필자로서는 그런 작업을 유관 전공자가 수행했으면 하는 바람을 피력할 따름이다.

리비스가 제임스의 성취보다는 약점을 지적할 때 엘리엇을 평가할 때 사용한 비평적 척도가 부활하는 것을 목격하게 되는데, 이는 이 책의 성격을 가늠하는 중요한 실마리라고 할 수 있다. 제임스 후기작의 과도한 미묘함과 작품으로서의 미진함이 섬세한 도덕감각, 즉 "인생과 인성에 대한 섬세한 분별력"(246)의 부재와 관련된다는 비판은 처음에 리비스가 위대한 영국 소설가의 특징을 거론할 때부터 예견된 것이나 다름없다고 볼 수 있다. 리비스가 중요하게 생각하는 것은 예술에 대한 관심이 "삶에 대한 유별나게 발달된 관심이자 집중적 탐색"(30)이라는 점이며 이것이야말로 '영국소설'의 위대한 전통을 구성하는 핵심적 요소이기 때문이다. 삶에 대한 탐구가 예술적 성취와 밀접한 관련을 맺는다는 관점에서 볼 때 제임스의 후기작이 낮게 평가되고 조지프 콘래드 소설의 성취가 제임스의 약점을 극복한 것으로 평가되는 것은 당연하다고 할 수 있다. 가령 『노스트로모Nostromo』의 형식을 논하면서 이 작품이 시종일관 생생한 실감과 강렬한 인상을 동반한 "풍요롭고 포착하기 힘드나 고도로 구성된 패턴"(293)을 가지고 있다는 평가나, 『비밀요원The Secret Agent』의 미묘한 어조나 복잡한 구조가 도덕적 관심을 통제 원리 삼아 주제와 유기적으로 결합되어 탁월한 예술적 성취를 거두었다는 판단 등은 "복잡함과 끝없는 섬세함을 보여주며 직접성에는 무능력한"(255) 제임스의 후기 문체에 대한 비판과 대조를 이룬다.

이런 대조적인 평가를 통해 암시되는 것은 '현대소설'에 대한 리비스의 견해이다. 어떤 작품이 독특한 기법들을 사용해서 특정 주제를 다루더라도 이것이 예의 삶에 대한 깊은 관심과 결합하지 않으면 예술 자체로서도 실패한 작품이 된다는 주장이 그것이다. 리비스가 『노스트로모』를 높이 평가하는 이유도 여기에 있다. 우선 리비스는 이 작품에는 "나날이 이어지는 사회적 삶의 친근한 느낌"(307)이 없으며 콘래드에게 다분히 현대소설적 특징인 '고독'의 주제가 반복된다는 점을 들어 조지 엘리엇의 소설이 구현한 삶의 모습이 사라지고 있음을 상기시킨다. 하지만 콘래드 특유의 감수성은 "고립된 의식의 긴장과 굶주림을 매우 뼈저리게 알고 있으며 현실이 일종의 협동 속에 유지되는 사회적인 것이라는 점을 매우 깊이 인식하고 있는 작가의 감수성"(319)이라는 것이다. 즉, 콘래드의 최선의 작품에서는 삶의 활력이 충분히 살아 있다는 평가이다. 이런 평가가 디킨스를 다루는 5장에서 분명해지듯이 소설가의 언어적 활력이 '문체'보다는 "삶에 대한 비상한 감응력"(375)에서 비롯된다는 리비스의 지론과 맥이 닿아 있다. 실제로 리비스는 콘래드가 '비전과 인물 설정'에서 디킨스를 이어받고 있음에 주목한다. 그리고 콘래드와 디킨스 모두 셰익스피어의 영향이 두드러진 극(시)적 창조력의 소유자임을 지적한다.

리비스의 이러한 지론에 따르면 현대소설적 주제를 다루는 소설들이라도 그 소설들이 삶을 제대로 구현했느냐에 따라 얼마든지 상대평가가 가능해지는 셈이다. 사실 이 책의 1장에서 로런스와 제임스 조이스James Joyce를 비교할 때 '현대소설'에 대한 리비스의 견해가 무엇인지가 분명하게 드러난다. 리비스는 로런스를 "기법의 발명가, 혁신가, 언어의 달인이라는 측면에서 훨씬 창조적인 작가"(57)라고 높이 평가한 반면 조이스의 『율리시스Ulysses』가 보여준 대담한 형식실험을 유기적인 원칙이 결여된 "막다른 궁지이거나 해체의 조짐"(57)이라고 비판한다. 따라서 조이스의 영향을 받은 일련의 작가들이 보여주는 "자유주의적 이상주의에 대한 그릇된 형태의 반발"이야말로 '해체'의 증거가 된다. 이런 비판이 유효하다는 점을 인정하더라도 리비스의 주장에서 그가 제임스에게서 발견한 어떤 편향이 조이스에게서도 느껴진다는 것은 부인할 수 없다. 리비스는 로런스의 후예가 없음을 개탄하지만, 이는 처음에 그가 상정한 '위대한 전통'의 폭이 협소해서 생겨난 것이라고 할 수 있다. 영국소설에 국한된다고 해도 몇몇 작가들 위주로 전통을 세우려다 보니 토머스 하디의 평가에서 두드러지듯이 그 외의 작가들이 보여주는 다채로운 면모는 상대적으로 소홀하게 취급되었다. 따라서 '전통'에 속하는 작가들과 속하지 않는 작가들 간의 관계가 수직적 위계의 관점에서만 언급되고 상호 영향의 관점에서는 논의되지 않는다. 또한 로런스의 형식과 기법상의 혁신을 거론하는 과정에서 그 혁신의 출발점으로 지목한 "삶에 대한 가장 진지하고 긴박한 관심"(55)은 바로 리비스의 비평적 태도를 형성하는 핵심사항이 되는바, 이 때문인지 소설 장르에 대한 다른 고려들이 봉쇄된 느낌이다. 작가의 '책임감'이나 '도덕의식'이 강조되는 까닭에 소설에서 느끼는 '재미'도 항상 이와 관련되어 다루어지는 것이다. 이 책을 읽는 내내 느낀 '갑갑함'도 여기에서 연유하는지 모르겠다. 소설이 '잡탕' 장르인 만큼 때로 다양한 형식실험을 통해 심지어 유기적 구조에 어긋나는 요소들까지 도입함으로써 '삶'을 새로운 관점에서 바라볼 기회를 제공할 수도 있을 것이다. 다양한 형식의 소설들이 쏟아져 나오고 있는 요즘 시대에 리비스의 문제의식을 새롭게 재구성해야 할 필요가 여기에 있다. 이는 최신의 이론들이 리비스를 동지로 삼든 적으로 삼든 어떻게든 담론의 싸움터로 끌어들이는 일이 될 것이다.

'역사적 의미론'의 무의식

『키워드』
레이먼드 윌리엄스, 김성기·유리 역(민음사, 2010)

언어가 사회적 계약이자 역사적 산물이라는 점은 상식에 속한다. 또한 언어의 주요한 기능 중 하나가 의사소통의 도구라는 점도 누구나 인정할 것이다. 그러나 같은 사회와 역사 속에 살고 있어도 사람들 사이의 대화에는 장벽이 따르기 마련이고 그 원인은 실로 다양하다. 소통의 기본 전제는 의미의 공유라고 할 터인데. 계급이나 문화적 취향에 따라 개념이나 용어의 의미를 달리 정의하는 경우는 흔하다. 가령 톰슨에 따르면 1790년대 영국에서 급진세력뿐만 아니라 골수 애국주의자들도 '자유'의 수사를 구사했을 정도로 자유의 이념이 탄압과 억압의 근거가 되기도 했다(Thompson 1980, 85). 오늘날은 정도가 더 심해서 정치인들이 사용하는 거창한 구호들은 그 의미나 의도의 진정성을 묻기도 전에 귓등에서 팅

겨나가기 일쑤이다. 그래서 언어가 무의미의 바다 위를 표류하는 유령선과 같다는 느낌이 들기도 한다. 최근의 사상가들이 문제적인 철학적·미학적 개념들을 해체·재구성하는 것을 자신의 지적 탐구의 중요한 과제로 삼는 것도 이러한 상황과 무관하지 않을 것이다. 하지만 이러한 작업들도 넓게 보면 개념의 역사적 변천 과정의 일부라고 할 수 있으며, 이 개념들의 재규정이 나름의 정당성을 획득하기 위해서는 일정한 사회적 합의가 뒤따라야 할 것이다,

　이와 유사한 전제에서 레이먼드 윌리엄스의 『키워드Keywords』에서는 근대성의 핵심을 이루는 어휘들의 의미 변천 과정을 추적하고 있다. 저자는 '문화'에서 출발하여 이와 관련된 '계급', '예술', '산업', '민주주의'와 같은 논쟁적인 용어들의 의미가 역사적으로 어떻게 변모했는지를 알파벳순으로 정리하고 있다. 윌리엄스에 따르면 이러한 작업의 의의는 『옥스퍼드 영어사전OED』과의 차별성이다. 곧 이 사전이 객관적인 학문작업의 소산처럼 보이지만 실은 현실의 사회적·정치적 가치관으로부터 자유롭지 않고 편집자의 이데올로기가 투영된 예가 많다는 것이다. 그래서 그가 선택한 방법론이 '역사적 의미론'이다. 그것은 특정 단어의 "개별 의미와 연관 의미 양쪽을 현실의 다양한 화자와 청자 가운데, 그리고 역사상의 시점에서나 역사의 변천 가운데 연구"(34)하는 것이다. 이러한 방법론에 따라 윌리엄스는 단어의 의미와 현실관계를 특정 사회질서의 구조나 사회적·역사적 변화 과정 속에서 파악하는 한편 사회역사적 변화 과정이 언어 내부에서 일어나는 현상에 주목한다. 단어의 의미 변화와 역사 및 사회의 변화를 상호 변증법적 관점에서

파악하면서 주요한 개념이 형성되고 변천되는 과정을 기술하는 작업인 셈이다.

실제 작업을 들여다보면, 윌리엄스 스스로 '복잡하고 난해하다'라고 자주 토로하듯이 각각의 어휘들을 기술하는 방식에서 일관성이나 통일성이 뚜렷해 보이지는 않는다. 이런 까닭에 이 책을 평가하는 일은 그다지 수월하지 않다. 더욱이 필자의 주관성을 가급적 배제하고 객관적으로 어휘의 의미 변화를 기술하는 방식을 취하기 때문에 기술된 내용을 윌리엄스의 '주장'이나 해석'이라고 판단하여 비판할 여지가 많은 것도 아니다. 다만 어휘들을 설명하는 방식의 일정한 경향을 파악하고 그러한 경향이 표면으로 드러나지 않는 윌리엄스의 관심사에서 비롯된다는 가정 아래 이 책에 대한 평가를 내릴 수는 있을 것이다. 그렇게 볼 때 '역사적 의미론'을 표방한 이 책의 '무의식'은 윌리엄스가 문화연구의 목표로 삼았던 '공동의 문화'라고 할 수 있다.

잘 알려졌듯이 윌리엄스는 일반 대중이 문화의 생산과 소비에 적극 참여하는 민주적 문화를 달성하기를 원했고 리비스식의 '교양 있는 공중'이나 문학연구로는 이를 획득하기가 요원했다고 믿었기 때문에 성인 교육과 문화연구를 주창했다(Raymond Williams 1989, 154). 이 책에 등장하는 어휘들 중 'common', 'ordinary', 'popular' 등의 항목은 이러한 윌리엄스의 기획과 밀접하게 관련된 것들인데, 윌리엄스는 이 어휘들이 부정적인 의미로 자리 잡게 된 계기들을 적시하는 데 상당한 노력을 기울인다. 이 어휘들에 담긴 경멸적 함의들은 주로 계급적 차별의식이나 민주주의에 대한 비판적 시각과 깊은 관련이 있다는 것이다. 윌리엄스는 이러한 어휘들의 긍정적 의미들을 되살려 균형을 잡으려고 하는바, 지나가는 듯 언급되고 있지만 이는 윌리엄스의 의도를 선명하게 드러내는 대목이다. 'common'의 경우 긍정적인 의미의 용례로 '공동의 노력'이라는 표현을 들면서 이러한 노력이 보통 사람일 경우 결실을 기대하기 힘들다고 덧붙이는데, 이때 '공동의'라는 말에는 관습적인 삶의 틀을 벗어나야 한다는 의미가 담겨 있다. 다른 한편 '보통 사람들이 믿고 있는 것'이라는 표현이 무지한 사람들의 인식적 한계를 의미하기도 하고 반대로 특정 분파나 '지식인'의 생각과는 다른 '장식적이고 정연하며 예의 바른' 사람들의 믿음이라는 뜻이 담겨 있다고 지적함으로써 'ordinary'라는 말에 함축된 '상식'의 힘을 부각시킨다. 나아가 'popular culture'를 인민이 스스로 만들어낸 문화로 규정하면서 많은 사람들의 사랑을 먹고사는 '대중문화'와 구별한다. 이러한 긍정적인 의미를 살려내는 대목들을 상호 관련시킬 때 '공동의 문화'를 창출하는 동력들이 발견된다. 그것은 일반 대중의 각성과 상식, 그리고 적극적인 참여로 이루어지는 셈인데, 윌리엄스가 이를 정치 영역이 아닌 문화 영역에서 찾는 이유는 정치체제로서의 민주주의가 상당히 변질되었다는 인식 때문이라고 할 수 있다.

'민주주의' 항목에서 윌리엄스는 이 어휘의 의미가 변천한 중대한 계기를 대의민주주의의 부상과 직접민주주의의 후퇴로 파악하면서 현대로 올수록 여러 형태의 민주주의가 주장되고 있다고 설명한다. 특히 20세기에 들어와 거의 모든 정치운동이 '진정한 민주주의'를 표방하고 있다는 것이다. 윌리엄스의 설명을 굳이 참조하지 않더라도 오늘날 정치 영역에서의 민주주의는 상당 부분 정치적 수사로 변질된 실정이다. 윌리엄스가 '민주적'이라는 어휘에 의미를 부여하는 것도 이런 이유에서이다. 그것은 일상적 삶의 방식, 즉 윌리엄스의 정의대로 하나의 '문화'로서의 민주적인 태도나 감정에 대해 그가 관심을 갖는다는 방증이다. 윌리엄스는 "의사전달의 기회를 넓히는 방식으로 사회의 각 부분들을 연결하여 공통의 문화를 만들 것을 주장하는데, 즉 윌리엄스는 혁명을 거치지 않고도 기존 사회를 민주적으로 개혁할 수 있다는 전망을 지니고 있"었던 것이다(송승철 2008, 292). 따라서 윌리엄스는 하나의 어휘가 정치와 문화(예술)에 동시에 나타나는 중첩성에 주목한다.

예컨대 'representative'라는 어휘가 그렇다. 정치 영역에서 'represent'는 하나가 다른 것들을 '대표'한다는 의미가 아니라 애초에 통합된 것이 외부로 나타나는 '표상'의 의미가 강했으나 17세기 이후로 타자를 대표한다는 의미로 사용되었다고 윌리엄스는 지적한다. 다른 한편 예술의 영역에서 'representative'는 '전형적'이라는 의미에서 '정확한 재현'이라는 의미로 전문화되었는데, 전자와 후자의 차이가 리얼리즘과 자연주의를 구별하는 요소가 되었다는 것이다. 윌리엄스는 예술에서의 이러한 의미 변화를 정치적인 의미의 발전 추이에 비추어 퇴행적이라고 파악한다. 'representation'이 대표라는 의미를 띠면서 정치 영역에서는 대의민주주의의 발전과 궤를 같이했는데, 정확한 재현을 의미하는 예술 영역에서는 '대표성'(전형성)이 현격히 약화된 셈이다. 하지만 대의민주주의의 발전과 문학에서의 '대표성'의 약화가 어떤 관계에 있는지를 설명하지는 않는다. 물론 가치중립적인 관점에서 어휘들을 기술해야 하는 이 책의 성격상 그러한 설명이 용이하지 않았을 수도 있다. 그럼에도 개별 어휘의 의미를 "역사의 변천 가운데 연구"한다는 애초의 목표를 달성하려면 '대표성'의 약화가 예술에서 쇠퇴의 징후로 나타나게 된 역사적 배경을 언급했어야 할 것이다. 이 책에 대한 평자의 가장 큰 불만도 바로 여기에 있다. 중요한 쟁점을 거론해놓고 정작 구체적 설명 없이 모호하고 추상적인, 결론 아닌 결론을 제시하는 것이다. 물론 하나의 어휘를 다른 어휘와의 연관성을 따지면서 구체적으로 설명하는 것은 이런 체제의 책이 감당하기 힘든 일이라고 할 수 있다. 윌리엄스도 이를 충분히 의식하고 있고 그런 이유로 다른 관련어를 상호 참조함으로써 독자 스스로가 어휘의 의미를 탐색해나가기를 주문한다.

그런데 관련어를 참조하더라도 어휘의 의미에 대한 이해가 깊어지는지 의문이 든다. 앞서 예로 든 'representative'의 경우 관련어인 'realism'을 참조해도 대의민주주의의 발전과 문학에서의 '대표성' 약화의 관계에 대한 궁금증이 해소되지 않는다. 윌리엄스는 현실의 충실한 모사가 리얼리즘의 본령이 아님을 주장하는 견해를 길게 소개하는데, 문제는 자연주의에 대한 비판적 관점이 들어서게 된 역사적 배경을 언급하지 않기 때문에 리얼리즘에서 자연주의로의 이동이 거대한 사회적 변동과 관련이 있다는 사실이 잘 드러나지 않는다는 것이다. 윌리엄스가 '엘리트' 항목에서 설명한 것처럼 대의민주주의의 약점이 정치 엘리트들이 다른 사람들을 대표하기보다 이들의 이해관계를 이용하는 데 있다는 점을 부각하여 이를 'representative'와 'realism' 항목과 결부시켰다면 아마도 루카치의 입장과 동일한 결론에 도달했을 것이다. 루카치의 경우 1848년을 기점으로 부르주아의 진보성이 약화되면서 리얼리즘이 쇠퇴하고 자연주의가 나타났다는 점에 주목함으로써 대의민주주의 체제의 허약성 및 전망 부재와 문학에서의 자연주의의 득세를 동일한 역사적 흐름으로 파악한 바 있다. 반면 윌리엄스는 자연주의 문학을 설명하는 자리에서 작중 인물과 행동이 환경에 의해 결정되거나 영향을 받기 때문에 삶을 이야기하는 본질적 요소로 정확한 묘사가 요구되었다는 상식적인 설명에 그치고 있다. 따라서 윌리엄스가 말하는 '역사'라는 것이 이 경우 다분히 문예사조사와 같은 좁은 의미로 설정된 게 아닌가 하는 의심이 든다.

사실 이 책에 제시된 역사적 맥락은 어휘마다 너무 들쑥날쑥 설정되어 있어 내용의 일관성을 해치는 주요 원인으로 작용한다. 그러다 보니 어떤 어휘들에서는 거기에 부여된 특수한 의미가 지극히 평면화되는 상황이 벌어진다. 가령 '문학' 항목을 설명하는 대목에서 윌리엄스는 사회 각 분야에서 일어난 전문화 과정의 일부로 문학 범주가 형성되는 데 초점을 맞춘다. 문학 범주의 형성을 제도사의 일부로 파악한 셈이다. 상상력으로 쓴 글이라는 의미의 문학이 19세기 이후에 등장했다는 설명은 문학을 특권화하려는 오도된 문학주의를 교정하는 데 효과적일 수 있다. 하지만 문학 개념의 이러한 상대화는 문학 언어의 창조성을 의심하는 데로 귀결될 위험이 있다. 윌리엄스는 '창조적'이라는 말의 쓰임새가 19세기

초에 의식되어 점차 큰 영향력을 차지하게 되었다는 점에 주목하지만, 이 말에 담긴 진지한 요구보다는 그 부정적 쓰임새, 다시 말해 구체적 실천과 필연적인 관련 없이 사용되는 현상을 비판적으로 소개하는 데 그친다. 요컨대 이러한 윌리엄스의 설명에는 19세기 초의 대표적 시인인 블레이크나 워즈워스의 훌륭한 시처럼 상상력과 창조성이 날카로운 현실인식과 결부될 경우 강한 실천적 지향성을 드러낸다는 인식이 빠져 있다.

'문학'이나 '창조성'의 의미를 자리매김하는 과정에서 이 어휘들의 실천적 의미가 약화되는 것은 윌리엄스가 자본주의적 생산양식의 영향을 의미 변천의 주요 변수로 맥락화하고 있기 때문이다. 특히 이 점은 여러 종류의 기술을 의미하던 'art'가 예술이라는 의미로 사용된 경위를 사용가치를 교환가치로 환원하는 추세에 대한 방어적 움직임으로 파악할 때 두드러진다. 추상적인 의미로서의 예술은 일반적인 용도가 직접적인 교환에 의해 결정되지 않기 때문에 개념화될 수 있었다는 것이다. 동시에 냉소적인 시각에서는 예술작품이 상품으로 취급받고 예술가 역시 소량 생산품을 생산하는 숙련노동자 부류로 취급되었다는 것이다. 그러니까 윌리엄스의 서술대로라면 예술은 자본주의적 생산양식에 종속된 예술과 여기에서 의식적으로 이탈하여 추상적인 개념으로만 존재하는 예술로 양극화되는 셈이다. 예술이 전문화와 상품화의 길을 걸었다는 것은 부인할 수 없는 사실이지만 이 점만 부각시키는 설명 방식은 예술을 사회적 실천과 무관한 영역으로 고립시킬 가능성이 많다. 그런데 이러한 예술의 양극화 양상이 나타난 시기로 지목한 19세기 중반의 대표적인 예술가인 윌리엄 모리스William Morris만 하더라도 예술작업의 목표를 '속물의 시대'를 개혁하는 데 두었다는 점 (Thompson 1976, 94)에서 윌리엄스의 설명은 일면적이라고 할 수 있다.

'문학', '창조성', '예술' 등의 일반적 의미가 위계적인 사고방식이나 엘리트주의를 함축한다는 점에서 문화를 '삶의 전체적 방식'으로 규정하는 윌리엄스의 입장에서는 이러한 어휘들이 갖는 특권적 의미의 이면을 보여줄 필요가 있었을 것이다. 더불어 '경험'이나 '감수성' 등 그 의미가 모호하되 문화를 구성하는 핵심적 항목들에 관심을 보이는 것도 당연하다면 당연하다. 흥미로운 점은 이들 항목에서 중요하게 부각되는 의미들이 '문학'이나 '예술'에서 핵심적인 위치를 차지하는 창조성과 깊은 관련이 있다는 것이다. 윌리엄스는 '경험'을 기술하는 자리에서 흔히 '경험의 교훈' 등으로 표현되는 경험의 과거지향적·보수주의적 의미에 '현재의 의식'으로서의 경험이라는 의미를 대비시킨다. 즉, 사고와 감정도 포함되는, 풍부하고 개방적이며 활발한 종류의 의식으로서 경험이 갖는 의미를 강조한다. 이러한 현재 경험은 특정하고 제한적인 능력에 의존하는 것이 아니라 존재 전체에 호소하기 때문에 문화의 저변에 흐르는 일반적 동향이 된다는 것이다. 따라서 개인적·주관적·정서적인 것을 넘어서서 사회적·역사적인 것이 된다. 물론 이러한 경험의 고유성 자체를 배제하고 전체만을 강조하는 것도 하나의 극단이라는 것이 윌리엄스의 생각이다.

윌리엄스는 인식론적으로 포착되지 않는 삶의 운동성을 '경험'

이라는 어휘로 담아낸 셈인데, 이러한 운동성이 창조적 의식의 활동에서 비롯된다는 점은 경험과 비슷한 의미 변천의 경로를 밟아 나갔다고 설명되는 '감수성' 항목을 참조하면 대번에 드러난다. 윌리엄스는 감수성이 통합적인 성질을 담아내는 단어로 사고와 감정 어느 것으로도 환원될 수 없는 활동으로 일반화되었고 역사적으로 중요한 시기에 예술의 원천과 매개 역할을 했다고 지적한다. 그런데 이처럼 개인적 자질을 사회적 과정으로 일반화하는 것은 특정한 가치판단들에 대한 합의가 있어서 가능했는데 이러한 합의가 붕괴되면서 일반적 용법으로는 사용되지 못했다는 것이다. 따라서 윌리엄스의 문화연구에서 중요한 과제는 경험과 감수성의 성격과 특질을 분별하면서 일반화할 수 있는 비평적 틀을 확보할 수 있느냐의 문제로 집약된다고 할 수 있다.

윌리엄스는 비평 항목을 설명하는 대목에서 권위 있는 판단으로서의 비평이 일련의 추상적인 용어를 통해 소비자의 위치를 은폐하는 문제를 지적한다. 따라서 실제 상황에 대한 반응을 추상화할 것이 아니라 이를 주변 상황이나 맥락 전체와 능동적이고 복잡한 관계를 맺고 있는 구체적 실천으로 파악하는 것이 중요함을 상기시킨다. 하지만 이런 개별적 반응에도 '판단'은 개입되기 마련이며 추상적인 비평용어도 실은 이런 개별적 반응을 분별하기 위해 도입되는 경우가 다반사이다. 이는 문화연구와 문학비평 사이의 거리가 생각보다 멀지 않음을 반증하는 것이며 문화연구에서도 문학비평의 방법론을 폐기하지 말아야 하는 이유이기도 하다. 그런 점에서 이 책의 계승작업에는 새로운 항목을 추가하는 일뿐만 아니라 상호 배제적으로 기술된 두 항목들, 예컨대 창조성과 일상성, 경험과 상상력 같은 어휘들의 연관성을 밝히는 일이 포함되어야 할 것이다.

번역에 관해 말하자면 역자들이 토로한 대로 많은 품과 시간이 들었음을 실감할 수 있다. 하지만 원문을 빠뜨린 채 번역하거나 원문에 없는 내용을 번역문에 첨가한 대목이 종종 발견되기도 하거니와 이 책의 핵심적인 부분을 제대로 옮기지 못한 대목이 확인되어 후한 점수를 주기가 힘들다. 가령 'culture' 항목에서 밀턴을 인용한 대목(124)에 'government and culture'라는 표현이 등장하는데, 역자는 이를 '국토와 경작'이라고 옮겼다. 하지만 이 번역은 원문의 전체적인 논지와 맞지 않다. 'culture'는 '추상적인 과정이나 그 과정이 만들어낸 결과'를 지칭하는 뜻으로는 18세기까지 중요하지 않았고 19세기 중반까지도 널리 퍼져 있지 않았다. 하지만 이 발달의 초기 단계에서 돌연 발생한 것이 아니라 따지고 보면 밀턴에게서도 찾을 수 있어서 밀턴이 흥미롭다는 맥락에서 이 인용문이 등장한다. 윌리엄스는 'government and culture'를 현대적 의미로 읽을 수 있다면서 밀턴이 이 어휘들을 일반적인 사회 과정으로 파악하고 있으며 이것이 이 단어의 의미 전개에서 결정적인 단계라고 설명하고 있다. 따라서 '정부와 문화'라고 번역해야 윌리엄스의 설명에 더 적합하지 않을까 싶다.

마르크스주의는 오래 지속된다

『왜 마르크스가 옳았는가』
테리 이글턴, 황정아 역(도서출판 길, 2012)

동구권의 몰락과 신자유주의의 득세, 그리고 포스트모더니즘의 열풍으로 폐기의 대상이나 과거의 유물이 된 것처럼 보이던 마르크스주의가 전 지구적 금융위기로 대표되는 최근의 '자본주의 위기' 국면에서 새롭게 조명되고 있다. 마르크스주의의 서사는 사회주의의 도래에 관한 이야기이기도 하지만 자본주의의 운명에 관한 이야기이기도 하다는 점에서 마르크스의 저작이 새로운 관심의 대상이 되는 것은 이상한 일이 아니다. '거대서사'를 부정하는 포스트모더니즘의 논리나 자본주의 이외에 대안은 없다고 선언하는 신자유주의의 언설에 의지해서는 현재의 자본주의 위기에 대한 적절한 진단과 효과적인 처방을 기대하기가 힘들 것이다. 하지만 다른 담론들보다 월등한 현실 설명력을 지녔다고 하더라도 마르크스주의의 주장이 왜 옳은지를 대놓고 말하기란 쉽지 않다. 동구권의 몰락으로 현실사회주의가 파산에 이르렀다는 역사적 사실을 부정할 수 없고 마르크스주의가 현재의 자본주의 위기를 타개할 대안을 제시해줄 수 있을지 의문이기 때문이다.

이러한 상황을 감안할 때 테리 이글턴의『왜 마르크스가 옳았는가』는 책 제목치고는 상당히 도발적이다. 이러한 의도적인 도발은 마르크스 신도의 분노에 찬 신앙심에서 비롯된 것이 아니라 마르크스 사상이 현재의 역사적 국면을 이해하는 데 '신빙성' 있는 논리를 제공한다는 확신에서 나온 것이다. 요컨대 마르크스주의는 끝나지 않았다는 것이다. 이러한 믿음에서 이글턴은 마르크스주의의 생명력에 치명적인 독으로 작용했던 '표준적인' 비판들을 반박하면서 마르크스 사상의 진면목을 드러내고자 한다. '마르크스주의는 결정론이다', '마르크스주의는 만사를 경제로 환원한다', '마르크스주의는 이미 사라진 노동계급에만 집착한다' 등의 비판들에서 보이는 가장 큰 문제는 마르크스 사상에 대한 몰이해와 편견이다. "비판자들의 상당수가 사실에 주목함으로써 자신의 주장을 망치고 싶어 하지"(82) 않는 것이다. 표준적인 비판에 대한 반박이 마르크스의 저작에서 추출한 '사실'에 기대어 독자들의 '상식'에 호소하는 방식으로 이루어진 것도 이 때문이다.

마르크스의 생명력을 증언하고자 하는 이글턴의 작업이 마르크스 사상에 대한 무조건적인 지지는 아니다. 마르크스의 기획 자체가 완전무결하지 않을뿐더러 인간의 역사적 실천에 따라 그 성패가 좌우되기 때문이다. 마르크스의 역사이론이 '목적론적'이라는 비판에는 '마르크스주의는 결정론이다'라는 전제가 들어 있는데, 이것은 실상 비판자들이 현실사회주의의 몰락에 편승해서 마르크스 사상을 곡해한 결과이다. 이글턴은 이런 상황을 염두에 두고 '결정론'이라는 비판에 대응한다. 마르크스주의는 인간의 자유와 개별성을 무시하고 오로지 자본주의에서 사회주의로의 이행을 불가피한 역사의 법칙으로 신격화한다는 비판에 직면하여 이글턴은 마르크스의 역사관을 상세히 언급한다. 이 역사관에서 핵심적인 사항은 생산력과 생산관계의 모순이 역사의 경로와 어떤 관계에 있느냐이다. 사실 오늘날의 현실에 비추어보면 마르크스의 관점이 설득력 있게 다가오지는 않는다. 특정한 역사발전 단계에서 사회의 물질적 생산력이 작동하지 않게 됨에 따라 기존의 생산관계, 즉 소유관계와 모순을 일으키면서 사회혁명의 시기가 시작된다는 논리는 과연 현 시기의 자본주의 위기라는 '역사발전 단계'에 적용될 수 있는가? 마르크스의 논리대로라면 현시점은 노동계급이 주도하는 사회혁명의 적기가 아닌가? 물론 2011년에 불타올랐던 전 세계에 걸친 항의와 저항운동을 21세기 세계혁명의 조짐으로 볼 여지도 있지만,[1] 이 항의운동들이 자본주의 체제의 붕괴와 새로운 사회체제의 건설로 이어질 정도인지는 의문이다. 이글턴도 주장하듯이 마르크스에게 자본주의가 해체되고 이를 대체하는 것이 반드시 사회주의일 수는 없으며 파시즘이나 야만일 수도 있고

---

[1] 국내의 한 논자는 특히 헤게모니 국가인 미국에서 일어난 '월가 점령운동'이 전 세계에 동시다발적으로 접속되어 대규모로 신속하게 확산되는 현상을 들어 2011년에 일어난 항의운동을 세계혁명의 전조라고 생각한다(강내희 186-187).

자본주의 체제의 붕괴로 인해 노동계급이 도덕적으로 해이해져 무분별한 행동을 취할 수도 있다. 아무튼 새로운 사회적 생산관계는 생산력의 발전을 전제로 한다는 점에서 결정론의 혐의에서 자유로울 수 없다. 이러한 관점에 따르면 "인간의 역사를 만드는 것은 인간이 아니라 생산력이며 이것이 기이하고 물신적인 생명을 영위해 나간다"(55). 따라서 이글턴은 마르크스의 사상에 사회적 생산관계에 대한 생산력의 선차성이라는 관점만 존재한다면 이는 완전한 결정론이고 이것 자체를 지지할 마르크스주의자는 거의 없을 것이라고 단언한다. 마르크스의 '옳음'을 주장해야 하는 이글턴으로서는 마르크스의 역사이론에 계급투쟁을 우선시하는 관점 또한 존재했음을 부각시킨다. 따라서 마르크스는 인간의 자유를 긍정하는 입장이었고 인간의 행위 자체를 부정한다는 의미의 결정론자는 아니라는 것이다.

　문제는 마르크스가 사회주의의 도래에 자본주의가 필요하다는 점을 인정한다는 것에서 어쨌든 역사의 발전에 일정한 필연성을 전제했다는 것이다. 이글턴은 이러한 논리가 골치 아픈 도덕적 문제를 발생시킨다고 지적한다. 다시 말해 "자본주의가 사회주의에 핵심적인데 그 자본주의가 부당하다면 불의가 도덕적으로 받아들일 만하다는 이야기인가?"(63) 이는 최후의 선을 위해 불가피한 고통과 불의를 용인해야 하는가의 문제다. 사회주의의 도래를 위해 너무나 큰 대가를 치른다면 마르크스의 역사이론은 '비극적'이라는 것이다. 이글턴이 마르크스주의 서사를 완전히 긍정할 수 없는 이유는 오늘날 홀로코스트나 핵 재앙이나 환경 격변 같은 자본주의의 파괴적 측면이 압도적으로 인간의 삶을 위협한다는 판단 때문이다. 그렇다고 자본주의가 발생하지 않았다면 어땠을까 하는 이글턴의 가정이 현실사회주의의 실패에 대한 책임을 자본주의에 덮어씌우기 위한 의도에서 나온 것은 아니다. 그보다는 마르크스가 사회주의의 도래에 긍정적으로 작용하리라고 예견했던 자본주의의 요소들, 이를테면 물질적 번영과 인간의 풍부한 창조력과 개인의 자유 등을 발전시킬 수 있는 대안적인 역사의 가능성을 타진하는 성격이 짙다. 오늘날 자본주의가 그 긍정적인 요소들마저 탕진하면서 스스로 수명을 재촉하고 있는 실정에서 자본주의 체제의 근본적인 혁신과 대안적인 체제의 형성은 시급한 과제가 되었다. 이러한 인간적 실천에 마르크스의 역사이론이 여전히 풍부한 암시와 중요한 단서를 제공해준다는 점이야말로 이글턴이 꼽는 마르크스의 현재성이다. 마르크스의 역사이론은 '결정론'이 아니라 '열린 결말'의 서사인 셈이다.

'결정론' 못지않게 마르크스주의에 빈번하게 가해진 비판이 '경제환원론'이다. 그런데 이글턴도 주장하는 바이지만 모든 것을 경제로 환원하는 것은 다름 아닌 자본주의이며 오늘날 누구나 이를 실감하고 있다. 경제라는 점잖은 말보다는 돈으로 모든 것을 환원하는 것이 자본주의이다. 이와는 달리 마르크스가 경제를 강조하는 것은 물질적 삶을 생산하고 재생산하는 구조, 즉 경제라는 영역에 폭력과 고된 노동과 착취의 그림자가 드리워져 있고 이러한 비참한 현실이 역사의 토대를 이룬다고 보았기 때문이다. 경제를 중심으로 역사의 경로를 살피면 지배적인 패턴으로 폭력과 착취가 변주되어 나타난다는 뜻이다. 그런 맥락에서 이글턴은 마르크스의 '토대-상부구조' 모델을 수직적으로 파악할 것이 아니라 수평적으로 이해할 것을 제안한다. 그럴 때 토대는 "정치적 가능성의 외부적 한계"(147)이다. 즉, 모든 정치적 개혁들을 허락하지만 결코 양보하지 않는 것을 가리키기 때문에 사회주의 정치가 끊임없이 제거하려고 하는 최종적인 장애라는 것이다. 이렇게 수평적인 관점에서 보면 이 모델은 결국 폭력과 착취로 이루어진 역사의 토대를 변화시키지 않고는 다른 어떤 정치적 개혁도 불완전하다는 점을 가리킨다고 할 수 있다.

이렇게 보면 노동계급이 계급투쟁을 통해 폭력과 착취로부터 벗어나 사회주의를 건설한다는 마르크스의 생각은 그 자체로 도덕적이라는 것이 이글턴의 판단이다. 마르크스는 인간들 사이의 진정한 유대를 해체하고 이기심으로 무장한 개인들이 타인을 적대시하게 만드는 자본주의적 삶의 방식을 누구보다도 혐오했다는 점에서 열렬한 도덕사상가였다는 것이다. 마르크스에게 도덕은 법과 의무와 규범의 준수 문제가 아니라 한 개인이 가장 자유롭고 충만하며 자기실현적인 방식으로 삶을 영위하는 문제이다. 이글턴은 생산과 노동을 개인의 자기실현 혹은 창조성의 발현으로 보는 마르크스의 생각은 바로 이런 관점에서 나온 것임을 강조한다. 마르크스는 진정한 노동을 자유롭고 자기실현적이며 그것을 통해 세상을 변혁할 수 있는 활동이라는 의미의 '프락시스'로 파악했다는 것이다. 이런 창조적 활동으로서의 노동이 경제 영역에 집중되는 이유는 물질적 삶을 계속해서 생산하고 재생산해야 하는 결핍의 조건이 인간 앞에 놓여 있기 때문이다. 이러한 결핍을 충족시키기 위한 노동도 단순히 경제적인 것만은 아니지만, 그것이 계급사회에서 수행되었고 그 자체로 목적이 아니라 다른 사람들의 권력과 이익의 수단이 되었다는 점에서 강요된 노동의 성격을 띠었다는 것이다. 따라서 마르크스의 사상에서 자본주의적 노동에서 벗어나 '프락시스'로서의 노동을 회복하기 위한 조건이 공산주의의 도래가 되는 것은 우연이 아니다.

이처럼 이글턴은 마르크스가 누구보다도 개인의 자유를 옹호했다는 점을 강조한다. 물론 "한 사람 한 사람의 자유로운 발전이 모두의 자유로운 발전의 조건이 된다"(88)는 마르크스의 언명은 공산주의의 도래를 전제한 것이다. 하지만 이글턴은 이 발언이 나의 자유가 타인의 부자유를 낳는 자유주의의 모순 자체를 해결한다는 점을 들어 현실적인 유효성을 지닌다고 본다. 이런 개인의 자유에 대한 강조는 마르크스가 집단주의와 평등을 강조한 사상가였다는 통념과는 어긋난다. 이글턴이 지적하듯이 마르크스는 지배적인 평등 관념에 상당히 비판적이었다. 그것은 사물과 사람들의 개별성을 추상화시켜 평준화하는 기계적인 평등에 불과하다는 점에서 오히려 자본주의의 속성에 가깝기 때문이다. 이글턴이 보기에 마르크스가 기대했던 평등은 모든 사람의 서로 다른 필요를 고르게 돌본다는 의미이다. 인간은 모두 다른 것을 필요로 하는 만큼 동일한 잣대로 그 필요들을 측정할 수 없다. 요컨대 "모든 사람은 자기실현의 평등한 권리가 있고 사회적 삶을 형성하는 데 적극적으로 참여할 평등한 권리가 있다"(103). 이렇게 생각하면 사회주의는 획일적인 전체주의와는 거리가 멀고 현재의 자본주의의 삶보다 훨씬 더 다원주의적 질서를 구성하게 된다는 것이다.

마르크스가 개인의 자유와 자발성을 강조한 것은 사실이다. 하지만 중요한 점은 사회주의 건설의 초석이 되는 계급투쟁 과정에 집단적인 주체가 필요하다는 것이다. 이는 노동계급에 대한 마르크스의 관점을 이글턴이 어떻게 이해하느냐의 문제이다. 이글턴은 노동계급이 사라졌다는 주장에 대해 구식의 위계가 수평적인 조직에 자리를 내준 것은 인정하지만 자본은 소수의 손에 더욱더 집중되고 빈민층은 늘어나고 있다는 점에서 노동계급이 사라졌다는 것은 망상에 가깝다고 지적한다. 마르크스가 노동계급을 중요하게 생각했던 것은 이들을 보편적 해방의 담지자로 보았기 때문인데, 이글턴은 이러한 마르크스의 생각이 오늘날에도 여전히 유효함을 강조한다. 정치적 주체로서 확고하게 자리를 점하지 못하고 '호모 사케르'와 같은 존재로 전락한 오늘날의 노동계급을 마르크스의 관점에서 재해석하는 것이다.[2] 이글턴은 노동력을 시장에 팔면서도 노동조건에 대한 통제력은 갖지 못하는 사람들 모두를 마르크스가 노동계급에 포함시켰다는 점을 근거로 자본주의적 소유관계가 근본적으로 변화하지 않는 이상 노동계급은 존재할 수밖에

---

2 최근에 안토니오 네그리 같은 사상가는 생명정치를 기반으로 하는 '제국'에 맞서 자기지배 형태의 새로운 민주주의 체제를 건설하는 집단적인 주체로 '다중'의 출현에 주목하지만, 슬라보예 지젝의 주장대로 네그리의 주장에는 구체적인 실천 프로그램이나 충분한 이론적 설명이 들어 있다고 보기 힘든 측면이 있다. 자본주의가 '다중'을 만들어낸다면 그 '다중' 역시 자본주의의 형식 자체에 포섭되어 있는 것이기 때문에 네그리의 설명이 '제국'과의 단절을 어떻게 이루어낼지에 대해서 설득력을 갖지 못한다는 것이다. 지젝의 지적에 대해서는 Žižek(263-264)을 참조하라.

없음을 주지시킨다. 물론 화이트칼라와 사무직의 증가로 중간계급이 증가한 것은 사실이지만 현대에 와서 이러한 집단들은 경영 규율의 엄격화로 인한 압박 때문에 프롤레타리아의 과정을 겪게 되었다는 것이다. 따라서 오늘날 노동계급은 자신의 기능을 수행하면서도 자신의 인간다움에 대한 어떤 충분한 인정도 받지 못하는 존재를 가리킨다. 하지만 자본가들과는 달리 체제의 현상 유지가 자신들에게 실질적 이득을 가져다주지 않기 때문에 체제 내에서는 비가시적인 존재이지만 그래서 대안적 미래를 설계할 수 있는 집단이라는 것이다.

그렇다면 이러한 대안적 미래를 쟁취하기 위해서 혁명은 반드시 필요한 것인가? 이글턴의 판단에 따르면 혁명은 개혁에 비해 폭력적이라는 선입견 때문에 대다수 서구인들은 혁명에 반대하는 쪽을 선택할 공산이 크다. 대체로 이러한 부정적인 이미지는 이오시프 스탈린Iosif Stalin과 마오쩌둥毛澤東의 대량학살 때문에 형성되었다. 하지만 자본주의의 폭력 또한 이보다 더하면 더했지 덜하지는 않은 것이 사실이다. 이글턴은 마르크스주의에서 혁명은 폭력의 정도로 설명되지 않는다고 지적한다. 마르크스에게 혁명은 조직된 노동계급이 다양한 동맹세력과 결합하여 자본주의적 중간계급을 대체하는 것을 의미한다. 사회주의혁명은 한순간의 폭력적인 행동으로 이루어지는 것이 아니라 상대적으로 권력이 없던 사람들이 경험과 전문지식과 자기확신을 얻어서 사회 전체를 변혁시키는 작업이라는 점에서 민주주의 혁명일 수밖에 없다는 것이다. 이런 맥락에서 이글턴은 자본주의 체제가 아무런 대안이 없는 상태에서 내파內破의 위기를 겪고 있을 때 혁명이 오히려 그 위기로부터 생겨난 폐해를 줄일 수 있을 것이라고 전망한다. 그러니까 혁명은 자본주의의 자체적 붕괴로 인한 공도동망共倒同亡을 막아줄수 있는 매우 '합리적인' 정치적 행동이 되는 셈이다.

이렇게 보면 오늘날 자본주의가 심각한 내부 문제로 붕괴 위기에 직면하고 있기 때문에 혁명은 사회주의의 도래는 차치하고 인류의 생존을 위해서라도 반드시 필요하다는 결론에 도달하게 된다. 그런데 혁명은 가능한가? 만약 가능하다면 그것은 어떤 성격의 혁명일 것인가? 기본적으로 자본주의가 전 지구적인만큼 전 지구적인 혁명이어야 혁명의 이름에 값하지 않을까? 이런 질문들에 대해서 어느 누구도 쉽사리 답하지는 못할 것이다. 다만 이글턴이 시사하듯이 지금 이론과 실천의 영역에서 일어나고 있는 사회운동들이 마르크스의 총체적인 세계인식을 공유할 때 해답의 실마리가 보일 것이다. 이글턴이 마르크스의 입장에서 최근의 급진적 운동을 점검하는 장을 이 책의 본문 마지막에 배치한 것도 이런 이유에서일 것이다.

이글턴은 마르크스주의 전통에서 젠더 문제가 심각하게 다루어지지 않았다고 본다. 그러나 가부장제와 계급사회의 역사는 실질적으로 밀접하게 관련되어 있어서 한쪽의 붕괴는 다른 쪽에 심각한 타격을 입힐 수 있다는 점을 마르크스는 인식하고 있었다는 것이다. 그러한 인식에서 출발한다면 성적 생산과 물질적 생산에 관한 두 거대 역사서사가 서로 얽혀 있음을 확인하게 되고, 두 영역에서 노동력을 착취당한 희생자들은 정치적 해방이라는 공동의 이해를 갖게 된다. 이 점은 20세기 초에 공산주의 운동이 젠더의 이슈를 체계적으로 제기했고 사회주의 사회들 대부분이 여성 권리의 실질적 진전을 요구했다는 역사적 사실에 의해 뒷받침된다. 따라서 마르크스주의는 여성의 권익을 확고히 옹호한 사상이라는 것이다.

이글턴은 식민주의와 관련해서도 마르크스의 입장에 모호한 구석이 있음을 숨기지 않는다. 식민주의가 '미개발' 지역에서 자본주의적 근대의 도래를 촉진시켜 사회주의를 위한 길을 열어줄 수 있다고 생각했는가 하면, 인도나 여타 지역에서 자행된 식민통치의 야만성을 비난했고 인도대반란을 진심으로 환영하기도 했다. 하지만 전체적으로 볼 때 아일랜드의 독립이 영국 사회주의혁명의 전제조건이라고 생각할 만큼 민족해방운동에 적극적인 지지를 보냈을 뿐만 아니라 중요한 영감을 제공했다는 것이다. 따라서 1980년대에 접어들면서 마르크스주의가 탈식민주의에 자리를 내주었다는 인식은 일종의 범주적 오류에 해당된다. 마르크스주의는 여러 세기에 걸친 전 지구적 정치운동으로 많은 사람들이 그 과정에서 목숨을 잃었던 신념인 반면 탈식민주의는 상아탑에 갇힌 학문적인 언어로 많은 사람들에게 소통되지 않는 담론에 불과하다는 것이다. 요컨대 탈식민주의는 20세기 말 민족해방투쟁의 시효가 만료된 시점에 출현했다는 점에서 혁명적 유산을 보존하는 동시에 그 유산의 퇴거를 알리는 징후라는 것이 이글턴의 최종적인 판단이다.

결론적으로 이글턴은 젠더 문제와 민족성 문제가 현재에도 여전히 계급 문제와 밀접한 관련이 있음을 분명히 한다. 가령 초국적 기업과 소수민족이나 여성들로 구성된 저임금 노동자 사이의 갈등은 마르크스가 말한 대로의 계급 문제이다. 그러니까 착취와 폭력으로 이루어진 자본주의 역사의 서사가 끝나지 않는 한 계급 문제는 지속되는 셈이다. 따라서 이글턴이 새로운 사회운동들에 요청하는 바는 마르크스주의를 밀어내고 담론적 우선권을 거머쥐었다고 자랑할 게 아니라 자신들이 마르크스주의와 오랫동안 생산적인 동맹관계였다는 사실을 인식하는 것이다. "당장 행동하지 않는다면 자본주의는 우리 모두의 죽음이 될 것으로 보"(215)이는 오늘날의 현실을 염두에 둘 때 이러한 생산적인 동맹관계의 창출이야말로 마르크스 사상의 진정한 '법고창신法古創新'이 될 것이다.

아프리카는 어떻게 발명되었는가?

『현대 아프리카의 역사』
리처드 J. 리드, 이석호 역(삼천리, 2013)

텔레비전이나 신문, 그리고 인터넷 등 각종 언론매체에 등장하는 아프리카는 일정한 이미지로 재현되는 경향이 있다. 문명화 이전의 삶을 원형 그대로 보존하고 있는 원시의 대륙, 험난한 자연환경과 전염병, 가난과 기근 등으로 많은 사람이 죽어가는 고통의 땅, 군부독재자가 장기집권하면서 반대자를 숙청하고 민중을 무자비하게 탄압하는 동토의 왕국 등이다. 따라서 아프리카는 그 역사나 문화에 대한 관심을 기울이기에 앞서 인도주의적 원조의 대상 정도로 치부되기 십상이다. 사실 아프리카는 서구 근대(성)를 형성하는 데 중요한 역할을 했다. 노예무역을 통해 막대한 노동력을 공급함으로써 서구 자본주의 발전의 한 축을 담당했을 뿐만 아니라 원자재의 공급처이자 상품시장 기능을 수행함으로써 이른바 '식민지

무역'이 발전하는 데 결정적으로 기여했다. 이러한 과정은 '약탈적 자본주의'의 표본이었지만 문명화 또는 근대화 과정으로 호도되기도 했다. 근래에 들어서 탈식민주의의 영향으로 유럽중심주의 시각에서 벗어나 주체적으로 아프리카의 역사를 쓰자는 움직임도 있지만, 이런 주체적 역사 다시 쓰기가 유럽중심주의만큼이나 역사적 사실을 왜곡할 가능성도 있다. 이런 탓에 아프리카에 대한 객관적인 역사 쓰기는 상당히 어려운 작업이 될 수밖에 없다.

리처드 J. 리드Richard J. Reid의 『현대 아프리카의 역사』의 미덕은 아프리카 역사 쓰기의 어려운 점을 충분히 의식하면서 비교적 객관적인 시각으로 아프리카의 과거와 현재에 접근하고 있다는 것이다. 저자에 따르면 고고학과 언어학을 활용한 연구방법론은 아프리카에 관한 추상적인 변화를 감지하는 데 요긴하나 구체적인 삶의 양태를 설명하기에는 부족하다. 또한 이방인들의 기록은 특정한 문화적·사회적 편견과 오해를 강화할 수 있고 원주민의 구술사도 특정한 혈통과 정치적 상황에 매몰되어 있는 경우가 허다하다. 나아가 아프리카인을 생물학적으로 열등하다고 생각하는 유럽인들의 관념은 서구인들이 아프리카에서 저지른 온갖 만행을 정당화하는 데 사용된다는 것이다. 이 책은 이 같은 추상적 담론과 특수주의적 태도, 그리고 인종주의의 문제점을 충분히 의식한 가운데 아프리카 대륙 전체를 조망하면서 각 지역에서 일어난 중요한 사건들의 의미를 자리매김함으로써 서구 근대화와 아프리카 식민화가 어떤 관련을 맺고 있는지를 추적한다. 특히 노예무역, 문명화 사업, 선교, 탐험 등이 서구의 식민지배가 아프리카에 관철되는 과정에서 어떻게 서로 유기적으로 연결되고 접속되었는지를 소상히 밝히고 있다.

노예무역은 19세기 초에 폐지되었다는 것이 일반적인 상식이지만, 저자는 19세기 말까지 불법적인 형태로 지속되었음을 지적한다. 노예무역이 근절되지 않은 이유 중 하나는 그것이 아프리카의 지도층에 부와 권력을 축적하는 수단이었기 때문이다. 노예를 팔아 총을 비롯한 다른 재화를 구입하고 이를 통해 자신들의 추종세력을 늘려갈 수 있었던 것이다. 저자는 노예무역의 당사자인 영국이 박애주의자들의 끈질긴 요구로 노예무역을 폐지했지만 여기에는 또 다른 숨은 의도가 있었음을 들추어낸다. 그것은 오늘날 흔히 말하는 '인도주의적 개입'의 원형적 형태라고 할 수 있다. 즉, 영국은 노예무역 폐지 이후에도 불법적인 노예 송출이 이어지자 이를 막겠다는 의도로 아프리카에 개입했던 것이다. 저자는 이러한 개입 이면에 '합법적인' 상업 행위를 아프리카에 도입함으로써 자국의 경제적 이득을 도모하려는 전략적 판단이 깔려 있었다고 본다. 또한 '합법적인' 상업 행위를 장려했다고 해서 노예노동 자체가 없어진 것도 아니었다. '합법적인' 생산의 수요를 맞추기 위해서는 노예들이 필요했기 때문이다. "유럽의 박애주의자들은 '합법적인' 상업 탓에 대서양 연안 아프리카 지역에서 오히려 노예노동이 늘어나고 있다는 불편한 진실을 깨닫게 되었다. 이들은 뒷날 그 이유를 후진적이고 야만적인 아프리카 사회 탓으로 돌리기도 했다."(70) '합법적인 상업'은 아프리카의 경제가 수출무역에 종속됨을 의미했다. 가내노예의 수가 증가했고 유럽에서 들어온 수입품들 때문에 지역경제가 장기적으로 악화되었으며 아프리카 국가들은 유럽의 간섭과 개입으로 독자적인 수출시스템을 확보하지 못했다. 따라서 '합법적인 상업'은 정복의 다른 이름이었던 셈이다. 이렇듯 유럽이 아프리카를 대상으로 펼친 '선의'의 정책은 자국의 이익을 우선시하고 아프리카의 실질적인 발전에는 그다지 관심이 없었기 때문에 궁극적으로는 정복의 도구가 되었다는 것이 이 책의 일관된 시각이다.

저자는 18세기 후반에 서유럽과 북아메리카에서 일어났던 복음주의 열풍도 이러한 사례에 해당한다고 지적한다. 복음주의는 그 자체로 인본주의적인 노예폐지운동과 밀접한 관련이 있는데, 이는 문명화사업이라는 이름의 선교활동으로 연결된다. 선교활동의 목적은 대체로 '까만 영국인'을 만들어내는 것이었다. 아프리카 원주민이 영국의 문화와 상업적인 체계, 그리고 기독교라는 신앙과 접촉함으로써 영국의 문화에 온전히 동화되는 것을 목표로 했다는 것이다. 이러한 문명화사업을 뒷받침하기 위해 영국에서는 아프리카문명협회가 조직되기도 했는데, 이는 아프리카에 대한 유럽중심적 시각을 뒷받침하는 영국 내 여론을 조성하기 위한 것이었다. 아프리카의 종교는 기본적으로 다신교적이기 때문에 유일신교인 기독교가 토착화되기 어려운 환경이다. 더욱이 무슬림이 아프리카의 많은 지역을 장악하고 있었으므로 선교활동이 쉽지는 않았다. 그런 이유로 선교사들은 무슬림 무역업자들을 사기꾼들로 묘사하면서 기독교도들은 '합법적인' 무역을 하는 공정하고 정직한 사람들로 재현했다고 저자는 설명한다. 이런 설명에서도 드러나지만 이 책은 선교사업이 유럽의 상업적 이해와 뗄 수 없는 관계에 있다는 점을 분명히 하고 있다. 그러니까 노예무역 폐지, 합법적인 상업 장려, 선교를 통한 문명화사업에 깔려 있는 기본 동기는 유럽의 정치적 지배와 경제적 이득이었던 것이다. "물론 선교사들이 드러내 놓고 제국주의의 대리인 노릇을 한 것은 아니다. 하지만 유럽이 아프리카 지역에 영향력을 확대하고 문화적 침투를 감행하는 과정에서 선교사들이 앞장선 사실만은 부정할 수 없다. 이들은 때로는 묵인하거나 특정 정부의 정책을 지지하는 방식으로 유럽의 아프리카 진출을 도왔다."(234) 저자는 선교사들이 탐험가를 겸한 이유가 여기에 있다고 본다. 가령 우리가 잘 알고 있는 데이비드 리빙스턴 David Livingstone은 복음주의적 신념과 과학적 호기심을 결합하여 아프리카의 지도를 작성하고 강의 시원과 지류를 탐구하는 한편 원주민들을 자세하게 관찰했다는 것이다. 이는 궁극적으로 상업적 이득과 결부된다. 새로운 상업제도는 강을 중심으로 하는 운송체계와 원자재에 대한 정보, 그리고 유럽 상품을 소비할 수 있는 시장을 필요로 했던 것이다.

그렇다면 이 탐험가들이 남긴 방대한 자료는 역사가들에게 어떤 의미로 다가왔을까? 이 책에서 누누이 강조하는바, 이러한 자료들은 아프리카를 '발명'하는 데 기여했다. 유럽인들은 자신들이 방문한 지역의 풍광과 풍습을 자신의 관점에 따라 기술하면서 그 지역의 역사를 기술했고, 이러한 성격의 역사기술은 유럽 세계에 아프리카에 대한 대중적 이미지를 구축하고 아프리카의 과거를 판에 박힌 방식으로 고착시키는 데 일조했다. 이러한 과정은 흔히 오리엔탈리즘이라고 불리는 사고방식이 아프리카에 적용된 예라고 할 수 있다.

그런 맥락에서 저자는 합법적인 상업 장려, 선교, 탐험 등 문명화사업이 결국 아프리카 쟁탈전으로 이어질 수밖에 없음을 강조한다. 여기에서 중요한 문제는 인종주의이다. 유럽인들은 아프리카에 '합법적인 상업'을 반드시 뿌리내리겠다는 야망을 가지고 있었지만 선교사들이 아프리카 현장에서 보았던 사람들의 본성과 지능, 변화 능력에 지극히 회의적이었다. 따라서 이런 원주민들을 어떻게 다루어야 할지가 관심사로 떠올랐고 '인종 간의 위계'를 설정하여 아프리카인들은 유치하고 비합리적이며 잔인하고 짐승 같다고 묘사하는 관행을 만들었다. 그 결과 이러한 인종을 다루는 가장 효과적인 방법은 무력이라는 관념이 나타났고 이것이 제국주의적 침탈로 이어졌다는 것이다.

저자는 아프리카 쟁탈전이 조직적인 형태로 전개되지는 않았지만 다음과 같은 일정한 특징을 가지고 있었음을 적시한다. 1890년대부터 본격화된 아프리카 분할 과정에서 유럽의 각 국가들이 다양한 형태의 식민행정부를 세웠는데, 그 과정에서 아프리카 현지인들은 유럽인들의 도구가 되어 아이디어와 노동력을 제공하거나 유럽의 힘을 이용하여 자신의 패권을 확대하려고 하거나 식민주의에 맞서 저항하는 등 다양한 모습을 보였다. 이와는 달리 식민종주국들은 뚜렷한 공통의 목적을 가지고 있었다. 식민종주국은 특정 지역에서 실질적으로 정치적 주권을 행사하기 위해 무력을 독점적으로 사용하고 식민지 군대를 통해 영토를 지키려고 했다. 물론 이런 일이 쉽지는 않았기 때문에 돈이 적게 드는 간접통치 방식으로 전략을 바꾸었다. 간접통치는 각 지역의 지도층을 제국주의 기획의 하위 동반자로 편입함으로써 부족들 간의 갈등을 심화시키면서 민족주의의 출현을 막는 것이었다. 이와 별도로 식민행정부는 아프리카인들에게 인두세 등의 세금을 강제 징수했는데, 이를 위해 경찰력을 강화하여 납세의 의무를 게을리하는 자를 체포하거나 재산을 압류했다. 우리나라도 일제강점기 때 경험했지만, 식민정책은 한편으로 이러한 강압정책이라는 채찍을 통해 주권을 박탈하면서 다른 한편으로 식민지의 근대화와 경제발전이라는 당근을 통해 지배와 예속을 강화하기도 한다.

그렇다면 아프리카의 경우 식민행정부가 아프리카 사회를 개선하는 데 성공했는가? 이 책의 주장에 따르면 식민주의의 영향으로 아프리카 대륙이 세계경제 네트워크에 포섭되었고 이로 말미암아 철도 같은 운송수단의 발전을 가져온 것은 사실이지만 이는 형식적인 발전에 불과했다. 이 같은 운송수단들은 주로 아프리카 내륙 탄광에서 발견된 금과 구리 등을 해안으로 운반하기 위해 개발되었기 때문이다. 아프리카 쟁탈전은 간접통치와 강압정책과 인구 및 자원의 동원체제를 통해 아프리카가 식민종주국에 체계적으로 예속되는 결과를 가져온 셈이다.

이 책의 설명에 따르면 이러한 체계적인 예속은 1차 세계대전에서 확연히 드러난다. 아프리카인들은 사실 유럽인들의 전쟁에 참여할 이유도 없었고 의사도 없었으나 식민지의 젊은이들은 유럽 식민종주국의 강제징집에 동원되어야 했다. 무기를 만드는 데 사용되는 특정한 원자재에 대한 수요가 급증했지만 생산자들의 상황은 더 어려워졌고 아프리카의 소비자들이 수입품을 사는 데 드는 비용은 전쟁 기간 동안 꾸준히 증가했다는 것이다. 요컨대 1차 세계대전은 식민제도의 골격, 이를테면 제국의 책임하에 있는 인구와 자원을 손쉽게 동원하고 착취할 수 있는 사회경제적 구조를 정착시키는 기회로 작용했다는 설명이다. "전쟁은 식민통치의 시기가 정점에 이르러 가장 높은 효율성과 가장 완벽한 문법을 구현하는 시점에 올랐음을 보여주었다."(377)

저자가 보기에 전쟁은 이러한 부정적인 결과도 가져왔지만 아프리카인들이 각성하는 계기도 되었다. 이를테면 유럽인들이 죽고 죽이는 과정을 보면서 아프리카인들은 식민통치의 이중성을 인식할 수 있었고 유럽 문명의 약점과 인간성의 오류를 발견하게 되었다. 아프리카인들에게 유럽인들이 부과한 인종적 특징, 비합리적이고 잔인한 인간성을 바로 유럽인 스스로가 체화하고 있음을 보여주었던 셈이다. 이 책은 이러한 인식이 아프리카의 독립과 탈식민에 중요한 영향을 끼쳤음을 강조한다. 1920~1930년대에 걸쳐 아프리카의 정체성에 관한 논쟁이 일어나고 훗날 독립과 탈식민 운동의 초석이 되는 범아프리카주의 운동도 활발하게 전개되었다. 전쟁은 약탈과 폭력 등 식민지배의 악습이 절정에 이르러 제도화되는 데 촉매 역할도 했지만, '저항적 정체성'이 형성되는 배경이기도 했던 것이다.

2차 세계대전에서도 아프리카 대륙은 전쟁의 소용돌이로 빠져들었지만, 이 책은 1차 세계대전 때와는 그 양상이 사뭇 달랐음을 보여준다. 가령 프랑스령 아프리카에서는 현지인들의 집단행동으로 식민주의 질서가 심각하게 도전받는 시기였던 만큼 파시즘에 대항하는 싸움에 아프리카인들을 동원하기 위해서는 좀 더 섬세한 설득 전략이 필요했다. 다양한 매체를 통해 아프리카인들이 전쟁에 자원하여 참전할 것을 선동하고 독려했던 것이다. 저자는 이러한 선동과 독려에 대한 아프리카인들의 대응 과정이 전후에 일어난 탈식민운동의 뿌리가 되었음을 시사한다. 이 책에서 산발적으로 다루고 있지만 그 과정은 대체로 이렇게 진행된다. 영국과 프랑스는 악에 맞서 싸우는 정의로운 국가라는 이데올로기를 전파하려고 했지만, 아프리카인들은 이전과는 달리 맹목적인 믿음과 복종의 태도를 보이지 않았고 거세지는 식민통치에 대한 비판의식을 집회나 소식지를 통해 표출했다. 다른 한편 아프리카인들은 서구 보편주의 담론을 자신의 필요에 맞게 전유하려고 하면서 서구와 맞섰다. 1941년에 윈스턴 처칠Winston Churchill과 프랭클린 루스벨트Franklin Roosevelt가 주도하여 발표한 「대서양헌장Atlantic Charter」에 대한 아프리카인들의 반응이 그러했다. 아프리카인들은 만인이 태어날 때부터 자결권 및 폭력과 박해로부터 보호받을 권리를 지닌다는 이 헌장의 핵심 원칙이 자신들에게도 당연히 적용되어야 한다고 주장했다. 처칠은 대영제국이 이미 시민들을 그렇게 보호하고 있다고 하면서 아프리카인들의 요구를 일축했다. 이러한 처칠의 강경한 입장과는 달리 루스벨트는 영국을 압박하여 탈식민 프로그램이나 자치정부로의 이행안을 만들도록 했다. 세계 도처에 다수의 식민지를 건설하고 지배했던 영국이 아프리카인들을 영국인으로 편입시키는 한편 영국인의 권리를 보편적인 권리로 선언함으로써 식민지배를 연장하려고 했다면, 미국은 스스로가 영국의 식민지배로부터 독립하여 새로운 국가를 건설한 경험이 있기 때문에 아프리카도 그와 유사한 경로를 밟아나가는 것이 옳다고 보았던 것이다.

2차 세계대전이 끝나고 1960년대까지는 일반적으로 아프리카의 탈식민 시기로 알려져 있다. 아프리카뿐만 아니라 식민지배를 경험한 대부분의 국가에서 식민지에서 독립국가로의 이행은 여러 난관에 부딪히기 마련이었을 것이다. 아프리카의 경우 부족 개념이 정체성 형성의 기본 단위가 되어왔던 만큼 반식민주의 운동이 민족주의와 결합되어 집단화되기도 힘들었을 것이다. 이 책이 주목하는 것도 바로 이 지점이다. "인위적이면서도 지리적 단위에 불과한 식민지 영토는 종족과 언어의 논리는 물론이고 좀 더 심오한 역사적인 뿌리도 결핍되어 있었다."(494) 네그리튀드Negritude나 범아프리카주의 같은 여러 형태의 반식민주의 투쟁은 민족주의적 욕망을 가진 정치가들이 견인해야 할 저항의 토대가 되었기 때문에 유연한 형태의 민족주의 운동이 필요했다는 것이다.

저자는 아프리카의 민족주의가 유럽에 비해 뒤늦게 출현했지만 냉전을 계기로 아프리카 지도자들의 핵심적인 정치 전략이 되었음을 강조한다. 민족주의는 일반적으로 제국주의에 대한 강력한 대항마 역할을 하며 민족의 주체성을 강조하여 외세로부터의 독립된 주권 쟁취를 목표로 한다. 따라서 탈식민투쟁에서 민중을 동원하는 데 효과적인 수단이다. 아프리카 국가들이 독립을 쟁취한 후에도 민족주의가 아프리카 국가들의 지배적인 담론이었다는 것은 수에즈 운하의 국유화를 둘러싸고 영국과 프랑스가 이집트를 공격했을 때처럼 서구의 지배가 아직도 지속되고 있음을 반증하는 것이라고 할 수 있다. 저자는 냉전 국면에서 아프리카 국가들이 서구의 지배에서 벗어나는 방식으로 소련이나 중국과 손잡는 일이 일어난 것은 이런 맥락에서였음을 지적한다. 이집트는 반제국주의·반서구주의 입장을 표방하면서 아프리카에서 미국과 서유럽의 영향력을 차단하려고 고심했던 소련의 지지와 후원을 이끌어냈다. 미국의 오랜 우방인 에티오피아가 1970년대에 미국과의 외교를 단절하고 소련을 선택한 것도 이런 정치적 이해의 판단에 따른 결과이다. 또한 일부 아프리카 국가들은 서방세계를 동맹으로 선택해 지원을 이끌어냈고 서방세계는 경제원조와 군사기지 설치를 매개로 이 국가들에서 자행되는 인권 침해를 눈감아주기도 했다. 냉전 국면에서 아프리카 국가들이 소련(중국)을 선택하느냐 미국(영국, 프랑스)을 선택하느냐는 특정한 이데올로기적 입장을 활용하여 외국의 지원과 원조를 이끌어내는 문제였던 것이다. 이런 전략적인 우방 선택과 동맹 체결은 아프리카 내의 전쟁과 무장투쟁을 증폭시켰다는 점에서 냉전은 제국주의 못지않게 아프리카의 역사에 치명적인 상처를 남겼다. 아프리카 대륙 내에서 전쟁이 벌어지면 각국은 미국(영국, 프랑스)이나 소련(중국)과 군사조약을 맺어 국방력을 키워갔다. 그 결과 아프리카에서 무기 경쟁이 심화되고 엄청난 무기가 아프리카로 밀반입되었다. 냉전은 직간접적으로 외세의 개입을 불러왔고, 아프리카의 지도자들은 냉전을 이용하여 획일화된 사회 분위기를 조성하고 자신의 부패를 감추며 반대세력을 탄압하는 등 자신의 권력 강화에 힘썼던 셈이다.

냉전의 부산물로서 아프리카의 군부독재는 청산되지 않은 과거이자 현재이고 아프리카 국가들이 근대적 국가의 핵심 시스템을 갖추는 데 커다란 걸림돌이 되고 있다. 민주주의 제도의 확립이나 경제적 기반의 확보가 없다 보니 1990년대 이후에도 부패와 독재가 지속되고 있고 식량 부족과 기근은 일상적인 삶의 조건이 되다시피 했다. 부실한 경제발전계획에 필요한 돈을 얻기 위해 외채를 갖다 쓰고 또다시 기존의 빚을 갚기 위해 빚을 지는 '신용불량' 상태로 전락한 국가도 많다. 수면병을 비롯한 다양한 토착병들도 기승을 부려서 주민뿐만 아니라 가축에게도 큰 피해를 주고 있다. 아직도 척박한 환경 속에서 힘겨운 삶을 이어가고 있는 것이다.

저자는 아프리카에 변화를 가져오기 위해서는 무엇보다도 중요한 것이 교육임을 주장한다. 이는 당연하다고 할 수 있고 거의 모든 사회에 적용될 수 있는 견해이다. 아프리카의 고통은 환경과 역사적 시련에서 비롯된 것이기도 하지만 그 과정에서 주민들이 몽매함 속에 방치된 탓도 있다. "정치적 무기"(650)로서의 교육은 정치적 각성을 돕고 억압적인 정권에 대항하는 투쟁 능력을 강화하기 때문에 건강하고 질 높은 교육을 받은 인구가 반드시 필요한 것이다. 이런 교육을 받은 '각성된' 아프리카인들이 자신의 역사를 새롭게 써나가는 것이 아프리카 발전의 진정한 출발점이 될 것이다.

인용문헌

강내희. 「21세기 세계혁명 조짐으로서의 2011년 항의운동」. 『안과밖』 32(2012 상반기): 182-210.

강필중. 「특수성의 새 위상: 루카치 리얼리즘론의 숙제」. 『안과밖』 2(1997 상반기): 219-238.

김성호. 「거드런 브랭귄: 『연애하는 여인들』과 현대적 감각으로의 모험」. 『영미문학연구』 19(2010): 5-32.

김영아. 『절대군주제의 위기와 폭군살해 논쟁』. 서울대 박사학위 논문, 2004.

김영희. 『비평의 객관성과 실천적 지평』. 창비, 1993.

김용규. 『스튜어트 홀과 영국 문화연구의 형성』. 『새한영어영문학』 49.1(2007): 1-29.

김재오. 「아놀드의 사상: 민주주의, 비평, 그리고 교양」. 『19세기영어권문학』 10.2(2006): 59-83.

_____. 「『연애하는 여인들』에 나타난 '성'과 '일'의 문제」. 『인문과학』 50(2012): 95-114.

김현·김바로. 「미국 인문재단(NEH)의 디지털인문학 육성 사업」. 『인문콘텐츠』 34(2012): 29-51

마이클 하트·안토니오 네그리. 조정환 외 역. 『다중』. 세종서적, 2008.

박찬길. 「정보시대의 시 읽기: 워즈워스 시학과 하이퍼텍스트」. 『19세기영어권문학』 3(2000): 89-114.

_____. 「초기 영문학의 발생과 전개」. 『안과밖』 22(2007 상반기): 10-35.

송승철. 「『기나긴 혁명』: 왜 윌리엄스로 돌아가야 하는가?」. 『안과밖』 24(2008 상반기): 290-297.

_____. 「인문대를 해체하라!: '전공 인문학'에서 '교양 인문학'으로」. 『안과밖』 34(2014): 148-176.

슬라보예 지젝. 김영희 역. 「반인권론」. 『창작과비평』 132(2006 여름): 379-404.

신광현. 「'텍스트의 무의식': 프레드릭 제임스의 경우」. 『안과밖』 19(2005 하반기): 99-121.

유명숙. 『역사로서의 영문학: 탈문학을 넘어서』. 창비, 2009.

윤지관. 『근대사회의 교양과 비평』. 창작과비평사, 1995.

이매뉴엘 월러스틴. 송철순 역. 「자유주의의 고뇌: 진보에 희망이 있는가?」. 『창작과비평』 85(1994 가을): 281-301.

이매뉴얼 월러스틴. 김재오 역. 『유럽적 보편주의: 권력의 레토릭』. 창비, 2006.

이택광. 「예술은 어떻게 '정치적인 것'이 될 수 있는가」. 『안과밖』 26(2009 상반기): 163-178.

정남영. 「네그리의 정치사상과 문학」. 『안과밖』 26(2009 상반기): 132-162.

_____. 「루카치 문학이론의 성취와 한계」. 『SESK』 1(2001): 149-173.

조르조 아감벤. 박진우 역. 『호모 사케르: 주권 권력과 벌거벗은 생명』. 새물결, 2008.

조정환. 『아우또노미아』. 갈무리, 2003.

천정환. 「인문학 열풍에 관한 성찰과 제언: 시민인문학을 중심으로」. 『안과밖』 38(2015 상반기): 100-127.

한나 아렌트. 이진우·박미애 역. 『전체주의의 기원 1』. 한길사, 2006.

황정아. 「묻혀버린 질문: '윤리'에 관한 비평과 외국이론 수용의 문제」. 『창작과비평』
144(2009 여름): 100-120.

_____. 「인권과 시민권의 '등식': 〈인간과 시민의 권리 선언〉을 중심으로」. 『영미문학연구』
20 (2011): 65-85.

Agamben, Giorgio. *Homo Sacer: Sovereign Power and Bare Life.* Trans. Daniel Heller-
Roazen. Stanford: Stanford UP, 1995.

Anderson, Perry. *Lineages of the Absolutist State.* London: Verso, 1974.

Arnold, Matthew. *The Complete Prose Works of Matthew Arnold.* 11 Vols. Ed. R. H.
Super. Ann Arbor: U of Michigan P, 1960-1977.

Arthos, John. "Milton and the Passions: A Study of Samson Agonistes." *Modern
Philology* 69(1972): 209-221.

Bajaj, Jatinder K. "Francis Bacon, the First Philosopher of Modern Science: A Non-
Western View." Ed., Ashis Nandy. *Science, Hegemony and Violoence: A
Requiem for Modernity.* Tokyo: The United Nations University, 1988: 24–67.

Balibar, Étienne. *Masses, Classes, Ideas: Studies on Politics and Philosophy Before and
After Marx.* Trans. James Swanson. New York: Routledge, 1994.

Bassnet, Susan. "The Rotten State: Hamlet and Julius Caesar." *Shakespeare: The
Elizabethan Plays.* Houndmills: Macmillan, 1993.

Bell, Mchael. *D. H. Lawrence: Language and Being.* Cambridge: Cambridge UP, 1991.

Bennett, Joan S. "'A Person Rais'd': Public and Private Cause in Samson Agonistes."
Studies in English Literature 18(1978): 155-168.

Bergonzi, Bernard. *Exploding English: Criticism, Theory, Culture.* Oxford: Clarendon
Press, 1990.

Blake, William. *The Complete Poetry and Prose of William Blake.* Ed. David V. Erdman.
New York: Doubleday, 1988.

Bloom, Alan, and Harry V. Jaffa. *Shakespeare's Politics.* Chicago: Chicago UP, 1964.

Bonjour, Adrien. *The Structure of Julius Caesar.* Liverpool: Liverpool UP, 1958.

Bowden, William R. "The Mind of Brutus." *Shakespeare Quarterly* 17(1966): 57-67.

Brown, Cedric C. *John Milton: A Literary Life.* London: Macmillan, 1992.

Bullough, Geoffrey, Ed. *Narrative and Dramatic Sources of Shakespeare.* 5 Vols.
London: Routledge. 1961.

Burckhardt, Sigurd. *Shakespearean Meanings.* Princeton: Princeton UP, 1968.

Burke, Edmund. *Reflections on the Revolution in France.* Harmondsworth: Penguin,
1968.

Burke, Edmund. *Reflections on the Revolution in France.* Chicago: Henry Regnes,
1955.

Carroll, Joseph. *The Cultural Theory of Matthew Arnold.* Berkeley: U of California P,
1982.

Casarino, Cesare and Antonio Negri. *In Praise of the Common: a Conversation on
Philosophy and Politics.* Minneapolis: University of Minnesota Press, 2008.

Clayes, Gregory. *Thomas Paine: Social and Political Thought*. Boston: Unwin Hyman, 1989.

Conniff, James. "Edmund Burke and His Critics: The Case of Mary Wollstonecraft." *Journal of the History of Ideas* 60(1999): 299-318.

Court, Franklin E. *IInstitutionalizing English Literature: The Culture and Politics of Literary Study, 1750-1900*. Stanford: Stanford UP, 1992.

Deane, Seamus. *The French Revolution and Enlightenment in England, 1789-1832*. Cambridge, Mass.: Harvard UP, 1988.

DeLaura, David J. "Matthew Arnold and Culture." *Matthew Arnold in His Time and Ours: Centenary Essays*. Eds. Clinton Machann and Forrest D. Burt. Charlottesville: U of Virginia P, 1988.

Dollimore, Jonathan. *Radical Tragedy*. Brighton: Harvester, 1984.

Douzinas, Costas. *The End of Human Rights*.Oxford: Hart Publishing, 2000.

Dussel, Enrique. *The Underside of Modernity: Apel, Ricoeur, Rorty, Taylor, and the Philosophy of Liberation*. Ed. and Trans. Eduardo Mendieta. New ersey: Humanities Press, 1996.

Eaglestone, Robert. *Doing English: A Guide for Literature Students*. London: Routledge, 2000.

Eagleton, Terry. *Criticism and Ideology: A Study in Marxist Literary Theory*. London: Verso, 1978.

Easthope, Anthony. *Literary into Cultural Studies*. London: Routledge, 1991.

Erdman, David V. *Blake: Prophet Against Empire*. New York: Dover Publications, 1954.

Farrell, John P. "'What I Want the Reader to See'." *Matthew Arnold in His Time and Ours: Centenary Essays*. Ed. Clinton Machann and Forrest D. Burt. Charlottesville: U of Virginia P, 1988.

Fernihough, Anne. *D. H. Lawrence: Aesthetics and Ideology*. Oxford: Clarendon Press, 1993.

Fish, Stanley. "Spectacle and Evidence in Samson Agonistes." *Critical Inquiry* 15(1989): 556-586.

Fjagesund, Peter. *The Apocalyptic World of D. H. Lawrence*. Oslo: Norwegian UP, 1991.

Foakes. R. A. "An Approach to Julius Caesar." *Shakespeare Quarterly* 5(1954): 259-270.

Foucault, Michel. *The Archelogy of Knowledge & the Discourse on Language*. Trans. A. M. Sheridan Smith. New York: Harper & Row, 1972.

Graff, Gerald. *Professing Literature: An Institutional History*. Chicago: Chicago UP, 1987.

Guillory, John. "The Father's House: Samson Agonistes in Its Historical Moment." *John Milton*. Ed. Annabel Patterson. London: Longman, 1992: 202-225.

Habermas, Jürgen. "Modernity—An Incomplete Project." Eds. Chung-Ho Chung et al. *Postmodernisms*. Seoul: Hanshin, 1990.

_____. "The Idea of the University—Learning Processes." *New German Critique* 41(1987): 3-22.

Hartsock, Mildred E. "The Complexity of Julius Caesar." *PMLA* 81(1966): 56-62.

Healy, Thomas. "'Dark all without it knits': Vision and Authority in Mavell's Upon

Appleton House." *Literature and the English Civil War.* Eds. Thomas Healy &
Jonathan Sawdy. Cambridge: Cambridge UP, 1990: 171-188.

Healy, Thomas et al. "Introduction: 'Warre is all the world about.'" *Literature and
the English Civil War.* Eds. Thomas Healy and Jonathan Sawdy. Cambridge:
Cambridge UP, 1990: 1-17.

Heidegger, Martin. *The Question Concerning Technology and Other Essays.* Trans.
William Lovitt. New York: Harper & Row, 1977.

Hill, Christopher. *Milton and The English Revolution.* New York: The Viking Press,
1977.

_____. *The Century of Revolution 1603-1714.* New York: Norton, 1980.

_____. *The Intellectual Origins of English Revolution.* Oxford: Oxford UP, 1965.

Holborow, Marnie. *The Politics of English: A Marxist View of Language.* London: SAGE,
1999.

Honan, Park. *Matthew Arnold: A Life.* Cambridge, Mass.: Harvard UP, 1983.

Humphreys, Arthur. "Introduction." *Julius Caesar. The Oxford Shakespeare.* Oxford:
Oxford UP, 1984.

Hunter, Mark. "Brutus and The Political Context." *Julius Caesar.* Ed. Peter Ure. London:
Macmillan, 1969: 195-206.

Ingram, Allan. *The Language of D. H. Lawrence.* Houndmills: Macmillan, 1990.

James, D. G. *Matthew Arnold and the Decline of English Romanticism.* Oxford:
Clarendon P, 1961.

James Ⅰ. "The True Law of Free Monarchies." *Seventeenth-century England: a
Changing Culture, Vol. 1: Primary Sources.* Ed. Ann Hughes. London: Ward
Lock Education, 1980.

Johnson, Lesley. *The Cultural Critics from Matthew Arnold to Raymond Williams.*
London: Routledge, 1979.

Kitchin, Rob. "Big Data, New Epistemologies and Paradigm Shifts." *Big Data & Society*
2014(April-June): 1-12.

Knights, L. C. "Personality and Politics in Julius Caesar." *Further Explorations.* Stanford:
Stanford UP, 1965: 33-52.

Knoppers, Laura Lunger. *Historicizing Milton: Spectacle, Power, and Poetry in
Restoration England.* Athens: U of Georgia P, 1994.

Lawrence, D. H. *Apocalypse and the Writings on Revelation.* Ed. Mark Kalnins.
Cambridge: Cambridge UP, 1980.

_____. *Fantasia of the Unconscious and Psychoanalysis of the Unconscious.*
Harmondsworth: Penguin Books, 1971.

_____. *Movements in European History.* Cambridge: Cambridge UP, 1989.

_____. *Phoenix: Posthumous Papers of D. H. Lawrence.* New York: The Viking Press,
1972.

_____. *Reflections on the Death of a Porcupine and Other Essays.* Ed. Michael Herbert.
Cambridge: Cambridge UP, 1988.

_____. *Women in Love.* Cambridge: Cambridge UP, 1989.

Leavis, F. R. *Education and the University: A Sketch for an 'English School'*. Cambridge: Cambridge UP, 1969.

_____. *English Literature in Our Time and the University*. Cambridge UP, 1969.

_____. *Nor Shall My Sword: Discourses on Pluralism, Compassion and Social Hope*. London: Chatto & Windus, 1972.

_____. *The Critic as Anti-Philosopher: Essays and Papers*. Ed. G. Singh. London: Chatto & Windus, 1975.

_____. *The Living Principle: 'English'as a Discipline of Thought*. London: Chatto and Windus, 1975.

_____. *Thought, Words, and Creativity: Art and Thought in Lawrence*. London: Chatto & Windus, 1976.

_____. *D. H. Lawrence: Novelist*. Harmondsworth: Penguin Books, 1995.

Lewalski, Babara K. "Samson Agonistes and the 'Tragedy'of the Apocalypse." *PMLA* 85(1970): 1050-1062.

Loewenstein, David. *Milton and the Drama of History: Historical Vision, Iconoclasm, and the Literary Imagination*. Cambridge: Cambridge UP, 1990.

Longino, Helen E. and Ruth Doell. "Body, Bias, and Behaviour: A Comparative Analysis of Reasoning in Two Areas of Biological Science." Eds., Evelyn Fox Keller and Helen E. Longino. *Feminism and Science*. Oxford: Oxford UP, 1996: 73-90.

Lukács, György. *Studies in European Realism*. Trans. Edich Bone. London: Hillway Publishing Co., l950.

_____. *Writer and Critic and Other Essays*. Ed. and Trans. Arthur Kahn. London: Merlin Press, 1978.

Makdisi, Saree. *Romantic Imperialism: Universal Empire and the Culture of Modernity*. Cambridge: Cambridge UP, 1998.

Marx, Karl and Friedrich Engels. *Manifesto of the Communist Party*. New York: International Publishers, 2007.

Maxwell, J. C. "Shakespeare's Roman Plays: 1900-1956." *Shakespeare Survey* 10(1957): 1-11.

Melbourne, Jane. "Biblical Intertextuality in Samson Agonistes." *Studies in English Literature* 36(1996): 111-127.

Milton, John. *John Milton: Complete Poems and Major Prose*. Ed. Merritt Y. Hughes. New York: Macmillan, 1957.

_____. *The Riverside Milton*. Ed. Roy Flannagan. Boston: Houghton Mifflin, 1998.

Miola, Robert S. "Julius Caesar and the Tyrannicide Debate." *Renaissance Quarterly* 38(1985): 271-289.

Negri, Antonio. *Art et Multitude: Neuf Letters sur L'art*. Paris: EPEL, 2005.

_____. *The Porcelain Workshop: For a New Grammar of Politics*. Trans. Noura Wedell. Los Angeles: Semiorexc(e), 2008.

Nietzsche, Friedrich. *Beyond Good and Evil: Prelude to a Philosophy of the Future*.

Trans. Walter Kaufmann. New York: Vintage Books 1966.

Norbrook, David. *Writing English Republic*. Cambridge: Cambridge UP, 1999.

O Hehir, Brendan. *Expans'd Hieroglyphicks: A Study of Sir John Denham's "Coopers Hill" with a Critical Edition of the Poem*. Berkeley: U of California P, 1969.

Paine, Thomas. *Rights of Man*. New York: Willey Book Company, 1942.

Palmer, John. *Political Characters of Shakespeare*. London: Macmillan, 1957.

Perkins, David. *Wordsworth and the Poetry of Sincerity*. Cambridge, Mass.: Harvard UP, 1964.

Ranciére, Jacques. "Who is the Subject of the Rights of Man." *South Atlantic Quarterly* 103(2004): 297-310.

Readings, Bill. *The University in Ruins*. Boston: Harvard UP, 1996.

Rebhorn, Wayne A. "The Crisis of the Aristocracy in Julius Caesar." *Renaissance Quarterly* 43(1990): 75-111.

Reid, Ian. *Wordsworth and the Formation of English Studies*. Aldershot: Ashgate, 2004.

Rowse, A. L. *Matthew Arnold: Poet and Prophet*. Boston: University Press of America, 1986.

Rylance, Rick. "Lawrence's Politics." *Rethinking Lawrence*. Ed. Keith Brown. Philadelphia: Open UP, 1990.

Schanzer, Ernest. *The Problem Plays of Shakespeare*. London: Routledge, 1963.

_____. "The Tragedy of Shakespeare's Brutus." *ELH* 22(1955): 1-15.

Schneider, Mary M. *Poetry in the Age of Democracy: The Literary Criticism of Matthew Arnold*. Kansas: UP of Kansas, 1989.

Shakespeare, William. *Julius Caesar*. Ed. Marvin Spevack. Cambridge: Cambridge UP, 1988.

Simmons, J. L. *Shakespeare's Pagan World: The Roman Tragedies*. Charlottesville: UP of Virginia, 1973.

Skinner, Quentin. *The Foundations of Modern Political Thought*. Vol. 2. Cambridge: Cambridge UP, 1978.

Snow, C. P. *The Two Cultures*. Cambridge: Cambridge UP, 1998.

Spencer, T. J. B, Ed. *Shakespeare's Plutarch*. Hannondsworth: Penguin, 1964.

Spevack, Marvin, Ed. "Introduction."*Julius Caesar*. Cambridge: Cambridge UP, 1988. 1-45.

Stewart, J. I. M. "Bottom's Dream." *Character and Motive in Shakespeare*. London: Longmans, 1950: 40-58.

Stone, Lawrence. *The Causes of The English Revolution 1529-1642*. London and New York: Routledge, 1972

Taylor, Gary. "Julius Caesar: The Noblest Moment of Them All." *Moment by Moment by Shakespeare*. London: Macmillan. 1985: 14-49.

Thomas, Vivian. *Shakespeare's Roman Worlds*. London: Routledge, 1989.

Thompson, E. P. *The Making of the English Working Class*. Harmondsworth: Penguin, 1963.

_____. *The Making of the English Working Class*. Harmondsworth: Penguin, 1980.

_____. *William Morris: Romantic to Revolutionary*. New York: Pantheon Books, 1976: 94.

_____. *Witness Against the Beast: William Blake and the Moral Law*. New York: The New Press, 1993.

Tillyard, E. M. W. *Elizabethan World Picture*. New York: Vintage Books, 1960.

Trilling, Lionel. *Matthew Arnold*. New York: Meridian Books, 1949.

Turner, James. *The Politics of Landscape: Rural Scenery and Society in English Poetry 1630-1660*. Cambridge: Harvard UP, 1979.

Wallace, John M. "Coopers Hill: The Manifesto of Parliament Royalism, 1641." *ELH* 41.4: 494-540.

Wallerstein, Immanuel. *After Liberalism*. New York: The New Press, 1995.

_____. *European Universalism: The Rhetoric of Power*. New York: The New Press, 2006.

_____. *The End of the World as We Know It: Social Science for the Twenty-First Century*. Minneapolis: University of Minnesota P, 1999.

_____. *Unthinking Social Science: The Limits of Nineteenth-Century Paradigms*. Cambridge: Polity Press, 1991.

Wasserman, Earl R. *The Subtler Language: Critical Readings of Neoclassic and Romantic Poems*. Baltimore: Johns Hopkins UP, 1959.

Widdowson, Peter. "Introduction: The Crisis in English Studies." *Re-reading English*. Ed. Peter Widdowson. London: Methuen, 1982.

Williams, Linda Ruth. *Sex in the Head: Versions of Feminity and Film in D. H.Lawrence*. New York: Harvester Wheatsheaf, 1993.

Williams, Raymond. *Culture and Society 1750-1950*. Harmondsworth: Penguin, 1958.

_____.. *The Politics of Modernism*. London: Verso, 1989.

Zagorin, Perez. *The Court and the Country: The Beginning of the English Revolution*. New York: Atheneum, 1970.

Žižek, Slavoj. *The Parallax View*. Cambridge: The MIT Press, 2009.

글의 출처

1. 브루투스와 영국 사회의 위기
   Shakespeare Review 40(4): 763-784, 2004.

2. 『투사 삼손』과 밀턴의 정치사상
   『중세르네상스 영문학』 13(1): 53-75, 2005.

3. 정치지형도 그리기로서의 『쿠퍼 언덕』
   『신영어영문학』 37: 43-60, 2007.

4. 인권의 정치와 민주주의의 재구성―토머스 페인의 『인간의 권리』
   『안과밖』 37: 150-172, 2014.

5. 아놀드의 사상: 민주주의, 비평, 그리고 교양
   『19세기 영어권 문학』 10(2): 59-83, 2006.

6. '영문학'의 제도화와 매슈 아놀드의 사상―중심인가, 예외인가?
   『영미문학연구』 14: 35-55, 2008.

7. 『연애하는 여인들』에 나타난 '성'과 '일'의 문제
   『인문과학』 50: 95-114, 2012.

8. 빅데이터 시대와 근대 지식관의 문제
   『인문연구』 75: 95-120, 2015.

9. 통합의 원리로서의 '문학'―리비스와 문화적 전통의 연속성
   『새한영어영문학』 50(2): 1-20, 2008.

10. '네그리의 정치사상과 문학'의 쟁점들
    『안과밖』 27: 66-82, 2009.

- 페미니즘의 옷을 입은 '몸'

  『안과밖』 11: 282-286, 2001.

- '전통'의 힘과 창조성

  『안과밖』 24(2008): 264-272.

- '역사적 의미론'의 무의식

  『안과밖』 30: 305-313, 2011.

- 마르크스주의는 오래 지속된다

  『안과밖』 33: 233-242, 2012.

- 「아프리카는 어떻게 발명되었는가?」

  『안과밖』 43: 243-252, 2017.

찾아보기

고 김재오 교수 연보

1969년 10월 19일   전남 진도군 군내면 월가리에서 출생
1976년 3월 ~ 1982년 2월   진도 군내초등학교
1982년 3월 ~ 1985년 2월   진도중학교
1985년 3월 ~ 1988년 2월   안양고등학교
1990년 3월 ~ 1995년 2월   서울대학교 사범대학 영어교육학과
1990년 4월 ~ 10월   육군 보병 제대
1995년 3월 ~ 1997년 8월   서울대학교 대학원 영문학 석사
                         논문:『George Gordon, Lord Byron의 *Don Juan*
                         연구 — Byron의 여성관과 관련하여』
1998년 3월 ~ 2004년 8월   서울대학교 대학원 영문학 박사
                         논문:『윌리엄 블레이크(William Blake)의 묵시록 다시
                         쓰기 — 예루살렘(*Jerusalem*) 연구』
2000년 9월 ~ 2002년 8월   『안과밖』 편집간사
2006년 3월   영남대학교 문과대학 영어영문학과 전임강사
2006년 12월   김애숙과 혼인
2008년 1월 29일   아들 김서진 출생
2008년   역서『유럽적 보편주의』(원저자: 이매뉴얼 월러스틴,
                         창비) 출간
2011 ~ 2012년   한국아메리카학회 기획이사
2012 ~ 2016년   18세기학회 부회장
2012년   공역서『윌리엄 모리스 1』(원저자: 에드워드 파머 톰슨,
                         한길사) 출간
2014년   공저『영어교육의 인문적 전망』(서울대학교출판문화원)
                         출간
2014년 3월 이후   『안과밖』 편집위원
2017년 3월 이후   영남대학교 문과대학 영어영문학과 정교수,『안과밖』
                         편집위원장
2017년   역서『장마당과 선군정치』(원저자: 헤이즐 스미스, 창비)
                         출간
2018년 9월 29일   타계